W0324547

MICHAEL LÜDERS

DIE SPUR DER SCHAKALE

MICHAEL LÜDERS

DIE SPUR DER SCHAKALE

Thriller

C.H.Beck

1. und 2. Auflage. 2020

3. Auflage. 2021

Originalausgabe
© Verlag C.H.Beck oHG, München 2020
www.chbeck.de
Umschlagabbildung: New York © Marco Piunti, Getty Images
Umschlaggestaltung: Geviert, Grafik und Typografie, Christian Otto
Satz: C.H.Beck.Media.Solutions, Nördlingen
Druck und Bindung: Pustet, Regensburg
Gedruckt auf säurefreiem und alterungsbeständigem Papier (hergestellt aus chlorfrei gebleichtem Zellstoff)
Printed in Germany
ISBN 978 3 406 74857 8

myclimate

klimaneutral produziert
www.chbeck.de/nachhaltig

Für meinen Sohn Marlon
Mögest Du Leonard Cohen für Dich entdecken

Die folgende Geschichte ist frei erfunden. Eventuelle Ähnlichkeiten mit real existierenden Personen oder tatsächlichen Begebenheiten waren nicht beabsichtigt, aber unvermeidlich.

There is a crack in everything.
That's how the light gets in.

Leonard Cohen

1.

Grauweiße Wolken zogen tief über die verschneite Hügellandschaft, türmten sich auf zu Gebirgen, zeichneten Fratzen und Figuren, windumtost im Werden und Vergehen. Matt das Himmelsblau, umspült von wattegleichen Eiskristallen, fahl erleuchtet von dünnen, hin und wieder aufscheinenden Sonnenstrahlen, die ihren Weg suchten im Dunkel des winterlichen Nordens.

In ruhigen Zügen atmete Sophie die klare Luft ein, sah in die weite, doch nicht unermessliche Ferne. Menschenleer war die Gegend, unregelmäßig gesäumt von Birken, Tannen und Kiefern, manchmal verdichtet zu kleinen Waldgebieten. Sie spürte die Kälte, die langsam von ihr Besitz ergriff, und beschloss, nach Røros zurückzukehren. Es gab keine Loipen, und der dichter werdende Schneefall würde bald schon alle Spuren verwischen. Fast jeden Morgen zog es sie hinaus in diese unberührt anmutende Natur und mehr noch in die fast vollkommene Stille, die sie umgab. Allein das knirschende Gleiten der Skier über den Schnee drang an ihr Ohr, manchmal der peitschende Wind, und sie empfand Ruhe und Frieden.

Sophie glitt einen langgezogenen Hang hinunter, wobei die Spitzen der Skier sich berührten, einem Pflug nicht unähnlich. Kinder, die diese Bremstechnik lernten, wussten meist nicht mehr, wie ein Pflug aussieht. Also lehrte man sie zu fahren, wie ein Stück Pizza geschnitten wird, wie ein V. Daran musste sie denken und lächelte innerlich, bevor sie unvermittelt eine Vollbremsung machte. Sie glaubte, etwas gesehen zu haben. Zu ihrer Rechten lag eine kleine Ansammlung knorriger, kurzstämmiger Birken, fast verschwunden unter schwerem Schneedach, zu ihrer Linken weite, offene Tundra. Dort entdeckte sie, keine hundert Meter entfernt, inmitten dichten Schneetreibens eine Gruppe äsender Rentiere. Normalerweise würden die scheuen Tiere den Menschen wittern und die Flucht ergreifen, aber der Wind kam aus der Gegenrichtung.

Plötzlich zerriss ein Schuss die Stille. Eines der hellbraunen Rene sackte in sich zusammen, die übrigen stoben in alle Richtungen. Erneut fielen Schüsse, zwei weitere Tiere gingen zu Boden. Wieder Stille, einzelne Rufe. Sophie duckte sich, versuchte die Lage zu erfassen. Drei Männer stapften durch den Schnee, in Richtung der erlegten Rene. Sie trugen Schneeschuhe und hatten ihre Jagdwaffen geschultert. Sie kamen von halbrechts, aus Richtung der Piste. Sophie schlug vorsichtig einen weiten Bogen, um nicht gesehen zu werden. Nach etwa einem Kilometer stieß sie auf den Forstweg, der allein hier hinauf führte. Die Reifenspuren waren nicht zu übersehen. Sie folgte ihnen und entdeckte hinter einer Kurve das dazugehörige Fahrzeug, einen roten Pick-up. Zwei junge Kerle vertraten sich frierend und rauchend vor dem Pritschenwagen die Füße, schlugen wiederholt die Arme um ihre Brust. Die Polizei zu verständigen erschien sinnlos, bis die eintraf, wären sie über alle Berge. Außerdem gab es hier keinen Handyempfang. Sophie schnallte die Skier ab und klemmte sie unter ihre Arme. Ruhigen Schrittes begab sie sich zu den Männern, grüßte freundlich, schon aus größerer Entfernung. Die beiden starrten sie an, einer warf seine Zigarette weg. Als Sophie sie erreichte, fragte der: «Na, Mädchen, ist dir gar nicht kalt, so ganz allein? Wenn du willst, können wir dich gerne wärmen.»

Unter der Plane des Geländewagens entdeckte Sophie ein totes Rentier. «Danke für das Angebot, aber ich komme klar. Was machen denn zwei so gutaussehende Jungs ganz alleine im Schnee? Tote Tiere begraben?»

«Ja, wir sind Naturfreunde. Wir baden auch im Winter nackt im Freien.»

Sophie sah das Jagdgewehr auf dem Beifahrersitz. Sie ließ ihre Skiausrüstung zu Boden fallen, ergriff aber den rechten Ski mit beiden Händen. Den schlug sie demjenigen der beiden an den Kopf, der im Begriff stand, die Beifahrertür zu öffnen. Die Wucht des Schlages reichte aus, ihn auf die Motorhaube zu schleudern, von wo er reglos in den Schnee glitt. Ohne den anderen aus den Augen zu lassen, griff sich Sophie das Gewehr. Es war geladen. Der Kerl, der ihr gegenüberstand und ohne seinen großmäuligen Kumpan kindlich wirkte, war höchstens Mitte zwanzig. Er hatte schlechte Zähne und roch nach Alkohol.

«Ihr wisst, dass keine Jagdzeit für Rene ist?»

Der Mann nickte.

«Die Rene hier sind keine Wildtiere, das wisst ihr auch?»

Er blickte zu Boden.

«Ihr wildert auf Kosten der Samen, die deren Eigentümer sind.»

«Das Land hier gehört nicht den Kanaken!»

«Dir aber auch nicht, Klugscheißer. Ich will eure Ausweise, von dir und dem da.»

«Hab ich nicht dabei.»

«Entweder bekomme ich eure Ausweise oder ihr zieht euch beide aus und ich nehme eure Klamotten mit. Ich zähle bis zehn. Eins, zwei ...»

Bei acht hatte sie die Papiere. Sie warf ihre Skiausrüstung nach hinten, zu dem toten Rentier. Langsam und stöhnend erhob sich der Bursche im Schnee. Den anderen hielt sie mit einer Bewegung des Gewehrs auf Abstand. Glücklicherweise steckte der Zündschlüssel. Sie fuhr rückwärts, bis sie eine geeignete Stelle zum Wenden fand. Keinen Moment zu früh, denn die übrigen Wilderer hatten mit einem weiteren erlegten Rentier den Forstweg erreicht. Im ersten Moment mochten sie geglaubt haben, ihre Kumpel kämen ihnen entgegen. Sophie lächelte und grüßte mit erhobenem Gewehr, als sie an ihnen vorbeischoss. Im Rückspiegel sah sie, wie einer der Männer auf sie anlegte, ein anderer aber dessen Arme in Richtung Boden niederdrückte. Sie stieß auf die Hauptstraße und fuhr zur Polizeistation in Røros.

Hauke Ingstad irrte unruhig von einer Bushaltestelle zur anderen, den Hauptbahnhof von Oslo in Sichtweite. Die klirrende Kälte drohte ihn zu lähmen. Kopf und Gesicht aber wollte er nicht bedecken. Wie ihn ausfindig machen, in dem Fall? Er gab vor, die Fahrpläne der Bus- und Straßenbahnlinien zu studieren, richtete dabei seine Blicke auf das Umfeld, suchte nach dem vertrauten Gesicht unter vorbeihastenden Passanten oder frierend an den Haltestellen Wartenden. Seit mehr als einer Viertelstunde war der Amerikaner überfällig, und Ingstad beschlich das ungute Gefühl, dass er nicht mehr kommen würde. Wenn sein Vertrauter der Verabredung fernblieb, hatte er seine Gründe. Gute Gründe, die eigene Sicherheit vermutlich. Auf keinen Fall durften sie auffliegen. Hier aber waren sie beide gut aufgehoben, unter Menschen, anonym.

Nichts. Als Ingstad sich zum Gehen wandte, spürte er einen kurzen, stechenden Schmerz an seinem Hals, vergleichbar einem Wespenstich. Er fasste dorthin, konnte aber nichts entdecken. Merkwürdig, dachte er, und bestieg die Straßenbahn, mit der er in Richtung Zentrale fuhr, zu Nordic Invest.

Die Männer betraten die «Fjellstua» zu viert, ein Restaurant im beschaulichen Zentrum von Røros, das einen exzellenten Ruf genoss und im Sommer Feinschmecker in Scharen anzog, weit über Mittelnorwegen hinaus. Sophie war gerade dabei, die Tische einzudecken. Es war noch früh, kurz nach Mittag, das Restaurant öffnete erst um 18 Uhr. Dennoch war die Tür nicht verschlossen, wie so häufig im arglosen Norden.

«Wir haben geschlossen», rief sie den Männern zu, ohne sie eines Blickes zu würdigen.

«Du wirst doch einen alten Freund nicht zurückweisen.» Sie erkannte die Stimme sofort und sah auf. Der Sprecher durchbohrte sie mit Röntgenaugen. Natürlich tat er das – die Tür offen, Sophie unaufmerksam. Leichtsinn, der an Dummheit grenzte.

«Hallo Steinar. Hast du Hunger? Führst du deine Brigade aus?», fragte Sophie.

Steinar Kristiansen. Ehemals Elitesoldat, jetzt einer der härtesten Ausbilder im norwegischen Geheimdienst PST. Ihr Führungsoffizier in den ersten Monaten. Ein Dreckskerl, der alle Tricks kannte, um Menschen zu brechen.

«Was kannst du uns denn Schönes machen?» Seine Begleiter weiteten die Münder, bis sie beinahe von einem Ohr zum anderen reichten.

«Am Besten, ihr macht es euch selbst», erwiderte Sophie und zeigte auf die Küche. «Eier, Schinken und Zwiebeln findet ihr in der Kammer. Bei den Spaghetti könnt ihr euch ebenfalls bedienen. Ansonsten kann ich euch eine Tischreservierung für den Abend empfehlen, allerdings sind wir heute ausgebucht.»

Kristiansens voller, gelockter Blondschopf ließ ihn trotz seiner fast fünfzig Jahre jungenhaft erscheinen. Seine prankenartigen, wettergegerbten Hände zeugten von Tatkraft. Sein Gesicht war nicht schön, hinterließ den unbestimmten Eindruck, deformiert zu sein, was es möglicherweise auch war: ein Spiegelbild seiner Innenwelt. Die stahlblauen Augen wirkten einschüchternd, er lächelte nie.

«Eier, das ist gut», sagte er. «Die gibt es heute viel zu selten.»

Kristiansen mochte keine Frauen, das wusste jeder. Sophie respektierte er. Sie hatte die Grundausbildung im Nahkampf mit Auszeichnung bestanden. Und sie war eine hervorragende Schützin. Außerdem fiel es ihr schwer,

Anweisungen zu befolgen. Auch das hatte sie mit ihm gemein.

«Setz dich», forderte er Sophie auf. «Du siehst mitgenommen aus. Machst du dir etwa Gedanken wegen der verdammten Wilderer?»

«Schlimmstenfalls hätte ich auf sie schießen müssen.»

«Und wenn schon. Es hätte nicht die Falschen getroffen.»

Einer aus der Truppe reichte ihm eine Mappe mit Fotos. Kristiansen legte sie Aufnahme für Aufnahme vor ihr auf den Tisch, wie ein Pokerspieler sein Blatt. Sie zeigten einen Mann im Schnee liegend. Bekleidet nur mit Hemd und Hose sowie einer Krawatte. Er trug weder Schuhe noch Strümpfe. Auf dem Mund, den Augen und den Nasenlöchern waren kleinere Ansammlungen vereisten Schnees zu erkennen. Keine Frage, der Mann war erfroren.

«Weißt du, wer das ist?», fragte Kristiansen.

«Nein.»

«Hauke Ingstad, die Nummer zwei von Nordic Invest.»

«Dem norwegischen Pensionsfonds?»

«Dem größten Staatsfonds der Welt, ja. Mit einem Vermögen von rund 950 Milliarden Dollar.»

Er sah Sophie erwartungsvoll an, als rechne er mit einem Zeichen der Anerkennung.

«Tja», fuhr er fort. «Vorgestern entführt, gestern frühmorgens aufgefunden. Und jetzt rate mal, wo.»

Sophie verzog keine Miene.

«Im Garten deiner Freundin Berit Berglund. In Bygdøy, Oslos schönstem Villenviertel. Ruf sie an, wenn du mir nicht glaubst. Ich bin nur der Überbringer der Botschaft.» Er machte eine kurze, effektvoll gesetzte Pause. «Jedenfalls – wie es aussieht, sind deine ruhigen Tage hier vorbei. Das hier ist euer Ding. Jetzt kannst du zeigen, was du draufhast.»

Den polizeilichen Untersuchungsbericht ließ er auf dem Tisch liegen.

Der Mann hatte sich als Pizzabote ausgegeben und mit der Frau am Empfang ein paar Worte gewechselt. Die wies ihm daraufhin den Weg zum Fahrstuhl. In der zweiten Etage eilte er ins Vorzimmer des Generaldirektors von Nordic Invest. Ohne die beiden anwesenden Sekretärinnen zu beachten, stieß er die Tür des Tagungsraumes auf. Dort hatte sich kurz zuvor die Chefebene zu einer Besprechung eingefunden. Bei ihrer Befragung erklärten die Teilnehmer später, der Mann habe den Pizzakarton in eine Ecke geschleudert und sei zielstrebig auf den stellvertretenden CEO Hauke Ingstad zugesteuert. Ohne auch nur ein Wort zu verlieren, habe der Eindringling eine Pistole aus der Innentasche seines Overalls gezogen, eher beiläufig, ohne sie auf jemanden zu richten. Mit der anderen, freien Hand packte er Ingstad an der Krawatte und zerrte ihn vom Stuhl, zog ihn anschließend in Richtung Tür hinter sich her. Die Krawatte wurde dabei zum Strick, so dass sein Opfer nur röchelnde Laute von sich geben konnte. Die übrigen Anwesenden gaben nachfolgend zu Protokoll, Ingstad habe ungewohnt apathisch gewirkt, die ganze Zeit schon, als hätte er unter Drogen gestanden. Die Vorstandsrunde verharrte in einer Art

Schockstarre, einzig ein Wagemutiger sprang auf und rief: «Was soll das?!» Der Unbekannte richtete daraufhin seine Waffe erst auf ihn, dann auf Ingstad. Niemand regte sich, bevor nicht beide, Täter und Opfer, entschwunden waren.

Die Bänder der Überwachungskameras zeigen, dass sie auf ihrem Weg in die Tiefgarage noch mehreren Personen begegnet sind. Man sieht, wie sie irritiert innehalten. Einer der Befragten erklärte, er habe an einen Scherz geglaubt, eine verlorene Wette oder dergleichen. Einzig eine Frau, gerade aus ihrem Wagen gestiegen, fragte lautstark: «He, was ist hier los?» Daraufhin, so ihre spätere Aussage, sei der Mann an sie herangetreten, ohne seinen Würgegriff bei Ingstad zu lockern. Er habe sie schweigend fixiert. Mehr nicht. Eine solche Aura – das hätte sie noch nie erlebt. So unerbittlich und furchteinflößend, ohne ein einziges Wort! Sie beschrieb ihn als Mittvierziger, «schattig das Gesicht, mit groben Poren». Nähere Angaben konnte niemand machen, auch die Videoaufnahmen waren keine Hilfe, da er sein Gesicht mit Hilfe einer Schirmmütze gut zu verbergen wusste. Passend zur weißroten Arbeitskleidung, der eines bekannten Lieferservices.

In der Tiefgarage hatte der Entführer Ingstad gezwungen, sich in den Kofferraum eines weißen Volvo-Kombis zu zwängen. Anschließend verlor sich das Auto im Stadtverkehr von Oslo.

Laut gerichtsmedizinischem Befund war Ingstad bereits vor der Entführung ein Beruhigungsmittel verabreicht worden, offenbar in flüssiger Form. Der entsprechende Befund war doppelt unterstrichen. Das Sedativum sei möglicherweise über die Halsschlagader in den Kreislauf gelangt. Darauf verweise eine leicht gerötete Schwellung an der entsprechenden Eintrittsstelle. Dieser Befund werfe eine Reihe von Fragen auf. Vor allem die nach dem Urheber und der Art der Verabreichung – ein normaler medizinischer Vorgang jedenfalls sei ausgeschlossen.

Torvald Berglund, Sterne-Koch und Eigentümer der «Fjellstua» in Røros, stand da, die Hände auf den Tresen gestützt, Sophie an seiner Seite. Eine Weile folgten sie schweigend der Sondersendung im Fernsehen, die über den gewaltsamen Tod des stellvertretenden CEO des größten Staatsfonds der Welt berichtete. Erst einen Tag nach dem Fund der Leiche, wie Sophie sehr wohl bemerkte. Die Reporter ergingen sich in Spekulationen, niemand wusste Genaues. Keiner erwähnte, wo die Leiche gefunden worden war, nämlich im weitläufigen Garten von Torvalds Schwester Berit und deren Mann. Das konnte unmöglich ein Zufall sein. Wer aber hatte die entsprechende Regieanweisung gegeben? Ihre Mentorin im norwegischen Geheimdienst war nicht irgendwer. Vormals Staatssekretärin im Außenministerium, jetzt Leiterin einer neu gegründeten Spezialeinheit vor allem für Auslandseinsätze. Interne Bezeichnung E 39, nach der Europastraße, die Norwegen mit Dänemark verband. Ihr Auftrag: Informationen beschaffen, politische Entwicklungen beobachten, Korruption und organisierte Kriminalität bekämpfen.

«Hat Berit dich angerufen?», fragte Torvald.

«Ich habe sie angerufen.»

«Sie war bestimmt sauer, dass Kristiansen hier war.»

«Allerdings. Er ist von Trondheim hierher gefahren, um mich zu informieren.»

«Nicht seine Aufgabe.»

«Er tut, was er kann.»

«Um Berit bloßzustellen.»

«Das meine ich.»

Torvald, Witwer mit Specknacken und Glatze, war Sophie eine große Hilfe gewesen. Der Endfünfziger hatte sie eingeführt in die kleine ehemalige Bergbaustadt, wo jeder jeden kannte. Jahrhundertelang war in Røros Kupfererz gefördert worden. Gewaltige Abraumhalden aus Schlacke prägten noch immer das Ortsbild. Mit Hilfe einer früheren Nachbarin Torvalds, einer pensionierten Lehrerin, hatte sie ohne viel Aufhebens Norwegisch gelernt. Offiziell war Sophie eine Auswanderin, die der Liebe wegen gekommen war und auch nach deren Ende bleiben wollte, was ihr allgemein hoch angerechnet wurde.

«Hat Berit dich aufgefordert, nach Oslo zu kommen?», fragte Torvald.

«Nein.»

«Das spricht für sie. Aber du wirst trotzdem fahren, wie ich dich kenne.»

«Ich muss.»

«Du musst gar nichts. Du wirst nur wieder in eine Geschichte hineingeraten, die dir nicht guttut. Wie damals, in Marokko.»

«Ich kann nicht anders, Torvald.»

«Ich weiß. Du bist eine Getriebene. Aber du machst dich unglücklich. Røros ist nicht gerade der Nabel der

Welt. Und gerade deswegen lässt es sich hier wunderbar leben.»

Sophie nickte und entschuldigte sich. Lief die paar Schritte zu ihrer kleinen Wohnung nebenan, packte ein paar Sachen. Berit hatte sie nicht angerufen. Wahrscheinlich dachte sie wie Torvald. Vielleicht war es wirklich ein Fehler, nicht einfach zu bleiben, überlegte Sophie auf dem Weg zum Bahnhof.

Aker Brygge. Ein angesagtes Geschäftsviertel in Oslo unweit des Hafens. In der Nachbarschaft Jungunternehmer, eine Galerie, Cafés. E 39, die Spezialeinheit, firmierte als Import-Export-Firma. Sophie gab den Code für die Eingangstür ein, die sich summend öffnete. Über die Freitreppe lief sie in die oberste Etage, wo Berit Berglund von ihrem Büro aus auf den Oslofjord starrte.

«Hallo, Sophie», begrüßte sie ihre Vertraute, ging auf sie zu und umarmte sie. Sophie spürte Berits leichten Anflug von Verlegenheit, angesichts dieses für sie ungewöhnlichen Überschwangs.

«Ich freue mich, dass du hier bist. Aber ich wäre dir nicht böse gewesen, wenn du vorerst bei Torvald geblieben wärest.»

«Ich weiß.»

Bewusst hatten sie in den letzten Monaten kaum Kontakt gehalten. *Keep a low profile.* Zweimal war Berit in Røros gewesen, weil sie sich Sorgen um ihren Bruder machte. Er trank zu viel. Meist hatte er sich unter Kontrolle, manchmal nicht. Dann sorgte Sophie dafür, dass der Betrieb im Restaurant weiterlief und niemand etwas merkte. Berit wusste das sehr zu schätzen. Nur halb im Scherz hatte sie Sophie empfohlen, diese Erfahrung als Teil ihrer künftigen Aufgaben anzusehen. Geduld haben, beobachten, im richtigen Moment eingreifen: Geheimdienstarbeit unterscheide sich nicht grundsätzlich von dem, was die Polizei leiste – auf anderem Gebiet, mit ausgefeilteren Methoden.

Der Smalltalk konnte warten, und Sophie fragte nach den neuesten Ermittlungsergebnissen. Berit schüttelte den Kopf. Keinerlei Hinweise auf den Entführer oder seine möglichen Auftraggeber. Die Spurensicherung war abgeschlossen – nichts. Da seien Profis am Werk gewesen.

«Das ergibt doch keinen Sinn», fuhr Berit fort. «Diese merkwürdige Inszenierung. Und warum haben der oder die Täter die Leiche vor unserer Haustür abgelegt?»

«Ich würde sagen, da schickt dir jemand eine Botschaft.»

«Daran haben wir auch schon gedacht. Aber wer? Und warum?»

Sophie trat ans Fenster und blickte auf den Oslofjord. «Schau dir das an. Alles ist in Bewegung. Die Menschen, die Zeiten. Und jeder da draußen hat eine Geschichte zu erzählen. Die seines Lebens. Hauke Ingstad kann nicht mehr reden. Aber bei ihm sollten wir ansetzen. Bei seiner Geschichte.»

«Na, viel Erfolg. Nach allem, was ich von ihm weiß, war er der geborene Langweiler. Nichts an ihm war auffällig. Sagen seine Kollegen, sagt sogar seine Frau. Er hat den Job als stellvertretender CEO wohl nur bekommen, weil er nie widersprochen hat.»

«Der Schein kann trügen. Sieh mich an. Was macht die Öffentlichkeitsarbeit von Nordic Invest? Spielen sie den Mord herunter?»

«Sie haben eine Pressemitteilung herausgegeben, in der sie ihrer tiefen Betroffenheit Ausdruck verleihen. Ansonsten verweisen sie auf die laufenden Ermittlungen.»

«Hast du vor, die Chefs zu vernehmen?»

«Der Geheimdienst nimmt den Fonds unter die Lupe? Wie stellst du dir das vor?»

«Nationale Sicherheit. 950 Milliarden Dollar sind kein Taschengeld.»

«Das wäre dann nicht unsere Aufgabe. Sondern die von PST, im Auftrag der Regierung.»

«Das sieht Kristiansen offenbar anders.»

«Sophie! Wir haben dieses wunderbare Gebäude, aber ich bekomme in den nächsten Monaten bestenfalls zwei oder drei festangestellte Mitarbeiter, wohlgemerkt leihweise. Und dich. Das nenne ich eine Beerdigung erster Klasse. Wäre dieser Mord nicht dazwischengekommen, hätte ich mich heute beschwert, und zwar ganz oben.»

Sophie überlegte. «Hast du was dagegen, wenn ich mich mal mit Hauke Ingstads Frau unterhalte?»

«Hat die Polizei schon getan. Nichts.»

«Was ist mit den Medien. Sind die an ihr dran?»

«Nein. Wir haben sie abgeschirmt. Und ihr mehr oder weniger einen Maulkorb verpasst.»

Sophie wurde einen Verdacht nicht los, den sie aber für sich behielt. Kaum vorstellbar, dass die Ermordung von Hauke Ingstad mit ihrer eigenen Geschichte zu tun hatte. Mit Sophies Widersachern beim amerikanischen Geheimdienst NSA. Die Leiche in Berits Garten aber, die gab ihr zu denken. Galt die Botschaft tatsächlich Berit? Oder aber doch ihr selbst, Sophie? Ein Gruß aus der Vergangenheit? Das wäre absurd und wenig plausibel. Aber auch undenkbar? Es war wie beim Billard. Man konnte mit der Kugel direkt auf eine der Taschen zielen oder aber über Bande spielen.

Die Polizisten in Zivil ließen sie passieren. Ingstads Haus lag auf einer Anhöhe im Reichenviertel Abbedikollen, die einen unverstellten Blick auf den Oslofjord erlaubte: das Maß aller Dinge in der Hauptstadt. Sophie klingelte an der Haustür. Eine Frau mit übernächtigtem Gesicht, die Haare unfrisiert, öffnete und musterte sie.

«Entschuldigen Sie bitte die Störung, Frau Ingstad, ich …»

«Ich soll nicht mit Journalisten reden», sagte die Angesprochene mit belegter Stimme.

«Ich bin – ich war eine Kollegin Ihres Mannes. Eine seiner engsten Mitarbeiterinnen.»

«Seine Gespielin, wollen Sie sagen?» Die Verbitterung, die in ihren Worten mitschwang, war nicht zu überhören. «Entschuldigen Sie bitte», setzte sie nach einer kurzen, unguten Pause hinzu. «Wollen Sie reinkommen?»

Die beiden Panorama-Glasscheiben im Wohnzimmer, die von der Decke bis zum Boden reichten, waren in der Mitte unterbrochen von einer Wand aus rostroten Ziegelsteinen mit eingelassenem Kamin. Sofa und Sessel waren aus hellgrauem Leder, zur Rechten befand sich ein Esstisch. Die beiden Seitenwände waren von Bücherregalen gesäumt. Frau Ingstad begab sich auf die Suche nach einem Aschenbecher, fand ihn nicht. In erster Linie aber suchte sie wohl jemanden, irgendjemanden, der ihr zuhörte. Das Unglück zeigte sich in ihren flackernden Augen.

«Möchten Sie einen Kaffee?», fragte sie.

Wenig später kam die Witwe mit einer French Press Kaffeekanne aus der Küche. Sie setzte sich Sophie am Couchtisch gegenüber und schlug ihre langen, ansehnlichen Beine übereinander.

«Die Polizei war auch schon hier», sagte sie. «Die haben sich überhaupt nicht interessiert für das, was ich ihnen gesagt habe. Ich musste nicht mal ein Protokoll unterschreiben.»

«Was haben Sie denn gesagt?»

«Dass mich das nicht wundert.»

«Was?»

«Dass es so gekommen ist. Rauchen Sie?»

Sophie schüttelte den Kopf.

«Ich meine, halb Norwegen hasst Nordic Invest.»

«Ich darf doch?» Sophie schenkte ihr und sich selbst Kaffee ein.

«Die schwimmen in Geld, und das ganze Land geht vor die Hunde. Die Schulen, die Straßen, alles gammelt vor sich hin. Die könnten doch auch mal was für uns tun. Für die ganz normalen Leute.» Sie zündete ihre Zigarette an.

Fast hätte Sophie aufgelacht. Als wäre dieser Luxus hier normal. Sie beschloss, die Frau einfach reden zu lassen. Sie machte offenbar die Firma verantwortlich dafür, dass ihre Ehe gescheitert war. Solange Sophie ihr vermittelte, eine geduldige Zuhörerin zu sein, würde sie möglicherweise einiges von Interesse erfahren.

Doch wusste die Witwe nur wenig über die beruflichen Aktivitäten ihres Mannes, kannte auch seine Freunde nicht. «Ich glaube nicht, dass er welche hatte. Für ihn gab es nur seine Geschäftspartner und seine Hausangestellte. Mich.» Zu Hause sei er aber selten gewesen, hier gearbeitet habe er nie. Lieber habe er endlos im Büro gesessen oder sich auf ihre «Sommerresidenz» in Ostøya zurückgezogen. Ein «schönes Holzhaus» mit «prima Fachwerk».

«Wo genau ist das?», fragte Sophie.

«Warum wollt ihr das denn alle wissen? Der andere Typ von der Firma hat auch danach gefragt.»

«Welcher andere – Typ? Wen meinen Sie?»

«Keine Ahnung. Ich kann mir Namen nicht merken. Jedenfalls war der nicht von hier. Der konnte nur Englisch. Ein Amerikaner, sagte er.»

Sophie war elektrisiert. «War er irgendwie – schattig im Gesicht? Mit groben Poren?»

«Nein, wie kommen Sie denn darauf? Stehen Sie auf solche Typen? Der war ziemlich helle im Kopf, würde ich meinen … Groß, Ende dreißig. Macht was mit Computern. Die Haare müsste er sich mal wieder waschen. Er hätte meinem Mann zugearbeitet. Sagte er.»

Sophie musste an sich halten, um nicht laut zu fluchen. Da hatten die Polizisten draußen wohl Mittagsschlaf gehalten.

«Jedenfalls – wäre es nach mir gegangen, hätten wir die Hütte in Ostøya längst verkauft.» Sie nahm einen tiefen

Zug und blies Sophie den Rauch der Zigarette ins Gesicht. «Und soll ich Ihnen was verraten?»

Sie stellte ihre Beine nebeneinander und lehnte ihren Oberkörper weit nach vorne. Fast verschwörerisch raunte sie: «Jetzt, wo mich niemand mehr daran hindern kann, genau das zu tun, bringe ich es fast nicht mehr übers Herz.»

***

Die Zentrale der Sondereinheit E 39 in Aker Brygge war ein Backsteingebäude. Eine ehemalige Lagerhalle, umgebaut, mit Loft-Ambiente. Drei geräumige Etagen, alles noch unfertig, unaufgeräumt. Kreuz und quer standen Umzugskisten mit Computern und Büromöbeln in den Gängen. Der Fahrstuhl war eingefasst von einer gusseisernen Freitreppe, die das Gebäude zu tragen schien – noch aus der Zeit, als Norwegen zu Schweden gehörte. Auf der mittleren der drei Etagen gab es zwei kleinere Zimmer mit Notbetten. Eines bezog jetzt Sophie. Da Berit vollen Einsatz erwartete, hatte sie auch den Einbau einer Küche veranlasst. Es war ihre Idee gewesen, Sophie erst einmal nach Røros zu schicken und Gras über deren Vorgeschichte wachsen zu lassen. Gleichzeitig hatte Sophie im nahegelegenen Trondheim eine paramilitärische Ausbildung durchlaufen, ein halbes Jahr lang. Der Vorschlag war ihr sehr entgegengekommen. Es entsprach nicht ihrem Naturell, sich der NSA oder sonstigen Schattenmächten zu beugen.

Sophie trat an ein Fenster, unter sich das Lichtermeer. Einsam fühlte sie sich nicht. Sie hatte sich an ihr neues Leben gewöhnt, ein Leben auf Abruf. Ihr früheres in Berlin war Vergangenheit, die Zukunft ungewiss. Selten dachte sie über den nächsten Tag hinaus.

Warum dieser Mord? Diese absurde Inszenierung? Sie schaltete ihren iPod ein, legte sich auf den Boden, den Kopf auf die Hände gestützt. Miles Davis. Musik hörte sie nur leise. Um keinen möglichen Eindringling zu überhören. Gedankenfetzen überfielen sie, Bilder aus Marokko drängten sich ihr vor Augen. Diese folgenschwere Reise, die Himmelstreppe in der Wüste. Der Eremit, zum Greifen nah! Der ahnte, was geschehen würde. Militärische Drohnen über dem Dorf, die ständige Angst der Bewohner vor dem Tod aus der Luft. Gourrama, so hieß es. Am Ende der Welt. Hatte sie gedacht. Dann der furchtbare Angriff zweier US-Hubschrauber. Bis alle tot waren. Alle. Auch ihr Freund und Begleiter Hassan Maliki. Nein, doch nicht alle. Sie hatte überlebt. Als Einzige. Berlin. Die Wochenzeitung, für die sie damals gearbeitet hatte. Die nichts wissen wollte von dem, was sie erzählte. Was sie erlebt hatte. Die lieber der offiziellen Darstellung folgte. Al-Qaida habe die Dorfbewohner niedergemetzelt. Sie aber hatte nicht lockergelassen, die Verbindungen höchster politischer Kreise mit der Ölindustrie aufgedeckt. Geriet ins Visier der NSA.

Sophie richtete sich auf. Vor allem ins Visier von Vera Cochrane, ihrer Intimfeindin beim zweitgrößten amerikanischen Geheimdienst. Ohne Berits Einsatz wäre Sophie wohl nicht mehr am Leben. Sie hatte ihr zu einem

Neuanfang in Norwegen verholfen. Egal, in welche Geschichte sie hineingeraten mochte – dieses Mal würden die Schuldigen zur Rechenschaft gezogen!

Berit sah übernächtigter aus als Sophie, obwohl auch sie schlecht geschlafen hatte. Ihr kurzgeschnittenes, graumeliertes Haar erschien noch ein wenig grauer. Tiefe Ringe hingen unter den Augen, ihr volles, leicht kantiges Gesicht war übersät von Furchen, wie nach einer Schlacht. Und die führte Berit an zwei Fronten. Sie war Chefin einer Phantomeinheit, gleichzeitig wurde sie von verschiedenen Seiten angehalten, federführend bei den Ermittlungen tätig zu werden. Immerhin sei ihr die Leiche quasi vor die Füße gefallen. Auch die Polizeiführung hatte sie ermutigt, und dieser allgemeine Zuspruch machte sie misstrauisch. Sie war lange genug Politikerin gewesen, um zu wissen, «dass Freibier immer seinen Preis hat».

Sophie überlegte, Berit ein wenig aufzuheitern, aber ihr fiel beim besten Willen nicht ein, wie. Sie hatte einen Flipchart vorbereitet, auf dem sie die wichtigsten Erkenntnisse und Fragen zusammengestellt hatte.

«Willst du noch einen Kaffee, Berit?»

«Nein. Schieß los.»

«Da ist zunächst mal der Amerikaner. Der Ingstads Witwe aufgesucht hat. Ich habe bei der Polizei nachgefragt. Die wissen selber nicht, wie der ins Haus gekommen ist, ohne aufzufallen. Dafür gibt es zwei Erklärungen. Entweder haben die gepennt, oder sie haben ihn bewusst durchgelassen.»

«Warum hätten die das tun sollen?»

«Keine Ahnung. Aber ansonsten waren die Brüder ja durchaus wach. Jedenfalls haben sich mehrere Journalisten beschwert, dass die Polizei sie bei ihrer Arbeit behindert hätte. Weil sie nicht zu Ingstads Haus durften.»

«Vielleicht ist denen der Amerikaner einfach durchs Netz gegangen.»

«Ich weiß es nicht. Aber die entscheidende Frage lautet doch wohl: Was hatte der Unbekannte mit Ingstad zu tun? Dass der nur irgendein Zuträger war, glaube ich nicht. Da läuft irgendein Film, von dem wir noch gar nichts wissen.»

«Du gehst auf sehr dünnem Eis, Sophie.»

«Ich trage nur Indizien zusammen, Berit. Ich würde mich sehr wundern, wenn der Pizzabote keine Auftraggeber hätte.» Ein Gedanke überfiel sie. «Sag mal – wer hat eigentlich eure Nachbarn vernommen?»

«Eine Polizeistreife, nehme ich an.»

«Gut. Ich kläre das. Außerdem brauchen wir ein Organigramm von Nordic Invest. Wer dort welche Führungsposition bekleidet, was genau Ingstad da getrieben hat, ob es unter den Managern Streitigkeiten gab.»

«Das machen wir zusammen. Da kannst du nicht alleine hin.»

«Ich weiß. Ich brauche Zugriff auf Ingstads Computer. Kriegst du das hin?»

«Das sollte gehen.»

«Na ja, Berit, diese Geschichte ist nicht das, was man sich so wünscht. Aber der Ausblick von hier oben gefällt mir. Lass dir von einer Heimatlosen gesagt sein: Die

Schönheit und die Wahrheit finden am Ende zusammen, glaubst du nicht?»

Berits Gesichtszüge erhellten sich: «Also, im Zweifel ist mir die Schönheit lieber. Die ist weniger flüchtig.»

Der Amerikaner besorgte sich einen Stadtplan und entdeckte Ostøya am südwestlichen Ende von Oslo. Eine kleine, überschaubare Insel in den felsigen Ausläufern des Fjordes. In einem Internetcafé holte er sich weitere Informationen. Er selbst führte keine Elektronik mit sich. Nur im Notfall verwendete er Prepaid-Handys, die er nach einmaligem Gebrauch wegwarf. Auf der Insel gab es einen Bauernhof und einen Golfclub. Und einige unbezahlbare Sommerresidenzen, hervorgegangen aus den früheren Katen von Bauern und Fischern. Das ist der Lauf der Dinge, dachte er. Alles fängt mal klein und bescheiden an, dann starten einige durch bis ganz nach oben und setzen sich dort fest. Alle anderen können sehen, wo sie bleiben.

Viel würde auf der Insel jetzt nicht los sein, Golfer oder Sommerfrischler waren kaum zu erwarten. In einem Baumarkt kaufte er einige Werkzeuge, von einem Taxi ließ er sich unweit der Insel absetzen und ging zu Fuß weiter. Es war früh am Nachmittag, doch die Dämmerung hatte schon eingesetzt. Da der Fjord in dieser Höhe von einer dicken Eisschicht bedeckt war, erreichte er sein Ziel ohne Boot. Auf der Insel lag der Schnee kniehoch. Daran hatte er nicht gedacht. An Skier oder Schneeschuhe. Nur mühsam kam er voran, schwitzte trotz der Kälte aus allen Poren. Die Häuser befanden sich überwiegend auf der

Südseite und lagen weit auseinander. Er suchte eine Eingangstür mit volkstümlichen Motiven. Und dann, fast am Ende seiner Kräfte, fand er sie tatsächlich. Eine Holztür, darin eingeschnitzt zwei stämmige Bauernfiguren mit lüstern wirkenden Gesichtszügen, die aufgetragene Farbe schon etwas verblasst. Im Hintergrund Bäuerinnen mit frisch gemähtem Heu inmitten einer Sommerlandschaft; die reetgedeckten Häuser fehlten ebenso wenig wie die Kirche.

Nice kitsch, dachte der Amerikaner und schraubte mühelos das Türschloss auf. Norweger waren überaus vertrauensselig, kein Alarm störte seine Arbeit. Bevor er eintrat, warf er einen Blick zurück. Schweres Grau lastete auf der Insel, heftiger Schneefall hatte eingesetzt. Seine Spuren würden sich bald schon verlieren. Vorsichtshalber befestigte er das Schloss wieder, man konnte nie wissen.

Drinnen war es eisig kalt, nicht anders als draußen. Das Haus bestand aus zwei Etagen. Unten befanden sich die Küche und das Wohnzimmer, eins geworden durch den dominanten, gut drei Meter langen Tisch, der offenbar aus früheren Schiffsplanken gefertigt war. An einer Wand stand eine Kommode, an einer anderen stapelte sich das Kaminholz. Auf knarrender, steil aufragender Treppe gelangte er in die obere Etage. Dort befand sich ein einziges, geräumiges Zimmer, das gleichzeitig als Schlaf- und Arbeitszimmer diente, unterhalb der Dachschräge. Der Amerikaner zögerte, das Licht einzuschalten und begnügte sich mit seiner Taschenlampe. Zunächst machte er sich über die Aktenordner her. Zog sie nacheinander vom Regalbrett, überflog den Inhalt.

Eine halbe Stunde mochte vergangen sein. Seine Anspannung ließ ihn die Kälte vergessen. Er räumte die Ordner wieder ein. Nichts. Spontan war er nach Oslo gereist, weil Ingstad ihm «die letzten noch fehlenden Beweise» angekündigt hatte. Oder gab es die möglicherweise gar nicht schriftlich? Hatte Ingstad diese Beweise mit ins Grab genommen? Er überlegte, dessen Computer einzuschalten, aber wie sollte das gehen, ohne den Code zur Entsperrung? Während er nachdachte, hörte er eine Stimme. Eine, die sich dem Haus zu nähern schien, jedenfalls wurde sie nicht leiser. Eine Männerstimme. Und das, was war das? Eine Art – Seufzen? Stöhnen? Wimmern? Die Stimme war unangenehm. Dunkel, fordernd, ein Befehlston. Und der Mann redete Englisch!

Zwei Personen also? Sie mussten die Haustür fast schon erreicht haben. Er sah sich nach einem Fluchtweg um. Das Fenster! Vorsichtig versuchte er es hochzuschieben, vermied jeden Lärm. Doch der Hebel bewegte sich nicht. Vielleicht war das Fenster von außen eingefroren. Jemand trat mit voller Wucht gegen die Tür. Es krachte ein weiteres Mal, und die Tür flog auf. Der Amerikaner warf sich zu Boden, robbte vor zum Rand der Treppe. Von dort konnte er beobachten, was unten geschah.

Keuchend und stöhnend stürmten ein Mann und eine Frau herein, stolperten fast übereinander. Der Mann fluchte und suchte etwas, vermutlich den Lichtschalter. Instinktiv zog der Amerikaner seinen Kopf zurück, im rechten Moment, denn auf einmal war die untere Etage hell erleuchtet. Der Mann fluchte noch immer. Die Frau konnte der Amerikaner nicht erkennen, sie war außerhalb seines Blickfeldes. Lag sie am Boden, war sie gefesselt? Sie hörte nicht auf zu stöhnen.

Der Mann ließ sich auf einen Stuhl fallen, erhob sich wieder. Ging wohl auf die Frau zu, herrschte sie mit amerikanischem Akzent an, sie solle endlich aufhören zu wimmern. Dem Geräusch nach zu urteilen ratschte Klebeband über Haut. Die Frau schrie kurz, der Amerikaner im Obergeschoss hörte ein Klatschen. Vielleicht hatte der Mann ihr eine Ohrfeige verpasst.

«Wo sind die Unterlagen?»

«Aber ich weiß es doch nicht! Ich weiß nicht mal, was Sie meinen!» Sie schluchzte.

Die Witwe, durchfuhr es den Amerikaner. Die Stimme – das war ganz eindeutig Hauke Ingstads Witwe. Heiß und kalt wurde ihm, in kurzer Abfolge.

Ein dumpfes Geräusch war zu hören, sie schrie auf. Hatte der Mann ihr einen Fußtritt versetzt?

«Ich will dir nicht wehtun», sagte der. «Aber ich habe keine andere Wahl, wenn du dich weiter dumm stellst.»

«Bitte, lassen Sie mich gehen …»

«Gib mir, was ich haben will, und du kannst tun und lassen, was du willst.» Sein Tonfall war ruhig und sachlich. Doch war die unterschwellige, nachklingende Drohung kaum zu überhören.

«Ich … Ich …» Die Witwe versuchte, sich in den Griff zu bekommen. Der Amerikaner empfand Mitleid mit ihr. Aber was sollte er tun?

«Ich will doch gar nichts von dir. Ein bisschen guter Wille, und wir beide sind die besten Freunde. Das willst du doch auch, oder?»

«Natürlich will ich das», versicherte sie.

«Hier also hat dein Mann am liebsten gearbeitet, sagst du?»

«Ja … Hier war er immer sehr gerne …»

«Ist aber arschkalt.»

«Nur im Winter.»

«Im Winter hat er also hier nicht gearbeitet?»

«Ich weiß es nicht … Wahrscheinlich war er da vor allem in seinem Büro bei Nordic Invest.»

«Und wo hat er gearbeitet? An diesem Riesentisch?»

«Keine Ahnung … Gut möglich. Oder an seinem Schreibtisch.»

«Wo ist der? Oben?»

«Ja … In seinem Arbeitszimmer.»

Der Amerikaner geriet in Panik. Angetrieben von den stampfenden Schritten des Mannes, der nunmehr die steile Treppe hochstieg, robbte er unter das Doppelbett. Keinen Moment zu früh, schon schaltete der Mann das Licht in der oberen Etage ein. Der Amerikaner konnte ihn nur bis etwa in Höhe der Knie sehen. Vermutlich verschaffte er sich einen Überblick. Dann riss er die Aktenordner aus den Regalen, blätterte darin, ließ sie auf den Boden fallen. Fluchte und kämpfte sich wieder die Treppe hinunter. Kehrte zurück, mit der Frau.

«Zeig mir, wo er seine Unterlagen aufbewahrt.»

«Ich weiß es nicht. Ich nehme doch an, hier.»

«Mache ich den Eindruck, ich hätte bereits gefunden, was ich suche?»

«Aber was … Was suchen Sie denn?»

«Duftmarken, ich brauche Duftmarken. Wenn ich die habe, finde ich auch, was ich suche.»

Der Kerl erweckte den Eindruck, nicht ganz bei Sinnen zu sein.

«Kannten Sie meinen Mann?», fragte die Frau unvermittelt.

«Die Fragen stelle ich, nicht du.»

Überraschend klar und furchtlos setzte sie nach: «Waren Sie das? Haben Sie ihn entführt und … umgebracht?»

Er versetzte ihr eine schallende Ohrfeige. Das Geräusch schwerer Schuhe auf Holzboden. Der Amerikaner lag schweißnass auf dem Rücken. Der Abstand zwischen dem Lattenrost und seinem Gesicht betrug gefühlt keinen Zentimeter.

«Wo sind die Unterlagen!», herrschte der Mann sie an.

«Ich weiß es nicht!»

«Blödsinn! Du warst doch seine Frau.»

«Ich … Es tut mir leid.»

Schnaubend atmete der Mann aus. «Siehst du, was das ist?», fragte er.

Jetzt hörte der Amerikaner sie atmen. «Eine … Eine Pistole», antwortete sie schwach.

«Sehr richtig. Das ist eine Pistole. Und solltest du daran zweifeln: Sie ist geladen.»

Ein Schuss löste sich, begleitet von einem ohrenbetäubenden Knall. Die Witwe schrie.

«Das Loch in der Decke lasse ich dir zur Erinnerung. Und jetzt hör mir gut zu. Dein Mann besitzt Aufzeichnungen, für die sich auch andere interessieren. Du wirst mir helfen, sie zu finden. Entweder hier oder in seinem Büro. Haben wir uns verstanden?»

Die Witwe sackte wimmernd zu Boden. Der Amerikaner konnte kaum glauben, dass sie Handschellen trug. Hoffentlich entdeckte und verriet sie ihn nicht. Sie bemühte sich, wieder aufzustehen, was ihr aber nicht gelang.

«Ich weiß nicht, wovon Sie reden. Ich weiß es wirklich nicht ...»

«Los, steh auf!»

«Lassen Sie mich doch endlich in Ruhe ...»

Der Mann riss sie vom Boden empor, schleuderte sie ans Bücherregal. «Du tust jetzt, was ich dir sage! Nimmst jedes einzelne Buch aus dem Regal und siehst nach, ob sich darin irgendwelche Notizen oder Papiere befinden. Versuch ja nicht, mich für dumm zu verkaufen. Wir finden schon, was wir suchen. Wenn nicht hier, dann im Büro deines Mannes. Haben wir uns verstanden?»

In diesem Moment geschah etwas, das der Amerikaner nicht sofort einordnen konnte. Er vernahm ein dumpfes Geräusch. Der Mann stöhnte, die Witwe schrie. Hatte sie ihn angegriffen, mit einem Gegenstand auf ihn eingeschlagen? Der Tumult währte nur kurz, zwei Paar Beine stolperten in Richtung des Bettes, unter dem er lag. Oh mein Gott, dachte der Amerikaner, als auf einmal jemand auf die Matratze flog. Die Witwe. Vor Schmerz hätte er beinahe aufgeschrien, als der Lattenrost kurz nachgab und seitlich auf sein Gesicht drückte. Der Mann hatte die Balance gerade noch gewahrt, machte ein paar Schritte zurück.

«Habe ich dir nicht gerade gezeigt, was das ist?», zischte er.

«Ja! Um Himmels willen, es tut mir leid …!»

«Sag das nicht mir, sag das meinem kleinen Freund hier», verlangte er.

Der Amerikaner unter dem Bett drohte die Kontrolle über sich zu verlieren. Er hatte das Gefühl zu ersticken. Alle seine Sinne verlangten danach, sich endlich aus der Enge zu befreien. Stattdessen hörte er einen aberwitzigen Vortrag über «den kleinen Freund» und den fehlenden Respekt der Witwe diesem «Kumpel» gegenüber. Er schien ihr mit der Pistole über Kopf und Gesicht zu streichen und verlangte, dass sie sich für ihre «Unhöflichkeit» entschuldige. Ihr Gestammel ging mehr und mehr über in ein Flüstern.

Bis sich erneut ein Schuss löste. Versehentlich, dem Fluchen des Mannes nach zu urteilen. Als die Witwe zur Seite kippte und ihre schulterlangen schwarzen Haare, durchtränkt von Blut, unvermittelt neben seinem Gesicht auftauchten, eine Fingerlänge entfernt, entfuhr dem Amerikaner ein Schrei.

Halb kam er selbst unter der Matratze hervor, halb wurde er gezogen. Der Mann hatte ihn am Hemdkragen gepackt und stellte ihn an die Wand. Der Amerikaner blickte in ein großporiges, gebräuntes, von Falten durchzogenes Gesicht, das an einen Trapper oder sonstigen frühen Pionier denken ließ. Dessen schlammbraune Augen schienen sich in ihn hinein zu bohren, ein kalter, sezierender Blick, der sich anfühlte wie ein Messer am Hals.

«Wer zum Teufel bist du?», fragte der Mann.

«Ihr Liebhaber», entgegnete der Amerikaner.

Der Mann hielt ihm die Pistole an die Schläfe.

«Und da unten hast du auf sie gewartet, unterm Bett?»

«Ja, ich dachte …»

«Was hast du gedacht.»

«Dass da … dass da Einbrecher kommen.»

«Das hast du also gedacht, ja?»

Der Amerikaner nickte und spürte den Schweiß auf seiner Haut.

«Da hast du dir also richtig Gedanken gemacht. Und dir dann gesagt: Dieses Mal erwarte ich meine Liebste nicht auf dem Bett, sondern unten drunter, was?»

Der Mann ließ von ihm ab, lief einige Schritte im Zimmer hin und her, ohne ihn aus den Augen zu lassen.

«Du bist kein Norweger?»

«Amerikaner.»

Der Mann runzelte die Stirn. «Da sind wir ja Kollegen, du und ich. Für wen arbeitest du?»

«Für die Uni in Oslo. Dozent für Englisch.» Das stimmte nicht, doch konnte er darauf nötigenfalls aufbauen.

«Ihr Liebhaber, so, so … Hast du sehr an ihr gehangen?»

«Na ja …»

«Wie sagt man: Mitgefangen, mitgehangen?»

Der Amerikaner wollte sich auf ihn stürzen, doch der Mann war schneller. Schoss aus der Hüfte.

Im ersten Moment fluchte Sophie, als sie sich durch den hohen Schnee auf der Insel Ostøya kämpfen musste. Sie überlegte, umzukehren und den Besuch bei freundlicherem Wetter zu wiederholen. Blieb stehen. Schloss einen Moment die Augen. Hörte, entfernt, die Geräusche der Großstadt. Nahm den Geruch der Kiefern wahr. Sie spürte die Schneeflocken, die auf ihrem Gesicht schmolzen. Wassertropfen rollten über ihren Mund, die sie mit der Zunge auffing. Sie öffnete die Augen wieder, beobachtete die Schneeflocken, die still fielen, eins mit sich selbst, ohne Zweck, ohne Ziel. Nur fallen mussten sie, endlos und für alle Zeiten. Diese Gewissheit – wie beruhigend sie sein musste! Eine Schneeflocke sein, herabsinken auf die Erde, Teil eines endlosen Stroms. Warum eigentlich, fragte sich Sophie, halte ich es nicht wie diese Schneeflocken? Einfach da sein, ohne Fragen, ohne Suche? Was war denn Freiheit, wenn nicht die Abwesenheit von Notwendigkeit, von Zwang? Bin ich nicht eine Getriebene, eine Gehetzte, die noch immer darauf wartet, Vergeltung zu üben? Rache zu nehmen für mein verlorenes Leben?

Ein Gedanke blitzte auf. Die Reportage, gestern im Fernsehen. Darin ein Syrer, gerade 16 Jahre alt. Erzählt, wie ihm ein Terrorist die Waffe an den Kopf hält. Ihn fragt: Willst du noch was sagen? Und der Junge erwidert: Ja. Ich möchte dir sagen, dass ich dir vergebe. Ich hasse dich nicht. Daraufhin bricht der Kerl, kaum älter als sein Opfer, in Tränen aus und flieht.

Tief atmete Sophie ein. Hielt die Luft an, atmete aus. Atmete in langen, bewussten Zügen. Spürte, wie sie langsam ruhiger wurde. Ihre Sinne entspannten sich. Wäre es Sommer und nicht so kalt, würde sie sich ins Gras legen.

Nichts tun. Abwarten. Hoffen, dass ihre Energien fließen, ihr Leben in eine andere Richtung lenken würden. Kinder. Arbeiten mit Kindern. Selbst welche haben. Eine Familie. Alles, aber nicht mehr das hier.

Ein Knall. Hart, unerbittlich. Sie schreckte auf. Ein Schuss? Jäger, auf dieser Insel? Sie schüttelte sich. Stapfte durch den Schnee, stolperte fast über die tiefen Fußabdrücke vor ihr. Sie riss die Mütze vom Kopf und setzte sie wieder auf – ordne deine Gedanken! Wo war das Haus? Das Haus von Ingstad und seiner Frau? Sie kam nur schwer voran, warum hatte sie nicht an Skier gedacht? Wieso kam ihr dieses Haus in den Sinn, nach dem Knall? War das Geräusch, das sie gehört hatte, möglicherweise Einbildung? Sie irrte durch den Schnee, auf der Suche nach Halt, Orientierung. Und wieder ein Knall! Diesmal gab es keinen Zweifel mehr. Das war ein Schuss! Aus genau der Richtung, wo sie Ingstads Haus vermutete. Sie beschleunigte ihre Schritte, obwohl das kaum möglich war bei der Schneehöhe. Irrte durch Raum und Zeit, ein Nirgendwo, so dachte sie. Und dann sah sie ihn. Einen Mann. Fluchtartig rannte, stolperte und sprang er durch das Weiß. Hundert Meter entfernt, nicht mehr. Aber unter diesen Bedingungen nicht einzuholen.

«Halt! Stehenbleiben!», rief Sophie. Sie hätte nicht sagen können, warum, aber sie tat es zweimal. Einmal auf Norwegisch, dann auf Englisch. Sie hielt auf das Haus zu, die Tür stand offen. Gab sich zu erkennen, rief «Hallo! Ist hier jemand?» Dann hörte sie ein Röcheln, aus der oberen Etage. Ging vorsichtig die Treppe hinauf. Entdeckte zwei blutüberströmte Personen, eine reglos, die andere nicht.

Sie eilte dem Mann zur Hilfe, redete mit ihm. Er reagierte nicht. Er blutete aus der Brust, rechtsseitig. Sie verband die Wunde oberflächlich mit einem Bettlaken und wählte den Notruf. Schneller als erwartet landete der Rettungshubschrauber. Sophie hatte den Mann wiederholt angesprochen. Keine Reaktion. Immerhin war es ihr gelungen, die Blutung zu stillen, wie der Notarzt anerkennend feststellte. Sie beschloss, mit dem Hubschrauber zurückzufliegen. Falls der Angeschossene wider Erwarten zu sich käme und reden könnte. Alles andere mochte warten.

Im Tiefflug ging es über die Insel zurück Richtung Festland, und aus den Augenwinkeln nahm Sophie dort einen Mann wahr. Schwarz gekleidet, dieselbe Statur wie der Mann, der aus Ingstads Haus geflüchtet war. Sie schaute genauer hin, drückte ihre Nase gegen die Glasscheibe. Und sah ihn mit zwei weiteren Männern, die gleich darauf mit ihm ins Auto stiegen. Sie bat den Piloten zurückzufliegen, aber der lehnte ab. Der Verletzte müsse so schnell wie möglich ins Krankenhaus.

Sophie war elektrisiert. Ein Irrtum erschien ihr ausgeschlossen. Nein, dieses Auto war tatsächlich ein Polizeifahrzeug.

***

Nichts passte zusammen, kein Stein in diesem Puzzle. Sophie stand vor dem Backsteingebäude, ihrem neuen, hoffentlich nicht dauerhaften Domizil. Blickte die Fassade hinauf und hinab, konnte sich keinen Reim machen.

Zwei Tote, kurz hintereinander. Hauke Ingstad und seine Frau. Haukes Leiche in Berits Garten. Eine Sondereinheit des Geheimdienstes, untergebracht in einer architektonisch ansprechenden, übergroßen Zentrale, fast ohne Personal. Ein Vertreter des regulären Geheimdienstes, Steinar Kristiansen, der den Fall delegieren möchte. Wahrscheinlich nicht er allein. Nicht zu vergessen der mögliche Täter. Auf seiner Flucht nicht etwa verhaftet, sondern offenbar eskortiert. Von echten Polizisten? Nordic Invest, ein milliardenschweres Mysterium. Höfliche Befragungen seitens der Ermittler, mehr nicht. Medien, die heiße Luft als Ware handelten.

Du hast keine Chance, also nutze sie, dachte Sophie, als sie Berits Büro betrat. Die Tür stand offen. Sophie ahnte nichts von einem Besuch. Sie glaubte, ihre Mentorin würde telefonieren.

«Sophie! Ich möchte dir …»

Da war er auch schon aufgesprungen. Sie blickte in ein freundliches, gebräuntes Gesicht, auf dem ein leichtes Grinsen lag. Ein Mann ihres Alters in Lederjacke, Mitte dreißig, ging auf sie zu und reichte ihr die Hand.

«Harald Nansen. Sehr erfreut.»

«Sophie … Schelling.» Es gelang ihr kaum, seinen Händedruck zu erwidern. Sie kam sich vor wie in der Zeit zurückgeworfen, wieder in Marokko, von einem Augenblick auf den anderen. Als würde Hassan Maliki noch leben. Ihr damaliger Begleiter. Getötet bei einem amerikanischen Hubschrauber-Angriff auf das Dorf Gourrama. Sie war verwirrt. Sein Aussehen! Dieses fein geschnittene Gesicht … Kaum Falten, sofern sie nicht von seinem Dreitagebart verdeckt wurden. Schlank war er, groß gewachsen, sein Gesicht oval und ebenmäßig. War dieser Harald Nansen Hassans Bruder? Viel hätte nicht gefehlt, und Sophie wäre auf den nächsten Stuhl gefallen.

«Sie sehen aber nicht aus wie der Bruder von Pippi Langstrumpf …», entfuhr es ihr.

Zwei Reihen perlweißer Zähne signalisierten Verständnis. «Um ehrlich zu sein: Ich war ihr erster *boy friend.*»

Berit, der Sophies Irritation wohl nicht entgangen war, eilte ihrer Vertrauten zur Hilfe. «Tja, also, Harald wird uns hier verstärken», sagte sie. «Er ist zunächst einmal eine Art – Leihgabe.»

«Ja, von der Polizei. Meine Chefs meinten, ich könnte euch – helfen. Also, wenn es recht wäre, mache ich uns vielleicht erst mal einen Tee? Damit wir uns ein wenig kennenlernen?»

Während er in der Küche vor sich hin summte, erklärte Berit die Hintergründe. «Er hatte Ärger mit seinen Vorgesetzten. Angeblich hat er sich zu sehr in seine Rolle als Undercover-Agent eingefunden. Und am Ende nicht mehr gewusst, auf welcher Seite er steht.»

«Ja, das Problem kenne ich.»

«Harald wäre um ein Haar gefeuert worden. Am Ende hat man es nicht getan. So viele Polizisten pakistanischer Herkunft haben wir nicht.»

«Hört sich aber nicht sehr orientalisch an, sein Name.»

«Die Geschichte soll er dir selbst erzählen.»

Sophie nickte. «Bei uns bekommt er seine letzte Chance?»

«So ungefähr.»

«Er führt sich gut ein. Als Hausmann.» Seine Ähnlichkeit mit Hassan erwähnte sie nicht. Ausführlich schilderte sie dagegen ihre Erlebnisse in Ostøya. Als sie auf den möglichen Täter und die Polizisten zu sprechen kam, schüttelte Berit den Kopf. Sophie wusste genau, was sie dachte: Das ist Unsinn! Das kann nicht sein! Doch mittlerweile hatte Berit schmerzhaft erfahren müssen, dass es auch in ihrer Welt keine Gewissheiten gab.

Harald Nansen kehrte zurück, mit einem Tablett und drei großen Bechern «Masala Chai». Aus seinem Mund hörte sich das an wie eine Zauberformel.

«Bitte sehr ...» Er stellte die Becher auf den Tisch. «Nach einem Rezept aus meiner alten Heimat. Schwarztee mit viel Milch und Gewürzen, darunter Pfeffer, Nelken, Zimt und Kardamom. Ich weiß nicht, warum, aber mich macht dieser Tee glücklich.»

Das Haus von Berit und ihrem Mann Sverre lag auf einer Anhöhe in Bygdøy, auf der sich zwei Straßen kreuzten. Ruhige Nebenstraßen, wie in dieser Gegend nicht anders zu erwarten. Vier Möglichkeiten der Anfahrt also. Die Leiche Ingstads dürfte zwischen zwei und vier Uhr morgens im Garten abgelegt worden sein, überlegte Sophie. Die ruhigste Nachtzeit. Sie klingelte an jeder Tür. Wies sich aus als Polizistin und fragte, ob möglicherweise ein Nachbar etwas gesehen hätte, ihm etwas aufgefallen sei in jener Nacht. Ortsfremde Besucher, ungewohnter Lärm, laute Stimmen und dergleichen. Nichts. Dann entdeckte Sophie Überwachungskameras. Nicht auf allen, aber auf mehreren Grundstücken. Wieder klingelte sie an verschiedenen Türen, teilweise denselben wie zuvor. Ob sie die Aufnahmen und Aufzeichnungen aus der betreffenden Nacht sehen könne, sofern nicht bereits gelöscht? Erstaunte Blicke. Die hätte die Polizei doch schon an sich genommen? Am Morgen danach? Sophie wusste, dass vor ihr andere, echte Polizisten auch schon stichprobenartig an der einen oder anderen Haustür geklingelt hatten. Der entsprechende Aktenvermerk lautete kurz und bündig: Keine neuen Erkenntnisse. Nirgendwo war die Rede von Videomitschnitten.

Schräg gegenüber von Berit wohnte ein skurriler Menschenfeind, ein Insektenforscher. Er lebte von seinem Erbe und interessierte sich vor allem für Krabbeltiere. Auf seinem Grundstück befanden sich gleich zwei Überwachungskameras, wie Sophie feststellte, nach hinten versetzt und nicht leicht zu erkennen. Ungewöhnlich, weil sie so kaum der Abschreckung dienen konnten. Aber vielleicht überwachte der Eigentümer lieber Käfer als sein Haus. Sie klingelte, doch niemand reagierte. Damit war zu rechnen. Über den Mann, den jeder in der Nachbarschaft nur Ole nannte, hatte Berit schon mehrere Geschichten zum Besten gegeben. Sophie erinnerte sich, dass er sich am meisten über kleine Kinder ärgerte, die Steine in den umzäunten Garten warfen. Sie suchte mehrere kleinere Exemplare und warf sie Richtung Eingangstür. Einer traf die sogar in der Mitte, glücklicherweise ging die Glasscheibe nicht kaputt. Wie zu erwarten schoss Ole kurz darauf vor in Richtung Zaun, fluchend und drohend. Sophies erster Gedanke beim Anblick dieses spindeldürren Mannes: Don Quichote. Sie unterbrach seine

Suada, indem sie lauthals rief: «Rhyncho! Rhynchophorus!» Sie hielt kurz inne. «Ferru! Ferrugineus!» Erneut machte sie eine kurze, salbungsvolle Pause. «Rhynchophorus ferrugineus!»

Wie angewurzelt war Ole stehengeblieben. «Aber … Aber das kann doch nicht sein! Sie sind dumm genug, mit Steinen zu werfen, aber Sie kennen diesen Rüsselkäfer, der sämtliche Palmen im Mittelmeerraum endemisch bedroht?»

«Ich bin ihm in Marokko begegnet. Wir sind keine Freunde geworden.»

Kurz darauf saß sie in seinem verstaubten Wohnzimmer und vertiefte sich in seine Käfer- und Insektensammlung. Ein echter Massenmörder. Er hatte hunderte, wenn nicht tausende umgebracht, aufgespießt, in Formaldehyd versenkt. Nach einer, wie Sophie empfand, sehr großzügig bemessenen Zeitspanne, in der sie seinem ohne Punkt und Komma vorgetragenen Monolog zugewandt folgte – zuletzt ging es um seltene Larven im arktischen Packeis –, fragte sie nach den Kameras in seinem Garten. Abrupt hielt er inne, wie niedergeschlagen von einer unsichtbaren Faust. Oder erkannte er in Sophie die Windmühle? Mit hörbarer Resignation in der Stimme ließ er sie wissen, dass es sich dabei um Attrappen handele. Sophie seufzte und erhob sich, dankte für den – interessanten Einblick in diese ihr so fremde Welt.

Ole begleitete sie zur Tür. «Fragen Sie», sagte er.

«Bitte?»

«Stellen Sie Ihre Fragen. Sie sind doch nicht ohne Grund hier.»

Also fragte Sophie, ob er von dem Toten gehört habe, hier in der Straße. Ja, habe er. Habe er durchaus. Aber der Tod interessiere sich seit längerem schon mehr für ihn als umgekehrt, weswegen er Todesfälle bestenfalls zur Kenntnis nehme und Beerdigungen nach Möglichkeit meide.

«Danke, Ole. Du warst mir eine große Hilfe.» Duzen war in Norwegen normal und stand für gleiche Augenhöhe. Sie wandte sich zum Gehen.

«Du musst noch viel lernen, Mädchen.»

Sophie sah ihn verblüfft an.

«Du musst lernen, keine Steine zu werfen und die Leute ausreden zu lassen.»

«Okay, Ole. Schieß los.»

In der besagten Nacht habe er, wie eigentlich in jeder anderen auch, in der oberen Etage am Fenster gestanden, im Dunkeln, und habe den Schnee beobachtet, wie er fiel, ruhig und beständig. Dabei habe er ihn gesehen. Den weißen Lieferwagen. Der habe vor Berglunds Haus gehalten. Einer sei ausgestiegen, habe die hintere Wagentür geöffnet und ein Bündel geschultert, mit dem er anschließend im Garten verschwunden sei. Der andere habe sich am Steuer eine Zigarette angezündet und den Kopf rausgehalten. Die Gegend beobachtet. Das Auto sei ohne Licht unterwegs gewesen.

Zwei Typen also! Sophies von den Krabbeltieren herrührende Ermüdung war augenblicklich verflogen.

«Hast du das den Polizisten erzählt?»

«Welchen Polizisten?»

Gute Frage. Wahrscheinlich hatten die gar nicht mit ihm gesprochen.

«Das hättest du denen doch sagen müssen», setzte sie nach – nur wozu, ging ihr augenblicklich durch den Kopf.

«Ich zahl genügend Steuern. Wer was von mir will, soll klingeln.»

«Na ja, aber du reagierst ja nicht.»

Ole überlegte. Dann sagte er, in einem nachdenklichen und gedehnten Tonfall, wie er Insektenforschern eigen sein mag: «Meinst du, dass die Kinder deswegen mit Steinen nach mir werfen?»

***

Sophie wollte Berit über ihre jüngsten Erkenntnisse informieren, doch ihr neuer Kollege Harald Nansen fing sie auf der Treppe ab. «Hallo, Sophie. Ich wollte gerade was zu Mittag essen. Berit hat noch zu tun, lass uns doch einfach zum Pakistaner gehen.»

Sophie, überrumpelt, hielt es für unhöflich, nein zu sagen. Wohl fühlte sie sich in seiner Gegenwart nicht. Sein Aussehen riss bei ihr jedes Mal kaum verheilte Wunden auf. Doch Weglaufen war auch keine Lösung. Mit der Straßenbahn fuhren sie ins Viertel Grønland, unweit vom Hauptbahnhof, wo viele Norweger mit pakistanischen Wurzeln lebten. Harald führte sie zu Tandoori Curry Corner, einem unscheinbaren, gut besuchten Restaurant. Das Personal wie auch einige Gäste begrüßten ihren Begleiter mit Abklatschen. Auf einer Sitzbank fanden sie Platz, unter Angestellten mit Krawatte und Overall-Trägern aus einer nahegelegenen Autowerkstatt. Der Lärmpegel war hoch, die Stimmung gut. Ohne dass sie eine Bestellung aufgegeben hätten, standen plötzlich zwei Teller auf dem Tisch. Ein rundes Blech, unterteilt in unterschiedlich große Segmente für verschiedene Vor- und Hauptspeisen sowie verschiedene Chutneys.

«Ist ein vegetarisches Curry», kommentierte Harald. «Esse ich immer hier, deswegen haben sie dir das auch gleich gebracht. Du kannst natürlich auch was anderes bestellen.»

«Was haben Sie eigentlich eben für eine Sprache gesprochen, Herr Nansen?»

Er lachte. «Also hör mal, Sophie. Jemanden siezen, ich bitte dich. Du bist doch nicht Henrik Ibsen oder Edvard Grieg.»

Sophie spürte, wie sie errötete. Das geschah nicht häufig. «Was ... was ist denn Ihre .... deine Muttersprache?»

«Gute Frage. Mein Vater spricht mit mir Urdu, meine Mutter Paschtu. Norwegisch reden wir eigentlich nur, wenn wir gegenseitig an unseren Verstand appellieren. Vorhin, das war Paschtu.»

«Ganz schön abgedreht.»

«Sind verschiedene Welten in einer. Damit kennst du dich ja auch gut aus.»

«Wie meinst du das?»

«Ich habe alles über dich gelesen. Im Internet. Deine Geschichte in Marokko. Die Sache mit der NSA. Das ist echt übel.»

«Steht das alles im Internet?»

«Natürlich nicht. Aber innerhalb des Sicherheitsdienstes – du weißt ja: geschlossen nach außen, offen nach innen. Die einen halten dich für cool, so wie ich, die anderen für eine Querulantin.»

«Man kann es nicht allen recht machen.»

«Mein Reden. Du hattest in Trondheim diesen einen Ausbilder, diesen Kleiderschrank mit Spatzenhirn …»

«Tore Jonassen.»

«Genau der. Den musst du mal über dich reden hören. Der ist geradezu verliebt in dich. Er meint, du seist die einzige Braut, die ihn je flachgelegt hätte.»

Sophie wusste nicht, ob sie lachen oder weinen sollte. Stattdessen bekam sie einen Schluckauf.

«Beim Nahkampf, ich erinnere mich. Er hat sich vor mir aufgebaut und mir die Hände um den Hals gelegt. Ich solle ihm mal zeigen, was ich kann.»

«Woraufhin du ihm das Knie in die Eier gerammt hast.»

Auf einmal wurde es ganz still. Zahlreiche Augenpaare wandten sich ihnen zu. Daraufhin sprach Harald ein Machtwort, in einer exotischen Sprache, und die gerade erst unterbrochenen Gespräche nahmen wieder Fahrt auf.

«Wo waren wir stehengeblieben?», fragte Harald. «Ach ja, Tores Eier. Das hat ihn wirklich beeindruckt. Ein Judoka mit Meistergürtel, und du trittst ihm in die Weichteile – Feierabend. Ich stand auch mal vor ihm, während der Ausbildung. Tja, aber auf die Idee bin ich nicht gekommen. Mich hat er einfach in den Boden gerammt.»

Sophie war ihm dankbar, weil er so entspannt war. Ihr Herzklopfen, das in seiner Gegenwart aufzog wie ein drohendes Gewitter, war nicht mehr zu spüren. Beim anschließenden Masala Chai fragte sie ihn, wie er eigentlich zu seinem nordischen Namen gekommen sei. Harald Nansen.

«Ich hatte schon Sorge, ich könnte dir die Geschichte nicht erzählen. Das mache ich nämlich nur, wenn ich danach gefragt werde.» Er nahm einen tiefen Schluck Tee. «Mein Geburtsname ist eigentlich Jackie Khan. Khan ist okay, das ist typisch indo-pakistanisch. Jackie aber nicht. Und diesen Vornamen wiederum hat mir mein Vater verpasst. Er ist nämlich ein großer Fan von Jackie Chan, auch wenn der sich mit C schreibt. Sagt dir das was, Jackie Chan?»

Sophie schüttelte den Kopf.

«Jackie Chan ist ein chinesischer Schauspieler aus Hongkong. Äußerst populär, auch wenn seine beste Zeit schon länger zurückliegt. Östlich von Istanbul kennt ihn fast jeder. Seine Spezialität sind Kung-Fu-Filme. Er ist unglaublich gelenkig und stark, und er hat immer diesen ironischen Unterton, den alle so lieben. ‹Oops, ich wollte dir doch gar nicht den Arm brechen! Ich hatte es auf deine Beine abgesehen.› Die Richtung, weißt du.»

«Ja, ich lach mich tot.»

«Jedenfalls: Mein Vater kennt alle Filme von Jackie Chan. So gut, dass er die Dialoge auswendig mitspricht. So fing das an mit mir. Als Jackie Khan. Na ja, aber als ich dann Norweger wurde, habe ich mir gesagt: Das geht nicht. Das hier ist nun mal eine andere Welt. Also habe ich meinen Namen geändert.»

«In Harald Nansen.»

«Bin eben gut integriert», sagte er und grinste schief. «Sagt dir Fridtjof Nansen was?»

«Der norwegische Polarforscher?»

«Unter anderem war er das. Dieser Verrückte hat als Erster Grönland mit dem Hundeschlitten durchquert und tatsächlich überlebt. Später ist er in die Politik gegangen. Hat sich für Norwegens Unabhängigkeit von Schweden eingesetzt und sogar den Völkerbund mitgegründet. Dafür hat er dann den Friedensnobelpreis bekommen. 1922 war das, wenn ich mich nicht irre.»

Sophie nickte. Eigentlich erstaunlich, wie sehr wir alle auf der Suche sind, dachte sie. Nach uns selbst.

«Ist er dein Vorbild?», fragte sie.

«Von Jackie Chan habe ich gelernt, dass man auch mal zuschlagen muss. Fridtjof Nansen ist sein Gegenspieler. Zusammen sind sie ein unschlagbares Team. So wie wir, Sophie. Wenn du willst.»

Außen Glasfassaden, im Innern warme Farben an den Wänden, vereinzelt unterbrochen von Gemälden zeitgenössischer Künstler, der Teppichboden aus hellgrauem Velours. Nordic Invest war bekannt für seine flachen Hierarchien, ungeachtet seiner 550 Angestellten aus 34 Nationen, wie Sophie zuvor der Internet-Seite der Firma entnommen hatte. Norwegische und englische Sprachfetzen drangen gleichermaßen an ihr Ohr. Diese Zentrale am Bankplassen war ein Statement, die Atmosphäre freundlich. Noch immer lag ein leichter Schatten über dem Haus, der Schock über die groteske Entführung des stellvertretenden CEO und seine anschließende Ermordung saß tief, so schien es. Die meisten zeigten ernste Gesichter, niemand lachte. Nordic Invest war der Norwegischen Staatsbank unterstellt, gewissermaßen ihr Ableger. Mehr als 40 000 Einzelinvestitionen in 80 Ländern wurden in diesen Räumen in Auftrag gegeben und verwaltet, schlugen sich nieder in Zahlen und Bilanzen, die seit Jahren nur eine Richtung kannten, nach oben. Umgerechnet auf die fünf Millionen Einwohner des Landes erhielte jeder Norweger, würde der Fonds auf einen Schlag ausgezahlt, einen sechsstelligen Betrag. Der selbstgesetzte Standard war hoch, in Rüstungskonzerne etwa oder umweltschädigende Technologien wurde gar nicht erst investiert.

Das alles ging Sophie durch den Kopf, während sie die beiden Sekretärinnen im Vorraum beobachtete, die routiniert ihrer Arbeit nachgingen, vor allem telefonierten, sicher auch den Terminkalender des CEO verwalteten, von Roar Thuland. Sie fragte sich, warum stets Frauen diesen Job machten und nicht Männer. Weil der Umgang mit Chefs soziale Kompetenz erforderte? Berit saß zu ihrer Rechten, nippte am Kaffee und schien ihrerseits in Gedanken versunken. Vermutlich dachte sie nach über die Leiche in ihrem Garten und Oles Beobachtungen. Leider gelang es ihr ebenso wenig wie Sophie, sich einen Reim auf den Vorgang zu machen.

Diese Zentrale, die überwiegend jüngeren Mitarbeiter, geschäftig dem Gewinnstreben verpflichtet, ausgestattet mit Ethos und Moral – viel zu schön, um wahr zu sein. Irgendetwas stimmte hier nicht, überlegte Sophie, wenigstens ein paar Früchte im Korb waren faul, verlief im Haus eine zweite Ebene, sichtbar nur für Eingeweihte.

Aber wo? Roar Thuland öffnete die Tür seines Büros,

verabschiedete eine Gruppe Besucher, grüßte freundlich in Richtung Berit und bat um einen Moment Geduld. Berit raunte ihr zu, das spreche für ihn. Von einem Meeting gleich ins nächste, das halte doch auf Dauer niemand aus.

Kaffee und Kekse standen auf dem runden Konferenztisch in seinem Arbeitszimmer, um den herum sie Platz nahmen. Die Begrüßung war höflich und zugewandt, Thuland erkundigte sich ausgiebig, wie Berit sich fühle, nach diesem Schock, dem Toten vor der Haustür. Mein Gott, was für eine Tragödie, und warum? Warum? Das alles ergebe doch keinen Sinn, offenbar treibe hier ein Wahnsinniger sein Unwesen. Ausgiebig dankte er Sophie für ihr beherztes Eingreifen, die Rettung des Amerikaners, er sei doch Amerikaner, der Mann, dem sie das Leben gerettet habe?

Sie nickte. Er habe seinen Pass bei sich getragen.

Dass der jetzt im Koma liege – mein Gott, sinnierte Thuland. Man könne nur hoffen, dass alles gut gehe. Er durchkomme. Der Mord an Eva, Haukes Frau – es fehlten ihm die Worte. Wo solle das alles enden, wohin führen?

Sophie beobachtete ihn. Ein großgewachsener, schlanker Mann mit Halbglatze Ende vierzig. Sein Vollbart eine Schifferkrause, wie sie Abraham Lincoln trug. Die Koteletten am Kinn zusammengewachsen, ohne Schnauzer. Er gestikulierte beim Reden, sah dabei seinen beiden Zuhörerinnen abwechselnd in die Augen, wobei er Berit etwas mehr Aufmerksamkeit widmete. Immerhin war sie die Chefin. Seine Ausstrahlung war sympathisch und gewinnend, ohne Zweifel wusste er zu überzeugen und zu führen.

Sophie fragte, ob es zwischen ihm und Hauke Ingstad Meinungsverschiedenheiten grundsätzlicher Art gegeben habe.

Thuland sah sie nachdenklich an. «Die Frage liegt natürlich auf der Hand. Es wäre unsinnig zu behaupten, dass wir innerhalb des Fonds immer einer Auffassung seien. Natürlich wird da auch mal erregt diskutiert, fällt das eine oder andere unfreundliche Wort. Aber kein Team, das einen Fonds in dieser Größenordnung verwaltet, kann es sich auf Dauer leisten, die eigenen Befindlichkeiten über die Sache selbst zu stellen. Das darf nicht geschehen, das sind wir den Bürgern dieses Landes schuldig. Für die geregelten Abläufe sorge ich, darin liegt meine Aufgabe. Als CEO sehe ich mich in erster Linie als Moderator. Jede Meinung zählt, jede Stimme hat Gewicht. Bis zu dem Moment, in dem Entscheidungen zu treffen sind. Im Zweifel stimmen wir ab.»

Er nahm einen großen Schluck Kaffee und stellte die Tasse wieder ab, faltete die Hände zu einem Kirchturm-Dach. «Hauke war meine rechte Hand. Mehr noch, wir waren ein Mini-Team. Er war mein erster Ansprechpartner bei allen grundlegenden Fragen. Und meist waren wir einer Meinung, wenn es darum ging, die richtigen Weichen zu stellen. Seht euch um hier im Haus. Ihr könnt reden, mit wem ihr wollt: Ein Job bei Nordic Invest, das ist ein Privileg. Entsprechend verhalten wir uns. Wir sind wie eine große Familie, versteht ihr?»

Sophie verstand sehr wohl. Doch war das glaubhaft? Die Firma als Familie, dieses Bild half in der Werbung, aber nicht bei einer Mordermittlung.

«Und wie erklärst du dir Haukes Tod?», fragte Berit.

Thuland warf die Arme in die Luft. «Ich bin genauso ratlos wie alle anderen. Du hättest diesen Irren sehen sollen, Berit. Wie er da mit der Pistole herumgefuchtelt hat, Hauke an der Krawatte packte. Der Typ ist doch wahnsinnig, ein Psychopath! Manchmal wache ich mitten in der Nacht auf, schweißgebadet. Also, das sind Erlebnisse, die verfolgen dich. Diese Erfahrung, die wünsche ich niemandem.»

Sophie begab sich in Hauke Ingstads Büro, das ein Mitarbeiter ihr aufschloss. Die Polizeiabsperrung war aufgehoben, das Zimmer aber «nicht in Benutzung», wie es hieß. Ein Strauß Blumen, mittlerweile vertrocknet, die Blätter teilweise abgefallen, stand auf dem Sideboard. Der Schreibtisch selbst war aufgeräumt, ein Foto seiner Frau Eva stand rechts neben dem Desktop-PC. Sophie erwartete nicht, hier irgendetwas zu finden, eine Spur, einen Beweis oder dergleichen. Es ging ihr mehr um das – Atmosphärische. Ingstad hatte seinen Schreibtisch so aufgestellt, dass er mit dem Rücken zur Fensterfront in Richtung Innenstadt saß. Stattdessen fiel sein Blick durch die Glaswände auf das gegenüberliegende Großraumbüro. Thuland dagegen hatte seinen Schreibtisch so ausgerichtet, dass ihm wenigstens der seitliche Blick auf den Bankplassen blieb. Auf das Leben da draußen. Ingstads Perspektive jedoch war nach innen fokussiert. Auf Nordic

Invest. Vielleicht war das sein Naturell gewesen: immer nah am Zentrum des Geschehens.

Oder hatte er Anlass, die Firma genauer zu beobachten? Sophie studierte das Organigramm der obersten Ebene von Nordic Invest, das sie zuvor ausgedruckt hatte. Es gab nur einen stellvertretenden CEO, logisch, Ingstad. Und neun weitere Mitarbeiter, die alle einen «Chief» im Titel trugen: Chief Financial Officer, Chief Risk Officer und dergleichen. Insgesamt elf Großverdiener, darunter drei Frauen. Alles Norweger, mit einer Ausnahme: Walter B. Salinger, ein Amerikaner. Seinem Lebenslauf entnahm sie, dass er «seine Karriere bei der US-Luftwaffe begonnen hat, aus der er 1991 im Rang eines Captains ausschied». Interessant, notierte Sophie innerlich. Seit mehr als zwanzig Jahren war er bei Nordic Invest tätig. Alle «Chiefs» waren zumindest zeitweise bei Elite-Universitäten eingeschrieben gewesen, in den USA, Großbritannien oder Frankreich. Salinger dagegen führte ein Diplom von der State University in Raleigh, North Carolina, und hatte auch nie woanders studiert. Die Chefköche hatten sich also für den Mann von der Frittenbude entschieden.

Sophie schaltete den Computer ein. Das Passwort hatte sie von einer Sekretärin Thulands. Sie rief verschiedene Dateien auf, fand aber nichts von Interesse. Tabellen, Börsenberichte, interne Schriftsätze, die meisten älteren Datums. Mit Sicherheit war sie nicht die Erste, die seit Ingstads Tod hier scrollte. Sie drückte auf den Button «Verlauf». Ihr fiel auf, dass Ingstad wiederholt Webseiten aufgerufen hatte, die um zwei Begriffe kreisten: Black-

Hawk und Green Valley. Den Namen Tom Phillips, den Namen des Amerikaners in Ostøya, der jetzt im Koma lag, fand sie nicht.

Es klopfte, und eine Frau trat ein. «Entschuldigung, sind Sie die Nachfolgerin von Hauke?»

Sophie erhob sich, ging auf sie zu, reichte ihr die Hand. Nein, sie sei von der Polizei.

«Nichts für ungut, ich sah nur gerade die Tür angelehnt und dachte ...»

Gro Sanders, Chief Investment Officer Asset Strategies, was immer das heißen mochte. Schulterlange, lockige Haare, die eine hohe Stirn einfassten, ein schmales Gesicht mit schmalen Lippen und geweißten Zähnen. Sie war stark geschminkt, doch die Falten brachen sich mit jedem Lächeln erneut Bahn. Und Gro Sanders lächelte viel, in einem fort sogar – ein Smiley, ging Sophie durch den Kopf. Sophie verwickelte sie in ein zwangloses Gespräch, auf das sich ihre Zufallsbekanntschaft routiniert einließ – Smalltalk gehörte wohl zum Geschäft. Selbstverständlich waren sie dazu übergegangen, sich zu duzen.

«Den Zeitungen zufolge gibt es innerhalb von Nordic Invest einen Richtungskampf. Hier konservative Anlagestrategien, dort die Überlegung, den Fonds für private equity zu öffnen, also außerbörslich zu investieren und Wagniskapital aufzunehmen. Sich in Richtung Finanzdienstleistungen zu orientieren. Kannst du das bestätigen?»

Für einen kurzen Moment gefror Sanders' Lächeln, lief ein kaum wahrnehmbarer Riss durch ihre ansonsten so überaus präsente, makellose Erscheinung. «Ich habe diesen Artikel, auf den du dich wohl beziehst, auch gelesen. Wir haben abertausende Geschäftsbeteiligungen, die zu rund drei Vierteln börsennotiert sind. Diese hohe Quote macht uns durchaus zu schaffen. Aber wenn du 950 Milliarden US-Dollar anlegst, geht das nicht anders. Wir sind ein Tanker, wir können nicht nach Lust und Laune den Kurs ändern oder wenden. Wagniskapital, was soll das sein? Die Börse ist ein einziges Wagnis.»

Sophie nickte anerkennend. Eine gewichtige Kurzanalyse, doch in der Sache absolut nichtssagend. Diese Kunst beherrschten Profis, darunter Politiker und Leitartikler.

«Wie würdest du Hauke einschätzen?», fragte Sophie. «Wo stand er innerhalb der Führungsebene? War er mit den getroffenen Entscheidungen einverstanden?»

«In erster Linie war er loyal. Wenn einer die Philosophie des Hauses verinnerlicht hatte, dann er. Dieser Fonds ist ja nicht ein beliebiges Bankgeschäft. Das Finanzvolumen, um das es hier geht, ist gewaltig. Und das eingesetzte Kapital gehört nicht beliebigen Investoren, sondern allen Norwegern. Hauke hatte einen ausgeprägten moralischen Anspruch. An sich selbst, aber auch an uns, seine Kollegen. Manchmal ist er uns damit durchaus auf die Nerven gegangen. Aber er war loyal bis in die Haarspitzen. Ich bin noch nie einem Menschen begegnet, der so unbestechlich gewesen wäre. Du verstehst das bitte nicht falsch, natürlich ist niemand hier bestechlich. Ich will sagen: Er hätte nie etwas getan, was seinen Überzeugungen, seinem inneren Kompass, nicht entsprochen hätte. Wenn er einmal ‹nein› sagte zu einem Projekt, dann wussten wir alle: Dafür hat er seine Gründe, und mit denen haben wir uns dann auch sehr ernsthaft auseinandergesetzt.»

***

Den Mann störte es nicht zu warten. Er war es gewohnt, tage- oder wochenlang abzutauchen, in wenig ansprechenden Hotels oder Motels auf seinen Einsatz zu warten. Er sah fern, schlief oder hörte Musik. Selten verließ er seine Unterkunft. Was zu tun war, erledigte er vorzugsweise im Dunkeln. Meist zahlte er bar. Kleidete sich unauffällig und hielt sein Gesicht bedeckt. Sein weniges Gepäck enthielt Perücken und Schminkutensilien für Schauspieler. Vor seinen Einsätzen suchte er die Gegend nach Kameras ab und wendete ihnen den Rücken zu. Das alles war Routine. Jetzt aber war er in einem Land, das für Pinguine geeignet sein mochte. Die Temperaturen lagen weit unter null Grad. Wie konnten sich die Leute das antun? Ein Leben im Gefrierschrank. Diese Kälte machte ihn fertig. Selbst im Bett fror er noch. Zwei Tage war er durch Odda an der Westküste gezogen, hatte sich die Lage der Straßen eingeprägt und mögliche Fluchtwege erkundet. Inmitten zugeschneiter Häuser am Ende des eisfreien Fjords. Golfstrom.

Erling Opdal. Zwei Tage hatte er ihn beschattet, diesen blonden Hünen, der irgendwie verklemmt wirkte. Einzelgänger. Das erleichterte die Arbeit. Er stellte sicher, am Abend der Tat, dass Opdal keinen Überraschungsgast empfangen hatte.

Nicht einmal Passanten waren auf der Straße. Kein Wunder, bei dem Wetter. Dann klingelte er. Opdal öffnete die Tür: «Ja bitte?» Umgehend packte der Mann ihn am Hals und drängte ihn in die Wohnung. Mit dem Fuß warf er die Haustür zu.

«Wenn du schreist, bist du tot», sagte der Mann auf Englisch, dirigierte sein Opfer ins Wohnzimmer und schleuderte Opdal auf die Couch, wo er in Schockstarre verharrte.

Braver Junge.

«Ich möchte eins klarstellen», sagte der Eindringling. «Ich dulde keinen Widerspruch. Du wirst tun, was ich dir sage. Ich bin leider gezwungen, deine Dienste in Anspruch zu nehmen. Nur dieses eine Mal, nur für kurze Zeit. Danach siehst du mich nie wieder. Hast du mich verstanden?»

«Ja.»

«Sehr gut. Du hast ein Auto?»

«Ja.»

«Prima. Kann ich auf deine Unterstützung rechnen oder bist du pervers. Stehst du auf große Schmerzen?»

«Nein.»

«Nein was.»

«Nein, ich bin nicht … Ich tue, was Sie von mir verlangen.»

Der Mann neigte nicht dazu, seine Gegner zu unterschätzen. Angst war keine Garantie, dass Opdal im entscheidenden Moment nicht doch anfing zu schreien. Er zog seine Pistole und rammte sie ihm in den Mund.

«Spürst du das Metall?», fragte er. «Ich würde dir gerne

vertrauen, aber ich kenne dich nicht. Deswegen bin ich vorsichtig. Das hier ist nur das Vorspiel, verstehst du? Wenn ich es von ihm verlange, schießt dir mein kleiner Freund erst in die Genitalien, dann in die Knie. Und du wirst nie wieder laufen oder vernünftig pinkeln können, vom Vögeln ganz zu schweigen. Klar?»

Opdal nickte übereifrig.

«Hol mir was zu trinken», sagte der Mann und ließ von seinem Opfer ab. Opdal war jetzt weich wie Butter. Der fragte nicht mal, was er denn trinken wolle. Stattdessen füllte Opdal ein Tablett mit verschiedenen Säften, Wasser und Bier und trug es ins Wohnzimmer. Laut stießen die Flaschen aneinander. Hoffentlich kollabierte der Bursche nicht, bevor der Job erledigt war. Der Mann trank einen Saft. Studierte dabei Opdals Gesicht. Es war ausdruckslos. Gelähmt von Panik.

«Sag mal, Norweger – wie haltet ihr diese Kälte aus?», fragte er, als er das Glas wieder abstellte.

«Wir sind das nicht anders gewohnt. Es gibt aber auch viele, die im Winter Urlaub im Süden machen.»

«Das ist sehr vernünftig. Und eine in jeder Hinsicht befriedigende Antwort. Wie gesagt, ich brauche deine Hilfe. Da ist es in der Tat sinnvoll, wenn du mir auf einfache Fragen klare Antworten gibst.»

Opdal schwieg.

«Du bist ein bescheidener Mensch, das spricht sehr für dich. Hol die Autoschlüssel, wir fahren in deine Firma.»

«Ins Rechenzentrum?»

«Genau dahin.»

«Aber … Sie dürfen da nicht rein.»

«Also, da fällt mir was ein. Kennst du die Geschichte von dem Bootsführer, der einen Fuchs, einen Hasen und einen Kohlkopf auf die andere Seite des Flusses bringen soll? Sein Boot ist aber zu klein, er kann höchstens zwei von den dreien mit einer Fuhre transportieren. Wie bekommt er das hin, ohne dass der Fuchs den Hasen frisst oder der Hase den Kohlkopf?»

Opdals milchig opalgrüne Augen starrten ihn an. «Das ist ein logisches Problem», sagte er schließlich.

«So ist es. Und eines der Fressordnung.» Der Mann drängte sein Opfer in Richtung Fahrzeug. Unterwegs forderte er Opdal auf, das Problem zu lösen.

Der saß am Steuer, redete wie in Trance. «Erst bringt er den Hasen auf die andere Seite. Denn der Fuchs wird den Kohl nicht fressen. Dann holt er den Fuchs und den Kohl.»

«Sehr richtig. Eigentlich ganz einfach. Du bist der Fuchs, ich bin der Hase. Der Kohlkopf ist das Rechenzentrum. Ein bisschen Phantasie, und schon lässt sich jedes Problem lösen.»

Es war spät, kurz vor Mitternacht. Der Pförtner öffnete die Schranke zum Gelände von seiner Wachstube aus, nachdem er den Chef erkannt hatte. Opdal parkte das Fahrzeug in einer dunklen Ecke. Anschließend führte sie ihr Weg ins Souterrain des um diese Zeit menschenleeren Rechenzentrums. Das Thermometer zeigte sieben Grad plus an. Hinter einem Stahlgitter aus fingerdicken Streben standen parallel mehrere Dutzend Reihen Rechner, die entfernt an Bücherregale erinnerten. Der Mann staunte über die gewaltigen Ausmaße des Raumes, rund vier Meter hoch und so groß wie ein Fußballfeld. Er war erfüllt von einem konstanten Brummton, nicht unangenehm, aber unentrinnbar. Und das war nur eine von acht Hallen, wie der Mann wusste.

Daraufhin schritt er mehrere der Reihen ab, suchte nach den markierten Schnittstellen, an denen die Datenströme gebündelt wurden, und installierte dort eine Software. Opdal hatte er einen Strick um den Hals gebunden und gedroht, ihn daran hinter sich herzuziehen, falls er auf dumme Gedanken käme. Und er hatte Opdal bedeutet zu schweigen, den Zeigefinger an den Mund gelegt. Sie waren gewiss eine halbe Stunde in der Kälte unterwegs gewesen, bis die Arbeit erledigt war.

Anschließend verließen sie Green Valley ebenso geräuschlos, wie sie es betreten hatten. Wieder saß Opdal am Lenkrad, der Mann dirigierte ihn zu einem Bootshaus. Dort stiegen sie aus. Der Mann hatte ein Ruderboot präpariert, damit fuhren sie hinaus auf den Fjord. Opdal leistete keinen Widerstand. Er ruderte, schwieg auch, als der Mann ihm einen Strick um seinen Fuß band. Opdal konnte nicht sehen, dass sein Entführer das andere Ende um einen schwergewichtigen, kantigen Stein schlang, der sich hinter dessen Rücken befand. Den aufs Boot zu hieven war harte Arbeit gewesen. Jetzt glitten sie über silbrig schimmerndes Wasser, vereinzelt zeigten sich Sterne zwischen den Wolkenfetzen.

«Ich bin also der Fuchs», sagte der Mann. «Und du der Hase. Falls du das vergessen haben solltest.»

«Vorhin meinten Sie, Sie seien der Hase und ich der

Fuchs.» Es hörte sich nach Korrektur an, nicht nach Revolte.

«Das habe ich gesagt?» Der Mann tat erstaunt. «Benehme ich mich wie ein Hase? Du dich wie ein Fuchs?»

«Ich wollte nur ...»

«Schon gut. Ist ja auch kein Wunder, bei der Kälte. Wenn man sich bewegt, so wie du, mag es ja noch angehen. Aber ich?»

«Dann lassen Sie uns zurückfahren. Mir ist auch kalt.»

«Natürlich. Das verstehe ich nur zu gut. Aber da ist eine Sache, die mir nicht aus dem Kopf geht.»

«Ob Sie damit durchkommen? Sie unterschätzen die Sicherungssysteme. Ihre Software wird auffliegen, bevor sie Schaden anrichten kann.»

Der Mann zündete sich eine Zigarette an. «Das will ich gar nicht mal ausschließen. Aber dafür sind andere zuständig. Nur – die Sache mit dem Hasen und dem Fuchs lässt mich nicht los. Da gibt es noch so eine Geschichte, die mich umtreibt. Romulus und Remus. Die Begründer Roms. Eine Wölfin soll die gesäugt haben. Kannst du dir das vorstellen?»

Opdal schwieg.

«Also, ehrlich gesagt, ich kann mir das nicht vorstellen. Ich meine ... warum sollte eine Wölfin das tun? In erster Linie will das Raubtier fressen. Beute machen. Und nicht ausgesetzte Kinder säugen. Was sagst du dazu, als Mathematiker?»

Kraftlos tauchte Opdal die Ruder ins Wasser. «Ist mir egal. Vermutlich ist das ein Gleichnis.»

«Ein Gleichnis? Interessant. Willst du einen Zug nehmen, von der Zigarette?»

Opdal schüttelte den Kopf.

«Ein Gleichnis ...» Der Mann rieb sich das Kinn. «So wie die Geschichte von dem Fuchs und dem Hasen? Und dem Kohlkopf?»

Sein Gegenüber schwieg.

«Ja. Wahrscheinlich hast du Recht. Es wird ein Gleichnis sein. Eine Geschichte, die nicht wörtlich zu verstehen ist. Ein Sinnbild. Aber wofür?»

«Können wir nicht wieder zurückfahren, bitte?»

«Aber natürlich können wir das. Ich habe deine Gastfreundschaft schon viel zu lange in Anspruch genommen.»

Erstaunt sah Opdal ihn an und wendete das Boot.

«Der Fuchs, der Hase und der Kohlkopf», sagte der Mann. «Du bist der Fuchs, ich bin der Hase. Du bist der Hase, ich bin der Fuchs. Ich bin du, und du bist ich. Was brauchen wir da noch den Kohlkopf? Meinst du nicht auch, dass wir den nicht mehr brauchen?»

Opdal zuckte mit den Schultern.

«Ich würde sogar noch weiter gehen. Wenn ich du bin und du ich – warum muss es uns dann zweimal geben?»

Mit einer kraftvollen Bewegung der rechten Hand, die ihm merkwürdig unangestrengt vorkam, beförderte der Mann Opdal ins Wasser, keine drei Meter vom Ufer entfernt. Der machte hektische, unkoordinierte Bewegungen, stöhnte angstvoll.

«Der Kohlkopf – vielleicht ist auch der nicht wörtlich gemeint?»

Der Mann griff hinter sich, um Balance bemüht. Dann

war er nicht mehr zu übersehen. Der Stein. Der Kohlkopf. Der Stein. Opdal schrie, er schrie aus Leibeskräften.

Harald Nansen warf einen Blick hinter sich. Doch wie man es auch drehte oder wendete, schöner wurde die Gegend nicht. Ringstraße. Viel Verkehr, Dreck, Lärm. Er klingelte. Nach einiger Zeit ertönte ein Summton, und er öffnete die Haustür. Der Fahrstuhl war defekt, Harald lief in die dritte Etage. Hörte Kindergeschrei, Sprachfetzen. Vor einer Wohnungstür lag eine umgefallene Mülltüte, leergepresste Orangenhälften und Essensreste hatten sich über den Boden verteilt. Wieder klingelte er, sein alter Kumpel Stig öffnete wortlos und machte eine Geste: Komm rein.

Feuchtigkeit lag in der Luft, es roch nach Alkohol und Nikotin. Er müsste dringend mal lüften. Andererseits, die Fenster zu öffnen war auch keine Lösung, bei den Mengen von Autos, die unten vorbeirauschten.

«Hast du schon gefrühstückt?», fragte Harald.

«Keinen Hunger.»

«Hab Brötchen mitgebracht.»

«Leg sie auf den Tisch.»

Stig bot ihm einen Kaffee an, der Höflichkeit halber sagte Harald nicht nein. Die Wohnung bestand aus einem Wohn- und einem Schlafzimmer. Das Wohnzimmer war vollgestellt mit Elektronik und Bildschirmen, Stig lebte im Internet. Was genau er dort trieb, wollte Harald gar nicht erst wissen. Immerhin war er ein Mann des Gesetzes, alles in allem.

Der Kaffee schmeckte so, wie die Wohnung aussah. Stigs Mund war ein schmaler Strich, die Augen verkniffen. Blass wirkte er, ihm fehlte frische Luft. Zahlreiche Pickel hatten sich in sein Gesicht hineingebohrt, einige im Werden, andere im Vergehen – kleine, pockengelbe Hügel kurz vor der Schmelze.

«Alles in Ordnung so weit, Stig?»

«Leck mich.»

«Nicht bevor du geduscht hast.»

«Dich wollen sie doch auch ficken.»

«Ich weiß.»

«Und was tust du dagegen?»

«Dich besuchen.»

«Du wirst genauso enden wie ich.»

«Kann sein. Aber ich bin kein Höhlenmensch wie du.»

Stig Haga war Bulle gewesen. Zeitweise im selben Team wie Harald. Dann hatte er einen Fehler begangen. Nach einer Dienstfeier hatten sich einige Kollegen über eine junge Polizeianwärterin hergemacht. Anschließend erstattete sie Anzeige wegen versuchter Vergewaltigung. Die Kollegen stritten alles ab. Es stand Aussage gegen Aussage. Dann gab Stig zu Protokoll, sie hätten alle zu viel über den Durst getrunken. Er könne sich an die Einzelheiten nicht erinnern, aber es sei wohl tatsächlich «eines zum anderen gekommen». Und, ja, einige der Kollegen, er wisse allerdings nicht mehr, welche, hätten die Anwärterin tatsächlich «gepackt». Irgendwann sei eine Bluse durch die Luft geflogen, das habe er noch wahrgenommen, bevor er «weggetreten» sei. Zwei Beamte wurden kurz darauf entlassen, die Anwärterin dienstversetzt.

Die Übrigen warteten nur auf den richtigen Moment, um mit dem Verräter abzurechnen. Ein halbes Jahr später fand die Revision Heroin in Stigs Aktentasche. Ein paar Krümel, abgezweigt aus der Asservatenkammer. Gerade erst beschlagnahmt, im Hafen von Oslo. Harald wusste das, andere auch. Stig war trotzdem erledigt.

«Fühlst dich wohl in deinem neuen Job?», fragte der.

Harald nickte. «Nette Leute», sagte er.

«Nett!» Ein Schwall Luft rauschte durch Stigs Nase ins Freie. «Nett heißt nichts anderes als dumm. Die legen dich aufs Kreuz, du wirst schon sehen.»

«Hast du was rausgefunden?»

«Hast du Geld?»

Harald legte einen Umschlag auf den Tisch.

«Scheißverein», sagte Stig. «Wird immer schlimmer.»

«Heißt was konkret?»

«Alles Gute kommt aus Amerika. Auch eine neue App, sehr beliebt unter Bullen. Nennt sich Tiger Text. Ein Messenger-Dienst wie Whatsapp. Hat allerdings den Vorteil, dass sich alles, was du mit Tiger Text verschickst, nach einer bestimmten Zeit von ganz allein löscht. Wie Tinte, die unsichtbar wird.»

«Und?»

«Einige unserer Freunde haben sich das auf ihren Diensthandys installiert.»

«Das ist nicht verboten.»

«Wird es aber, denn damit lassen sich Spuren verwischen. Von wegen Fehlverhalten. Von wegen transparente Polizeiarbeit.» Er griff sich ein Brötchen und biss hinein. «Ich habe mir mal die Einsatzzeiten und, soweit möglich,

Bewegungsprofile der Polizeiwagen an dem Tag angesehen. Ob da vielleicht jemand vor der Insel Ostøya unterwegs war.»

Er schlug sich mit beiden Fäusten auf die Brust, bis das Brötchen zu Boden fiel. King Kong ohne blonde Frau. «Ein Fahrzeug habe ich erwischt. Offiziell war das weiter nördlich im Einsatz, aber ein paar Kilometer Umweg fallen nicht auf. Und rate mal, ob die Tiger Text auf ihrem Handy haben.»

«Gute Arbeit, Stig. Gibst du mir die Namen der beiden?»

«Was darf's denn kosten?»

***

Auf dem Weg zum Flughafen saß Harald am Steuer und redete viel. Er fuhr schnell, Sophie studierte das Innenleben der Fahrzeuge, die sie überholten. Sah schweigende Paare und solche, die sich etwas zu sagen hatten, mal freundlich, mal lebhaft. Mütter, die sich ihren Kindern auf der Rückbank zuwandten. Offenkundig verträumte Fahrer, die nicht immer Spur hielten. Ein merkwürdiges Wechselspiel aus Zufällen, ging es ihr durch den Kopf. Gelegentlich trafen sich ihre und Haralds Blicke. Dann verspürte sie einen leichten Stich, aufsteigende Melancholie. Nicht allein wegen Haralds Ähnlichkeit mit Hassan Maliki. Mehr noch, wenn sie ehrlich war, weil jeder Gedanke an den getöteten marokkanischen Vertrauten sie gleichzeitig an ihr eigenes, ihr seither verlorenes Leben erinnerte. An Berlin. An ihre Freunde dort, die sie seit Ewigkeiten nicht mehr gesehen hatte und vorerst auch nicht wiedersehen würde.

Was Harald über den Besuch bei seinem früheren Kollegen erzählte, wunderte sie nicht. Möglicherweise ein Auftragskiller, eventuell im Duett mit der Polizei: Das große Ganze würde sich erschließen, hoffentlich, im Laufe der Zeit. Die im Dunkeln lassen niemals ab von ihrer Sucht nach Größe und Bedeutung, nach Geld und Macht. Das Dreigestirn der Hybris. Dabei machten sie Fehler, hinterließen Spuren. Darin lag die Chance ihres Teams, von E 39. Eine Weisheit nordamerikanischer Ureinwohner kam Sophie in den Sinn: Du musst nur lange genug am Ufer des Flusses sitzen bleiben, bis du die Leichen deiner Feinde vorübertreiben siehst.

«Sagt dir BlackHawk was?», fragte sie.

«Nein, was soll das sein? Eine Fluggesellschaft?»

«Ist der Name einer Schattenbank. Der größten der Welt. Die sitzen in New York.»

«Okay. Wie kommst du jetzt auf die?»

«Hatte ich dir doch erzählt. BlackHawk und Green Valley. Über die hatte sich Hauke Ingstad im Internet informiert. Laut Suchverlauf auf seinem Computer.»

«Stimmt, ja. Und was ist das, eine Schattenbank?»

«Das ist eine Bank, die offiziell keine ist, juristisch gesehen, und sich als Finanzdienstleister versteht. Eine Schattenbank hat den Vorteil, keinerlei Bankenaufsicht zu unterliegen, aber trotzdem gewaltige Geldmengen zu bewegen. BlackHawk jedenfalls verwaltet über 6300 Milliarden Dollar, hat in mehr als 70 000 Unternehmen investiert und besitzt Anteile von mehreren Prozent aller weltweit gehandelten Börsenwerte. Letztendlich geht es um Vermögensverwaltung, nicht anders als bei Nordic Invest. Die aber sind nur der David, gemessen am Goliath BlackHawk.»

«Haben die was miteinander zu tun?»

«Das müssen wir herausfinden.»

Harald strich sich über den Bart. «Du wolltest dich um Tom Phillips kümmern. Unseren Komapatienten. Was ist das für ein Typ?»

Sophie schürzte die Lippen. «Ja … Ehrlich gesagt, das hatte ich fast verdrängt.»

«So schlimm?»

«Der ist ein Enthüllungsjournalist.»

«Ach du Scheiße. Wie du früher?»

Sie schwieg. Irgendwann grunzte Harald und klopfte ihr mit der rechten Hand aufs Knie. «Wenn du willst, übernehme ich den. Ist für dich wohl leicht traumatisch, oder? Da kommen alte Erinnerungen hoch.»

Wieder schwieg Sophie.

«Schon gut, wir finden eine Lösung», fuhr Harald fort. «Was genau enthüllt er?»

«Sein großes Thema ist amerikanische Außenpolitik. Big Business und die Geheimdienste.»

«Wow! Ist ja geradezu dein Blutsbruder, was? Suchet und ihr werdet finden, sprach der Herr. Und ihr habt euch nicht gesucht und trotzdem gefunden! Muss ich eifersüchtig werden, Sophie?» Er lachte.

«Fragt sich, was er mit Hauke Ingstad zu tun hatte.» Sophie ließ sich keine Regung anmerken.

«In der Tat. Das wird spannend.» Harald schien zu überlegen. «Weißt du, was mich wundert, Sophie? Diese ganze Geschichte hier ist völlig abgedreht, und wir wissen nichts. Aber auf einmal fliegen uns die Indizien geradezu um die Ohren. Das ist doch merkwürdig, oder?»

«So ist das Leben, würde ich sagen. Die Dinge passieren, und irgendwann machst du dir einen Reim drauf. Dann liegt es an dir, welche Schlüsse du daraus ziehst.»

«Das hätte meine Mutter genauso sagen können.»

«Sehr gut, eine vernünftige Frau. Glaubt sie an Gott? Das tue ich allerdings nicht.»

Mochte sein, dass Harald diese Wendung nicht gefiel. Jedenfalls wechselte er das Thema. «Sag mal, da war doch noch was. Auf dem Computer von Ingstad. Was der gegoogelt hat. Neben BlackHawk.»

«Green Valley.»

«Genau. Der hatte es mit Farben, was? Erzähl mal.»

«Weißt du, was ich mich frage? Warum er das gegoogelt hat. Ich meine, er war der stellvertretende Chef von Nordic Invest. Der muss sich doch nicht Informationen beschaffen wie ein Schüler fürs Referat.»

«Vielleicht hatte er Langeweile. Oder wollte einfach mal sehen, was … was … in der Öffentlichkeit bekannt ist, keine Ahnung.»

Sophie trommelte mit den Fingernägeln gegen das Seitenfenster. «Green Valley ist eine norwegische Firma für Hochleistungsrechner. Hier im Land hat sie drei Niederlassungen, alle angesiedelt in der Nähe von großen Wasservorkommen. Um Hydroenergie zu erzeugen, zur Kühlung der Rechner. Das ist ein riesiges Geschäft, war mir auch neu. Google zum Beispiel hat in Finnland investiert, Facebook in Schweden. Es geht um die Speicherung gewaltiger Datenmengen, und dafür braucht es Strom. Möglichst billigen Strom in kalten Ländern. Die Gebäude mit den Rechnern sind riesig, groß wie Fußballfelder. Das alles herzustellen kostet locker mal eine halbe Milliarde. Die laufenden Kosten allerdings sind gering, es braucht kaum Personal. Am wichtigsten sind die Computerexperten, hinzu kommen einige Verwaltungsangestellte, der Sicherheitsdienst und Techniker.»

«Und wo gibt es das in Norwegen?»

«Das größte Werk ist in Odda, an der Westküste. Gehört Green Valley. Rate mal, wer da der Hauptkunde ist.»

«Nordic Invest?», fragte Harald.

«Gefolgt von BlackHawk. Obwohl die Amerikaner noch keinen Nutzungsvertrag unterschrieben haben. Die entsprechenden Verhandlungen laufen noch.»

Harald starrte sie an.

«Guck lieber nach vorne, ich würde gerne lebend ankommen.»

«Muss alles nichts heißen», resümierte Harald und schaltete einen Gang herunter. «Aber irgendwas ist da faul. Das siehst du wahrscheinlich auch so, oder?»

«Keine Ahnung. Jedenfalls haben wir wohl einen ähnlichen Sinn für Bilder und Zeichen.»

Das Flugzeug aus New York landete pünktlich. Harald und Sophie nahmen Emma Davis gleich hinter der Passkontrolle in Empfang. Die Lebensgefährtin von Tom Phillips, der im Zentralkrankenhaus von Oslo lag und tot wäre, hätte Sophie ihn nicht in Ingstads Sommerhaus auf Ostøya aufgefunden. Eine Frau in Sophies Alter mit rothaarigem Bubikopf und Sommersprossen, die ihnen kurz die Hand reichte und sich als Erstes nach Toms Gesundheitszustand erkundigte.

«Er hat sich nicht verändert», sagte Sophie. «Weder zum Guten noch zum Schlechten.»

«Was sagen die Ärzte?»

«Sie werden Gelegenheit haben, mit ihnen zu reden.»

Harald verstaute ihr Gepäck im Kofferraum, anschließend fuhren sie zurück in die Innenstadt. Sophie hatte sich zu Emma Davis auf die Rückbank gesetzt.

«Wie fühlen Sie sich?», fragte Sophie.

«Wie soll ich mich fühlen … Beschissen eben.»

«Trotzdem danke, dass Sie mit uns kooperieren.»

«Das wird sich zeigen. Und glauben Sie mir: Normalerweise vertraue ich keinen Bullen.»

«Wir sind keine echten Bullen», warf Harald ein.

«Wie ihr euren Verein nennt, ist mir egal. Ihr arbeitet für den Staat, für die Security, und das verheißt nichts Gutes.»

«Und warum lassen Sie sich trotzdem auf uns ein?», fragte Sophie.

«Habe ich eine andere Wahl?» Abrupt wandte sie ihren Kopf der Sitznachbarin zu. «Außerdem habe ich ein paar Erkundungen über Sie eingezogen, Frau Schelling. Früher haben Sie mal auf der richtigen Seite gestanden, nicht wahr?»

«Welche wäre das?»

«Auf unserer. Den *muckrakers*. Denen, die den Dreck hervorkehren.»

«Glauben Sie mir, wir ziehen am selben Strang. Wir wollen alle wissen, wer auf Ihren Freund geschossen hat.»

«Wer ist wir?»

«Unser Verein. Sie werden uns noch kennenlernen.»

Davis schwieg einen Moment. «Was dagegen, wenn ich mir eine Zigarette anzünde?», fragte sie.

«Ja», sagte Sophie.

«Nein», konterte Harald und fragte, welche Marke sie rauche.

«Winston.»

«Bei Gott! Die habe ich früher auch geraucht. Geben Sie mir gerne eine, wenn ich bitten darf. Dann sage ich Ihnen auch nicht, dass Sie sich anschnallen sollen. Ob Sie so umkommen oder anders, ist dann auch egal.»

Die Amerikanerin lächelte und reichte ihm eine Zigarette. Eine Weile rauchten sie wortlos, verloren sich Emma Davis' Blicke in der Schneelandschaft.

«Ich soll Sie herzlich grüßen», sagte sie schließlich, an Sophie gewandt.

«Tatsächlich? Ich habe wenig Freunde in Ihrem Land.»

«Ein paar schon. Mary Robertson zum Beispiel.»

Das allerdings verschlug Sophie fast die Sprache. «Sie kennen sich?»

«Über Tom. Die beiden sind befreundet.»

Sophie schüttelte den Kopf. «Das gibt's doch nicht. Die Welt ist wirklich klein. Mary weiß, dass Sie hier sind?»

«Klar. Nicht nur sie.»

«Könnte mal jemand dem Chauffeur erklären, wer diese Mary Robertson ist?»

«Eine Professorin in Harvard, die ich in Hamburg kennengelernt habe», erklärte Sophie.

«Ja, sehr kritisch gegenüber dem Staat und seinen Schweinereien», ergänzte Emma Davis.

«Davon gibt es viele», kommentierte Harald.

«Sie war befreundet mit Marc Lindsey, der über Amerikas Kriege recherchiert hat. Und eines Tages war der tot. Angeblich ein Verkehrsunfall. Mary hat Frau Schelling säckeweise Informationen zukommen lassen, über Marc und dessen Recherchen. Und was haben Sie daraus gemacht?» Sie wurde laut.

«Alles zu seiner Zeit», murmelte Sophie. Der Vorwurf traf sie völlig unvorbereitet.

«Ach, Quatsch. Sie haben irgendwelche Deals gemacht, nehme ich doch an. Mit den Norwegern, mit den Amerikanern. Jetzt sind Sie hier, man lässt Sie in Ruhe, und Marc zahlt den Preis des Vergessens.»

Sophie sah Haralds fragende Blicke im Rückspiegel. Gerade wollte sie etwas sagen, doch Davis kam ihr zuvor.

«Hören Sie schon auf. Ich will's gar nicht hören, Ihre Ausflüchte. Marc und Mary wären die Letzten, die Ihnen daraus einen Vorwurf machen würden. Wir müssen alle irgendwie klarkommen, ist es nicht so?»

Der Wagen hielt vor dem Thon Hotel Cecil, unweit des Storting, des Parlaments. Sophie begleitete Emma Davis an die Rezeption und auf ihr Zimmer. Dessen Lage gefiel Sophie nicht, am Ende eines Ganges. Womöglich bemerkte ihre Begleiterin die kritischen Blicke.

«Was?» Davis warf den Koffer aufs Bett. «Gefällt's Ihnen hier nicht?»

«Ich bin mir nicht sicher. Bestehen Sie darauf, hier zu übernachten?»

«Ich geh auch ins Hilton, wenn Sie's bezahlen.»

«Ja, wir hätten da tatsächlich was Besseres im Angebot. Warten Sie bitte einen Moment. Ich muss das kurz mit meinem Begleiter klären.»

Sophie musste Harald nicht lange überzeugen. Das Hotel hatte einen Nebenausgang, der auf die Flaniermeile Stortingsgata führte, wo sie in der Menschenmenge untertauchten.

Mehrere Patientenzimmer waren vom hell erleuchteten Flur des Krankenhauses durch Glasscheiben getrennt. Die meisten Vorhänge waren zugezogen und sorgten für Sichtschutz. Mehrere bewusstlose oder komatöse Patienten lagen auf dieser Station, offenbar angedockt an technisches Gerät, das in regelmäßigen Abständen wenig anheimelnde Geräusche von sich gab. Vor allem die Beatmungsgeräte zischten und stöhnten, als seien sie kleine Dampfloks. In einem der Zimmer hockte Emma Davis auf der Bettkante, strich Tom Phillips übers Gesicht und redete auf ihn ein. Ihr kerzengerader Rücken bildete einen rührenden Kontrast zu ihren anhaltenden Versuchen, einigermaßen Halt auf seiner Bettkante zu finden. Ihre Gefühle hatte sie offenbar unter Kontrolle, sie weinte nicht.

Phillips' Zukunft war ein Würfelspiel. Die Kugel hatte einen Lungenflügel getroffen und eine Rippe zersplittert. Leider war einige Zeit zwischen dem Schuss und dem Eintreffen des Rettungshubschraubers vergangen. Die

Verletzung hatte einen Unterdruck in dem betroffenen Lungenflügel erzeugt, der daraufhin für die Atmung ausgefallen war. Wie lange, das wusste niemand. Im Hubschrauber bereits war er künstlich beatmet worden. Doch die vorherige Atemnot, die Unterversorgung des Gehirns mit Sauerstoff, hatte Phillips ins Koma fallen lassen. Sein Krankheitsbild Pneumothorax ließ alle Optionen offen, von vollständiger Genesung bis zu ewiger Umnachtung.

«Woran hat er zuletzt gearbeitet?», fragte Harald. Sie saßen mit dem Rücken zur Glaswand und sahen gelegentlich ins Krankenzimmer.

«Als Enthüllungsjournalist, meinst du?» Sophie atmete tief ein. «Über BlackHawk.»

«Ach was. Nicht über Green Valley?»

Sophie stutzte. «Wie meinst du das?»

«Ich verstehe nicht, dass ich dir alles aus der Nase ziehen muss. Das ist doch eine wichtige Information! Da kannst du doch nicht darauf vertrauen, dass ich irgendwann schon die richtigen Fragen stelle. Ich hab dir doch auch von meinem Besuch bei Stig erzählt, der armen Sau. Auch ohne schriftliche Einladung deinerseits.»

«Sorry, ich dachte, das hättest du selber herausgefunden. Dein Handy hat doch Internetanschluss, oder nicht? Einfach den Namen in der Suchmaske eintragen, schon bist du bei seinem großen Thema BlackHawk.»

Harald fluchte in einer orientalischen Sprache.

«Das ist nicht in Ordnung, Sophie. Aber ich will mich mit dir nicht streiten. Ehrlich gesagt: Ich glaube, dass deine alte Geschichte in Marokko bei dir noch nachwirkt. Weil du selber mal Journalistin warst. Und jetzt genauso da liegen könntest wie Tom Phillips.»

Sophie schaltete den Fernseher ein. Der Flachbildschirm war an der Wand befestigt, aus irgendeinem Grund lag die Fernbedienung bei ihnen auf dem Beistelltisch. Er hatte ja Recht. Es kam ihr selber vor, als blicke sie in einen Spiegel. Sie drehte den Ton ab.

«BlackHawk ist auf dem Weg zur globalen Vorherrschaft», sagte Sophie. «Der größte Aktionär weltweit und auch in Europa. Tom Phillips hat in dem Zusammenhang interessante Fragen gestellt. Wird ein Unternehmen wie BlackHawk nicht zwangsläufig zum Totengräber der Marktwirtschaft? Einfach deswegen, weil es in vielen wirtschaftlichen Bereichen eine Monopolstellung innehat? Wie kommt es, dass dieser Krake in der Öffentlichkeit weitgehend unbekannt ist, dass weder Politik noch Medien Alarm schlagen? Gefährdet eine Firma, deren Bilanzsumme das Bruttosozialprodukt der meisten Länder in den Schatten stellt, nicht zwangsläufig die Demokratie?»

«Beliebt hat er sich damit nicht gemacht, so viel steht fest», kommentierte Harald.

«Ja, aber deswegen hat niemand auf ihn geschossen. Dafür ist er ein zu kleines Licht, und er ist nicht der Einzige, der sich kritisch mit BlackHawk befasst. Er muss etwas herausgefunden haben, von dem andere nicht wollen, dass es an die Öffentlichkeit gelangt.»

Harald nickte. «Aber was?»

«Die Antwort finden wir hier. In Norwegen. Was hatte

Tom Phillips mit Hauke Ingstad zu schaffen? Woher kannten sich die beiden? Ich bin mir sicher, Ingstad war sein Informant.»

«Gut möglich. Was hat BlackHawk mit Nordic Invest zu tun? Das ist die entscheidende Frage.»

Im Fernsehen zeigten sie Bilder einer Leiche in Odda, mit einem Strick am Bein, einem weiteren um den Hals. Sophie stellte auf laut. Erling Opdal, der Leiter des dortigen Rechenzentrums von Green Valley, sei tot am Rande des Fjordes aufgefunden worden. Spaziergänger hätten den Toten entdeckt, genauer deren Jagdhund. Der habe angeschlagen und einen Ball im Wasser angebellt, der sich dann als Kopf des Opfers herausstellte. Die Polizei gehe von einem Gewaltverbrechen aus.

Sophie und Harald sahen einander wortlos an.

***

Eisige Dornen fegten durch die Straßen der Stadt, Menschen hasteten über die Bürgersteige, unterwegs zur Arbeit, zu einer Verabredung, ihren Einkäufen. Weiße Wasserdampfschwaden entstiegen dem Unterleib New Yorks, der Verkehr staute sich. Heftiger Schneefall verkürzte die Sicht, obwohl die Scheibenwischer auf Hochtouren arbeiteten. Der Chauffeur zog es vor zu schweigen, abgesehen von der Begrüßung am Flughafen. Was sollte er auch sagen. Er musste doch wahnsinnig werden, sobald er anfing nachzudenken und die hässliche Wahrheit in sein Bewusstsein drang. Die Kluft, wie sie etwa zwischen ihnen beiden bestand, würde nie zu überwinden sein. Die Armen blieben arm, die Reichen reich.

Roar Thuland staunte über den abrupten Wechsel der Landschaft. Bestimmten vor kurzem noch Hochhäuser und Straßenschluchten das Bild, fuhren sie jetzt durch eine Gegend, die an England denken ließ, an Herrensitze und Adelsgeschlechter, vor der Industrialisierung. Keine zwei Stunden vom Flughafen entfernt schlängelten sich Feldwege durch kleine Wälder und sanft ansteigende Wiesen. Durch das geöffnete Fenster, die erste frische Luft seit Oslo, hörte er das Rauschen von Bächen. Hinter meilenlangen, unauffälligen Zäunen und dichten Hecken waren ab und zu vereinzelte Gebäude auszumachen, Gehöfte, schneebedeckt wie das weite Land. Die Wolken hatten sich aufgelöst, kalt stand die Sonne am Himmel. Pferdekoppeln, so weit das Auge reichte. Jahrhundertealte Eichen mit weit ausladenden, knorrigen Ästen säumten die Straßen, ebenso verwitterte Steinmauern. North Salem, eine der wohlhabendsten Gemeinden Amerikas, war der bevorzugte Zufluchtsort der Superreichen von New York, neben Long Island. Auch Steve Shelby verbrachte seine Zeit überwiegend hier, auf seinem Landsitz, der zwanzig Hektar maß. Wie die meisten Milliardäre der Gegend widmete auch er sich mit Vorliebe der Pferdezucht. In der Ruhe lag die Kraft: Seit J. P. Morgan hatte niemand die Finanzmärkte so nachhaltig bewegt wie Steve Shelby, CEO von BlackHawk und fünftreichster Mann der Welt.

Der Wagen hielt vor dem Herrensitz, dessen Hauptgebäude noch aus der Zeit vor der Unabhängigkeit stammte.

Inklusive der umliegenden Anbauten erreichte das schlossähnliche Anwesen die Ausmaße einer größeren Hotelanlage. Wenig wusste die Öffentlichkeit über Shelby, der so gut wie nie Interviews gab, dessen Leibwächter jeden Fotografen auf Distanz hielten. Allgemein bekannt war lediglich, dass er die weltweit größte Miniatur-Eisenbahnanlage besaß, im Wert von drei Millionen Dollar. Sie allein füllte einen ganzen Seitenflügel. Außerdem war er Eigentümer einer umfassenden Sammlung historischer Waffen aus mehreren Jahrhunderten, auch sie weltweit die größte, um die ihn jedes Museum beneidete.

Nachdem ein Diener beflissen den Seitenschlag geöffnet hatte, schälte sich Thuland aus der Limousine. Er war nicht der einzige Gast, eine ganze Batterie edler Karossen – die Marken Bentley, Rolls-Royce, BMW und Mercedes stachen hervor – parkte entlang der Auf- und Abfahrt. Sein Weg führte ihn an den beiden schweren Sandsteinsäulen vorbei, gemessenen Schrittes stieg er die marmornen Stufen empor. Oben angekommen, öffnete sich wie von unsichtbarer Hand eine schwere Flügeltür, geleiteten dienstbare Geister den Besucher die wenigen Meter über den gekachelten Schachbrettboden zur Garderobe, an der sich die Crème de la Crème der Hochfinanz eingefunden zu haben schien. Ein summendes Stimmengewirr lag in der Luft, Hände suchten einander zur Begrüßung. Einige Gesichter kannte er, darunter die Chefs von Großunternehmen, deren Namen gleichzeitig Markenzeichen waren. Eine weiterhin verborgene Regie geleitete die Anwesenden durch zwei kleinere Türen in Richtung des Treppenhauses, in dessen Mitte ein gläserner Fahrstuhl im Jugendstil-Design, eingefasst von gusseisernen, beinahe lebensgroßen Nymphen und Nixen, für die Betagteren unter den Herrschaften bereitstand. Die Übrigen, und das waren die meisten, zogen es vor, über die den Lift zu beiden Seiten umfassende Freitreppe in die zweite Etage zu gelangen, wo ein mit mehreren Dutzend samtroter Rokoko-Stühle ausgestatteter Salon im Stil eines Wiener Ballhauses – übergroße Lüster, Deckengemälde mit religiösen Motiven, Spiegelwände, mit Kordeln eingefasste, samtschwere Vorhänge – die Besucher in Empfang nahm. Ein für amerikanische Verhältnisse durchaus souveränes Jonglieren mit verschiedenen Ausdrucksformen und Epochen, das bei Architekten wie auch Innenausstattern gleichwohl ein gewisses Maß an Selbstverleugnung vorausgesetzt haben dürfte.

Am meisten aber staunte Thuland über die ausladenden, von der Decke baumelnden Wattebäusche, die sich als verkleidete Kronleuchter erwiesen, ein weiteres eklektizistisches Ausrufezeichen. Routiniert warf er einige *How are you, Nice to see you* in die Runde, die sich allmählich auf die Sitzplätze verteilte, zu Füßen einer Bühne, auf der sich mittig ein Stehpult mit Mikrofon befand. Livrierte Kellner balancierten Tabletts mit Getränken, den Anwesenden zur Erfrischung. Ausschließlich junge Männer, keine Frauen, was eher keine Rückschlüsse auf eventuell vorhandene Vorlieben privater Natur erlaubte, sondern, im Gegenteil, das Bemühen des Hausherren unterstrich, sich allein der Sache selbst zuzuwenden, den untadeligen Bilanzen. Shelby stand im Ruf eines Asketen, Ausschweifungen gleich welcher Art waren ihm offenbar fremd, abgesehen natürlich von seiner Residenz. Da die meisten der geladenen Finanzmagnaten Männer waren, hätten attraktive Serviererinnen den einen oder anderen nur unnötig abgelenkt.

Unvermittelt trat der Gastgeber auf die Bühne. Ein großgewachsener Mann mit Bauchansatz und Halbglatze. Seine Brille wie auch der graublaue Anzug erweckten den Eindruck, als seien sie günstig erstanden worden. Auch die Armbanduhr, die Thuland auffiel, als er auf das Mikrofon klopfte, ließ keinerlei Extravaganz erkennen. Unverzüglich erstarben die Gespräche, und Steve Shelby ergriff das Wort. Nach einer lockeren Begrüßung, gefolgt von mehreren freundlichen Lachern aus dem Publikum, kam er zur Sache.

«Sie werden mir zustimmen, meine sehr verehrten Damen und Herren, dass wir uns alle gemeinsam auf einer Reise befinden, mit dem Ziel, die Welt zu verändern. Und wir haben sie bereits unseren Vorstellungen in einem Maße angepasst, wie es keiner Generation vor unserer je gegeben war. Allen Finanzkrisen zum Trotz haben wir Gewinne jenseits unserer kühnsten Träume eingestrichen», sagte er geradeheraus. Im Saal war absolute Ruhe eingekehrt. Thuland nahm Erstaunen und Bewunderung auf den Gesichtern seiner Sitznachbarn wahr.

«Mehr noch», fuhr Shelby fort. «Wir führen einen Klassenkrieg. Ganz recht, wir sind es, die diesen Krieg führen, die Klasse der Reichen, und wir sind es auch, die diesen Krieg gewinnen werden.» Sein rechter Zeigefinger wies in die Höhe, als er das sagte, sein Tonfall zeugte von Leidenschaft. Vereinzelt wurde geklatscht.

«Heute nun stehen wir kurz vor dem nächsten Schritt. Es stellt sich die Frage, ob wir eine globale Gemeinschaft erschaffen können, die für alle funktioniert. Die Regierungen sind überfordert oder unfähig, wenn es darum geht, den Terror zu bekämpfen, die Flüchtlingsströme aufzuhalten oder den Klimawandel anzugehen. Ob wir wollen oder nicht, wir werden lernen müssen, mehr Verantwortung zu übernehmen, falls erforderlich, auch gegen bestehende Regierungen.» Der aufbrausende Beifall erinnerte an das Ende eines Konzertes, einige Bravorufe ertönten.

Shelby machte eine abwehrende Geste. «Ungeachtet unserer großen Erfolge dürfen wir den Bogen aber nicht überspannen. Viel zu viele Menschen müssen mit geringen Lohnzuwächsen und einer Altersversorgung leben, die oft genug unzureichend ist. Beides zusammen ist eine wesentliche Ursache für die Angst und die Polarisierung, die wir überall auf der Welt beobachten.» Er machte eine Pause, faltete die Hände wie zum Gebet. «Wir haben kein Interesse an Aufständen oder inneren Unruhen. Wir begrüßen es, wenn der Populismus von rechts und links die Unzufriedenen wieder einfängt und deren Energien in ganz andere Bahnen lenkt. Dennoch sollten wir die Risiken nicht übersehen, die damit einhergehen.»

Er griff zum Wasserglas, nahm einen Schluck. Eine geschickte dramaturgische Zäsur, so empfand es Thuland. «Der finanzielle Erfolg unserer Unternehmen reicht daher nicht mehr aus, um sie weiterhin auf Erfolgskurs zu halten. Sie müssen auch einen sozialen Zweck erfüllen. Sie müssen ihren Aktionären ebenso von Nutzen sein wie ihren Angestellten. Andernfalls verlieren sie ihre Daseinsberechtigung.» Wieder hielt er inne, blickte in die Gesichter, die ihm ebenso aufmerksam wie abwartend folgten.

«Aus diesem Grund», so Shelby weiter, «werden wir künftig verstärkt in das Geschehen eingreifen und den entsprechenden Unternehmenswandel vorantreiben. Alles Weitere sollten wir im persönlichen Gespräch klären. Ich danke Ihnen für Ihre Aufmerksamkeit, meine Damen und Herren.» Thuland war der Erste, der ein weiteres Mal Beifall klatschte, andere folgten, am Ende klatschten sie alle, aber die Irritation, die seine Rede ausgelöst hatte, äußerte sich in einem überwiegend disharmonischen Rhythmus. Shelbys Ansprache war nichts weniger als eine Regieanweisung, die er und seine Mitarbeiter beim anschließenden Büffet näher erläutern würden. Die Hierarchie der Wertschätzung wäre daran zu ermessen, wen Shelby persönlich, und in welcher Reihenfolge, ansprach. Insoweit hatte er, Thuland, offenbar den Hauptgewinn gezogen, denn Shelby steuerte zügig auf ihn zu, kaum hatte er die Bühne verlassen.

«Hi, Roar», dröhnte er, und sein Name hörte sich, englisch ausgesprochen, nicht sehr *hyggelig* an.

Berit Berglund stützte sich mit beiden Händen auf den Tisch. «Sie können an dieser Unterredung nicht teilnehmen», sagte sie, an Emma Davis gewandt, die gemeinsam mit Sophie und Harald ihr Büro betreten hatte.

«Okay», erwiderte die Amerikanerin tonlos und verließ den Raum. Mit leicht gedämpfter Stimme fuhr Berit fort: «Das geht nicht, ihr beiden. Unsere Zentrale ist kein Hotel. Sie kann hier nicht bleiben.»

«Wir haben doch Platz genug», wandte Sophie ein.

«Darum geht es nicht. Sie muss nicht wissen, was hier passiert.»

Nicht viel, dachte Sophie, behielt den Kommentar aber für sich.

«Warum habt ihr sie hierher geholt?», fragte Berit. «Gibt es Hinweise darauf, dass ihre Sicherheit gefährdet ist?»

«Sie ist die Freundin von Tom Phillips», entgegnete Harald. «Und der liegt im Koma.»

«Na schön. Dann suchen wir ihr ein Hotel in der Nähe einer Polizeiwache. Einverstanden?»

Sophie nickte ebenso wie Harald.

«Gut. Dann kommen wir jetzt zu Erling Opdal, dem Leiter des Rechenzentrums von Green Valley in Odda. Ihr habt die Berichte in den Medien verfolgt. Ein Selbstmord ist möglich, aber wenig wahrscheinlich, sagen die Behörden. Es sei denn, er wäre Komiker gewesen und hätte sich deswegen einen Strick um den Hals gebunden. An dem anderen Strick, dem um seinen Fuß, war ein Stein befestigt. Stellt sich die Frage nach dem Motiv und dem Täter.»

«Haben wir Zeugen?», fragte Harald.

«Nein, keine. Nur den Pförtner. Der hat gesehen, dass Opdal gegen Mitternacht nochmals ins Rechenzentrum zurückgekehrt ist, in Begleitung eines Mannes.»

«Irgendeine Beschreibung?», fragte Sophie.

«Nein, es war wohl zu dunkel. Normalerweise hätten wir mit dem Fall nichts zu tun. Wäre da nicht die Verbindung zu Nordic Invest. Bei Green Valley unterhalten die ihren größten Rechner. Somit ist das der zweite Tote in Sachen Staatsfonds, nach Hauke Ingstad. Der dritte, wenn man seine Frau dazurechnet, aber die hatte mit der Firma nichts zu tun. Allmählich wird die Regierung nervös, das kann ich euch versichern.»

«Nicht nur Nordic Invest nutzt die Rechner in Odda. Auch BlackHawk», warf Sophie ein. Sie wusste, dass Harald sich die ganze Nacht über gründlich in die Materie eingelesen hatte. Umgehend setzte er an zu einem Briefing – bevor sie es tun konnte. Innerlich musste Sophie lächeln.

«Na denn», sagte er. «Die größte Schattenbank der Welt, gleichzeitig der größte Vermögensverwalter. Ein globaler Geldriese mit Kunden in mehr als 100 Ländern.»

«Also ein Konkurrent von Nordic Invest», bemerkte Berit.

«Ja und nein. Ich komme dazu noch. Kritiker werfen BlackHawk vor, als Großaktionär den marktwirtschaftlichen Wettbewerb zu unterlaufen. Außerdem arbeitet dieser Finanzriese aus New York sehr eng mit Aufsichtsbehörden und Regierungen weltweit zusammen. Dadurch verschwimmen die Grenzen zwischen privatem Kapital und dem Staat. BlackHawk ist unglaublich gut vernetzt, vor allem in den USA und Europa. Entsprechend konnten die bisher alle Versuche einer Regulierung unterlaufen. Aufgrund ihrer Finanzmacht kann BlackHawk letztendlich jede Regierung unter Druck setzen. Wenn die Brüder etwa auf die Idee kämen, gegen die Norwegische Krone zu spekulieren, hätten wir ein sehr ernstes Problem. Deswegen bekommt deren Chef, Steve Shelby, auch jederzeit einen Termin, bei jedem Präsidenten, bei jedem Notenbank-Chef dieser Welt.»

Er hielt inne und suchte Sophies Blick. Sie fuhr fort: «Anders als BlackHawk ist Nordic Invest keine Schattenbank. Aber beide sind Fondsgesellschaften. Einerseits sind sie Konkurrenten. Andererseits ziehen sie am selben Strang. Nehmen wir beispielsweise VW-Aktien, die in Frankfurt gehandelt werden. Sowohl BlackHawk wie auch Nordic Invest besitzen umfangreiche VW-Aktienpakete, BlackHawk in der Größenordnung von acht Prozent des Gesamtvolumens, Nordic Invest von rund vier Prozent. Egal, über welche werthaltigen Aktien wir reden, an welcher Börse auch immer: BlackHawk ist immer dabei, Nordic Invest meistens. Das bedeutet geballte Marktmacht. Unterm Strich ergeben sich daraus Absprachen und Synergieeffekte. Auch hinsichtlich von Personalentscheidungen, wer Chef einer Bank wird oder eines Konzerns beispielsweise. Das letzte Wort hat im Zweifel BlackHawk. Nordic Invest wiederum ist der größte Staatsfonds der Welt, wie du weißt. Und der zweitgrößte Fonds überhaupt nach BlackHawk. Es wäre ein Wunder, wenn beide Seiten, BlackHawk und Nordic Invest, nicht auf die eine oder andere Weise miteinander kommunizieren würden.»

«Kurzum», so Harald, «wir reden von richtig großem Geld.»

«Mit dem Unterschied», ergänzte Berit, «dass Nordic Invest gewissen Werten verpflichtet ist. Beispielsweise nicht in umweltschädliche Technologien investiert. Außerdem hat bei uns die Regierung im Zweifel das letzte Wort.»

«Nun ja», warf Sophie ein. «Das mit dem letzten Wort

ist so eine Sache. Die Norwegische Staatsbank, also juristisch gesehen die Eigentümerin von Nordic Invest, ist mittlerweile auch börsennotiert, wenngleich, da hast du Recht, die Regierung drei Viertel der Aktienanteile hält. Das ist politisch so gewollt, aus gutem Grund. Und jetzt rate mal, wer der größte private Investor der hiesigen Staatsbank ist.»

«Verstehe», murmelte Berit. «BlackHawk. Die haben ihre Finger offenbar überall drin.»

«Das kannst du laut sagen», kommentierte Sophie. «Die Frage ließe sich erweitern: Wer ist der größte Investor jedes beliebigen Bankinstitutes in der westlichen Hemisphäre, soweit die betreffende Bank über eine marktbeherrschende Stellung verfügt?»

«Nordic Invest ist der Fuchs, wenn du so willst», ergänzte Harald. «BlackHawk aber der Schakal. Was glaubst du wohl, wer sich im Zweifel durchsetzt?»

«Wie sind die denn so reich geworden, bei BlackHawk?», fragte Berit, und es hörte sich recht hilflos an.

«Das sind Kriegsgewinnler», sagte Harald. «Ursprünglich war BlackHawk eine mittelgroße Klitsche, die vor allem mit Hedgefonds ordentlich gezockt hatte. Dann kam der Crash 2008. Steve Shelby war einer der ganz wenigen Börsengurus, die das System der toxischen Aktien und der Junk-Bonds verstanden hatten. Sein kometenhafter Aufstieg begann in dem Moment, als die US-Notenbank ihm den Auftrag erteilte, dieselben Junk-Bonds, die er und seinesgleichen zuvor auf den Markt geworfen hatten, wieder zu entsorgen, ohne dass es zur Kernschmelze an den Börsen kommt. Er ist also fürstlich dafür entlohnt worden, die Bombe wieder zu entschärfen, die er selbst gelegt hatte. Das ist ihm gelungen. Die beste Referenz, um anschließend ins seriöse Fach zu wechseln und BlackHawk zum größten Vermögensverwalter werden zu lassen, und das innerhalb von gerade mal fünf, sechs Jahren.»

«Al Capone, dein Freund und Helfer», resümierte Sophie.

Berit lief auf und ab in ihrem Büro, die Hände hinter dem Rücken verschränkt. Den Blick auf den Oslofjord gerichtet fragte sie: «Und was hat das alles nun mit Erling Opdals Tod zu tun? Oder dem von Hauke Ingstad und seiner Frau?»

«Gute Frage», entgegneten Harald und Sophie, beinahe synchron.

Emma Davis schlug vor, in ihr Thon Hotel Cecil zurückzukehren. Sie hatte ja noch nicht ausgecheckt. Sophie und Harald begleiteten sie dorthin, mangels Alternativen. Die anderen Hotels, die ihnen vorschwebten, waren ausgebucht. Zu ihrer Überraschung trafen sie dort auf ein größeres Polizeiaufgebot. Nachdem sie sich ausgewiesen hatten, ließ man sie hinein, auch Emma Davis. Der zuständige Kommissar begrüßte sie freundlich, vor allem die Amerikanerin.

«Eine glückliche Fügung, Frau Davis», sagte er. «Dass Sie gerade jetzt hier vorbeischauen. Wollten Sie auf Ihr Zimmer?»

«Das hatte ich vor, ja.»

Der schlanke Hals des Kommissars wurde umrundet

von einem viel zu weiten, weißen Hemdkragen, seinerseits eingefasst von einer leicht speckig anmutenden, hellblauen Krawatte. Wenn er sprach, hüpfte sein Adamsapfel auf und nieder. Sophie kam ein gedribbelter Basketball in den Sinn. Was der Kommissar zu sagen hatte, weckte allerdings ganz andere Empfindungen. Ein Mann hätte sich heute frühmorgens am Empfang gemeldet und sich nach dem Zimmer von Frau Davis erkundigt. Der Portier habe ihm mitgeteilt, dass er ihm das nicht sagen dürfe. «Daraufhin», so der Kommissar, der, dem ledernen und ausgemergelten Gesicht nach zu urteilen, kurz vor seiner Pensionierung stehen mochte, «hat der Mann eine Pistole gezogen und sie dem Portier in den Mund gerammt. Anschließend haben beide Ihr Zimmer aufgesucht, Frau Davis, der Portier unfreiwillig. Der musste mit einer Plastikkarte die Tür öffnen, daraufhin hat der Mann sofort das Feuer eröffnet, auf das Bett. In dem Sie aber glücklicherweise nicht lagen.»

Emma Davis ließ einen Pfiff hören.

«Wie geht es dem Portier? Lebt er noch?», fragte Sophie.

«Mehr oder weniger. Er ist nicht mehr der Jüngste und hat einen Herzinfarkt erlitten. Wahrscheinlich wegen der Aufregung. Aber er ist im Krankenhaus und kommt durch, sagen die Ärzte.»

Die Bilder der Überwachungskameras halfen nicht weiter – der Unbekannte hatte sich eine Pudelmütze mit Sichtschlitz über den Kopf gezogen. Trotzdem hatte Sophie das Gefühl: Er könnte es sein. Der Mann, dem sie bereits in Ostøya begegnet war, von weitem.

Das war ja das Problem mit den Bullen, wie Harald es sah. Ständig mussten sie ihren Kopf hinhalten, familienfeindliche Arbeitszeiten ertragen, irgendwelche Berichte schreiben, die niemanden interessierten, oder stundenlang warten, abwarten, bis irgendwas passierte – oder auch nicht. Wenn wenigstens die Bezahlung in Ordnung wäre! Hinzu kam der Korpsgeist, wir gegen den Rest. Die Saufgelage. Die mangelnde Frischluft in den Amtsstuben.

Trotzdem war er gern Bulle. Er nannte sich selber so, hatte folglich auch keine größeren Einwände, wenn ihm jemand «Bulle!» hinterherrief. Aus den Erzählungen seiner Eltern wusste er, was es bedeutete, wenn in einem Land wie Pakistan nur eines zuverlässig funktionierte, die Korruption. Ohne Ordnung hatte keine Gesellschaft Bestand. Nur glaubten die meisten Norweger, die ergebe sich wie von selbst. Ein Geschenk der Natur, ähnlich dem Schnee im Winter.

Harald parkte seinen Wagen und sah sich um. Früher war Gamlebyen ein Armeleuteviertel gewesen. Seeleute lebten hier, Arbeiter und Handwerker. Allein die Lage erklärte, warum die Gegend eine rasante Gentrifizierung erfahren hatte. Weiter unten der Fjord, weiter oben eine schroff aufragende Bergwand, hinter der sich eine ausgedehnte Parklandschaft erstreckte, zusätzlich veredelt durch künstlerische Installationen und Skulpturen, zwei ansprechende Cafés und ein Luxushotel. Doch hier, unmittelbar vor der Bergwand, reihten sich mehrere Appartement-Blocks aneinander, im Schuhkarton-Stil, viergeschossig und mit viel Rasenfläche für Kinderspielplätze sowie einigen fest installierten Wäscheständern, die von weitem aussahen wie kleinere Bäume ohne Blätter und Rinde. Keine schlechte Lage, im Gegenteil. Jedoch, und da lag das Problem: sozialer Wohnungsbau. Anders gesagt: viele Ausländer. Und leider nicht die Sorte, gegen die niemand etwas einzuwenden hatte. Zivilisierte Westeuropäer, die gab es hier nicht. Aber viele Pakistaner, Afghanen, Araber, Afrikaner, die es irgendwie geschafft hatten ins gelobte Land.

Und da mittendrin Sven Hansen und Olaf Blomquist. Die beiden Bullen, deren Namen ihm sein alter Kumpel Stig Haga besorgt hatte. Das war nicht einfach für die beiden, das sah Harald ein. Hier leben, während andere sich weiter unten Eigentumswohnungen kauften, die nicht unter 150 000 Kronen zu haben waren? Pro Quadratmeter? Und da unten waren die meisten blond und blauäugig, da unten hatten Kaffer nichts verloren.

Er klingelte, lief hinauf in die dritte Etage und stand vor Sven Hansen. Johoho! Altes Haus. Weißte noch, damals, die Ausbildung? Harald meinte sich zu erinnern, dass er Hansen bereits kannte, oberflächlich, von gemeinsamen Fortbildungsseminaren. Der Angesprochene reagierte verhalten. Im Hintergrund nahm Harald eine Frau wahr, die ein plärrendes Kind zu beruhigen suchte. Nix für ungut, er hätte da einfach mal ’ne Frage. Er, also, Harald! Nansen! Na komm, wir haben doch zusammen … Jedenfalls … Sven Hansen verschränkte die Arme vor der Brust. Wie viele Wikinger trug auch er selbst im Winter T-Shirt. Was den zusätzlichen Vorteil hatte, seinen beachtlichen Bizeps noch besser zur Geltung zu bringen.

Sein rundliches Gesicht war ausdruckslos, die Glatze glänzte im Licht. Am Halsansatz hatte Hansen ein Tattoo.

«Jedenfalls habe ich gehört, dass du ein Naturfreund bist. Du und auch Olaf Blomquist. Ich bin da nämlich immer noch auf der Suche. Nach schönen Orten zum Skifahren, zum Beispiel. Was fällt dir denn ein zu Ostøya. Wäre das eine Gegend, die du empfehlen könntest?»

Sven Hansens Gesichtszüge verformten sich zu einer Grimasse. Wortlos machte er einen Schritt zur Seite und warf die Haustür zu, besser gesagt versuchte er es, denn Harald hatte seinen Fuß in den Türrahmen gestemmt, so dass die Tür zurückschnellte, Hansen ins Gesicht. Das Kind plärrte noch immer. Wutentbrannt stürzte sich der Polizist auf ihn, doch Harald wich ihm aus und schloss die Tür von außen.

«Beruhige dich! Ich will nur mit dir reden», sagte er. «Wir sind beide Bullen, also komm runter.»

Der Angesprochene schnaubte, starrte ihn wutentbrannt an.

«Wohin habt ihr den Mann gefahren?», fragte Harald. «Du und Blomquist. Den Mann aus Ostøya. Wohin habt ihr ihn gefahren.»

Hansens Augen waren blutunterlaufen. Hätte er eine Waffe in der Hand, wäre es für Harald jetzt lebensgefährlich. Der Kerl hatte nicht ansatzweise das Zeug zum Schauspieler: Was, ich? Niemals!

«Welchen Mann?», gab er schließlich zurück.

«Den Amerikaner.» Das war mehr oder weniger geraten, schien aber ins Schwarze zu treffen.

«Was willst du.»

«Wissen, wohin ihr gefahren seid. Wer euch den Auftrag gegeben hat.»

«Ich weiß nicht, wovon du redest.»

«Na, wovon schon. Glaubst du, heutzutage kannst du unerkannt durch die Gegend fahren, mit deinem Polizeiauto?»

Hansen schwieg. Dachte wohl nach. Ging zur Tür und klingelte. Seine Frau machte auf und verschwand wieder.

«Lass dich hier nicht mehr blicken. Wenn du was von mir willst, halt dich an den Dienstweg.»

«Wenn ich das tue, bist du deinen Job los.»

Hansen grinste. «Ach ja? Was macht dich da so sicher.»

«Du weißt doch: Echte Bullen haben eine ehrliche Haut.»

Harald hatte damit gerechnet, dass nunmehr die Tür knallte. Doch Hansen machte die noch fehlenden zwei Schritte auf ihn zu, legte seine Pranke auf Haralds Schulter. «Denk nicht mal drüber nach, mich oder sonst wen zu erpressen. Haben wir uns verstanden?»

«Warum sollte ich dich erpressen wollen. Du hast doch nichts zu verbergen?»

Hansens Hand schnellte an den Hals seines Widersachers. Er drückte zu, stemmte sich zusätzlich mit dem Körper gegen Harald. Dem kam es vor, als läge er unter Beton. Vor allem aber bekam er keine Luft mehr. Sophie kam ihm in den Sinn, und mit aller Kraft rammte er sein Knie zwischen die Beine des Kollegen.

Die Wirkung war verblüffend. Augenblicklich sackte Hansen zu Boden, hielt wimmernd die Hände um seine Weichteile.

«Wie gesagt», resümierte Harald und massierte keuchend seinen Hals. «Ich wollte nur mit dir reden.»

***

Roar Thuland und Steve Shelby standen vor dem Kamin im Arbeitszimmer. Ein weitläufiger Raum, eingefasst von Bücherregalen, auf denen sich alte, sehr alte Bücher in verschiedenen Sprachen aneinanderreihten, eine erlesene Dekoration. Das Feuer prasselte, gelegentlich knackte das brennende Holz. Der Fußboden aus Eiche war gewienert, der Schreibtisch hatte einst Winston Churchill gehört. Schwere, lachsrote Ledersessel und eine gleichfarbige, ebenfalls lederne Couch luden ein zum Verweilen, doch Shelby hatte ihn nicht aufgefordert, Platz zu nehmen. Mit einem Feuerhaken stocherte er in der Glut und sagte: «Ich bedauere den Tod deines Stellvertreters zutiefst, Roar. Ich habe vollstes Vertrauen in die norwegischen Behörden. Sie werden den Fall zügig und umfassend aufklären, daran habe ich keinen Zweifel. Rückschläge dieser Art, so tragisch sie auch sind, werden uns nicht davon abhalten, unseren Kurs fortzusetzen. Wir werden vor sinnloser Gewalt nicht kapitulieren.» Ausführlich beklagte er den Tod zweier Rassepferde, die im vorigen Sommer tot auf seiner Koppel aufgefunden worden seien, mit durchschnittenen Hälsen. Vermutlich das Werk von Unzufriedenen, irgendwelchen Agitatoren. Die wüssten sich dann nicht anders zu helfen, als unschuldiges Blut zu vergießen. Er habe daraufhin vier junge Hengste eingekauft. Jetzt erst recht.

«Ich habe gehört», entgegnete Thuland, «deine Tochter wird Beraterin im Weißen Haus?»

Shelby trat einen Schritt näher an ihn heran, legte ihm kurz eine Hand auf die Schulter. «Die Wände haben Ohren, nicht wahr? Ich kenne den Finanzminister noch aus der Zeit, als wir beide bei Goldman Sachs waren. Das Gute an alten Freunden ist: Man kann sich auf sie verlassen. Und er weiß, dass er sich auf Rebecca verlassen kann.»

Wieder stocherte er im Feuer. «Weißt du», fuhr er fort, «die Leute hier in der Gegend sind ein ganz eigener Menschenschlag. Stolz, manchmal hochmütig, sehr konservativ. Mit denen Probleme zu wälzen, sie etwa davon zu überzeugen, dass ich mit weitem Abstand die besten Bodenpreise zahle – du meine Güte! Das ist das Bohren ganz dicker Bretter. Dabei setze ich nicht auf Konfrontation, sondern auf *tough love*. Das ist die schwierigste und schönste Form der Nächstenliebe, weil sie den anderen annimmt, wie er ist. Selbst wenn der davon gar nichts wissen will. Am Ende aber erkennen sie alle: Es braucht die regelnde Hand. Andernfalls laufen die Dinge aus dem Ruder. Und am Ende zahlen wir alle drauf.»

Nachdenklich betrachtete er Thuland von der Seite. «Sag mir eines: Kann ich mich auf dich verlassen? Ziehen wir beide am selben Strang?»

«Wir haben dieselben Interessen», versicherte Thuland.

«So ist es, in der Tat. Man sollte sich das ab und zu in Erinnerung rufen. Dabei lässt es sich nicht vermeiden, gelegentlich Schwierigkeiten aus dem Weg zu räumen.»

Thuland verspürte den dringenden Wunsch, etwas einzuwerfen, Shelby zu widersprechen, sich dem Sog dieses Imperators zu entziehen. Obwohl es ihm innerlich widerstrebte, sagte er: «Wir brauchen einander. Entweder haben wir beide Erfolg, oder wir haben beide ein Problem. Ein sehr ernstes Problem.» Lieber hätte er gefragt: Wer hat Hauke Ingstad und seine Frau getötet? Aber das wagte er nicht.

«Erfolg ist immer relativ», betonte Shelby. «Entscheidend ist, rechtzeitig die Zeichen an der Wand zu erkennen. Ich glaube, diese Fähigkeit ist uns beiden gegeben. Die Politik ist nicht in der Lage, globale Herausforderungen anzunehmen. Das müssen wir schon selber tun. Deswegen sind wir heute hier. Komm, ich will dir was zeigen.»

Er führte ihn einen Gang entlang, legte ihm wieder die Hand auf den Rücken. Sagte, wenn die Nummer eins und die Nummer zwei auf dem Finanzmarkt ihre Kräfte bündelten, könne ihnen keine Macht auf Erden widerstehen. Die Russen nicht, die Chinesen nicht. Keine Regierung, keine Behörde wären dann noch in der Lage, sie mit lästigen Regeln zu bevormunden. Sie selbst wären dann die Spielmacher, «du und ich». Dabei werde es nicht immer harmonisch zugehen. «Wo gehobelt wird, da fallen nun mal Späne. Wichtig ist nur, die Dinge anschließend wieder in Ordnung zu bringen. Gründlich aufzuräumen. Und das, mein Guter, ist im Augenblick deine vorrangige Aufgabe. Um nichts anderes solltest du dich kümmern.»

Shelby stieß die Tür auf zu einem saalgroßen Raum.

Hier allerdings waren die Wände nicht gesäumt von Büchern, sondern von Gemälden. Mehrere Werke von Andy Warhol sprangen Thuland ins Auge. Auch Picasso entdeckte er, David Hockney, Gerhard Richter. Einen thematischen Zusammenhang gab es nicht, doch gehörten die Maler zu den teuersten auf dem Kunstmarkt. Shelby ließ sich aus über seine Leidenschaft zur Kunst, stellte sich aber so, dass seinem Gast der Blick auf die Wand zur Linken weitgehend verwehrt blieb. Mit kindlicher Freude im Gesicht machte er schließlich den entscheidenden Schritt zur Seite und verwies auf das Allerheiligste. Thuland verschlug es fast die Sprache.

Der Schrei. Edvard Munch.

«Na, was sagst du dazu», bemerkte Shelby mit hörbarem Stolz. «Dein Landsmann. Ein Solitär wie du.»

«Ich wusste nicht, dass du das Bild ersteigert hast», murmelte Thuland.

«Nein, woher auch. Ich neige eher zu Understatement, wie du weißt.» Shelby ließ einige Momente verstreichen, schien seinen Coup zu genießen.

«Ich finde, ihr zwei gehört zusammen», sagte er schließlich. «Das Gemälde und du. Wie auch BlackHawk und Nordic Invest zusammengehören. Sind die Probleme erst mal beseitigt, gehört der Schreihals dir. Mir sind die Farben, offen gestanden, auch viel zu düster.»

«Das ist doch Irrsinn! Mein Freund liegt im Koma, und ich fahre mit Ihnen durch den Schnee.» Emma Davis rutschte unruhig auf dem Beifahrersitz hin und her, wusste nicht, wohin mit ihren Händen.

«Eine reine Vorsichtsmaßnahme», sagte Sophie. Seit einer halben Stunde fuhren sie am Mjøsa-See entlang, dem größten Binnengewässer des Landes, dem tiefsten in Europa. Ein unwirklich aquamarinblauer Himmel erhob sich kuppelgleich über der Schneelandschaft, ausladende Äste bogen sich unter weißer Last. An den Rändern der Autoscheiben hatten sich Eiskristalle gebildet. Die Landschaft erinnerte an ein Gemälde, bevölkert von einigen Wagemutigen, die unweit des Ufers Schlittschuh liefen. Weiße Rauchfahnen standen über den vereinzelten, meist roten Holzhäusern entlang ihres Weges. Farben und Licht verschmolzen zu einem überirdischen Panorama, das Frieden verhieß und Schönheit. Nicht mehr lange, und die Stimmung würde kippen, die Landschaft versinken in Blässe und Düsternis.

«Vorsichtsmaßnahme!» Davis schnaubte. «Erst darf ich in eurem merkwürdigen Dienstgebäude nicht mehr übernachten, und jetzt fahren Sie mich in eine verschneite Kleinstadt am Arsch der Welt? Wie heißt die noch mal?»

«Røros.»

«Klingt doch bescheuert. Warum soll ich da sicher sein, wenn ich das nicht mal in eurer Hauptstadt bin? Da kann doch genauso gut jemand versuchen, mich umzulegen.»

«Frau Davis, niemand hindert Sie, nach New York zurückzufliegen.»

«Ich weiß, das hätten Sie gerne. Das wäre die einfachste Lösung für euch, nicht wahr?»

Sophie konnte ihre Gefühle gut verstehen. Da lag etwas in der Luft, eine Bedrohung, eine Gefahr, die zu spüren, aber nicht zu greifen war.

«Ich fürchte, es gibt hier keine einfachen Lösungen, Frau Davis.»

«Das fürchte ich auch!» Sie trommelte gegen die Fensterscheibe. «Ich würde euch ja sogar den Gefallen tun. Nach New York zurückzugehen. Aber ich bin hier wegen Tom. Ich kann ihn nicht allein lassen.»

Das spricht für dich, dachte Sophie.

«Wissen Sie …» Davis überlegte. «Im Grunde ist es doch egal, was ich mache. Tom fehlt mir in New York, und er fehlt mir in diesem Kaff. Rowdy. Rory. Mit R das.» Sie schwieg, und wenn sich Sophie nicht täuschte, wischte sich ihre Beifahrerin eine Träne aus dem Augenwinkel.

«Wer, glauben Sie, wollte mich erschießen?», fragte sie schließlich.

«Wir haben einen Verdacht, mehr nicht. Wir glauben, dass derselbe Typ, der auf Ihr Bett geschossen hat, auch auf Tom geschossen und den Vize von Nordic Invest und dessen Frau umgebracht hat.»

«Mehr wissen Sie nicht? Das liegt ja wohl auf der Hand, würde ich sagen.»

«Vermutungen sind keine Beweise. Wir brauchen Fakten. Der Schlüssel zu allem ist Ihr Freund. Was hatte er mit Hauke Ingstad zu tun? Woher kannten sie sich, worüber haben sie sich ausgetauscht?»

Davis schwieg.

«Haben Sie sich mit Tom nicht unterhalten, über seine Arbeit?»

«Das geht Sie nichts an.»

«Wenn Sie wollen, dass wir die Verantwortlichen zur Rechenschaft ziehen, wäre Ihre Kooperation hilfreich.»

Die Dämmerung hatte eingesetzt. Wenige Kilometer vor Røros war die Straße menschenleer, nur ab und zu war ein Gehöft zu erkennen, noch seltener kam ihnen ein Fahrzeug entgegen. Schneeverwehungen hatten den Asphalt überzogen, zu beiden Seiten markierten reflektierende Stangen die Wegbegrenzung. Sophie hatte den Scheibenwischer eingeschaltet und fuhr langsam, keine 40 km/h. Beide schwiegen sie, starrten hinaus in die feindlich gewordene Natur, die sie umschloss wie ein geisterhaft anwachsender Schatten.

Ohne jede Vorwarnung schoss von links ein Tier aus dem Wald, wenige Meter vor ihnen. Sophie trat auf die Bremse, doch die Entfernung war viel zu kurz, der Zusammenprall unausweichlich. Es gab einen dumpfen Knall, Glassplitter flogen ihnen um die Ohren, Hautfetzen, Knochenteile, Blut. Der Wagen drehte sich um seine Achse. Verschiedene Anzeigen blinkten rot und gelb. Wasserdampf umgab sie und zischende Geräusche. Das Tier stöhnte und zappelte, längsseitig lag es in der Höhlung, dort, wo sich eben noch die Frontscheibe und das Armaturenbrett befunden hatten.

«Sind Sie verletzt?», rief Sophie, während sie beide, zeitgleich nahezu, die Seitentüren aufstießen und aus dem Wagen mehr fielen als stiegen. Wie aus weiter Ferne hörte sie ein «Nein». Mühselig rappelte sich Sophie wieder auf, schüttelte Arme und Beine, um sicherzustellen, dass sie sich nichts gebrochen hatte oder anderweitig verletzt war.

Dann erkannte sie, womit sie zusammengestoßen waren. Es war ein Rentier, ein sehr junges.

Die Pressekonferenz wurde live im Fernsehen übertragen. Harald sah sie gemeinsam mit Berit in deren Büro. Der Polizeichef saß in voller Dienstmontur an einem Tisch, zu beiden Seiten flankiert von Subalternen, deren Gesichtsausdruck dem Ernst der Lage Ausdruck verlieh. Ihnen gegenüber hatten sich mehrere Dutzend Journalisten eingefunden, Kameraleute und Tontechniker, die alle Ausführungen mitschrieben, filmten oder mit Hilfe eines kleinen Waldes vor ihm aufgebauter Mikrofone aufzeichneten.

«Ausgerechnet Sven Rasmussen», klagte Harald. «Wie der Kerl es nach ganz oben geschafft hat, ist mir ein Rätsel.» Er registrierte Berits missmutigen Blick. Der Missmut betraf wohl nicht ihn, sondern eher den Polizeichef, sagte er sich. Solche Feinheiten waren nicht unwichtig, weil er keinen Zweifel hatte, dass sein weiterer Werdegang von ihrer Beurteilung abhing. Noch war er sich nicht sicher, was er von seiner Vorgesetzten halten sollte. Sie war Chefin einer Phantombehörde, worunter sie erkennbar litt. Das machte sie aber noch lange nicht zu seiner Verbündeten.

In sorgsam gewogenen Worten, der Tonfall staatsmännisch, erklärte der Endfünfziger Rasmussen den Anwesenden und darüber hinaus dem gesamten Land, man habe neue Erkenntnisse im Mordfall Erling Opdal. Im Rechenzentrum von Green Valley in Odda sei eine Schadsoftware entdeckt worden, an mehreren Daten-Schnittstellen und Knotenpunkten. Die dabei eingesetzte Technik sei äußerst raffiniert und wäre ohne die vorzügliche Zusammenarbeit der entsprechenden Sicherheitsbehörden kaum aufzuspüren gewesen. Nicht zuletzt aufgrund entsprechender Hinweise aus den USA sei die Gefahrenquelle schließlich neutralisiert worden.

Zwischenrufe: Hinweise von wem? Haben die Amerikaner den Fall aufgeklärt? Sind norwegische Dienste nicht in der Lage, ohne Hilfe von außen zu handeln?

Die Handbewegungen des Polizeichefs, dessen talgige Gesichtshaut auf dem Bildschirm silbrig glänzte, mahnten zur Ruhe. Selbstverständlich sei die hiesige Polizei in der Lage, auch High Tech-Verbrechen aufzuklären, andernfalls säßen sie kaum hier. Die Richtigkeit seiner Aussage wurde unterstrichen von den beiden Flügeladjutanten, die versonnen nickten. Doch sei es selbstverständlich zielführend, mit Kompetenzteams auf europäischer und internationaler Ebene den Austausch zu suchen.

Er räusperte sich, bevor er zum entscheidenden Schlag ausholte: «Angesichts der Komplexität der vorliegenden Schadsoftware müssen wir davon ausgehen, dass hier ausländische Spionage im Spiel ist.»

Ein Stimmengewirr, das anschwoll, Fragen, die in den Raum geschleudert wurden: Von wem? Russland?

Die jungen Burschen an Rasmussens Seite zeigten ein befangenes, feierliches Lächeln, während Rasmussen selbst um Zurückhaltung und die gebotene Aufmerksamkeit bat. Er könne und wolle nichts bestätigen oder dementieren, werde sich daher auch nicht an Spekulationen beteiligen.

«Er hätte Schauspieler werden sollen», kommentierte Harald.

«Er versteht sein Geschäft», bestätigte Berit.

«Kein Wort über Nordic Invest», stellte Harald fest.

«Das kommt noch. Wenn nicht heute, dann morgen. Er will die Öffentlichkeit nicht überfordern. Die muss jetzt erst mal die Russen verdauen.»

«Die er mit keinem Wort erwähnt hat.»

«Wozu auch. Das machen andere für ihn.»

Harald dachte nach. «Mal ehrlich, Berit, ich nehme es dir nicht übel, wenn du mir nicht alles erzählst, was du weißt. Wir kennen uns kaum, und ich könnte theoretisch ja auch für die Russen arbeiten.» Er lachte kurz und sah selbst ein, dass er schon mal geistreicher war. «Ich will sagen, wir haben wohl beide eine klare Meinung von Rasmussen. Keine gute.»

«Was spricht gegen ihn, aus deiner Sicht?», fragte Berit.

«Er ist ein Machtmensch. Wenn es sein muss, geht er über Leichen. Er duldet keinen Widerspruch. Und er hasst Ausländer wie mich.»

«Du bist Norweger.»

«Das hab ich ihm auch mal gesagt. Den Blick hättest du sehen sollen.»

«Jedenfalls ist dein Instinkt nicht falsch. Er ist in der Tat ein Machtmensch. Aber das sind wir alle, in dieser Branche. Rasmussen allerdings ist ein Hardliner. Ein Ideologe.» Berit erhob sich, machte die wenigen Schritte zum Fenster, in Richtung Weite und Fjord. «Sagt dir die Organisation Stay-behind etwas?», fragte sie.

Harald schüttelte den Kopf.

«Das war eine NATO-Operation aus den 1950er und 1960er Jahren», fuhr Berit fort. «In fast allen westeuropäischen Ländern, darunter auch Norwegen, wurden damals geheime Waffendepots angelegt. Für den Fall, dass die Sowjets Westeuropa überrollen. In dem Fall hätten Widerstandsgruppen Zugriff auf diese Depots gehabt, um die Besatzer zu bekämpfen. Offiziell hat es die Organisation nie gegeben. Entsprechend ist sie auch nie aufgelöst worden. Doch einiges spricht dafür, dass sie noch immer aktiv ist, vor allem als eine Art Elitenetzwerk innerhalb der Sicherheitsdienste. Was meinst du, wer als ihr oberster Mentor gilt, in Norwegen?»

Harald sah sie eindringlich an. «Rasmussen war beim Militär, bevor er bei der Polizei Karriere gemacht hat», sagte er. «Das ist allgemein bekannt.»

Berit machte einen Schritt auf ihn zu. «Irgendwas ist hier faul, Harald. Wir haben allerdings nichts in der Hand und sollten uns nicht selbst aus dem Verkehr ziehen, indem wir Verschwörungstheorien nachjagen.»

«Nein, natürlich nicht. Außerdem bleibt ja die Frage, wer Opdal getötet hat. Ganz zu schweigen von Ingstad und seiner Frau. Es würde mich sehr wundern, wenn der Mann, den Sophie in Ostøya gesehen hat, Russe gewesen wäre. Im Hotel jedenfalls hat er laut Portier Englisch mit amerikanischem Akzent gesprochen. Bevor er auf das Bett von Emma Davis geschossen hat. Immer unter der Voraussetzung, dass es sich dabei um denselben Täter handelt, was wir nicht wissen.»

«Gut. Nein, nicht gut, aber … Ich möchte, dass wir bei Nordic Invest ansetzen. Es kann nicht sein, dass der stellvertretende CEO des Staatsfonds auf groteske Art und Weise entführt und dann umgebracht wird, ohne irgendwelche Spuren zu hinterlassen. Auch keine Datenspuren von Bedeutung.»

«Jedenfalls haben wir die noch nicht gefunden.»

«Dann also an die Arbeit, Harald.»

***

Sophie saß fröstelnd am offenen Kaminfeuer in Torvalds Wohnung, dem Sterne-Koch und Bruder von Berit Berglund in Røros. Nachdem er sie und ihre Begleiterin Emma Davis vom Unfallort abgeholt hatte, ließ er es sich nicht nehmen, für beide eine Lachssuppe zuzubereiten, die er nun mit ausladender Geste servierte. Dabei erklärte er wortreich die Wahl seiner Zutaten. Wohl auch, so schien es Sophie, um sie von dem erlittenen Schock abzulenken. Die Grundlage sei Wildlachs, selbstverständlich, der eine ganz andere Bissfestigkeit und Geschmacksintensität verheiße als die Zuchtvariante. Glücklicherweise sei er gut genug vernetzt, um mit ausreichend frischer Ware beliefert zu werden, übers Jahr gesehen. Wichtig seien aber auch die Wildkräuter! Ausschließlich frisch geschnittene verwende er, wobei er sich den Jahreszeiten anpasse. Deswegen schmecke diese Suppe auch stets ein wenig anders, im Frühling nicht wie im Herbst. Auch Moltebeeren setze er hinzu, die gelborange Brombeerenart, die nur im Norden Skandinaviens und Russlands gedeihe. Sie sorgten für einen angenehmen, säuerlich-fruchtigen Kontrast zum herben, würzigen Eigengeschmack des Lachses.

Davis lachte. «Sie müssen unbedingt meinen Vater kennenlernen! Der kann sich stundenlang mit derselben Leidenschaft über Weine auslassen wie Sie über Fisch. Sie würden sich gut ergänzen!»

«Immer willkommen!», erwiderte Torvald.

Sophie war es nur recht, dass die beiden ein bisschen miteinander turtelten. Der Unfall hatte Sophie mehr mitgenommen, als sie zugeben mochte. Doch folgte sie Torvalds Aufforderung, sich zu ihnen an den Tisch zu gesellen.

«Hat Sie echt fertiggemacht, das tote Tier, was?», fragte Davis.

«Ein Unfall ist nie erfreulich», antwortete Sophie.

«So eine Erfahrung macht demütig, würde ich sagen. Wie die Geschichte mit Tom. Auf einmal fängst du an nachzudenken. Über das, was wirklich wichtig ist.» Davis schlürfte beim Essen, was nicht zu der ansonsten feinen Atmosphäre passte. Torvald hatte sogar Kerzen angezündet.

«Was da draußen in der Welt passiert, interessiert mich immer weniger», warf er ein. «Das mit Ihrem Freund ist eine Tragödie, und ich hoffe, dass er wieder gesund, der Täter bestraft wird. Wenn das alles vorbei ist, Frau Davis, sollten Sie mit Tom Phillips nach einer Nische suchen, in der Sie sich wohlfühlen. Wo Sie frei sind und möglichst selbstbestimmt leben können. Die Welt ändern, daran glaube ich nicht mehr. Fanatismus, Gier und Dummheit sind die ewigen Konstanten. Seien wir froh, dass es keinen Krieg gibt. Jedenfalls nicht bei uns.» Torvald griff nach der Schöpfkelle.

«Vielleicht ist das eine Altersfrage, Herr Berglund. Ich

hab's nicht so mit Nischen. Ich will das pralle Leben. Verstehen Sie, was ich meine?»

Torvald nickte. «Durchaus. So wie Sie habe ich früher auch gedacht. Bis meine Frau gestorben ist.»

Sophie nutzte das folgende Schweigen, um ihr eigentliches Anliegen in Erinnerung zu rufen: «Die Frage ist doch, wer hier auf wen schießt und warum. Leider werden wir auf diese Fragen keine Antworten finden, wenn Sie, Frau Davis, sich auch weiterhin nicht äußern zu Toms Arbeit oder dessen Verhältnis zu Hauke Ingstad.»

«Emma», sagte sie.

«Gerne. Sophie.»

«Torvald.» Er fasste sich an den Kopf. «Hab ich ganz vergessen: Trinkst du Grau- oder Weißburgunder zur Suppe?»

«Am liebsten einen Riesling von der Mosel», entgegnete Emma wie aus der Pistole geschossen. Was Torvald kurz aus der Bahn warf, bevor er mit dem Finger auf sie zeigte: «Dein Vater hat dich ganz schön am Wickel, was?»

«Klar! Wäre ja auch schlimm, wenn nicht. Von ihm habe ich gelernt, nichts hinzunehmen, wie es ist. Was den Wein betrifft: *Your choice*.»

«Na denn, ich seh mal nach, was wir so an Pretiosen haben.»

Während er kurz im benachbarten Restaurant verschwand, sagte Emma: «Okay. Dann lass uns reden. Ich gehe damit ein großes Risiko ein, damit wir uns nicht missverstehen. Wenn du das, was ich dir sage, in den falschen Hals bekommst, bin ich geliefert. Tom auch.»

«Was soll das heißen: in den falschen Hals bekommen?»

«Es gibt bestimmte Wahrheiten, an deren Verbreitung nicht jeder ein Interesse hat. Wenn wir also Klartext reden wollen, muss der Rahmen stimmen.»

Sophie sah sie erwartungsvoll an.

«Kein Handy in diesem Raum, sofern wir uns hier weiter unterhalten. Was ich gut fände, ist gerade so gemütlich, auch wegen des Feuers. Der Fernseher da hinten muss weg, das Radio. Jedwede Elektronik, die auch zum Abhören oder Filmen verwendet werden kann.»

«Natürlich. Wir verwenden allerdings Krypto-Handys in unserer Abteilung, die nicht abgehört werden können.»

«Darauf würde ich nicht wetten.»

Gemeinsam trugen sie den Fernseher in einen Nebenraum, als Torvald mit einer Flasche Wein in der Hand eintrat. Er suchte Sophies Blicke, die ihm signalisierten: nichts für ungut. Zu ihrer Überraschung stellte er keine Fragen, suchte stattdessen den Korkenzieher. Als wisse er Bescheid, müsse man ihm den Vorgang nicht erklären.

«Hast du ein Mobiltelefon?», fragte ihn Emma.

«Liegt in einer Schublade. Im Restaurant.»

«Da liegt es gut», kommentierte sie. «Würde es dich stören, wenn wir beiden Weiber ein bisschen fachsimpeln?»

«Nicht über Weine, nehme ich an? Schau mal, was ich für dich gefunden habe. Einen Riesling aus Baden. Nicht von der Mosel, aber vom Rhein. Kannst du damit leben?»

«Danke, Torvald.»

Einen Augenblick überlegte Sophie, ob etwas gegen dessen Anwesenheit spräche. Beim besten Willen nicht, nein. Torvald hatte sie abgeholt, am Unfallort, sie in die Arme genommen und getröstet. Und jetzt saßen sie hier, in seiner Wohnung. Emma hatte Recht, bestimmte Wahrheiten konnten gefährlich werden oder Menschen aus der Bahn werfen. Doch Torvald war ein echter Nordmann. Einer, der selbst entschied.

«Okay», sagte Emma und schob die Ärmel ihres Pullovers hoch. «Hört mir zu. Ich habe beschlossen, euch zu vertrauen. Und das will was heißen, denn ich vertraue normalerweise niemandem, abgesehen von Tom. Nicht aus Überschwang, wir kennen uns schließlich nicht weiter, sondern weil es die einzige vernünftige Option ist. Ich brauche euch, ihr braucht mich.»

Sie rollte die Augen in Richtung Decke. «Sophie, sag mal, hat Tom Polizeischutz im Krankenhaus?»

«Hat er», bestätigte sie. «Wurde angeordnet, nachdem der Kerl auf dein Bett geschossen hat.»

«Gut. Wo fange ich an … Es hängt alles mit allem zusammen, aber ich will keinen Vortrag halten. Seid ihr informiert über BlackHawk?»

Sophie nickte, Torvald zuckte mit den Schultern. «Nehmt auf mich keine Rücksicht», sagte er.

«Ja, man will das alles auch gar nicht wissen», fuhr Emma fort. «Macht nicht glücklich. Hab ich schließlich auch gemerkt. Ob ihr's glaubt oder nicht, ich war mal Fondsmanagerin.»

«Also bist du *economist*, von der Ausbildung her?», fragte Torvald und schenkte ein.

«Yes, Sir! Ich mache aus Scheiße Geld und umgekehrt.»

«Immerhin keine Einbahnstraße», kommentierte Sophie.

«Doch, letztendlich schon. Jedenfalls habe ich allmählich die Kontrolle über mich verloren. Bei diesen Kapitalgesellschaften geht es nur darum, Gewinne zu machen oder zu maximieren. Ob die mit ihren Methoden Millionen Menschen ins Unglück stoßen oder die Erde zerstören, ist ihnen vollkommen egal. Wenn du für die arbeitest, wirst du Teil einer Sekte. Was sie von dir erwarten, ist bedingungslose Loyalität. Du tust, was sie von dir verlangen. Wer Fragen stellt, macht sich verdächtig. Stört es euch, wenn ich rauche?»

«Doch wohl keine Zigaretten?», konterte Torvald. «Wie wär's mit einer kleinen Havanna, ihr beiden?»

Aus Höflichkeit sagte auch Sophie nicht nein, und keine halbe Stunde später lag dichter, edel riechender Nebel über Torvalds Wohnküche.

Emma: «Also. Noch mal. Weil du so ungläubig guckst, Torvald. BlackHawk und seinesgleichen, also ein paar Dutzend kaum regulierte Schattenbanken, sind spätestens seit der Finanzkrise die maßgeblichen Miteigentümer der wichtigsten westlichen Banken und Unternehmen. Auch Facebook, Amazon, Google oder Apple gehören mehrheitlich diesen neuen Finanzakteuren. BlackHawk hat Zugriff auf Vermögenswerte in einer Größenordnung, die das Bruttoinlandsprodukt Deutschlands um mehr als das Doppelte übersteigt. Alles klar, Torvald? Wenn bei denen das Management anfängt zu husten, bekommt der Rest der Welt Lungenentzündung.»

Sie bediente sich selbst beim Wein und nahm einen kräftigen Schluck. «Diese Schattenbanken haben alle ein ähnliches Geschäftsmodell. Geld aus Geld machen und eine Welt ohne Regeln und Regulierungen schaffen. Neoliberalismus wie aus dem Lehrbuch. Entsprechend befördern sie Steuerflucht und plädieren für die Abschaffung des Sozialstaates. Vor allem auf zwei Filetstücke haben sie es dabei abgesehen: die Privatisierung der Altersvorsorge und der Immobilienwirtschaft. In Deutschland zum Beispiel hat sich der Staat fast vollständig aus dem sozialen Wohnungsbau zurückgezogen und die allermeisten Stadtteilsiedlungen im kommunalen Besitz verkauft. Dreimal dürft ihr raten, wer die im großen Stil eingesackt hat: global agierende Fondsgesellschaften, an denen Black-Hawk maßgeblich beteiligt ist. Es versteht sich von selbst, dass diese Geier nach Kräften Lohndumping betreiben, oft genug mit Hilfe williger oder gekaufter Politiker. Das Ergebnis: die Prekarisierung der Arbeitsverhältnisse und das Erstarken von Rechtspopulismus.»

«Und irgendwann wolltest du da nicht mehr mitmachen», sagte Sophie.

«Nein. ‹Klick› hat es bei mir gemacht, als meine Oma aus ihrer Wohnung in Brooklyn vertrieben wurde. Nach 40 Jahren. Erst stellen sie den Mietern Strom und Wasser ab, irgendwann geben die dann auf. Danach folgen die Luxusmodernisierung und Mieten, die sich kein Normalverdiener mehr leisten kann. Es ist immer dasselbe Spiel.»

Ein letztes Mal sog sie an der Zigarre, dann erstickte sie die Glut im Aschenbecher. «Ich habe sehr an meiner Oma gehangen. Tja … Und dann hab ich Tom kennengelernt. Vor vier Jahren. Wir sind ein Team, wenn man so will. Wir recherchieren zusammen. Nein, er recherchiert. Aber ich zeige ihm, wo er ansetzen soll. Um Geld zu verdienen, arbeite ich jetzt als Steuerberaterin.»

«Du musst uns allerdings noch verraten», erkundigte sich Torvald, «was das alles mit Norwegen zu tun hat.»

«Ja, natürlich. Es hängt eben alles mit allem zusammen, wie ich schon sagte. Konkret geht es um Nordic Invest. Wenn die größte Schattenbank und der größte Staatsfonds der Welt zusammenarbeiten, wird die Luft für alle anderen dünner, nicht wahr. Wer will sich denen noch entgegenstellen?»

«Das wäre allerdings nicht strafbar, eine solche Kooperation», bemerkte Sophie. «Im Gegenteil, viele würden das begrüßen.»

«Schafe vor allem, die ihre Metzger verehren. Nein, das ist natürlich nicht strafbar, wenn die Nummer eins und die Nummer zwei miteinander ins Bett gehen. Beziehungsweise sich die Nummer eins bei der Nummer zwei einkauft, über die Norwegische Staatsbank. Die Politiker, die dafür die Weichen gestellt haben, begreifen meist gar nicht, was sie da anrichten. Warum öffnet sich eine Staatsbank dem Kapitalmarkt, kann mir das mal jemand erklären? Ich lauf doch im Sommer auch nicht nackt durch den Park. Nicht in New York. Es würde keine fünf Minuten dauern, bis jemand auf mich draufspringt und mich ins Gebüsch zerrt.»

«Weiter», verlangte Torvald.

«Was, weiter. Im Gebüsch?»

«Nordic Invest.»

«Ich bitte euch! Ihr seid doch nicht blöd. Geld bedeutet Macht. Macht bedeutet politischen Einfluss. Wenn Steve Shelby, der Chef von BlackHawk, von eurer Regierung verlangt, die Monarchie abzuschaffen, dann wird sie das tun. Das ist so sicher wie das Amen in der Kirche. Aber keine Sorge, er hat mit Sicherheit ganz andere Pläne. Welche? Da war Tom dran, an dem Thema. Hättest du eventuell noch 'ne Flasche von dem Wein, Torvald?»

«Torvald trinkt normalerweise nicht», behauptete Sophie. «Du kannst mein Glas haben. Ist noch voll.»

Der Hausherr ließ ein Räuspern vernehmen und strich sich über den nackten Kopf.

«Jedenfalls», fuhr Emma fort, «so wie sich Geld zu Geld gesellt, finden auch Leute mit Macht zueinander. Das bedeutet, dass Schattenbanken nicht nur Zugang zu allen Staatskanzleien haben, sondern auch auf ganz anderer Ebene Hände schütteln. Zum Beispiel auf der von Geheimdiensten. Oder des militärisch-industriellen Komplexes. Die wiederum interessieren sich vor allem für eine weitere Gelddruckmaschine: das Sammeln von Nutzerdaten. BlackHawk unterhält im Bundesstaat Washington das größte Rechenzentrum, die größte Datenbank der Welt, Ali Baba genannt. Das ist eine mehrere Quadratkilometer umfassende Anlage, besser gesichert als Fort Knox. Welcher indische Bauer wann einen Mikrokredit erhält und in welcher Höhe, für welche Partei Mister Smith in Pennsylvania spendet oder welche Weine du hier mit deiner Bankkarte einkaufst, Torvald – Ali Baba weiß Bescheid. Die Kunst ist nur, die Daten zu verwalten und auszuwerten.»

«Merkwürdiger Name, Ali Baba», kommentierte Torvald. «Mal ganz abgesehen von allem anderen, was du da erzählst.»

«Wer die vierzig Räuber hinzudenkt, kommt der Philosophie des Hauses recht nahe.»

«Das heißt was konkret?», fragte Sophie.

«Dass da jenseits des großen Geldes irgendeine Geschichte läuft, zwischen BlackHawk und Nordic Invest, zwischen Steve Shelby und Roar Thuland, von der wir noch nichts wissen. Abgesehen wohl von Tom. Und natürlich seinem Informanten, Hauke Ingstad.»

Auf einmal war Sophie hellwach, ihre Melancholie verflogen. Gab es eine Verbindung zwischen BlackHawk und dem Rechenzentrum in Washington einerseits sowie Nordic Invest und dem Rechenzentrum in Odda andererseits? Wenn dem so wäre – warum musste dann Erling Opdal sterben?

In der Wohnung von Signe Wilse roch es nach Essen. Blumenkohl, vermutete Harald. Kartoffeln, vielleicht ein Braten. Am liebsten hätte er gelüftet. Sie standen im Flur. Die Chefsekretärin von Roar Thuland, dem CEO von Nordic Invest, Berit und er. Den Smalltalk machte seine Chefin, darauf hatten sie sich vorher verständigt. Diskretion. Taktische Ermittlungen. Gestern erst hatten sie die Frau auf deren Nachhauseweg angesprochen, sich selbstverständlich ausgewiesen und sie zu einem Kaffee eher genötigt als eingeladen. Sie hätten ihr Anliegen schlecht am Telefon vortragen können.

Signe Wilse geleitete sie ins Wohnzimmer. Eingerichtet wie aus einem Möbelhaus-Katalog. Viel Kiefernholz, überwiegend Weiß- und Grautöne. Eine hüfthohe Trommel lehnte an einer Wand, farblich der einzige Ausreißer in rot und braun. Vielleicht ein Mitbringsel aus Bali oder einem anderen Sehnsuchtsort weißer Europäer. Harald kam die Wohnung merkwürdig unbehaust vor. Wo gab es hier Spuren ihres Lebens? Mein Gott, wie sah es bei ihnen zu Hause aus, wenn er und seine Schwester sich als Kinder in die Haare bekommen und gemeinsam das Wohnzimmer mal so richtig umgepflügt hatten! Das hier dagegen war – steril. Ein Leben im Stillstand. Im Warteraum. Der Fußboden war dermaßen gepflegt, dass man davon essen könnte. Ohne Besteck oder Geschirr. Lag darin die Überlegenheit des Westens? Der Fortschritt?

«Gut», sagte Berit, nachdem sie sich gesetzt und die Hausherrin jedem ein Glas Wasser eingeschenkt hatte. «Nochmals vielen Dank für Ihre Kooperation. Wir möchten Sie erneut ersuchen, unser Anliegen wie auch unseren Besuch für sich zu behalten.»

«Auch dem Chef gegenüber?», fragte sie.

«Gerade ihm gegenüber», betonte Berit.

Harald musste an das Heimatdorf seiner Eltern in Pakistan denken. Cousin heiratet Cousine, das war die Regel. Und natürlich nicht in Ordnung. Aber er fragte sich, ob die Mittvierzigerin damit nicht besser gefahren wäre. Warum dachte er überhaupt über Signe Wilse nach, diese so farblose und verkniffen erscheinende Person? Weil das, was wir am meisten zurückweisen, oft genug ein Teil von uns selbst ist?

«Ich habe Ihnen Kopien gemacht», sagte die Hausherrin und öffnete die Handtasche zu ihren Füßen. «Alle Termine von Herrn Thuland in den letzten drei Jahren. Die von Herrn Ingstad habe ich auch beigefügt.»

«Danke, das ist sehr freundlich von Ihnen.» Berit lächelte charmant.

«Ihnen ist schon klar, dass ich damit meinen Job verlieren könnte, oder?», fragte Wilse.

«Von uns wird selbstverständlich niemand etwas erfahren. Im Zweifel stehen nicht Sie in der Verantwortung, sondern wir. Sie haben einer behördlichen Anordnung Folge geleistet und allein deswegen nichts zu befürchten.»

Während Berit noch ein wenig auf die Ängste der Chefsekretärin einging, studierte Harald bereits die Einträge. Ein Kürzel tauchte regelmäßig auf, HL. Harald wies Berit mit einem Fingerzeig darauf hin und fragte: «Wofür steht dieses HL, Frau Wilse?»

«Ach so, der. Helge Lund. Vom gleichnamigen Anwaltsbüro hier in Oslo. Sie telefonieren viel miteinander.»

«Worum geht es dabei?», erkundigte sich Harald.

«Das weiß ich nicht, ich höre nicht mit.»

«Worin besteht denn deren Geschäftsbeziehung? Können Sie uns darüber etwas sagen?», hakte Berit nach.

«Ja … Ich nehme doch an, es geht um Fragen des Zahlungsverkehrs.»

«Aha. Und – was habe ich mir darunter vorzustellen?»

«Na ja, der Fonds bewegt große Geldsummen. Das will organisiert sein. Da muss ja auch jemand aufpassen.»

«Und das macht dann – Helge Lund?»

«Natürlich nicht allein. Soweit ich es mitbekommen habe, hat er vor allem mit Auslandsüberweisungen zu tun.»

«Warum sollte Nordic Invest Auslandsüberweisungen über einen Anwalt in Oslo tätigen?», fragte Berit.

«Ja … Vielleicht sollten Sie sich darüber besser mit den Verantwortlichen austauschen? Ich möchte nichts Falsches sagen.»

«Natürlich, Sie haben vollkommen Recht. Haben Sie besten Dank für Ihre Bemühungen. Wir sehen uns das alles in Ruhe an und kommen gegebenenfalls auf Sie zu, falls wir noch Fragen haben.»

Sie ließen die Begegnung mit freundlichen Harmlosigkeiten ausklingen. Bei der Verabschiedung sagte Harald, getrieben von dem Wunsch nach Harmonie und Einklang: «Es riecht bei Ihnen so gut. Nach gutem Essen, würde ich denken. Vielleicht mögen Sie uns bei Gelegenheit Ihr Rezept verraten?»

Die Chefsekretärin scannte ihn mit Blicken, von oben bis unten und retour. «Den Schweinebraten, meinen Sie?» Zum ersten Mal nahm Harald ein Lächeln an ihr wahr. «Seit wann esst ihr denn so was?»

***

Häufiger, als ihm lieb war, dachte Torvald in letzter Zeit über das Älterwerden nach. Schmerzlich empfand er den Verlust von Freunden. Sie starben, oder sie gingen ihrer eigenen Wege. Immer wieder hatte er ihn erlebt, diesen Moment der Stille. Wenn da nichts mehr war, was man sich zu sagen hätte. Manchmal auch deswegen, weil deren Frauen ihn ablehnten. Natürlich trank er zu viel. Das mochte eine Rolle spielen, überlegte er, während er die verschneite Nationalstraße 28 entlangfuhr, vor ihm der Schneepflug, der glänzende, silberfarbene Lichtbögen seitlich in die Höhe schoss. Rechts der Straße gingen sie nieder als gefrorener Sturzbach und begruben alles unter sich, teilweise meterhoch. Manchmal ragten nur noch die Spitzen der Bäume aus dem Schnee. Oft genug wohl nicht einmal mehr die.

Der einzige Freund, der ihm geblieben war, ihn seit Jahrzehnten kannte, war sein Kumpel Andreas Olsen, Pastor in Røros und Umgebung. Beide gingen sie gerne auf Elchjagd, beide schätzten sie gutes Essen. In seiner Gegenwart fühlte er sich – gut aufgehoben. Verstanden. Und wenn er es richtig sah, galt das auch umgekehrt. Andreas lebte in Narbuvoll, einer dieser verstreut liegenden Ansiedlungen, die es seit Jahrhunderten gab und die sich dennoch auf kaum einer Landkarte wiederfanden. Weil sie einfach zu klein waren. Dreißig Einwohner zählte der Ort, im Sommer. Wenn es auch die jungen Erwachsenen in den Ferien wieder nach Hause zog. Drei Bauernhöfe, einige Häuser, die Kirche und eine ehemalige Schule, heute ein Museum. Nicht zu vergessen der Friedhof und der schöne Ausblick auf den weitläufigen See Narsjøen vom Gotteshügel aus, wie der Pastor die Anhöhe nannte, auf der Narbuvoll lag.

Torvald parkte den Wagen vor der Kirche. Hatte Andreas Besuch? Jedenfalls stand ein Wagen mit schwedischem Kennzeichen vor seinem Haus. Die Haustür stand offen. Er klopfte und trat ein.

«Andreas?»

Keine Antwort.

Torvald schaute in den Flur, rief nochmals den Namen seines Freundes. Die Antwort war Schweigen. Torvald runzelte die Stirn, irgendetwas stimmte hier nicht.

Später sollte er sich fragen, warum der Mensch in einer

Situation, die ihm verdächtig vorkommt, nicht sofort reagiert. Sich entfernt, Hilfe sucht. Stattdessen zog es ihn ins Wohnzimmer. Nichts. Zögernd schritt er voran. Bis er Andreas entdeckte. In der Küche. Auf einem Stuhl, der Körper fixiert mit grauem Klebeband. Der Kopf hing zur Seite, der Mund war versiegelt, ebenfalls mit Klebeband. Jetzt erst entdeckte er das Blut auf dem Boden, die Lache, die sich dort gebildet hatte. Und schließlich das Loch in seinem Kopf.

Oh mein Gott, dachte er. Oh mein Gott.

«Hinsetzen!», befahl eine Stimme auf Englisch.

Torvald fuhr herum. Blickte einem an der Wand lehnenden Mann seines Alters ins Gesicht. Die Pistole in dessen Hand war auf ihn gerichtet.

«Wer … wer sind Sie?»

«Ich bin Winston Wolfe. Ein Mann, der Probleme löst.»

Mit einer Bewegung seiner Pistolenhand hieß er ihn ein zweites Mal, Platz zu nehmen. Wolfe zog den nächsten Stuhl heran und stützte darauf seinen Fuß. Torvald setzte sich widerstrebend.

«Jetzt leg deinen Autoschlüssel auf den Boden und schieb ihn zu mir rüber. Wir wollen doch nicht, dass du auf dumme Gedanken kommst.»

Torvald tat, was der Mann verlangte, und fragte: «Warum haben Sie Andreas erschossen?»

«Woher wollen Sie wissen, dass ich es war?»

«Ich würde sagen, das liegt in der … auf der Hand.»

«Guter Einwand, Toby.»

Torvald brauchte einen Moment um zu begreifen, dass er gemeint war. Woher kannte der Kerl ihn? Er versuchte seine Blicke vom toten Freund abzuwenden, doch gelang ihm das nur teilweise. Entsetzt verrückte er den Stuhl, als er bemerkte, dass die Lache in Bewegung geraten war und das Blut beinahe seine Füße erreicht hatte.

«Ich weiß alles über dich, mein Freund. Und ich gebe dir Recht, das hier ist kein schöner Anblick. Vor allem, wenn man sich vor Augen führt, dass ihr beide beste Freunde wart, nicht wahr?»

Torvald war selbst erstaunt, dass er nicht in Panik geriet. Er hatte sich unter Kontrolle, allem Entsetzen zum Trotz. In seinem Innern schienen sich Zahnräder in Bewegung zu setzen, auf der Suche nach einem Code. Der richtigen Kombination, um hier wieder lebend herauszukommen.

«Hörst du mir überhaupt zu, Toby?»

Er nickte.

«Was habe ich gerade gesagt?»

«Es ist schwierig, das zusammenzufassen. Sie haben Ihre – sehr eigene Sicht auf die Dinge.»

«Oh ja, die habe ich in der Tat, mein Guter. Meine Mission ist es, Probleme zu lösen, falls du zugehört hast. Wie würdest du dieses Problem hier lösen, Toby?»

«Ich würde mich der Polizei stellen, Mister Wolfe.»

«Das ist ein sehr vernünftiger Gedanke, Mister Berglund. Allein, ich mag ihm nicht folgen. Kannst du dir vorstellen, wo da der Hase im Pfeffer liegt?»

«Norwegische Gefängnisse haben einen ausgezeichneten Ruf. Anders als amerikanische.»

«Wie kommst du darauf, dass ich Amerikaner bin?»

«Queen Elizabeth hört sich anders an.»

Der Mann musterte seine Pistole, wog sie in den Händen. Ohne Vorwarnung löste sich ein schallgedämpfter Schuss, der Torvalds rechtes Ohr leicht streifte und in der Wand hinter ihm einschlug.

«Ich bitte um Entschuldigung, Toby! Mein kleiner Freund ist manchmal … etwas ungeduldig. Und er verlangt Respekt. Respekt, verstehst du? Er will, dass man auf ihn hört und ihn sehr, sehr ernst nimmt.»

Torvald befühlte sein Ohr, das leicht blutete. Was ihn am meisten irritierte, war dieser augenfällige Widerspruch. Das Verhalten eines Sadisten, gepaart mit dem Erscheinungsbild eines lebensgesättigten, zugewandten Mittvierzigers. Die vollen schwarzen Haare akkurat nach hinten gekämmt, das Gesicht faltig und großporig. Die braunen Knopfaugen schienen zu fragen: Wie kann ich helfen? Die Stupsnase unterstrich diesen Eindruck noch.

«Dein Freund Andreas», fuhr Wolfe fort, «hat mich zutiefst enttäuscht. Du musst dir Folgendes vorstellen, Toby. Da bist du auf der ganzen Welt unterwegs und löst Probleme, wo immer möglich. Aber die Zahl derer, mit denen du dich wirklich austauschen kannst, die dein Level erreichen, ist begrenzt. Sehr begrenzt. Das ist nicht schön, wenn du abends in deinem Hotelzimmer sitzt und dich fragst: Gibt es denn hier nirgendwo Gleichgesinnte? Leute mit Niveau?»

«Andreas Olsen hatte Niveau.»

«Siehst du, Toby, genau das hatte ich auch gedacht! Und dann …» Er rang nach Worten, rieb mit dem Daumen über die Innenfläche der Finger seiner linken Hand, was ein schabendes Geräusch erzeugte: «Und dann das.» Er machte eine Kopfbewegung in Richtung des Toten. «Diese Enttäuschung. Dieses Gefühl, wieder an den Falschen geraten zu sein. Bist du ein religiöser Mensch, Toby?»

«Nein.»

«Das dachte ich mir schon. Ein guter Koch ist sich selbst genug. Ein Halbgott in seinem eigenen Reich, was? Egal, das soll uns jetzt nicht interessieren. Lieber möchte ich dir vom Heiligen Michael erzählen. Vom Heiligen Michael, ja! Der hat das Rote Meer geteilt, das Volk Israel ins Gelobte Land geführt. Am Tag des Gerichts soll seine Posaune die Toten aus ihren Gräbern erwecken. Ist das etwa nichts?»

Torvald schwieg. Das erschien ihm das Beste, solange er nicht wusste, worauf dieser Psychopath hinauswollte.

«Drachentöter ist Michael natürlich auch.»

«Ein echtes Multitalent», entfuhr es Torvald.

«Meine Worte! Aber dein Freund hier, der gerade etwas Schlagseite hat, wollte mir allen Ernstes weismachen, dass nicht der Heilige Michael der wahre Held sei, sondern Gabriel! Du weißt schon, der Engel der Verkündigung. Aber was hat er denn verkündet? Die Geburt Jesu. Ich bitte dich, Toby! Das ist doch keine Leistung. Hat er etwa das Rote Meer geteilt? Hat er nicht.»

Theatralisch raufte er sich die Haare. «Sagt dein Freund, ich hätte das mit Gabriel offenbar gründlich missverstanden, die Bibel nicht richtig gelesen. Das hat er mir gesagt, dieser Pinguin in eurem arschkalten Pinguin-Land! Kannst du dir das vorstellen? Und da ist mein kleiner Freund hier richtig böse geworden und hat deinem Freund mal so richtig die Meinung gegeigt.»

«Deswegen haben Sie ihn erschossen? Wegen irgendeiner Spitzfindigkeit?»

«Nicht ich, Toby, nicht ich!»

Winston Wolfe rückte den Stuhl, auf den er seinen Fuß stützte, näher an ihn heran. «Ich glaube, ich sollte dir mal meine Geschäftsgrundlage erklären.» Er räkelte sich, als sei er verspannt. «Sieh mal, die meisten Menschen erwarten Logik, einen tieferen Sinn. Sie wollen verstehen, was um sie herum passiert.»

Er richtete die Pistole auf sein Gegenüber und sah ihm direkt in die Augen. «Wie gerne suchen diese armen Seelen jemanden, der ihnen die Welt erklärt. Sie wollen wissen und begreifen doch nichts. Vor allem fürchten sie sich vor dem Chaos, vor dem Nichts. Zufrieden sind sie erst, wenn sie einfache Lösungen gefunden haben und ihre Lieblingsformel greift: Auf A folgt B folgt C. So haben sie es gelernt. Keine Zufälle, keine Widersprüche – nichts, was sie verwirren könnte. Verstehst du, was ich meine? Und an dieser Schnittstelle nun komme ich ins Spiel, Toby.»

Er stand auf und fegte den Stuhl mit einem Tritt zur Seite, zielte mit der Pistole auf Torvalds Kopf. «Irgendwann, wahrscheinlich noch heute, spätestens morgen, wird irgendwer diese Schweinerei hier entdecken. Dafür sorge ich schon, mein Freund. Und dann braucht es eine Begründung, eine Erklärung, einen Sinn. Wie konnte das geschehen? Warum der Pastor? Dieser liebe Mensch, der doch keiner Fliege was zuleide tun konnte und so weiter.

Und ich liefere deinen Leuten, was sie brauchen. Eine Pistole, diese hier, mit deinen Fingerabdrücken darauf. Auf dem Küchentisch werden sie einen Zettel finden, handschriftlich, von dir. Da wird draufstehen: Es tut mir leid. Du hast erst ihn erschossen, dann dich selbst, Toby. Ist das nicht grausam? Und natürlich werden sie fragen: Warum hat er das getan, seinen besten Freund umgebracht? Sie werden nach Antworten suchen. Auf deine Sauferei zu sprechen kommen. Sich deine Konten ansehen, ob du Schulden hattest. Ob sich daraus ein Motiv ergeben könnte. Auf A folgt B folgt C. Aber sie werden nicht fündig werden!»

Torvalds Gedanken rasten. Fieberhaft suchte er nach einer Lösung. Wenigstens Zeit wollte er gewinnen.

«Sie werden nicht fündig werden», wiederholte Wolfe. «Weil sie nicht damit rechnen, dass jemand ihre Formel auf den Kopf stellt. Nicht A, B, C, nein! Bei mir folgt auf A erst einmal D, dann eine ganze Weile gar nichts, dann, vielleicht!, G. Oder auch Z. Disruption, mein Guter. Das alles ergibt keinen Sinn, wie sie es auch drehen und wenden. Also werden sie weitersuchen. Irgendwann kommen sie dann auf deine Schwester. Werden ihr Fragen stellen. Ihrem kleinen Geheimdienst. Sie werden Spuren folgen, die keine sind. Und Leute zur Strecke bringen, die anderen lästig sind, aber mit dieser Sache hier nichts zu tun haben. Und die Spielmacher im Hintergrund tun weiterhin ungestört das, was sie am besten können. Die entscheidenden Strippen ziehen.»

«Das gefällt mir, Mister Wolfe.»

«Nicht wahr, Mister Berglund? Uns beide umweht der

Odem von Genialität. Uns beide! Ich bin du, und du bist ich. Ich wäre der Letzte, der deinen Beitrag herabwürdigen wollte! Immerhin bin ich auf deine Mitarbeit angewiesen, mein Freund.»

«Ich stelle mir das sehr schwer vor», formulierte Torvald bedächtig, «wenn die eigene Leistung so wenig anerkannt wird.»

Der Eindringling kratzte sich an der Stirn, mit dem Lauf des Revolvers.

«Wie meinst du das, Toby?»

«Na ja, wenn ich ein neues Menü kreiere, werde ich dafür gefeiert. Wenn Sie dagegen wieder einmal erfolgreich – Disruption betrieben haben, können Sie darauf nur mit sich selbst anstoßen.»

«Das ist wohl wahr, mein Lieber. Ich sehe mich als Künstler. Meine Werke werden in der Tat gut honoriert, aber eine Auszeichnung werde ich dafür nie bekommen. Das ist traurig, das ist wirklich traurig. Doch genug geredet jetzt. Schreibe auf den Zettel da: Es tut mir leid.»

«Nein, das werde ich nicht tun, Mister Wolfe.»

Der Angesprochene legte an und entsicherte die Pistole. «Doch, das wirst du. Jetzt sofort.»

«Dann verhalten Sie sich wie Gabriel. Verkündigung, Gerede, Geschwätz. Haben Sie mal über die Michael-Variante nachgedacht?»

«Wie meinst du das, Klugscheißer?»

«Disruptiv. Sie haben den Täter gestellt, hier im Haus. Den Mörder von Andreas. Mich. Ich schlage Sie nieder, fliehe auf Skiern. Sie holen mich ein, auf dem Schneemobil. Sie erlegen mich, bringen mich zurück, legen mich hier ab. Man wird die Toten finden. Danach läuft alles weiter wie von Ihnen geplant. Doch werden Sie den Menschen hier als unbekannter Held in Erinnerung bleiben. Als Kämpfer für Gerechtigkeit.»

Wolfe lachte. «Du glaubst, dass ich darauf reinfalle? Du kennst die Gegend, ich nicht. Wahrscheinlich denkst du, du kannst mir entkommen. Das kannst du aber nicht.»

«Eben. Ich würde Ihre Fähigkeiten und die Ihres kleinen Freundes niemals unterschätzen. Ich weiß, dass ich sterben muss. Doch will ich sterben, wie der Heilige Michael gelebt hat. Das Rote Meer teilend. Diese Chance sollten Sie mir geben.» Torvald blickte nach oben, an die Decke. «Oder haben Sie heute noch was vor?»

Wolfe fixierte ihn mit Blicken und hielt ihm die Pistole an die Schläfe. «Du schreibst jetzt: Es tut mir leid. Ansonsten blase ich dir das Gehirn weg, mein Guter.»

«Das werden Sie sowieso.»

«Du kannst ohne Schmerzen sterben oder leiden wie ein Hund. Du hast die Wahl.» Er reichte Torvald einen Kugelschreiber. Der zögerte, nahm ihn in die Hand, während sein Widersacher ihm mit dem Lauf des Revolvers über die Schläfe strich.

«Könnten Sie das freundlicherweise bleiben lassen? Ich kann nicht schreiben, wenn Sie mich dermaßen bedrängen.»

«Das kann ich verstehen, Toby. Da spricht der Künstler aus dir, was?»

Wolfe machte einen Schritt zur Seite, stützte sich mit beiden Händen auf den Tisch, in der rechten die Pistole. Aus dem Bauch heraus, instinktiv, ohne nachzudenken, rammte Torvald die Spitze des Kugelschreibers mit aller Kraft zwischen die Sehnen von Wolfes Zeige- und Mittelfinger der Pistolenhand. Gleichzeitig drehte er sich blitzschnell zur Seite, packte seinen Stuhl mit beiden Armen und schmetterte ihn auf Wolfes Kopf. Die Aktion dauerte gefühlt keine Sekunde, Wolfe schrie auf und feuerte zweimal, bevor er zu Boden ging. Getrieben von Panik und Wut rannte Torvald aus dem Haus, wo er Andreas' Schneemobil entdeckte. Doch der Zündschlüssel steckte nicht. Hinter sich hörte er Wolfe poltern und fluchen und raste los, den Hügel hinunter, entgegengesetzt zur Straßenseite. Er kannte die Strecke, war sie oft genug gelaufen. Hinunter zum See, wo er mit Andreas im Sommer fischen ging. Glücklicherweise kam er gut voran, auch wenn er stellenweise hüpfen und springen musste. Doch war der Schnee nicht so hoch, dass jedes Fortkommen unmöglich gewesen wäre. Wolfe schoss erneut, traf aber nicht. Könnte ich auch nicht, mit links schießen, ging Torvald durch den Kopf. Er registrierte das Anspringen des Schneemobils. Entkommen konnte er dem Wahnsinnigen nicht, das war ihm klar. Gäbe es da unten einen Wald, dann möglicherweise. Doch die Bäume standen zu vereinzelt, Schutz boten sie weder vor dem Schneemobil noch vor einem Killer. Er hatte nur eine Chance. Den kleinen See, der vor ihm lag. Zugefroren, gewiss. Doch in seiner Mitte entsprang ein Fluss, befand sich eine Quelle, die auch bei kältesten Temperaturen nicht gefror. Er hörte das heulende Jaulen des Motors, wann würde das Schneemobil ihn einholen? Torvald beugte seinen Oberkörper nach vorne, um einer möglichen Kugel zu entgehen. Wenige Meter noch, da, endlich, lag er vor ihm – er fegte über den See und hoffte das Beste. Unmöglich zu wissen, ob das Eis ihn tragen würde oder nicht. Er hörte die krachenden Geräusche, die tausendfachen kleinen Explosionen im gefrorenen Wasser. Es ging alles sehr schnell und doch nicht schnell genug. Sobald er wieder festen Boden unter den Füßen hatte, bog er leicht nach rechts ab, nahm hinter einer stämmigen Birke Zuflucht. Schaute sich um, sah das Schneemobil, das ihm hinterherjagte, auf den See zuhielt. Wieder hörte er dieses Krachen, eine endlose Serie klirrender Explosionen im Eis, und etwa in der Mitte, nicht länger, als ein Wimpernschlag dauert, versanken das Schneemobil und sein Fahrer in der Tiefe.

Es war ruhig, eine vollkommene Stille hatte eingesetzt. Unterbrochen allein von Torvalds hektischem Atem und den seufzenden, rülpsenden Geräuschen aneinanderstoßender Eisschollen und entweichender Gase, die aus unsichtbaren Wasserschichten aufstiegen.

Seine Lungen beruhigten sich. Die Anspannung aber hielt an.

Dann ein Schwall von Wasser, der sich über das Eis ergoss. Wolfe tauchte wieder auf. Suchte Halt auf dem Eis, fand ihn nicht. Es gab nach, wo auch immer seine Hände anzupacken suchten. Der Kerl war nicht dumm. Schob die Schollen beiseite, schlug um sich, bis er auf eine Bruchkante traf. Dort zog er sich hoch, schob sich aus dem Wasser, fiel erneut zurück. Seine Kleidung hatte sich vollgesogen, er war zu schwer. Kurz versuchte er, sich im Wasser seines Mantels zu entledigen, doch vergebens.

Wieder machte er sich an einer Bruchkante zu schaffen. Torvald schaute auf die Uhr. Der Amerikaner schwamm bereits deutlich mehr als zwei Minuten im Eiswasser. Sehr viel länger würde er kaum durchhalten. Die ersten Taubheitsgefühle dürften sich bereits eingestellt haben. Doch hatte er noch die Kraft, sich unter unsäglichen Mühen, stöhnend und röhrend, aus dem Wasser zu stemmen. Bis er auf dem Eis lag und keuchte. Mehr als drei Minuten waren vergangen. Er versuchte sich aufzurichten, es gelang ihm nicht. Auf allen Vieren robbte der Killer langsam in Richtung der Bäume. Torvald erkannte, dass er am ganzen Körper zitterte. Nasse Kleidung, bei minus zwanzig Grad. Zuvor die Anstrengung im Eiswasser. Seine Muskelbewegungen hatten die Körperwärme im Wasser noch schneller abgeleitet, als dies unbekleidet im Freien der Fall gewesen wäre. Seine Muskeln waren auf dem besten Weg, steif zu frieren. Unter solchen Bedingungen arbeitete das Gehirn nur noch langsam, kontrollierte Bewegungen wurden fast unmöglich. Deswegen hatte Torvald auch keine Angst mehr vor Wolfes Pistole. Das Einzige, was den Mann jetzt noch retten könnte, wäre Wärme. Die aber gab es hier nicht. Zurück ins Haus würde er es niemals mehr schaffen.

«Herzlichen Glückwunsch, Mister Wolfe!», rief Torvald. «Sie sind der Heilige Michael! Gut, das hier ist nicht das Rote Meer, aber immerhin.»

Er vernahm etwas, das sich anhörte wie: «Du verdammter Pinguin!»

Torvald wartete, bis ihm selbst die Knochen zu gefrieren drohten. Der Mörder lag reglos auf dem Eis, nachdem er wiederholt versucht hatte, sich aufzurichten, mit stetig langsameren, flacher werdenden Bewegungen. Torvald suchte nach einem langen, dicken Ast in Reichweite, den er vom Baum brach. Damit näherte er sich vorsichtig dem Sterbenden. Torvald kannte die Stufen des Erfrierens. Am Ende stand Glückseligkeit. Ein vollkommener innerer Friede kehrte ein, nicht einmal die Kälte spürte das Opfer mehr. Es sah Licht, Erlösung, erinnerte sich an einen oder mehrere Momente seiner Kindheit. Die Seele entwich.

Er war selbst einmal fast erfroren, als Jugendlicher in einem Schneesturm, bis er im letzten Augenblick von einem Autofahrer gerettet wurde.

Mit dem Stock schlug er dem Eismann mehrfach auf den Kopf, um seine Reaktion zu testen. Er regte sich nicht. War er bewusstlos, war er tot? Wer konnte das wissen. Doch niemals, niemals ein waidwundes, angeschossenes Tier unterschätzen.

Torvald eilte zurück ins Haus und rief Sophie an. In zwei Decken gehüllt, zitternd vor Kälte, erwartete er ihre Ankunft. Kurz und weitgehend emotionslos erzählte er, was vorgefallen war. Sophie nahm ihn in die Arme und besah sich als Erstes die Schweinerei in der Küche. Sie hütete sich, irgendetwas anzufassen.

«Gut, dass du zuerst mich angerufen hast und nicht die Polizei», sagte sie. «So viel zum Thema ruhiges Leben in Røros, im Windschatten der Zeitläufte.»

«Was machen wir jetzt?», fragte Torvald.

«Wir sollten uns den Toten mal anschauen.»

Zu Fuß stapften sie durch den Schnee zum Toten hinunter, Torvald erzählte von dem irrsinnigen Geschwätz des Killers und kam sich dabei vor wie in einem schlechten Film. Wolfe lag reglos auf dem Eis. Sophie ging in die Knie, um sich ihm zu nähern, doch Torvald hinderte sie daran. Das Eis sei zu brüchig. Er nahm den abgebrochenen Ast und schob ihn unter Wolfes Hinterkopf, bis er sich in der Kleidung verfing. Anschließend zog er den Toten ans Ufer. Sophie öffnete seine Jacke und suchte nach Papieren, auch in den Hosentaschen. Sie fand Pass, Kreditkarten und Führerschein. Sofern sie nicht gefälscht waren, hieß er tatsächlich Winston Wolfe.

«Gut», sagte Sophie. «Verständigen wir die Polizei. Wir können den Pastor ja nicht lassen, wo er ist.»

«Und was geschieht mit dem hier?»

«Ich würde sagen, wir versenken ihn. Unterm Eis ist er gut aufgehoben. Vor der Schneeschmelze taucht der nicht wieder auf. Bis dahin können wir uns überlegen, wie wir ihn der Öffentlichkeit präsentieren, falls erforderlich.»

«Er ist der Mörder von Andreas. Warum willst du nicht wahrheitsgemäß erzählen, was vorgefallen ist?»

«Um Zeit zu gewinnen, Torvald. Dieser Wolfe hat eine breite Blutspur in Norwegen hinterlassen. Und er war offenbar bestens informiert. Über dich, deine Schwester, den kleinen Geheimdienst E 39. Der Typ mag irre gewesen sein. Aber er hatte seine Auftraggeber. Vermutlich im Ausland, aber vielleicht auch hier bei uns. Wenn die erfahren, dass er nicht mehr lebt, schließen sich wahrscheinlich viele Türen. So aber haben wir mehr Möglichkeiten.»

«Also habe ich Andreas tot zu Hause aufgefunden, mehr nicht? Das sage ich dann so der Polizei?»

«Das wäre mein Vorschlag. Hast du einen besseren?»

Torvald seufzte. Er nahm einige schwere Steine und warf sie in Richtung Seemitte, bis das Eis erneut brach. Vorsichtig schob er den Amerikaner zurück ins Wasserloch.

***

Der Kriegsrat, wie Torvald ihn nannte, tagte noch am selben Abend in seiner Wohnküche. Seine Schwester Berit war mit Harald aus Oslo angereist. Emma hatte angeboten, das Protokoll der Sitzung zu führen, was für kurze, gelöste Heiterkeit sorgte. Alle elektronischen Geräte, die geeignet wären, sie abzuhören, befanden sich im Nebenraum. Berits Vorschlag, Emma möge einen Spaziergang machen, solange sie sich hier austauschten, hatte Torvald zuvor abgelehnt. Und wer wollte ihm noch widersprechen, dem Helden der Stunde? Sophie hielt es für unwahrscheinlich, dass Emma eine Verräterin sein könnte. Das Risiko bestand, aber sie brauchten einander, in dieser Runde. Sie gegen den Rest der Welt, darauf lief es hinaus.

«Wir wissen nicht, in wessen Auftrag dieser Wolfe unterwegs war», hielt Sophie fest. «Mein Eindruck ist, dass die Todesfälle der letzten Zeit, angefangen mit der absurden Entführung von Hauke Ingstad, auf die eine oder andere Weise zusammenspielen, wie in einem System miteinander kommunizierender Röhren. Und trotzdem ergibt das alles für mich keinen Sinn.»

«Disruption», sagte Torvald. «Der Spinner hat es doch

erklärt. Die Spuren bis zur Unkenntlichkeit verwischen. Fährten legen, die ins Nirgendwo führen. Damit die Spielmacher im Hintergrund weiterhin ungestört das machen können, worauf es ihnen ankommt: die entscheidenden Strippen zu ziehen.»

«Beunruhigend ist vor allem», bemerkte Berit, «dass der Mann offenbar einiges über uns wusste. Jedenfalls über Torvald, mich und unsere Einheit. Es tut mir leid, Torvald, dass du das alles durchmachen musstest. Vom Tod des Pastors ganz zu schweigen.»

«Habt ihr euch mal überlegt», fragte Emma, «wie die besagten Strippenzieher auf die Idee gekommen sind, ausgerechnet einen Pastor umzulegen, in dieser Wildnis? Der Pastor ist den Auftraggebern des Killers mit Sicherheit herzlich egal gewesen. Und auch auf dich hatten die es nicht abgesehen, Torvald. Du warst nur ein Mittel zum Zweck.»

«Du meinst, das eigentliche Ziel sind wir?» Sophie sprach eine Vermutung aus, die auch sie selbst schon seit einiger Zeit hegte.

«Na klar. Nicht, weil wir wichtig wären. Wir sind nur Bauern auf dem Schachbrett. Wir werden benutzt, um von ganz anderen Vorgängen abzulenken. Auf A folgt D folgt irgendwas. Das ist der Kern der Botschaft, die Wolfe Torvald vermittelt hat. Er wollte sich wichtigtun. Anerkannt werden von seinem Opfer. Dass es dann alles ganz anders gekommen ist, damit hat er natürlich nicht gerechnet.»

«Ich glaube, dass du Recht hast», sagte Harald. «Es gibt die eine, die sichtbare Handlungsebene, die verschiedenen Morde und Mordversuche, und dahinter noch eine ganz andere. Eine Metaebene, sozusagen.»

«Sehr richtig», kommentierte Torvald, der in der Küche Rentier-Gulasch bestellt hatte und es nunmehr servierte. «Das hier sind kleine Würfel aus Fleisch. Dass es sich dabei um Rentier handelt, wisst ihr nur, weil ich es euch sage und ihr den Geschmack erkennen werdet. Von dem, was in den letzten Wochen an merkwürdigen Dingen in Norwegen geschehen ist, sehen wir bislang nur die kleinen Würfel. Was fehlt, ist das große Ganze. Das Rentier vor unseren Augen.»

Emma lachte. «Gut auf den Punkt gebracht, Torvald. Genauso ist es.»

«Ich bin mehr der Praktiker, aber das hilft manchmal. Gleich kommt noch Rotwein, Emma. Ein Burgunder wäre recht?»

«Das wäre der Jackpot, Torvald.» Unter den Anwesenden war sie die Gelassenste. Die am wenigsten Getriebene. Sophie war sich nicht sicher, woran das liegen mochte.

«Wo also setzen wir an?», fragte Berit.

«Bei der Disruption», erwiderte Harald. «Wir sortieren das Puzzle neu. Durchleuchten alle Akteure noch einmal, mit denen wir bisher zu tun hatten.»

«Gute Idee, Harald. Vielleicht sollten wir uns auch endlich mal ehrlich machen, was unsere Einheit betrifft. E 39. Wofür stehen wir, Berit? Wer hat mit uns was vor?», fragte Sophie.

«Ja, du hast Recht. Seit Monaten laufe ich ins Leere, was Personal und Ressourcen betrifft. Wir sind Zwitter, angesiedelt irgendwo zwischen Geheimdienst und Polizei.»

«Dann solltet ihr aufpassen», folgerte Emma, «dass ihr nicht als nützliche Idioten endet und für andere die Kastanien aus dem Feuer holt. Wenn das gut geht, ernten die dann die Lorbeeren. Falls nicht, macht man euch zu Sündenböcken.»

Berit schien die Unglücklichste unter ihnen zu sein. Sie saß da und schwieg, hielt sich fest an ihrem Glas Rotwein.

«Gut», überbrückte Sophie das Schweigen. «Wir machen es, wie Harald vorgeschlagen hat. Wir rollen den Fall neu auf, auf der Suche nach dem Rentier. Dabei müsstest du uns bitte den Rücken freihalten, Berit. Mehr noch als bisher, könnte ich mir vorstellen. Was ist mit dir, Emma? Was kannst du am besten?»

«Ich bin die Frau fürs Grobe. Fürs Internet.»

«Du meinst hacken und so weiter?»

«Und so weiter, ja. Oder glaubt ihr, Steuererklärungen machen glücklich?»

«Torvald?»

«Ja, Sophie. Ich würde sagen, ich räume hinter euch auf, wenn's recht wäre. Und ich sorge für den erforderlichen Rückzugsraum, für gesunde Ernährung. Einverstanden?»

Damit schien der Rahmen gesetzt, genau wie Sophie gehofft hatte. Sie waren auf gutem Weg, sich als Team zu finden. Den Rest des Abends widmeten sie dem guten Essen und dem Rotwein, allein Torvald beließ es bei Wasser. Wollte er nüchtern bleiben, angesichts seiner neuen

Aufgaben? Oder war es der Respekt vor dem ermordeten Freund, dessen Tod sie nur am Rande streiften? Lieber ergingen sie sich in Anekdoten und Geschichten, Harald erzählte von seinem Besuch in der Kanzlei von Helge Lund. Feinste Belle Etage in der Innenstadt, handgefertigte Möbel, samtene Teppiche, diese Liga. Die Dame an der Rezeption hatte ihn nach kurzer Vorstellung und Gesichtskontrolle, ohne weitere Nachfragen, in ein Hinterzimmer geführt. «Und wen treffe ich da, den Staubwedel in der Hand? Meinen Onkel Amir, den Bruder meines Vaters! Wir hatten uns seit Jahren nicht gesehen, irgendwie aus den Augen verloren. Na, also, wir liegen uns in den Armen, die Dame leicht pikiert, plaudern ein wenig auf Urdu – und Amir fragt sie allen Ernstes: ‹Könnten wir wohl einen Tee oder Kaffee bekommen? Darauf müssen wir anstoßen!› Und dann zieht er tatsächlich eine Visitenkarte aus den Tiefen seines blauen Overalls, hält sie mir zehn Zentimeter vors Gesicht, damit ich ja nichts übersehe. Und was steht da drauf? Chan & Khan. Der zuverlässige Reinigungsdienst. Motto: Wir hinterlassen keine Spuren. Ich konnte mich vor Lachen kaum halten! Wir hinterlassen keine Spuren! Das gefällt mir, Amir, sage ich – ihr würdet euch bestimmt gut verstehen, Torvald. Von wegen keine Spuren.

Wir sitzen da also auf dem Teppich, auf dem Boden in der Kanzlei, wie es sich bei uns gehört, er, ich, meine beiden leicht hirnrissigen Cousins, die mich die ganze Zeit anstarren. Bis einer von ihnen fragt: ‹Bist du wirklich Killer, Onkel?› ‹Na klar›, sage ich. ‹Das ist mein Job. Dafür bezahlt mich ja die Polizei.› ‹Aber wen willst du denn hier kaltmachen?›, fragen sie. ‹Mal sehen, Jungs. Mal sehen. Im Zweifel den, der zu viele Fragen stellt.›

Ob ihr's glaubt oder nicht: In dem Moment öffnet sich die Tür, und die Empfangsdame kommt mit einem Riesentablett Tee und Kaffee rein. Gott ist mein Zeuge! Wir springen natürlich sofort auf und nehmen ihr das Tablett ab. Die schenkt uns daraufhin ein werbetaugliches Lächeln, meine Cousins fallen fast in Ohnmacht, und einer der beiden sagt, so wahr ich hier sitze: ‹Unser Onkel da ist ein Killer.›

Darauf folgt ein weiteres, ich sag mal, sehr anregendes Lächeln, und sie sagt, kein Witz: ‹Oh! Ich stehe auf wilde Männer.›

Und dann geht sie, die Dame vom Empfang. Woraufhin mein Onkel seinen Söhnen sagt: ‹Seht ihr? Ich hab euch immer gesagt: Norwegen ist das Paradies.›»

It doesn't matter what you do because
it's going to happen anyway.

Leonard Cohen

II.

Das Flugzeug rumpelte durch eine dichte Wolkendecke, wiederholt suchten Helge Lunds Hände Halt am Vordersitz. Seit einiger Zeit schon litt er unter einer latenten Flugangst, die sich vermehrt in Panikattacken entlud. Am liebsten hätte er sich am Arm seiner Sitznachbarin festgehalten. Die bloße Präsenz von Weiblichkeit wirkte auf ihn beruhigend. Sobald sich die Fluglage wieder stabilisierte, musste er an seine beiden halbwüchsigen Töchter denken. Gegen seinen Willen, doch sein inneres Auge konnte oder wollte nicht von ihnen lassen. Was war da schiefgelaufen, was hatte er falsch gemacht? Diese Renitenz, dieses sinnfreie Posieren! So legte er Wert darauf, dass sie wenigstens einmal in der Woche gemeinsam eine Mahlzeit einnahmen, was die Zwillinge eher widerwillig taten. Um ihn dann genüsslich zu provozieren, mit ihren Liebschaften und Eskapaden, wobei sie mit Einzelheiten nicht sparten. Wahrscheinlich war das meiste ausgedacht, Jugendliche redeten so nicht, nicht in Gegenwart ihrer Eltern. Anne, seine Frau, hatte längst aufgegeben und ließ es geschehen. Er nicht!

Das Taxi fuhr den Genfer See entlang, auf dem Weg zum Tagungsort, ins Hotel Beau-Rivage. Lunds Blicke folgten dem Mont Blanc, der in weiter Ferne emporragte, ein Monument aus Größe und Beständigkeit. Wenig später bahnte er sich seinen Weg durch die Menschenmenge, erst an den Sicherheitskontrollen vorbei, dann am Empfang. Die meisten Teilnehmer, nicht weniger als hundert, überwiegend mittleren Alters und in Designer-Anzügen, waren in diskret geführte Gespräche vertieft, die sich gelegentlich in kurzen, heftigen Lachsalven entluden. Die Registrierung der Besucher wurde von jungen, dauerlächelnden Hostessen vorgenommen, die anschließend ein Namensschild und die Tagungsmappe überreichten. Da die Veranstaltung für ihn nur eine Deckadresse war und er so wenig Spuren wie möglich hinterließ, verzichtete Lund darauf, sich in irgendeine Liste einzutragen.

Eine sanfte Frauenstimme forderte die Gäste über Lautsprecher auf, bitte Platz zu nehmen. Schnell füllte sich der Sarah-Bernhardt-Salon, benannt nach einer französischen Schauspielerin, einem früheren Weltstar vor hundert Jahren. Lund stellte sich an eine Flügeltür des Konferenzsaals, wollte sich eigentlich nicht setzen, doch in dem Fall würde er aus der Menge herausragen, wäre nicht länger anonym. Also nahm er ebenfalls Platz an einem der runden, ausladenden Tische, eingedeckt mit gestärkten, weißen Leinentüchern. Seine Sitznachbarn ließen Visitenkarten kreisen, auch er verteilte großzügig Pappkarten mit frei erfundenen Angaben.

Eine brünette, ultraschlanke Mittdreißigerin in einem aquamarinblauen Businesskostüm begrüßte die Anwesenden überschwänglich, klebrige Süße lag in der Luft. Warum musste er ausgerechnet jetzt an seine sechzehnjährigen Töchter denken? Die Begrüßung erfolgte namens der Veranstalter, des Weltwirtschaftsforums Davos und von Elendilmir Technologies aus Palo Alto, Kalifornien. Langsam stieg der Tonfall der Präsentatorin an, setzte bei

Palo Alto einen ersten Akzent, gefolgt von einer kurzen Kunstpause, der sich ein verheißungsvolles «Kalifornien!» anschloss. Beifall brandete auf, und die Brünette streckte ihren rechten Arm aus, mit dem sie, «ohne weitere Vorreden!», den Star der heutigen Veranstaltung willkommen hieß. Begleitet von Fanfarenklängen schlenderte Robert Adams, genannt Rob, lässig auf die Bühne, die Hände in den Hosentaschen. Als Einziger trug er Jeans, T-Shirt und Sakko. Noch bevor er überhaupt das Wort ergriffen hatte, lagen ihm die Teilnehmer bereits zu Füßen. Alle Blicke waren auf ihn gerichtet, jeder schien gebannt auf Robs erste Einlassung zu warten. Elendilmir wurde mit rund 20 Milliarden Dollar bewertet, obwohl das Unternehmen nicht börsennotiert war. Ein sensationeller Erfolg für eine Startup-Klitsche, die noch vor wenigen Jahren kaum jemand gekannt hatte. Der Redner verkörperte diesen kometenhaften Aufstieg wie kaum ein Zweiter. Viele, darunter die New York Times, verglichen ihn bereits mit Steve Jobs, dem legendären CEO von Apple.

Der Mann der Stunde klopfte aufs Mikrofon. Jawohl, es funktionierte. Tief holte er Luft, augenblicklich wurde es so still, dass man die sprichwörtliche Stecknadel hätte fallen hören können. Ein breites Lächeln zeigte sich auf seinem Gesicht, während er eine ausladende Bewegung mit beiden Armen machte. Und er sprach:

«Grüezi miteinander, bonjour à tous!»

Ein Sturm der Begeisterung erhob sich. Lund musste lächeln. Moses hätte sich vermutlich mit einem Bruchteil der Emphase begnügt, als er seinem Volk die Gesetzestafeln vorlegte. Auf jeden Fall war Lunds amerikanischer Partner ein erstklassiger Schauspieler. Rob nahm nunmehr das Mikrofon aus dem Ständer und begann, beim Reden auf und ab zu gehen. Gleichzeitig erschienen auf der Leinwand hinter ihm Aufnahmen der zahlreichen Elendilmir-Niederlassungen weltweit. Architektonisch waren sie nichtssagend und austauschbar, Bürogebäude eben. Nicht ein einziger Mitarbeiter rückte ins Bild, «aus Sicherheitsgründen», wie der smarte Unternehmer mit den mittellangen, gewellten Haaren betonte, die sich auf der Stirnseite bereits deutlich zu lichten begannen. Nach der Begrüßung hatte er ins Englische gewechselt.

«Einige glauben», fuhr er fort, «man müsse sich für die Freiheit oder aber für die Sicherheit entscheiden, zwischen den beiden eine Wahl treffen. Um uns vor denen zu schützen, die uns Schaden zufügen wollen, sollen wir einen Teil unserer Freiheit aufgeben.» Er zog eine Grimasse, die Mitleid verhieß. «Wir halten das für eine grundlegend falsche Entscheidung. Was die Auswertung von Daten anbelangt, etwa die von Terroristen, gibt es überhaupt keinen Grund, die Freiheit zugunsten von mehr Sicherheit einzuschränken. Elendilmir arbeitet unermüdlich daran, bestehende Technologien so zu verbessern, dass die Sicherheitsbehörden verantwortungsvoll und ergebnisorientiert arbeiten können.» Mit clownesker Geste legte er seine linke Hand über beide Augen. «Jetzt sehe ich nichts mehr. Ganz bewusst nicht, denn die Privatsphäre unbescholtener Bürger ist für uns grundsätzlich tabu. Wer von Ihnen welchen Wein trinkt oder sich ab und zu heimlich einen Joint dreht, das soll auch weiterhin niemanden interessieren. Aber halten Sie bitte Maß, wie Bill Clinton: ziehen ja, inhalieren nein.»

Während das Publikum noch brüllend lachte, entschwand Rob von der Bühne. Keine halbe Stunde später traf Lund ihn, wie verabredet, in dessen Suite. Der Amerikaner zeigte sich gewohnt aufgeräumt und jovial.

«Na, wie war ich?»

«Überzeugend wie immer», erwiderte sein norwegischer Besucher.

Rob nickte. «Wir suchen händeringend nach Möglichkeiten, diesen Leuten Aktien zu verkaufen. Wäre ja dumm, es nicht zu tun. Nur wollen wir nicht an die Börse. Wir ziehen es weiterhin vor, im Hintergrund zu wirken.»

«Nun, ihr könntet Subunternehmen gründen und damit an die Börse gehen.»

«Sehr gut! Genau das haben wir vor. Das ist es, was ich an dir so schätze. Du redest Klartext, ohne Umwege.»

«Ich muss auch nichts verkaufen. Nicht so wie du.»

Rob lächelte. «Ein Glas Champagner?»

«Nein, danke.»

«Dann eine Cola?»

«Warum nicht.»

In der Regel verliefen ihre Treffen kurz und geschäftlich, meist im Windschatten größerer Events wie hier in Genf. Lund trieb vor allem Odda um, die Schadsoftware im Rechenzentrum und die Ermordung von Erling Opdal.

Rob nickte. Er habe davon gehört, sagte er, und schlürfte an seiner schwarzperlenden Brause. Schlimme Sache das.

«Was weißt du darüber?», fragte Lund.

«Was soll ich denn darüber wissen?»

«*Come on*! Elendelmir. Big Data. BlackHawk. Ihr seid doch eine große Familie.»

«Zu der auch Nordic Invest gehört.»

Lund seufzte. «Natürlich. Wir sind ein Team. Aber stellst du dir nicht auch manchmal die Frage, wer oder was da aus dem Ruder gelaufen ist?»

«Soweit ich das verfolgt habe – führen die Spuren nicht nach Russland?»

«Selbstverständlich. Auf die Sicherheitsbehörden ist Verlass. Sie wissen die Aufmerksamkeit in die richtige Richtung zu lenken. Aber hier, unter vier Augen?»

Rob deutete auf das Fenster und den Zeppelin, der den tintenblauen Himmel mit einer Werbebotschaft durchschnitt.

«Vielleicht waren es ja doch die Russen», sagte er, tiefer in die Sitzkissen des Sofas eintauchend.

«Vielleicht aber auch nicht. Und Opdal ist nicht der einzige Tote.»

«Ich weiß offen gestanden gar nichts», wiederholte Rob. «Woher auch. Mit der Aufklärung des Falls habe ich nichts zu tun, beim besten Willen nicht.»

«Gut, aber … die anderen merkwürdigen Todesfälle in Norwegen – gibt es da nicht einen Zusammenhang?»

«Was fragst du mich? Sehe ich aus wie ein Polizist?»

«Kennst du einen Mann namens Winston Wolfe?»

Lund sagte den Namen wie nebenbei, doch entging ihm nicht der Treffer, den er wohl gelandet hatte. Das Gesicht des CEO von Elendilmir erstarrte einen Moment, bevor er in seine Rolle zurückfand.

«Nie gehört den Namen.»

«Wir kennen ihn, weil er das elektronische Bezahlsystem Vipps benutzt hat. Das ist ungewöhnlich für einen – Killer. Andererseits, vielleicht hatte er keine andere Wahl? Bargeld wird bei uns immer unpopulärer. In Norwegen, in Skandinavien allgemein.»

«Und was hat er damit bezahlt?»

«Eine Prostituierte und einen Mietwagen.»

«Mehr nicht?»

«Mehr nicht.»

«Dann redet doch mal mit ihm.»

«Ja. Wenn wir ihn finden.» Lund räusperte sich. «Er hat eines von euren Konten benutzt.»

«Von Elendilmir?»

«Von euren Sonderkonten. Die ihr freundlicherweise der NSA zur Verfügung stellt.»

Sophie konnte im Augenblick wenig tun, außer abzuwarten. Sie las Zeitung, in einem Café in Røros, eingerichtet in einer ehemaligen Bergmann-Behausung. Zwei Zimmer, in denen noch vor wenigen Jahrzehnten eine vielköpfige Familie gelebt hatte. Der gusseiserne Ofen, früher Heizung und Herd, war nur noch Dekoration. Zwei junge Frauen kochten im Hinterzimmer, es gab Mittagsgerichte und selbstgemachten Kuchen. Die Holzwände waren schwarz vom eingebrannten Ruß vergangener Zeiten, die Fenster beschlagen von der Wärme innen, die auf beißende Kälte außen traf. Dieser Gegensatz zog Sophie an, er entsprach ihrer Gefühlslage, dem Ringen mit dem, was in der Welt geschah. Ihr selbst erschien die erzwungene Ruhephase fast ein wenig unheimlich. Sie wäre lieber aktiv gewesen, Herrin des Geschehens.

Wie eben noch, auf dem kurzen Weg hierher. Im Winter bewegten sich die Bewohner vorzugsweise auf sondergefertigten Schlitten stehend oder sie durch den Ort vor sich herschiebend. Der Anblick erinnerte an Rollatoren auf Kufen. Praktisch im Alltag, vor allem für die Einkäufe. Die Straße vom ehemaligen Bergwerk durch die Innenstadt bis zum Bahnhof war abschüssig. Hinunter ließ es sich gut gleiten, hinauf ohne größere Mühe schieben.

Ein Schlitten hatte sich verselbständigt, war den Schnee hinunter in Richtung Gehweg gerutscht, auf dem ein Kinderwagen stand. Die Mutter war in ein Gespräch vertieft gewesen, Sophie fing den Schlitten ab und stellte ihn neben die Laterne. Sonst hätte er wohl den Kinderwagen gerammt. Kein Weltuntergang, aber so war es besser.

Du bist ein Fänger im Schnee, sagte sie sich. Und je länger sie darüber nachdachte, während sie die Zeitung in der Hand hielt, umso mehr gefiel ihr dieses Bild. Eine Fängerin im Schnee, die das Schlimmste verhindert.

«Hi, Sophie!»

«Hallo, Emma.»

Sie zog ihren Mantel aus und bestellte zwei Stück Kuchen mit Sahne. Dann erzählte Emma, was sie herausgefunden hatte. Harald sei schon unterwegs, Berit informiert.

Harald saß neben seinem ehemaligen Kollegen Stig Haga auf einem Hocker in dessen heruntergekommener Wohnung, deren Einrichtung einer Müllhalde sehr nahe kam. Mit Ausnahme der Computerwand. Hier standen vier Monitore nebeneinander, und Haga bediente die komplexe Anlage mit einer Leichtigkeit, als sei sie ein Smartphone. Emma hatte herausgefunden, welches Konto für Winston Wolfes Mietwagen mit schwedischem Kennzeichen belastet worden war. Mit dem er den Pastor aufgesucht hatte und den er, den Umständen geschuldet, nicht mehr fristgerecht zurückgeben konnte. Dann aber hatte sie die Recherche vorsichtshalber abgebrochen. Gewiss war ihr Laptop gut gesichert, hatte sie ausreichend Umwege beschritten, doch das Restrisiko, zurückverfolgt zu werden, erschien ihr doch zu hoch. Harald, telefonisch benachrichtigt, wusste sofort, mit wem er die Recherche fortsetzen würde. Haga war ein Profi, ein Spezialist im Darknet. Ein erheblicher Teil der in seiner Wohnung aufgebotenen Elektronik diente allein dem Schutz vor Enttarnung, hatte er Harald erklärt. Im Kern lief es auf komplexe Verschlüsselungen der eigenen Daten hinaus, die zudem über verschiedene Router und Server unbeteiligter Dritter geschickt wurden, verteilt über den Globus und in so großer Geschwindigkeit, dass nahezu jede seiner Datenspuren im Nirgendwo endete.

«Es sei denn, du legst dich mit Geheimdiensten an. Die haben ihre eigenen Methoden, beispielsweise Hacker aufzuspüren. In neun von zehn Fällen finden sie, wen sie suchen. Das ist allerdings sehr aufwendig, und da gehen die auch nur ran, wenn es sich um wirklich dicke Fische handelt.»

Harald hatte Mühe zu atmen. Sein Sitznachbar roch

streng, hinzu kamen der Zigarettenqualm und die süßsaure, verbrauchte Luft.

«Dir ist schon klar, dass das hier teuer für dich wird, oder?», sagte sein ehemaliger Kollege in einem Tonfall, der keinen Widerspruch duldete.

«Nerv mich nicht, Stig. Bisher bist du nicht verhungert.»

«Ja, und so soll es auch bleiben, Bulle.»

Soweit Harald das beurteilen konnte, arbeitete dieser Nerd äußerst systematisch. Er wusste genau, was er tat, knackte gewissermaßen eine Nuss nach der anderen. Wahrscheinlich war er auf seinem Gebiet ein Genie, im Gewand des Penners.

Es dauerte etwa eine halbe Stunde, dann sagte er: «Okay, Bulle. Ich glaub, wir sind so weit. Aber ehrlich gesagt – das Ergebnis gefällt mir nicht.»

«Warum, Stig? Rede Klartext.»

«Weißt du, eine Scheiß-Kontoverbindung ausfindig zu machen und gegebenenfalls das Konto leerzuräumen, dafür brauche ich normalerweise keine zehn Minuten. Dieses Konto hier läuft auf den Namen John Smith. Das ist so bescheuert, dass niemand drauf reinfällt. Nicht in dieser Liga hier. Und um die geht es. Wenn ich mal alle toten Briefkästen und Sackgassen beiseitelasse, dann landen wir bei einer Firma namens Elendilmir.»

«Nie gehört.»

«Du bist echt ’n Opfer, Bruder. Die machen alles zu Geld, was mit Daten zu tun hat. Üble Burschen, wenn du mich fragst. Aber das ist mir vollkommen egal, darum kümmere dich gefälligst selbst. Nein, was mich umhaut, ist was ganz anderes.»

«Nämlich?»

«Sag mal, denkst du überhaupt nicht mit? Dieses Konto ist vor Nachverfolgung gesichert wie eine Atomanlage. Als Sinnbild, ja? Damit du verstehst. Wer ein Konto so anlegt, der ist erstens Profi. Ein normaler Bankkunde wird gar nicht erst auf die Idee kommen, so eine Nummer zu fahren. Das setzt Knowhow voraus und zwischengeschaltete Konten gleich in mehreren Steuerparadiesen. Und dafür muss es, zweitens, einen sehr triftigen Grund geben. Sonst lohnt der Aufwand nicht.»

«Ist viel Geld auf dem Konto?»

«21 476 US-Dollar, um genau zu sein. Siehst du hier links. Für einen derart läppischen Betrag wird niemand eine solche Show abziehen. Außerdem reicht die normale Bankensicherung, um dein Konto vor Unbefugten zu schützen. Sofern du nicht gerade an einen wie mich gerätst oder den Zugangscode auf dem Tisch liegen lässt. Nein, hier will jemand Spuren verwischen.»

Harald sah sich die Kontobewegungen an. «Sind nicht gerade viele. Hier hat John Smith Vipps benutzt. Also DNB, norwegische Bank. Über sein iPhone. Der Mietwagen, und da – was ist das? Twilight Zone, was soll das sein?»

Haga googelte in Sekundenschnelle: «Ein Puff in Trondheim.»

Noch immer war Harald in den Auszug vertieft. «Also, ich verstehe das nicht, tut mir leid. John Smith müsste sich doch ausweisen können, wenn er sich bei der DNB für deren Zahlungssystem anmeldet. Er braucht also ein Handy und einen Ausweis auf den Namen John Smith.»

«Eben nicht! Das ist ja das Geniale. Smith oder wer auch immer kann unter jedem beliebigen Namen ein Vipps-Konto eröffnen, sofern er sich ausweisen kann.»

«Welchen hat er bei der DNB benutzt?»

«Siehst du hier vorne auf dem Bildschirm. Winston Wolfe.»

«Der ist ja irre! Sein echter Name ... Oder besser wohl Künstlername. Ganz schön leichtsinnig.»

«Oder größenwahnsinnig. Mir kann keiner was. Wenn du willst, lege ich auch auf deinen Namen ein Vipps-Konto an, bei der DNB. Du benutzt dann dieses Konto, aber die Zahlungseingänge, die du hier siehst ...» Er deutete auf eine Zahlenkolonne auf dem zweiten Monitor links, «... die kommen, über zwischengeschaltete Konten, die idealerweise alle Spuren verwischen – von Elendilmir. Ich kann das gerne so hinbiegen, dass die auch dein Gehaltskonto regelmäßig auffüllen.»

«Nee, lass mal. Aber was hat John Smith damit zu tun?»

«Das ist der fiktive Inhaber eines Kontos bei der Chase Manhattan Bank in New York. Eines Kontos von Elendilmir. Stell dir das vor wie bei einer Kreditkarte. Die läuft meinetwegen auf deinen Namen, aber abgebucht wird von einem Konto, das unter einem ganz anderen Namen geführt wird, beispielsweise dem einer Firma.»

«Weißt du, was mir auffällt?»

«Dir fällt was auf?»

«Unser Mann hier hat das Konto nur sehr selten benutzt.»

«Und was folgerst du daraus, Sherlock Holmes?»

«Ein Konto für den Notfall. Wenn's gar nicht anders geht.»

«Ja. Schmutzige Geschäfte, würde ich sagen. Dass Winston Wolfe damit zu Nutten geht, ist sicher nicht im Sinne seiner Auftraggeber. Dafür bekommt er bestimmt Ärger.»

«Ach, das glaube ich nicht. Der ist erst mal abgetaucht.»

***

Wieder trafen sie sich in Torvalds Wohnstube, auch wegen der heimeligen Atmosphäre am lodernden Kaminfeuer und der ausgezeichneten Küche. Nur Berit fehlte, die einen Termin in Oslo nicht verschieben konnte. Letztendlich fühlten sie sich in Røros sicherer, solange sie nicht wussten, mit wem sie es zu tun hatten. In einer Kleinstadt fielen Unbekannte schneller auf. Ein wenig fühlte sich Sophie an studentische Zeiten erinnert, an die Seminararbeit mit Gleichgesinnten in irgendeiner WG. Torvald servierte Hühnersuppe, hörte seinen Gästen zu und staunte. Ab und zu raunte er: «In dieser Welt wird alles zu Geld gemacht, was?»

«Sogar die Zeichen an der Wand», kommentierte Harald. «Elendilmir – was soll das denn?»

«Ist aus ‹Der Herr der Ringe› von Tolkien. Ein weißer Edelstein, der als Zeichen der Königswürde auf der Stirn getragen wurde. Im Dritten Zeitalter.» Emma referierte, als läge Mittelerde gleich nebenan. «Dieser Stirnreif wurde König Isildur zum Verhängnis. Als er von den Orks verfolgt wurde, benutzte der König den Einen Ring und wurde unsichtbar. Die Strahlen des Elendilmir jedoch blieben für die Orks als rotes Glühen sichtbar, so dass der König, von Pfeilen durchbohrt, in einem Fluss versank. Damit ging auch der Elendilmir verloren.»

«Und wurde offenbar von Robert Adams gefunden», setzte Sophie nach. «2010 war er Mitbegründer von Elendilmir Technologies in Palo Alto, Kalifornien. Nicht börsennotiert, aber milliardenschwer. Machen ihr Geld mit Software. Sie unterhalten zwei Geschäftsbereiche, in mehreren Ländern. Der eine heißt Metropolis. Er liefert Analysen für Wallstreet, Banken und Hedgefonds. Metropolis ist ein elektronisches Superhirn, das rund um die Uhr Börsendaten speichert, selektiert und auswertet. Mit Hilfe abertausender Prozessoren werden endlose Zahlenreihen und Formeln erstellt, die sekundenschnell Anlageentscheidungen treffen. Algorithmen treten an die Stelle von Börsenhändlern.»

«Für unsere Zwecke interessanter ist aber vermutlich der andere Geschäftsbereich, Mittelerde genannt. Das ist ein Programm, das vor allem Geheimdienste bedient», erklärte Harald. «Konkret geht es um Rastermethoden zur Auswertung gigantischer Datenmengen, etwa von Telefonaten oder E-Mails, nach beliebig festzulegenden Suchkriterien. Die Hauptkunden sind, Überraschung!, CIA und NSA.»

Sophie wunderte mittlerweile gar nichts mehr, das aber war ein Volltreffer. In ihrem Gehirn verbanden sich die vielen Informationen: NSA. Elendilmir. BlackHawk. Nordic Invest. Und mittendrin der tiefgefrorene Hauke

Ingstad, der nicht minder erkaltete Winston Wolfe und Tom Phillips im Koma.

Als könne Torvald Gedanken lesen, merkte er an: «Emma, wir würden sehr viel weiter kommen, wenn wir wüssten, was deinen Freund umgetrieben hat. Er muss ja was gewusst haben, über Nordic Invest und den ermordeten Vize.»

«Logisch, klar. Aber wenn ihr glaubt, ich könnte euch da weiterhelfen, täuscht ihr euch. Tom hat die großen Geheimnisse für sich behalten. Aus Sicherheitsgründen, wie er mir immer gesagt hat. Je weniger du weißt, umso weniger gerätst du ins Visier anderer. Das war sein Spruch. Tja, und jetzt sitze ich am Nordpol.»

Sophie stöhnte. «Das ist doch alles ein Wahnsinn. Man sehnt sich ja geradezu nach grundsolidem Mord und Totschlag. Dann wäre alles viel einfacher.»

«Findest du?», fragte Torvald und schenkte Emma einen Schluck Rioja ein, zur Korkprobe. «Hier geht es auch um Mord und Totschlag, würde ich sagen. Nur wissen wir noch nicht, wer mit wem auf den Putz haut.»

Emma nickte. «Prima, Torvald. Beste Qualität wieder.»

Sophie hatte durchaus erkannt, dass ihr Kommentar grenzwertig war. «Mich beschäftigt am meisten die Frage, was Elendilmir mit der NSA zu tun hat. Wenn wir das wissen, finden wir auch die Verbindung zu Nordic Invest», fuhr sie fort.

«BlackHawk nicht zu vergessen», ergänzte Torvald.

«Übrigens geht Berit der Frage nach, was es mit Sophies Beobachtung aus dem Hubschrauber auf sich hat: die Bullen vor Ostøya, die möglicherweise Winston Wolfe geholfen haben unterzutauchen», warf Harald ein. «In Oslo unterzutauchen, meine ich.»

Es dauerte einen Moment, bis der Nachsatz bei jedem angekommen war. Am Ende grinsten sie alle. Es war ein schmaler Grat, nicht zum Zyniker zu werden. Das Grinsen aber ging in Ordnung, fand Sophie. Wolfes Eisgrab war und blieb ein Gewinn für die Menschheit.

«Was ich damals in Marokko erlebt habe, dieser Angriff mit Hubschraubern auf das Dorf Gourrama – das alles kommt mir im Rückblick geradezu … wie soll ich sagen: bodenständig vor. Dies hier ist alles so widersprüchlich und komplex», sagte sie.

«Willkommen im Finanzkapitalismus. Willkommen im Neoliberalismus», bemerkte Emma trocken und leerte ihr Weinglas.

«Keine Verschwörungstheorien, wenn ich bitten darf», entgegnete Harald. «Das kenne ich aus Pakistan. Schuld sind immer die Juden oder die Amerikaner.»

«Na ja, ist das etwa keine Verschwörung, wenn milliardenschwere Unternehmen alles zu Geld machen, was sich verwerten lässt? Ohne Rücksicht auf die Natur und zum Nutzen einiger weniger Oligarchen? Oder von renditebesessenen Aktionären? Während gleichzeitig immer mehr Menschen zu Niedriglöhnen arbeiten müssen? Nur noch Arbeitsverträge mit kurzen Laufzeiten erhalten, wenn überhaupt? Wie soll man unter solchen Bedingungen die eigene Zukunft planen können, beruflich oder privat? Was wiederum unsere Demokratien aushöhlt oder zerstört, weil die Enttäuschten aus Protest häufig Rechtspopulisten wählen. Von all den Militärinterventionen weltweit und deren Folgen ganz zu schweigen.» Emma ließ sich nicht beirren.

«Ich würde vorschlagen, dass wir das Grundsätzliche auf später verschieben», schlug Sophie vor. «Was hast du noch herausgefunden, Harald? Du hast den Chef von Elendilmir unter die Lupe genommen, sagtest du?»

«Ja, noch so ein Irrer. Um das Geschäftsmodell von Elendilmir zu verstehen, muss man zurückgehen in die achtziger Jahre. Damals ist zwei Psychologen der Nachweis gelungen, dass sich jeder Charakterzug eines Menschen anhand von fünf Persönlichkeitsmustern messen lässt, den sogenannten Big Five. Nämlich Offenheit gegenüber Veränderungen, Gewissenhaftigkeit, Geselligkeit, soziale Verträglichkeit und schließlich Neurotizismus, der Umgang mit seelischen Verletzungen. Anhand dieser Big Five lässt sich beängstigend genau herausfinden, wie ein Mensch tickt und wie er sich verhält. Das Problem war lange Zeit die Datenerhebung. Probanden zu finden, die bereitwillig Auskunft geben über ihr Innenleben. Dann kam das Internet. Und Facebook. Und Robert Adams. Er hat es tatsächlich geschafft, mit Hilfe einer Art Online-Fragebogen über Facebook erst Hunderte, dann Tausende und schließlich Millionen Nutzer davon zu überzeugen, freiwillig intime Einzelheiten über ihr Innenleben und ihre Lebensgewohnheiten preiszugeben. Im Gegenzug bekamen die dann kostenlose Apps zur Selbstoptimierung, vorzugsweise im Bereich von Sport und Gesundheit, womit Adams ohne großen Aufwand weitere Nutzerdaten erhielt. Ist wirklich faszinierend, wie einfach sich die Menschen manipulieren lassen, solange sie nur glauben, irgendwie dazuzugehören oder einfach nur cool zu sein. Innerhalb von wenigen Monaten jedenfalls verfügten Adams und seine Mitarbeiter über den größten jemals erhobenen psychologischen Datensatz.»

Er trank einen Schluck Wasser. «Im nächsten Schritt haben Adams und seine Leute die Online-Fragebögen der Probanden abgeglichen mit deren sonstigen Online-Daten. Vor allem dem, was sie auf Facebook geliket, gesharet oder gepostet hatten, wie alt sie waren und ihr Geschlecht. Adams führte den Nachweis, dass man aus durchschnittlich 68 Facebook-Likes eines Nutzers bestimmen kann, welche Hautfarbe er hat – Trefferquote 95 Prozent. Ob er Demokrat oder Republikaner ist – Trefferquote 85 Prozent. Mit gerade mal 68 Likes, wie gesagt. Adams erkannte, dass es eigentlich nichts gibt, was sich nicht berechnen oder bestimmen ließe, mit Hilfe seiner Methode.»

«Das genau ist das Geschäftsmodell von Elendilmir», ergänzte Emma, «der weltweit größten Menschensuchmaschine. Mittlerweile sind die in der Lage, Menschen allein anhand ihrer Fotos im Internet den Big Five-Kriterien zuzuordnen. Heute sind Smartphones ihre am meisten genutzte Datenquelle. Der Bewegungssensor zeigt beispielsweise, wie schnell wir das Telefon bewegen oder wie weit wir reisen – daraus lassen sich Rückschlüsse ziehen auf emotionale Instabilitäten. Das Klickverhalten, welche Seiten ein Nutzer aufruft, erlaubt tiefe Einblicke in die Stimmungslage ebenso wie etwa auf politische Einstellungen. Begreift ihr, worauf das hinausläuft?»

«Das ist dann eine Waffe», ließ sich Torvald vernehmen, der gerade den Nachtisch fertigstellte, eine Mousse au Chocolat. «Überall dort von Nutzen, wo es darum geht, Menschen zu manipulieren, ihr Verhalten vorauszusagen oder zu beeinflussen.»

«So ist es», bestätigte Emma. «Elendilmir ist in der Lage, bis in einzelne Straßenzüge, Wohnungen und Häuser hinein genau zu erfassen, wer woran glaubt. Das ideale Instrument auch für Wahlkämpfe. Für zielgerichtete Mikrowerbung. Und wer waren in diesem Bereich die ersten Großkunden von Robert Adams?»

Ein kurzes Schweigen legte sich über den Raum, unterbrochen allein vom Knistern des Kaminfeuers.

«Die Republikaner im Wahlkampf von Donald Trump 2016 und die Brexit-Propagandisten vor dem Referendum», so Emma.

«Ich dachte, die Russen hätten da manipuliert», meldete sich Torvald erneut.

«Die auch», sagte Emma. «Aber gemessen an Elendilmir sind die Chorknaben.»

«Scheiße …», murmelte Sophie. «Das ist ja ein Fass ohne Boden.»

«Gier kennt keine Grenzen. Deswegen ist es hilfreich, immer auch der Spur des Geldes zu folgen. Wer ist denn der Hauptinvestor bei Elendilmir, eurer Ansicht nach?», fragte Emma und wusste die Antwort schon, ihrem Lächeln nach zu urteilen.

«BlackHawk», sagten Harald und Sophie nahezu gleichzeitig.

«Hundert Punkte!», retournierte Emma.

Was Berit an ihrer Heimat sehr schätzte, neben allen möglichen anderen Vorzügen, waren die engen persönlichen Beziehungen auch auf politischer Ebene. Man kannte einander, teils seit der Jugend – sicher auch deswegen, weil es so viele Norweger nicht gab. Entsprechend waren die Dienstwege kurz, spazierte sie jetzt mit Jonas Brende über die Waldwege in Bygdøy, die gerade erst grob vom Schnee geräumt worden waren. Brende, Minister für Justiz, Öffentliche Ordnung und Migration, anderswo Innenminister genannt, hatte früher in Berits Nachbarschaft gewohnt. Als Jugendliche hatten sie denselben Tanzkurs besucht, und Berit erinnerte sich noch gut an seine ungelenken Versuche, sie übers Parkett zu führen.

«Ich kann das nicht wirklich glauben», sagte Berit. «Die Ermordung von Ingstad, seine Leiche bei uns im Garten, der Tote in Odda – und du sagst mir, die Polizei stünde vor einem Rätsel?»

«Ich habe den Polizeichef angewiesen, die Todesfälle mit absoluter Priorität zu behandeln.» Brende sprach mit leicht nasalem Einschlag, was viele für arrogant hielten. Seine Sprechweise war aber weniger einer elitären Gesinnung geschuldet als vielmehr seiner verwachsenen Nasenscheidewand. Selten lagen die Dinge so eindeutig, wie sie vielleicht auf den ersten Blick erschienen.

«Schön, aber was heißt das konkret?»

«Ich lasse mich von Rasmussen regelmäßig auf dem Laufenden halten.»

«Und welche neuen Erkenntnisse hast du gewonnen?»

«Dass Geduld eine Tugend ist, meine Liebe. Wir sind

alle betroffen angesichts der abscheulichen Morde. Und niemand hat ein größeres Interesse daran, die Fälle aufzuklären, als die Regierung. Es ist keine Kleinigkeit, wenn der Vize von Nordic Invest ermordet wird oder der Chef von deren größtem Rechenzentrum. Das muss ich dir nicht erklären.»

Er sah Berit freundlich in die Augen. Berit registrierte die rote Pudelmütze über dem Haarkranz, in seinem Spitzbart hatten sich kleine Eiskugeln verfangen, gefrorener Atem. Das rechte Augenlid hing tiefer als das linke, was ihm im Tanzkurs viel Spott von Seiten der Mädchen eingetragen hatte.

«Was hat es mit der Schadsoftware in Odda auf sich?»

«Rasmussen ist am Ball und tauscht sich mit amerikanischen Diensten aus. Sobald uns neue Erkenntnisse vorliegen, informiere ich dich sofort.»

Was hatte sie erwartet? Dass er von der offiziellen Linie abwich? Ehrlich gesagt: ja. Es enttäuschte sie, dass er nichts anzubieten hatte außer Gemeinplätzen. Entweder wusste er tatsächlich nichts, oder er hatte kein Interesse an einer Aufklärung. Hin- und hergerissen war sie, rang mit sich, ihn auf die beiden dubiosen Polizisten anzusprechen, die möglicherweise mit Winston Wolfe gemeinsame Sache gemacht hatten. Auch die Beobachtung ihres Nachbarn Ole, des Insektenforschers, warf zahlreiche Fragen auf. Brende wäre gut beraten gewesen, sie gemeinsam mit Berit zu durchdenken. Doch eine innere Stimme hielt sie zurück, ihm diese Informationen anzuvertrauen. Die Verbrechen, um die es hier ging, bewegten sich hart an der Grenze zum Landesverrat. Wie konnte er da, von Amts wegen zuständig für Öffentliche Ordnung, mit solcher Gelassenheit durch den Schnee stapfen, die Hände auf dem Rücken verschränkt? Der Eindruck, den er ihr vermittelte, war in erster Linie der von Unbedarftheit. Im Grunde müsste er doch sämtliche Hebel in Bewegung setzen, müsste er diesem fragwürdigen Polizeichef Rasmussen in den Hintern treten. Warum mobilisierte er nicht alle verfügbaren Kräfte, einschließlich der hiesigen Geheimdienste? Ihren eigenen nicht zu vergessen.

Stattdessen schwelgte er in Erinnerungen. Die jugendlichen Segelfreizeiten im Sommer, die Skitouren im Winter! In Berits Ohren die reinste Verklärung. Nie hatte er geheiratet, sein Leben der Karriere gewidmet. Schon als Jugendlicher war er den Konservativen beigetreten, es folgte die Ochsentour bis an die Spitze. Berit überlegte, konnte sich aber beim besten Willen nicht daran erinnern, dass er jemals mit einer ausgefallenen Idee oder eigenen Gedanken hervorgetreten wäre. Doch beherrschte der Parteisoldat die Kunst der Kontaktpflege und Vernetzung. Er war es auch, der ihre Einheit E 39 an der kurzen Leine hielt. Wie oft hatte sie ihn schon gebeten, das Budget aufzustocken, die Zuständigkeiten zu klären, gerade auch im Umgang mit dem großen Bruder, dem Geheimdienst PST. Stets reagierte er mit äußerstem Wohlwollen und ließ sie doch ins Leere laufen.

Sie hatten einen Kreis beschritten, waren nach einer halben Stunde wieder an den Ausgangspunkt ihres Spazierganges zurückgekehrt. Dort warteten bereits sein Fahrer und der Dienstwagen auf den Minister.

«Es tut gut, sich mit dir auszutauschen, Berit», sagte er

zum Abschied. «Du gehörst zu den wenigen Menschen, denen ich vertraue. Du hast es richtig gemacht, aus der aktiven Politik auszusteigen. Ich beneide dich um deine Freiheiten.» Er legte ihr die Hand auf die Schulter und stieg ins Fahrzeug. «Soll ich dich in die Stadt mitnehmen?», fragte er.

«Nein, danke. Ich kann hier draußen besser nachdenken.»

Berit winkte, dann verschwand das Auto hinter einer Kurve. Sie war sich darüber im Klaren, dass sie damit unwiderruflich den letzten Moment verpasst hatte, ihren Vorgesetzten über den tiefgefrorenen Wolfe in Kenntnis zu setzen. Sollte das herauskommen, wäre es ein Grund, sie umgehend in den Ruhestand zu versetzen. Sie zu feuern.

Natürlich brauchte Berit Verbündete, gerade auf politischer Ebene. Aber Jonas Brende war kein Teil der Lösung, möglicherweise vielmehr ein Teil des Problems. Alle Verantwortlichen fuhren mit angezogener Handbremse, so kam es ihr vor. Warum sollte ausgerechnet sie im falschen Moment aufs Gaspedal treten?

Wattegleich fiel der Schnee, legte sich über die Stadt und das Land, hüllte sie in ein weißes Tuch ohne Anfang und Ende. Dieser Schnee war anders, dachte Sophie. Er fiel seit Stunden, in Flocken groß wie Fingernägel, deutlich zu erkennen die Eiskristalle. Bilder aus Kindheitstagen stiegen in ihr auf, Frau Holle, die Schnee aus Federbetten und Kissen regnen ließ. Es war früher Abend, Sophie und Emma standen auf der höchsten Schlackenhalde in

Røros, dem Auswurf alter Zeiten, als hier noch Kupfer gefördert worden war. Still und ruhig lag die Stadt im Dämmerlicht unter ihnen, ein dichter weißer Teppich schluckte die Geräusche. Der Atem entwich ihren Nasen und Mündern in kalten Stößen aus Wasserdampf, sie beide fröstelten. Dennoch fühlten sie sich unbeschwert und frei, hatten sie doch gerade eine Schneeballschlacht hinter sich. Dieser Schnee war nicht nasskalt, legte sich nicht unangenehm auf die Haut. Er verzauberte und erschuf eine andere Wirklichkeit, frei von Irrtümern und Täuschungen. So empfand es Sophie.

«Wie schön sie ist, diese Winterlandschaft», sagte sie.

«Ja. Die ideale Landschaft vor der Schlacht», erwiderte Emma.

Sophie sah sie verwundert an: «Siehst du das hier als einen Feldherren-Hügel?»

«Na ja, dieses Warten und Abwarten, die vielen Puzzleteile, die es zusammenzufügen gilt, mir kommt das vor wie eine Geduldsprobe. Als würden wir auf die rechte Eingebung hoffen. Oder dem nächsten Schachzug entgegensehen.»

«Und wie fühlst du dich dabei?», fragte Sophie.

«Nicht gut. In erster Linie bin ich … verzweifelt. Um ehrlich zu sein.»

Die Antwort überraschte Sophie. Sie hatte Emma stets für bemerkenswert abgeklärt gehalten. «Wegen Tom?», fragte sie.

«Auch. Vor allem aber, weil ich keinen Ausweg sehe. Wir haben es hier mit sehr mächtigen Gegenspielern zu tun, auch wenn wir sie im Einzelnen noch nicht kennen.

Diese Leute können ganze Staaten zerstören. Was meinst du wohl, wie wenig Aufwand die treiben müssten, uns zu erledigen. Und sie stehen dabei nicht einmal unter Zeitdruck. Wenn die wollen, geben sie uns das Gefühl, wir seien ihnen entkommen. Die können uns auch in 10, 15 Jahren noch aus dem Verkehr ziehen. Wenn wir glauben, wir seien aus dem Schneider, sie hätten uns vergessen. Und dann schlagen sie zu.»

Schneeflocken regneten auf Sophies ausgestreckte Zunge, wo sie zergingen. «Ich habe mich daran gewöhnt, kein Zuhause zu haben. Und keine Erwartungen», sagte sie.

«Deswegen bewundern dich auch alle. Du bist der ruhende Pol. Die Achse, um die wir uns drehen.»

«Übertreibst du nicht?»

«Nein. Ohne dich würde es unsere kleine Truppe nicht geben. Du bist glaubwürdig. Aufgrund deiner Erfahrungen. Du hast das alles schon mal durchgemacht.»

«Marokko war eine ganz andere Geschichte.»

«Du hast damals mit dem Rücken zur Wand gestanden. Dennoch ist dir die Flucht nach vorn gelungen. Das ist das Entscheidende.»

Ihre Blicke kreuzten sich inmitten baumwollgleicher Flocken, die nicht aufhörten zu fallen und sie in einen weißen Kokon hüllten.

«Ich wundere mich, dass Torvald den Tod seines Freundes, des Pastors, so ungerührt hinnimmt. Keine Trauer, nichts», wechselte Emma das Thema.

«Das täuscht. Er lebt unter einem Panzer, wie eine Schildkröte. Seit dem Krebstod seiner Frau.»

Ein Bündel Eiskristalle landete genau auf Sophies Nasenspitze.

«Er mag uns, oder?», fragte Emma.

«Dich vor allem.»

«Oh. Hoffentlich nicht zu sehr. Ich möchte ihn nicht enttäuschen.»

«Keine Sorge, er hat dich adoptiert.»

Eine Landschaft vor der Schlacht. Emmas Beschreibung grub sich ein in ihre eigene, in Sophies Innenwelt. Vielleicht traf diese Momentaufnahme. Was tun? Noch fehlten ihnen entscheidende Informationen, hatten sie keine andere Wahl als abzuwarten. Doch der Tag der Entscheidung würde kommen. Und dann war diese Landschaft so gut und so passend wie jede andere. Weil ihre Gegner überall lauerten. Überall dort, wo sie etwas zu verlieren hatten. Auch hier.

***

Schwester Kristin fielen die Ausschläge auf dem Elektrokardiogramm als Erster auf. Die elektromagnetische Kurve, die den Herzrhythmus widerspiegelte, verlief weniger flach, zeigte phasenweise die ausladende Schwingung einer Sinuskurve. Das gab Anlass zur Hoffnung, bei einem Komapatienten. Sie öffnete Tom Phillips' Augen und besah seine Pupillen, maß seinen Puls. Nichts, keine Veränderungen. Auf Ansprache reagierte er ebenfalls nicht.

Sie stellte fest, dass er eine Rasur benötigte. Sie befühlte seinen Brustkorb. In langen, ruhigen Zügen atmete er ein und aus. Eine künstliche Beatmung war nicht länger nötig, die Einschusswunde am Lungenflügel verheilt. Dennoch konnte niemand wissen, ob er wieder zu sich kommen würde oder nicht. Das hing ab von den neurologischen Folgewirkungen seiner Verletzung, der kurzzeitigen Unterversorgung des Gehirns mit Sauerstoff. Alles war möglich: seine Genesung, eine bleibende Behinderung, anhaltendes Koma.

Schwester Kristin seufzte. Was für ein schöner Mann, trotz der eingefallenen Wangen und des hervortretenden Jochbeins. Sie legte ihre Hand auf seine Schulter und verabschiedete sich für diesen Rundgang von ihm.

«Gibt's was Neues?», fragte der vor dem Zimmer wartende Polizist, der gelangweilt mit seinem Handy spielte.

«Im Augenblick nicht, nein», antwortete Schwester Kristin, die den kaugummikauenden, meist in Tattoo-Magazinen blätternden jungen Mann nicht für übermäßig aufgeweckt hielt und ihm ganz gewiss nicht das Verhältnis von Herzrhythmus und Elektromagnetik erläutern würde.

Sie aßen im Engebret Café zu Mittag, dem ältesten Restaurant in Oslo, gegenüber der Nordic Invest-Zentrale. Roar Thuland hatte nur einen Salat bestellt, Hunger verspürte er nicht. Seine Nervosität war ihm auf den Magen geschlagen.

«Diese Sache in Odda lässt mich nicht los. Was sollte das? Die Schadsoftware war so angebracht, dass man blind sein müsste, um sie nicht zu entdecken. Und technisch nicht gerade auf dem neuesten Stand», sagte er.

Helge Lund beeilte sich, eine zu groß geratene Portion

Spaghetti zügig im Mund zu verteilen, um antworten zu können. «Du hast Recht, natürlich. Da stimmt was nicht.»

«Was also sollte das, verdammt noch mal. Wer hat uns da welche Botschaft zukommen lassen?»

«Robert Adams sagt, er wisse von nichts.»

«Der Typ von Elendilmir? Natürlich sagt er das.»

Lund führte die Serviette an die Lippen und gab seinen Eindruck wieder, dem zufolge Adams wohl bewusst den Ahnungslosen spiele.

«Ich bin ihm zweimal begegnet», entgegnete Thuland. «Der ist mit allen Wassern gewaschen. Auf keinen Fall sollten wir ihn unterschätzen. Andererseits: Einen Mord würde der nicht in Auftrag geben. Schon gar nicht in Norwegen.»

«Das alles ergibt erst mal keinen Sinn», bestätigte Lund. «Die Hand würde ich allerdings für Adams nicht ins Feuer legen.»

«Vielleicht ist ja das genau auch die Absicht. Der fehlende Sinn. Um Verwirrung zu stiften. Zu verunsichern.»

Lund nickte. «Und wer sollte daran ein Interesse haben?»

«Darüber zerbreche ich mir seit Tagen den Kopf. Black-Hawk? Steve Shelby? Das kann ich mir nicht vorstellen.» Lustlos stocherte er in der Salatschüssel.

«Das Problem ist», sagte Lund, «dass wir sehr vielseitig aufgestellt sind, was unser Engagement betrifft. Damit bieten wir viele Angriffsflächen.»

Thuland überlegte. «Wie viele Leute arbeiten in deiner Kanzlei?»

«Wir sind eine Sozietät mit drei Inhabern und 15 angestellten Juristen. Das weißt du doch. Hinzu kommen die Sekretärinnen und Bürohilfen.»

«Und wer von denen hat deinen und meinen Kenntnisstand?»

«Ich arbeite sehr diskret, das sollte dir nicht entgangen sein.»

«Also bist nur du eingeweiht, in eurer Kanzlei.»

«Daran hat sich nichts geändert.»

«Du solltest unbedingt darauf achten, dass das auch so bleibt.» Thuland zerquetschte eine Zitronenhälfte über dem Salat. «Ich fürchte, der ganze Schlamassel hat zu tun mit Tom Phillips. Zu dem hatte Hauke Kontakt, mit dem hat er geredet. Zu viel geredet wahrscheinlich.»

«Das fürchte ich auch.»

«Solange er im Koma liegt, sind wir aus dem Schneider.»

«Was sagen die Ärzte?»

«Keiner wagt eine Prognose, es ist völlig offen, was aus ihm wird.»

«Könnte er sein Wissen mit anderen geteilt haben?»

«Keine Ahnung. Das ist es ja, was mich so unruhig macht. So viele lose Enden, lauter offene Fragen. Hier ist nichts unter Kontrolle, Helge.»

Der Angesprochene wollte etwas sagen, wartete aber, bis eine kleine Gruppe Gäste an ihrem Tisch vorübergezogen war. Während seine Blicke die Eichenholz-Vertäfelung abtasteten und keinen Halt fanden, beschloss er, seiner Linie auch weiterhin zu folgen. Kein Wort über Winston Wolfe, kein Wort über dessen Zugriff auf ein Elendilmir-Konto, das der NSA zur Verfügung stand.

«Meinst du nicht», fragte Lund stattdessen, «wir sollten unsere – Extra-Aktivitäten erst einmal einstellen, bis sich die Lage ein wenig beruhigt hat?»

Thuland zeigte einen verkniffenen Gesichtsausdruck. «Und wo fangen wir an, wo hören wir auf? Da steht einfach zu viel auf dem Spiel. Man kann nicht mitten im Galopp vom Pferd steigen und dann so tun, als ginge einen das ganze Derby nichts mehr an.»

Lund hüstelte. «Das ist ein sehr … wie soll ich sagen: ansprechendes Bild.»

Thuland lachte kurz auf. «Komm, ich bestelle uns zwei Aquavit. Es hat ja keinen Sinn, dass wir uns hier die Köpfe zerbrechen und doch nichts tun können.» Er winkte einen Kellner heran. «Ein Gutes hat die Sache immerhin. Hier verderben so viele Köche den Brei, dass am Ende niemand verantwortlich ist. Wer sollte also wen zur Rechenschaft ziehen?»

Vera Cochrane joggte eine Runde durch das Waldgebiet hinter dem weitläufigen Parkplatz der NSA in Fort Meade, Maryland, als sie der Anruf erreichte. Sofort kehrte sie zurück ins Raumschiff, wie das dominosteinförmige, schwarz verspiegelte Hauptgebäude des größten amerikanischen Auslandsgeheimdienstes genannt wurde. Dafür benötigte sie fast eine Viertelstunde im Dauerlauf. Sie überlegte, kurz unter die Dusche zu springen, entschied sich aber dagegen und begab sich in ihr Büro.

«Was gibt's?», fragte sie ihren Assistenten Marc Pfeiffer, der sie bereits erwartete.

«Irgendwas geschieht da in Norwegen.»

«Geht es auch konkreter?»

«Natürlich, Ma'am. Ein Hacker in Oslo ist in unsere Datennetzwerke eingedrungen.»

Sie stand da, verschwitzt, ein Handtuch über den Hals gelegt. Pfeiffer trug Anzug und Krawatte, makellos gekleidet, kein Schweiß auf der Haut. Fast konnte man glauben, er sei der Chef, und das störte sie.

«In welche? Mann, lassen Sie sich doch nicht jedes Wort aus der Nase ziehen!»

«Unter anderem Cloudcard.»

«Eines der Abrechnungssysteme also.»

«Ja, und wie es scheint, hat er sich vor allem für die Daten von Winston Wolfe interessiert.»

Cochrane zuckte innerlich zusammen. Das hatte noch gefehlt.

«Muss ich den kennen?» Sie gab sich ahnungslos.

«Besser nicht.»

«Freiberufler?»

«Einer der besten.»

«Ist der Hacker Norweger oder einer von uns?»

«Kein Amerikaner, nein. Ein Mann namens Stig Haga. Ehemaliger Cop, rausgeflogen wegen Drogenbesitz.»

«Hat er versucht, an Geld zu kommen? Über Cloudcard?»

«Nein, Ma'am.»

«Warum hat er dann rumgeschnüffelt, wenn er kein Konto leerräumen wollte?»

«Das fragen wir uns auch. Möglicherweise hat er Informationen gesammelt.»

«Über diesen Wolfe?»

«Schwer zu sagen.»

«Also kein rauchender Colt.»

Es gefiel ihr, dass Pfeiffer es nach Möglichkeit vermied, seiner Vorgesetzten in die Augen zu sehen. Wo immer möglich, hielt sie Distanz. Sie vertraute niemandem. Das war die sicherste Methode, oben zu bleiben. Dieser College-Absolvent hatte etwas Rührendes. In gewisser Weise verhielt er sich geradeheraus. Er versuchte nicht einmal, ihr sonst wo hineinzukriechen. Das imponierte ihr, gleichzeitig empfand sie es als anmaßend. Wer glaubte der Bursche denn zu sein? Etwas Besseres als sie?

«Es gibt da etwas, das uns zu denken geben sollte, Ma'am.»

«Nämlich?»

«Der Mann ist offenbar Profi. Mit Verschlüsselungen kennt der sich hervorragend aus.»

«Wollen Sie ihn einstellen?»

Ihr entging nicht sein verlegenes Lächeln.

«Natürlich nicht, Ma'am. Das wäre sicher nicht angeraten.»

«Reden Sie nicht so geschwollen daher, Pfeiffer.»

«Ich bitte um Entschuldigung, Ma'am. Ich versuche lediglich … Wissen Sie, der hat nicht mal ein Handy rumliegen, das wir für weitere Informationen heranziehen könnten. Warum tut er das, wenn er nichts zu verbergen hat?»

«Ist der Kerl eine Bedrohung für die Sicherheit der Vereinigten Staaten, Ihrer Auffassung nach?»

«Dafür gibt es bislang keine Anhaltspunkte, Ma'am.»

«Schön. Dann besorgen Sie die.»

«Selbstverständlich. Es ist nur … dieser Stig Haga weiß, was er tut. Er muss also einen Grund haben, sich für Wolfe zu interessieren. Von allen Menschen auf der Welt, warum ausgerechnet der?»

«Finden Sie es heraus!» Cochrane wandte sich zum Gehen, in den Fitnessraum, wo es Duschen gab. «Ich erwarte Ihren Bericht über den Vorgang in spätestens einer Stunde.»

«Liegt auf Ihrem Schreibtisch, Ma'am.»

Verdammt, die Mappe hatte sie übersehen. Das war nicht gut.

«Und merken Sie sich eins, Pfeiffer. Sie stören mich beim Joggen nicht noch mal. Es sei denn, die Luft brennt. Haben wir uns verstanden?»

Fast hätte sich Harald die Augen gerieben. Frühmorgens um acht, er selbst war gerade erst am Sitz der famosen Einheit E 39 in Aker Brygge eingetroffen und bereitete seine erste Infusion mit Masala Chai vor, jener indo-pakistanischen Teemischung, die dem Nordmann als würziges Lebenselixier schwer bis gar nicht zu vermitteln war, sehr zu seiner Betrübnis. Der Ex-Kollege stand tatsächlich an der Tür, zwängte sich an ihm vorbei, sichtlich aufgewühlt, bewehrt mit Rucksack und Tasche.

«Leck mich, Stig – was ist denn mit dir los?»

Stig Haga fuhr mit dem Zeigefinger an den Mund, legte sein Gepäck ab. Dann fragte er, in Zeichensprache, wo Haralds Handy sei. Oben, signalisierte Harald und fragte sich, ob Stig endgültig durchgeknallt war. Irgendwas konnte da nicht stimmen: Er war gewaschen, rasiert und trug frische Kleidung. Stig hastete durch das Gebäude, überprüfte einige Räume und bat Harald dann ins Badezimmer. Dort standen sie schließlich einander gegenüber am Waschbecken, die Tür geschlossen, nachdem Stig sichergestellt hatte, dass sich keinerlei elektronisches Gerät in ihrer Nähe befand.

«Fick dich, Harald! In was für eine Scheiße hast du mich da reingeritten!»

Der Gescholtene verschränkte die Arme. «Ich weiß nicht, was du meinst, Stig.»

«Ja, wahrscheinlich ist das nicht mal gelogen. Du hast doch keine Ahnung von irgendwas.»

«Wenn du pöbeln willst, lass uns in die Küche gehen. Ich hab gerade einen Tee gemacht.»

«Deine pakistanische Katzenpisse? Nee, so pervers bin ich nicht ...» Ausgiebig massierte er sein Kinn.

«Also. Was ist los. Ganz ruhig und der Reihe nach.»

Stig nickte. «Okay. Okay, okay. Du weißt, dass ich sehr genau darauf achte, so wenig Spuren wie nur möglich zu hinterlassen. Indem ich zum Beispiel Router und Server unbeteiligter Dritter benutze, verteilt über den Globus. Das alles ist Handwerk, wenn du so willst. Allerdings eines, das von einem bestimmten Niveau an nicht allzu viele beherrschen. Die absoluten Profis auf dem Gebiet sind die Geheimdienste, vor allem die amerikanischen. Denen machst du nichts vor. Normalerweise interessieren die sich aber auch nicht für einen wie mich.»

Stig drehte den Wasserhahn auf. «Tja ... Ich glaube, ehrlich gesagt, dass es keine gute Idee war, sich für die Kontobewegungen dieses Winston Wolfe zu interessieren.

Jedenfalls habe ich gestern zum ersten Mal gemerkt, dass ich gehackt worden bin. Jemand hat, vereinfacht gesagt, meine Algorithmen gekapert und saß plötzlich auf meinem Schoß. Wollte sehen, was ich im Netz so anstelle. Scheiße!»

«Warum ist das denn so schlimm? Du treibst doch auch deine Spielchen.»

«Du bist echt 'n guter Bulle. Hältst deinen Tellerrand für den Horizont. Als ich gemerkt habe, dass jemand hinter mir her ist, habe ich versucht, ihn wieder loszuwerden, logisch. Da gibt es verschiedene Möglichkeiten, bis hin zum Neustart mit verschlüsselten Daten auf einem Server am anderen Ende der Welt. Doch egal, was ich auch ausprobiert habe – ich hatte immer wieder dieselben Verfolger am Arsch. Ich erspare dir die technischen Einzelheiten, aber schließlich habe ich den Spieß umgedreht und mir deren Algorithmen vorgeknöpft. Das war harte Arbeit, das kann ich dir versichern. Doch dann war ich drin, heute Nacht. Bei der NSA in Fort Meade, Bruder. Ich war im Allerheiligsten, ob du's glaubst oder nicht. Das macht mir so schnell keiner nach.»

Mit zittrigen Fingern zog er eine Zigarette aus der Hosentasche. «Gut, das ist einerseits eine stolze Leistung. Andererseits ist wahrscheinlich schon jemand unterwegs, mir mal gründlich die Meinung zu geigen. Wenn ich Glück habe, drehen die mich nur durch die Mangel. Wenn ich allerdings Pech habe ...» Er inhalierte tief und stieß den Rauch aus, als entweiche einem Ventil Luft.

«Verstehe. Bist du deswegen auf der Flucht?»

«Ich tauche erst mal ab. Kein Internet, kein Handy, keine Geldkarten.»

«Das wird schwierig.»

«Mit der Bargeldbeschaffung vor allem. Kann sein, dass ich deine Hilfe brauche.»

Harald nickte. «Und wo zieht es dich hin?»

«Nach Lappland. Ich kenne da jemanden, wo ich unterkommen kann.»

«Hört sich gut an.»

«Auf Dauer ist das keine Lösung, Bulle. Du weißt doch genau, wie die hier mit mir umgesprungen sind. Nur weil ich nicht genau das gesagt habe, was diese Scheißbullen hören wollten. Mit der NSA ist noch viel weniger zu spaßen. Ich sag nur Edward Snowden.»

«Bei allem Respekt, aber du hast keine geheimen Unterlagen veröffentlicht.»

«Ich bin doch nicht lebensmüde. Das macht mal schön selber, du und dein Verein.»

Stig holte die Tasche, mit der er gekommen war. «Ich dachte mir, wenn ich da schon mal drin bin, bei der NSA, kann ich mich genauso gut auch ein bisschen umsehen. Na ja ... ein paar Sachen hab ich runtergeladen oder ausgedruckt. Wenn du den Scheiß liest, wird dir ganz anders werden, Bruder. Ich weiß ja nicht, auf welchem Trip ihr hier seid oder was ihr sonst noch so alles vorhabt, aber – zieht euch warm an, Leute.»

Sophie stand neben Torvald in der Küche, wo er sie und weiteres Küchenpersonal in die Geheimnisse einer guten Fischsauce einweihte, wie sie allein die Vietnamesen herzustellen wüssten. Eine der besten, wie er betonte, sei gerade erst aus San Francisco eingetroffen, und er verteilte einige Tropfen auf Probierschälchen. Zur allgemeinen Überraschung roch die bernsteinfarbene Sauce weniger nach Fisch, vielmehr erinnerte der Duft an jungen Parmesan, an gemahlene Walnüsse oder gereiften Parmaschinken. Der Geschmack war deutlich fischig und salzig, dabei samtig und weich, mit einer leichten Süße: «Das ist die Essenz, die Seele der Sardine», dozierte Torvald. «Eine gute Fischsauce besteht ausschließlich aus Sardellen und Salz, ohne sonstige Zusätze, geschweige denn Konservierungsstoffe.»

Während Torvald sich ausließ über die mannigfachen Möglichkeiten, mit dieser unnachahmlichen vietnamesischen Spezialität die norwegische Küche zu bereichern, und zwar nicht allein Fisch-, sondern auch Wildgerichte, was ihn zusätzlich zu der Überlegung verleitete, die Geographie von länglichen, etwas schmalbrüstig angelegten Küstenstaaten gehe offenbar einher mit kulinarischen Offenbarungen, erhielt Sophie Haralds Mitteilung auf ihr verschlüsseltes Handy.

Eine Landschaft vor der Schlacht. Daran musste Sophie denken, als ihr aufging, was er, unter Verwendung blumiger Umschreibungen, zu vermitteln suchte. Sie entschuldigte sich und packte ihre Sachen. Torvald ließ es sich nicht nehmen, ihr noch ein paar Sandwiches mit auf den Weg nach Oslo zu geben, Schellfisch und Rentier in verschiedenen Variationen und natürlich erweitert um fernöstliche Geschmacksexplosionen, die Sophies Phantasie noch zusätzlich anregten. Dass Helge Lund ganz offenbar eine Schlüsselfigur war, die weltweit Handlangerdienste für dubiose Auftraggeber versah – wer hätte das gedacht. Darauf wäre sie nicht gekommen, beim besten Willen nicht.

Insoweit war es eine glückliche Fügung, dass sich Emma seit gestern im Krankenhaus aufhielt, an der Seite von Tom Phillips. Einige Anzeichen sprachen dafür, dass er aus seinem Koma erwachen könnte, wobei die Ärzte Emma deutlich zu verstehen gegeben hatten, dass es für übersteigerten Optimismus viel zu früh war. Denkbar sei nach wie vor alles, eine Entwicklung zum Guten wie zum Schlechten. Berit hatte dafür gesorgt, dass Emma bis auf Weiteres im Krankenhaus übernachten durfte. Ihr letztes Telefonat erschien Sophie wunderlich – Emma glaubte, Tom erlebe die Neuerschaffung der Welt. Aus dunkler Materie erwachse Licht, erst in Form ferner Blitze, allmählich forme sich ein Universum aus Farben und Formen. Am Ende stehe das Leben, seine Wiedergeburt.

Jedenfalls war sie dort gut aufgehoben. Emma nahm ihre Aufgabe ernst, Tom den lebenden Toten zu entreißen, und hatte etwas Sinnvolles zu tun. Nicht zuletzt war sie damit erst mal außer Gefahr, während dem übrigen Team stürmische Zeiten bevorstanden.

Berits Büro war eingefasst von mehreren Stellwänden, versehen mit Fotos, Dokumenten sowie zahlreichen Textmarkierungen. Harald hatte sich offenbar schon ausgetobt. Nach der Begrüßung legte er los, und je mehr Sophie erfuhr, umso mehr sehnte sie sich nach Fischsauce und Torvalds Küche. Dabei war das Material, das Haga heruntergeladen hatte, derart umfangreich, dass es vermutlich noch Tage dauern würde, bis sie es vollständig gesichtet hatten.

***

Noch bewegten sie sich auf der Ebene von Indizien, die keine vorschnellen Urteile erlaubten. Doch legten die vorliegenden Memoranden, Protokolle, Dossiers, so unvollständig sie auch waren, den Eindruck nahe, dass die meisten, wenn nicht alle norwegischen Mandatsträger in Politik und Wirtschaft abgehört wurden. Offenbar gab es keine Internet-Aktivitäten in Norwegen, die nicht von der NSA erfasst und wohl auch ausgewertet wurden. Maßgeblich mit Hilfe von Elendilmir, dem unangefochtenen Marktführer auf dem Gebiet der Datenerfassung und -auswertung. Sie fanden sogar Rechnungen der Firma an die NSA. Sophie und ihre Mitstreiter erkannten, dass die Verschlüsselungssoftware ihrer Krypto-Handys wenig mehr als ein Placebo war. Die Trojaner wurden bereits vom Hersteller eingebaut, auf Veranlassung der US-Geheimdienste. Die Alternative wären chinesische Modelle mit chinesischer Spionage-Software. Selbst ausgeschaltet dienten Mobiltelefone mühelos der Ortung und dem Ausspähen einer Zielperson. Ihnen per Funksignal eine Schadsoftware aufzuspielen, ohne dass der Nutzer je davon erfuhr, war bloße Routine. Gewiss waren diese und ähnliche Erkenntnisse weder neu noch sonderlich originell – aber wer machte sich das im Alltag bewusst, wer änderte sein Nutzerverhalten, wer stellte sich den damit verbundenen Gefahren?

In Umrissen zeichnete sich das folgende Geflecht ab: Es gab enge Kontakte auf der Führungsebene von BlackHawk und Nordic Invest, namentlich zwischen Steve Shelby und Roar Thuland. Mit Unterstützung diverser US-Behörden, darunter dem Finanzministerium, bemühte sich BlackHawk seit längerem, das Rechenzentrum in Odda auch offiziell, gemeinsam mit Nordic Invest, nutzen zu können. Die Rede war von «Synergieeffekten» und der «Straffung» europäischer Aktivitäten.

«Hast du davon gewusst?», fragte Sophie.

«Nein», antwortete Berit.

«Man wird aber doch hier seitens der Politik, der Regierung, zumindest zur Kenntnis genommen haben, dass die größte Schattenbank der Welt sich mehr für Norwegen interessiert, als uns allen lieb sein kann.»

«Richtig, Sophie. Aber offenbar hängen die Damen und Herren den Vorgang nicht an die große Glocke. Und ganz offensichtlich sind wir, bin ich, aus Sicht der Entscheidungsträger eine in jeder Hinsicht zu vernachlässigende Größe», sagte Berit in einem Tonfall, der zwischen Wut und Resignation pendelte.

«Wir werden doch alle verarscht», kommentierte Harald. «Wie hat das Emma neulich so schön formuliert: Willkommen im Finanzkapitalismus. Willkommen im Neoliberalismus.»

«Ja, das alles erinnert irgendwie an Quecksilber. Man bekommt es einfach nicht zu fassen.» Sophie überlegte. «Lasst uns noch mal einen Schritt zurückgehen. Black-

Hawk hat Fakten geschaffen, nutzt bereits dasselbe Rechenzentrum wie Nordic Invest in Odda, legt aber gesteigerten Wert auf einen entsprechenden Vertrag, das politische Okay aus Oslo. Dabei könnten die genauso gut ihr eigenes Rechenzentrum in Skandinavien aufbauen, wie das auch Amazon und Google in Schweden und Finnland getan haben. Das machen sie aber nicht.»

«Synergieeffekte ...», raunte Harald verschwörerisch.

«Das glaubst du ja wohl selber nicht. Die wollen an die Daten ran von Nordic Invest», fuhr Sophie fort, «und zwar möglichst legal.»

«Das denke ich auch», bestätigte Berit. «Und damit indirekt den Staatsfonds kapern.»

«Warum? Warum will die Nummer eins unbedingt die Nummer zwei schlucken oder kapern?»

«Das Thema hatten wir schon in Røros, Harald. Mit der Macht verhält es sich wie mit der Gier. Sie ist schrankenlos und sich selbst genug», kommentierte Berit kühl. «Wundert mich, dass ich das sage. Ich bin doch die Konservative hier.»

«Vielleicht gerade deswegen. Weil du noch an Werte glaubst, anders als Leute wie Shelby oder Thuland», tröstete Sophie sie.

«Mag sein. Es gibt hier aber noch eine andere Ebene, die wir nicht unterschätzen sollten», betonte Berit. «Daten sind bekanntlich das Gold der Zukunft. Je enger die Kooperation zwischen BlackHawk und Nordic Invest, umso größer der globale Pool an Daten, aus dem dann Elendilmir und andere schöpfen können. Um sie anschließend zu Geld zu machen. Die Datenerhebung hat ja nicht allein einen Sicherheits- oder Kontrollaspekt. Sie erlaubt ebenfalls, etwa das Nutzerverhalten von Konsumenten auszuwerten und zu beeinflussen. Neulich las ich, die erste Supermarktkette in den USA nutze eine Gesichtserkennungssoftware. Sogar die Blickrichtung des Kunden wird erfasst, um festzustellen, für welche Produkte er sich interessiert, wie lange er im Geschäft bleibt und so weiter.»

«Und das endet dann im totalen Überwachungsstaat? Oder wohin soll das führen?», fragte Harald.

«Darüber mag ich gar nicht nachdenken», entgegnete Berit. «Aber da ist noch was. Wenn beide dasselbe Rechenzentrum nutzen, ist dann tatsächlich auszuschließen, dass BlackHawk – wie sage ich das: mit Hilfe der Daten auch ganz real das Geldvermögen von Nordic Invest abschöpft?»

«Also, wenn Stig es geschafft hat, der NSA einen Besuch abzustatten, warum soll es dann nicht Dritten möglich sein, die Konten unseres Staatsfonds zu plündern?», fragte Harald.

Sophie lehnte an der Wand. «Ich verstehe nicht – Berit, die Regierung muss informiert sein über BlackHawks Interesse an Odda. Da vorne rechts hängt ein Minute, eine Mitteilung des amerikanischen Botschafters in Oslo an das US-Finanzministerium. Darin bestätigt er BlackHawks Vorstöße in dieser Angelegenheit bei norwegischen Stellen.»

Berit trat an die Stellwand heran und las die Mitteilung. «Das darf ja wohl nicht wahr sein! Da, Jonas Brende! Und die Finanzministerin! Mit denen hat er sich über

Odda ausgetauscht …. Ich habe neulich erst Brende getroffen. Er hat darüber kein Wort verloren.»

«Vielleicht sagt er sich: Wir können uns mit den Amerikanern nicht anlegen. Also den Ball flach halten», gab Harald zu bedenken.

«Gut. Oder besser gesagt: nicht gut», kommentierte Sophie. «Wir haben hier also mehrere Großereignisse und ein paar Tote. Hauke Ingstads Frau hatte wohl in erster Linie Pech. Ich denke, sie war ein Kollateralschaden der Idiotie von Wolfe, wie auch der Pastor. Warum aber mussten Ingstad und Erling Opdal sterben …»

«Nicht zu vergessen die technisch veraltete Schadsoftware, die Wolfe in Odda installiert hat», ergänzte Berit.

«Disruption», warf Harald in die Runde. «Falsche Fährten legen. Oder eine Warnung aussprechen. Denn bislang hat die Regierung ja nicht offiziell zugestimmt, dass BlackHawk Odda ebenfalls nutzen kann. Oder doch?»

Berit schüttelte den Kopf.

«Oder dieser Shelby wollte Thuland unter Druck setzen. Komm mir ja nicht in die Quere», überlegte Sophie.

«Das alles ist möglich», bestätigte Berit. «Aber vielleicht machen wir auch einen Denkfehler. Wir suchen nach Sinn und Verstand. Nach logischen Zusammenhängen. Was aber, wenn es die nicht gibt oder nur eingeschränkt? Darüber hatten wir schon in Røros gesprochen, und der Gedanke lässt mich nicht los. Was also, wenn hier ganz unterschiedliche Interessen und Akteure aufeinandertreffen und der Vorsatz dabei ebenso eine Rolle spielt wie pure Anarchie? Dieser Wolfe hatte den Dreh ja schon raus. Der hat ganz bewusst Verwirrung gestiftet. So entsteht eine neue Wirklichkeit, die mit der realen Welt nichts mehr zu tun haben muss. Und nicht zuletzt lassen sich auf die Art und Weise natürlich wunderbar Spuren verwischen.»

Sophie flanierte die Stellwände entlang, auf und ab. «Wolfe wusste bestens Bescheid über dich, Berit, und unsere Einheit. Er muss eine Anweisung von ganz oben erhalten haben, woher sollte er uns sonst kennen?» Aus dem Augenwinkel nahm sie die Fähre aus Kiel wahr, die gerade unten im Hafen andockte. «Was haben wir also?», überlegte sie weiter. «Eine immense Datensammlung, aber nichts in der Hand. Wir können niemandem irgendwas Gesetzwidriges nachweisen, abgesehen von Wolfe, aber den gibt es nicht mehr. Und der NSA natürlich, aber an die kommen wir nicht ran. Gleichzeitig haben wir alle das Gefühl: Hier stimmt was ganz grundsätzlich nicht.»

«Na ja, wir haben bei weitem noch nicht alle Daten ausgewertet», sagte Harald. «Ich …»

«Entschuldige, wenn ich dich unterbreche», fiel ihm Berit ins Wort. «Was ist mit deinem Ex-Kollegen, Stig Haga. Müssen wir uns um den kümmern?»

«Der ist erst mal bei Freunden in Lappland untergekommen. Möglichst weit weg von der NSA, wie er mir gesagt hat.»

«Sehr vernünftig. Das ist wirklich nicht ohne, was er da gemacht hat. Braucht er finanzielle Unterstützung?»

«Immer. Ich habe ihm gesagt, er bekommt was von uns, über Umwege und ohne Überweisung.»

«Wir werden ihn nicht seinem Schicksal überlassen. Falls nötig, bekommt er Bargeld mit dem Hundeschlitten. Das erledige ich gerne auch persönlich. Meine Güte!»

«Okay», resümierte Sophie. «Natürlich werden wir den ganzen Mist noch weiter sichten und auswerten. Je mehr Informationen, umso besser. Aber wo ist der rauchende Colt? Wo fangen wir an, den Stall auszumisten?»

Harald erinnerte an die Textnachricht, die er ihr geschickt hatte. Worin er, wenngleich unter Andeutungen, auf Helge Lund verwiesen habe. Apropos: Ihre Kommunikation sollte nur noch so eingeschränkt wie möglich mittels elektronischer Medien erfolgen. Er schlage vor, über Alternativen gemeinsam nachzudenken – vielleicht Brieftauben?

Anschließend rückte er zwei Stellwände in den Vordergrund und präsentierte Lunds Aktivitäten, soweit feststellbar. Die er ganz offenkundig mit Wissen und Billigung der NSA tätigte. Haralds Ausführungen hörten sich an wie das ins Grenzenlose gesteigerte Vermächtnis von Winston Wolfe. Auf A folgt L folgt Omega. Die Dinge geschahen einfach, ohne Skrupel oder Moral.

«Helge Lund», so Harald, der mit dem Finger auf die entsprechenden Dokumente wies, «ist unter anderem tätig als Notar. Das ist, für sich genommen, nichts Besonderes für einen Juristen. Aber, seht mal hier ... Wofür der so Unterschriften leistet.»

***

Fatih war eines der Volksviertel von Istanbul, überfüllt mit Menschen, lärmend, pulsierend, die Luft erfüllt von Düften, die Gewürze und Parfümnoten verhießen, doch ohne Vorwarnung in ihr Gegenteil kippen konnten, den Geruch von Abgasen, den Gestank von Müll oder Fäulnis. Viele Syrer lebten hier, geflohen vor dem Krieg in ihrem Land, die meisten Geschäfte waren türkisch und arabisch beschriftet. Sophie hatte Mühe, Helge Lund in diesem Gedränge zu folgen, doch Harald, auf der anderen Straßenseite, bewegte sich deutlich geübter durch die Menschenmenge. Im Gegensatz zu ihr gelang es ihm, mit erstaunlich geringem Körperkontakt seinen Weg zu finden, während sie bisweilen den Eindruck hatte, in einen Boxkampf aller gegen alle geraten zu sein. Sie hatte sich betont zurückhaltend gekleidet, trug ein schwarzes Gewand und Kopftuch, wie sehr viele Frauen in diesem stark religiös gefärbten Umfeld. Dennoch spürte sie ständig den Atem fremder Menschen an sich kleben.

Lund, gut zu erkennen an seinem braunen Hut, setzte auf Understatement. Der gleichfalls braune Mantel war Durchschnittsware, seine Aktentasche unauffällig. Er konnte ein Geschäftsmann sein, der mit Kurzwaren handelte. Seiner Zielstrebigkeit nach zu urteilen war er kein Fremder in der Gegend. Sie liefen durch zahlreiche Gassen und Nebenstraßen, bis sie schließlich erneut auf eine größere Verkehrsader stießen. Ein Konfektionsgeschäft reihte sich dort an das nächste, die Zielgruppe waren offenbar Großeinkäufer. Unterbrochen wurde der optische Gleichklang von dem einen oder anderen Restaurant sowie einem architektonisch wenig ansprechenden Hotel mit Glasfassade, dessen Einfahrt mit weißen Fahnenmasten verziert war. Schlaff hingen einige Sophie unbekannte Flaggen am Seil, die von gelegentlichen Windstößen bewegt wurden. Sophie erkannte die iranische und die pakistanische.

Anstatt mit dem Taxi vorzufahren, war Lund also auf Umwegen gekommen. Sophie verständigte sich über Blickkontakt mit Harald und betrat das Hotel. Im Empfangsbereich herrschte lebhaftes Besuchertreiben, niemand beachtete die Fremde. Sie legte ihre Hand an die Knopfleiste des Gewandes, richtete die Kamera aus und folgte Lund. Im Erdgeschoss des Hotels fand eine Tagung statt, die Teilnehmer nutzten wohl eine Sitzungspause und bedienten sich am Büffet, das mit Kaffee, Tee und Keksen aufwartete. Lund begab sich zum Fahrstuhl. Sophie zögerte, folgte ihm aber in den Aufzug. Ihre Blicke trafen sich, er nickte freundlich. Erkennen konnte er sie wohl kaum, sie waren sich noch nicht begegnet. Diskret machte sie ihre ersten Aufnahmen. In der vierten Etage stieg er aus, sie folgte ihm langsam, tat, als suche sie etwas in ihrer Handtasche. Er klopfte an eine Tür, die sich öffnete. Es gelang ihr, einige Fotos von dem Mann zu schießen, der ihn auf Englisch hineinbat. Dummerweise steckte der seinen Kopf hinaus und sah ihr nach. Sicher nicht, weil er sie für attraktiv hielt, sondern weil er sich wunderte, was sie hier trieb. Nach drei weiteren Zimmern endete der Gang an einem Fenster zum Hof. Sophie fasste sich an den Kopf und kehrte um, Richtung Fahrstuhl. Mochte er glauben, sie habe sich in der Etage geirrt, was er offenbar auch tat. Die Tür war hinter ihm zugefallen.

An der Rezeption fragte sie, ob sie ein Zimmer in der vierten Etage haben könne. Erinnerung an schöne Zeiten, sagte sie der freundlichen Dame am Empfang.

«Love?», fragte die.

Sophie nickte.

Nein, das gehe leider nicht. Die Etage sei vollständig belegt von einer ausländischen, einer iranischen Delegation. In der dritten seien allerdings noch zwei Zimmer frei.

Sophie zeigte ein bedauerndes Lächeln und versicherte, sie werde beim nächsten Mal rechtzeitig reservieren. Als sie durch die Drehtür ging, folgte ihr Harald, ohne sie anzusprechen. Sie wandte sich nach links, er folgte ihr. Erst außer Sichtweite des Hotels schloss er zu ihr auf.

«Sind tatsächlich Iraner», sagte sie.

«Ja, aus Teheran. Leute vom Ministerium.»

«Woher weißt du das?»

«Hab mit dem Kellner am Büffet gesprochen. Ein Afghane im Exil. Wir haben Paschtu geredet, und das hat ihm wohl gutgetan.»

«Für einen Kellner ist der gut informiert.»

«Die Iraner kommen öfter. Sie steigen gerne hier ab. Ist ja auch eine gute Wahl. Weit ab vom Schuss und vergleichsweise anonym. Westliche Ausländer fallen jedenfalls auf.»

Die Sängerin trug eine Stola aus Nerz über ihrem rubinroten Kleid, die Haare hochgesteckt. Ihr Blick war sanftmütig und melancholisch, dem Betrachter zugewandt, ihr Lächeln traurig. Sie stand vorne am Bühnenrand, hinter ihr saßen aufgereiht vier Musiker, unter deren Händen Geige, Laute, Klavier und Kontrabass ruhten. In schwarze Fräcke gewandet, mit gleichfalls rubinroten Fezen auf den Köpfen, sahen sie in eine unbestimmte Ferne und warteten ausdruckslos auf ihren Einsatz. Es war eine Szene wie aus verlorener, osmanischer Zeit. Die Sängerin hob leicht ihre rechte Hand und stimmte ein Lied an, das den Zuhörer zu umarmen schien, Sehnsucht verhieß wie auch Traurigkeit. Die orientalische Klangfarbe setzte dramatische Akzente – bis der Gesang unvermittelt endete. Wieder trafen sich die Augen der Sängerin mit denen des Publikums, bis sie kurz darauf erneut die Hand erhob. Und der Reigen begann von vorn, in einer Endlosschleife.

Die Bühnenpräsenz der schönen Unbekannten, eine Video-Installation, verwirrte Sophie. Deren grüne Augen enthielten ein Versprechen, das sie teilte, obwohl sie kein Wort der türkischen Liedzeilen verstand. Wohl aber, was ihnen zugrunde lag, wie sie vermutete: Was du tust, ist vergebens. Und doch, oder gerade deswegen, musst du es tun. Derweil drangen die ersten Sprachfetzen zu ihr vor. Diskret regelte Sophie die Lautstärke des Kopfhörers. Schweren Herzens entfernte sie sich von der Sängerin und ging einige Schritte auf eine Säule zu. Äußerlich unterschied sich ihr Aufnahmegerät nicht von den Audioguides im Istanbul Modern Museum, das war ja der Clou. Zahlreiche Besucher flanierten durch die Gänge, hielten hier und dort inne. Eine gute Tarnung, nur musste Sophie sich fernhalten vom gläsern eingefassten Museumsrestaurant und der Fensterfront mit Blick auf den Bosporus. Dort saßen Helge Lund und ein Mitarbeiter des amerikanischen Konsulats, Brad Schultz. Dass der für die NSA arbeitete, wussten sie dank Stig Hagas Kamikaze-Akt. Harald saß an einem Nachbartisch, mit dem

Rücken zu Lund, das Richtmikrofon steckte in seiner Jackentasche. Sie musste aufpassen, nicht von Lund wiedererkannt zu werden, auch wenn sie sich umgezogen hatte und nichts Schwarzes mehr trug, auch kein Kopftuch.

«... liegen vor. Hier die entsprechenden Einzahlungsbelege», hörte sie Lund sagen.

«Wir haben Probleme mit der M.A. Neugebauer Bank», warf eine andere Stimme ein, wohl die von Schultz.

«In Hamburg die? Die gehört euch doch. Feinste Adresse für diskrete Geschäfte.»

«Ja, aber wir haben zwei Saudis in den Vorstand berufen.»

«Warum das denn?»

«Und einen Deutschen. Dadurch sind wir internationaler geworden. So gefällt es der Bankenaufsicht besser.»

«Ist immer gut, Spuren zu verwischen.»

Sophie hörte Lachen, ein Kellner brachte Getränke. Lund war alles andere als dumm. Er traf sich mit seinen Leuten an unverfänglichen Orten. Dass sie ihn fotografierte, die Kamera am Knopfloch der Bluse, konnte er nicht ahnen.

«Künftig keine Überweisungen mehr nach Hamburg. Die Saudis wollen nichts mit den Iranern zu tun haben.»

«Alternative?»

«BIS. Eine Tessiner Privatbank. Der Vorstand ist auf unserer Seite. Im Gegenzug lassen wir sie gewähren.»

«Geldwäsche?», fragte Lund.

«Die entsprechenden Unterlagen lassen wir Ihnen noch zukommen. Wie lange bleiben Sie in Istanbul?»

«Ich wollte morgen zurück nach Oslo.»

«Bleiben Sie einen Tag länger. Haben Sie die Möglichkeit, die Iraner noch rechtzeitig zu informieren? Wegen der Bank?»

«Selbstverständlich.»

Ein kurzes Schweigen, dann wieder Lund: «Die Iraner wollen Laser-Waffensysteme. Vor allem THEL, Tactical High Energy Laser. Zur Abwehr von Artillerie-Angriffen.»

«Und ich will Ivanka Trump vögeln.»

Erneutes Lachen. Sophie konnte Lund gut von der Seite sehen. Der Blondschopf beobachtete seinen Gesprächspartner und wartete einen Moment, bevor er nachsetzte: «Ich habe denen gesagt, dass ich das hinkriege.»

«Dazu sind Sie nicht befugt.»

«Natürlich nicht. Dennoch sollten Sie liefern.»

Der Amerikaner führte die Kaffeetasse an den Mund, schlürfte. «Und warum das, Wikinger?»

«Weil ihr das Zeug den Saudis und all den anderen Wüstensöhnen längst verkauft habt.»

«Das sind unsere Verbündeten.»

«Ja, aber wenn die mitbekommen, dass sich auch die Iraner daran gütlich getan haben, werden sie Waffen mit größerer Schlagkraft einkaufen. Höher, schneller, weiter. So läuft das doch immer.»

Sophie sah das Kopfnicken des Amerikaners. «Wichtig ist, dass die Iraner niemals erfahren, dass wir die Lieferanten sind», sagte er schließlich.

«Das versteht sich von selbst. Sie glauben, die Ware stamme aus Europa.»

«Fragt sich, wie lange noch.»

«Danach sehen wir weiter.»

«Gut. Dann bekommen sie eben THEL mit Schadsoftware. Rohrkrepierer. Wie die übrigen Waffen auch, wenn es hart auf hart kommt.»

Erneut nahm Schultz einen tiefen Schluck. «Das Honorar geht auf das übliche Konto?»

«Wie immer, ja.»

Lund war im Hilton Bosphorus untergekommen, einem in die Jahre gekommenen Luxushotel in zentraler Lage und groß genug, darin unerkannt durch die Flure streifen zu können. Seine Zimmernummer erfuhr Sophie, als sie an der Rezeption bat, ihn anzurufen. Sie habe einen Termin und hätte leider seine Mobilnummer verlegt. Die drei Zahlen, die der freundliche Herr anschließend in seine Telefonanlage eingab, konnte Harald, der seitlich zum Empfangstresen stand, leidlich diskret mit einem Opernglas erkennen. Sophie war es in der Auslage eines Antiquitätengeschäftes vor dem Hotel aufgefallen, und sie hatte sich spontan zum Kauf entschlossen. Harald hielt die Idee zunächst für albern, mit einem Opernglas in der Hand die Rezeption entlang zu schleichen, doch konnte sie ihn davon überzeugen, dass im Leben grundsätzlich alles möglich sei, sofern es nur mit Nachdruck geschehe oder irgendwie überzeugend daherkomme. Und Harald habe nun mal einen Spleen, nämlich mit Hilfe dieses Opernglases Istanbul zu erkunden.

Letztendlich interessierte sich niemand für sie beide. Lund hielt sich nicht in seinem Zimmer auf, jedenfalls hatte er den Hörer nicht abgenommen. Sie suchten Etage um Etage auf, bis sie in der fünften auf ein Zimmermädchen trafen, das noch spät am Nachmittag die Betten machte. Als sie heraustrat, um ihrem Trolley auf dem Gang irgendeine Flüssigkeit zu entnehmen, rempelte Sophie sie an, um sich sogleich wortreich zu entschuldigen, während Harald ihr die General-Plastikkarte zum Öffnen der Hotelzimmer entwendete, die sie lässig im Hosenbund trug.

Mehrfach klopften sie an Lunds Zimmertür in der siebten Etage. Nichts. Keine Reaktion. Harald öffnete und machte sich ans Werk. Sophie bezog Stellung am Fahrstuhl zwei Ecken weiter, den zu erreichen gut eine halbe Minute dauerte. Sie hielten Kontakt per Handy. Sollte Lund aufkreuzen, würde sie ihn mit einem «*Okay, great*» warnen. In dem Fall würde Harald unverzüglich das Zimmer in Gegenrichtung verlassen und über die Feuertreppe verschwinden.

Doch war das nicht erforderlich. Fünf Minuten hielt er sich in Lunds Zimmer auf und kopierte alle Unterlagen, derer er habhaft werden konnte. Lund war Gesundheitsfanatiker und joggte gerade durch den angrenzenden Gezi-Park. Erst nachdem er losgesprintet war, hatten sie sich ins Hotel begeben. So konnten sie relativ sicher sein, seine Aktentasche tatsächlich vorzufinden.

Der Streifzug hatte sich gelohnt, wie sie anschließend in einer Teestube am Taksim-Platz feststellten. Auf dem Laptop sahen sie die Einzahlungsbelege der Iraner, ausgestellt von der Neugebauer Bank in Hamburg. Millionenbeträge, eingezahlt in bar. Das allein war ein Hinweis, dass diese Bank Schattengeschäfte tätigte. Aber von nun an würden ja offenbar die Saudis für Recht und Ordnung an der Elbe sorgen. Detailliert hatten die Iraner Lund übermittelt, welches Kriegsgerät sie einzukaufen wünschten. Seine Handschrift zu entziffern, war allerdings nicht einfach.

«Sieh dir das an», kommentierte Harald. «Von Maschinengewehren über Ersatzteile für Panzer bis hin zu diesem Anti-Artillerie-Zeugs. Sogar Raketenteile! Ich fasse es nicht.»

«Wieso liefern die Amerikaner den Iranern Waffen? Die sind doch verfeindet.»

«Ja, sind sie auch. Aber deswegen kann man doch trotzdem Geld mit ihnen verdienen, oder? Waffen sind wie Sex, soweit ich das beurteilen kann. Gibt es überall zu kaufen. Und die Amerikaner werden sich sagen: Wenn wir das nicht machen, machen das eben die Russen. Oder die Chinesen.»

«Meinst du wirklich?»

«Keine Ahnung, aber so stelle ich mir das vor. Hast du mal von der Iran-Contra-Affäre gehört?»

«In den 1980er Jahren?»

«Genau. Nach der iranischen Revolution 1979 hatte der Irak den Iran angegriffen. Die haben wohl geglaubt, das Land sei geschwächt durch den islamischen Aufstand. Aber nichts da, die haben kräftig zurückgeschossen, und nach acht Jahren endete der Krieg ohne jeden Gewinn, weder für die eine noch die andere Seite. Ein Unentschieden, wenn du so willst. Abgesehen natürlich von etwa einer Million Toten. Jedenfalls hatten die Amerikaner damals beide Seiten mit Waffen beliefert. Im Falle Irans war ihnen das gesetzlich verboten, also haben sich die Geheimdienste darum gekümmert. Mit Hilfe von Drittstaaten und Waffenhändlern. Übrigens auf Anweisung des damaligen Präsidenten Reagan.»

«Du bist gut informiert, Harald.»

«Hab mal 'n Buch drüber gelesen. Der Gag ist jetzt der folgende: Um ihre Spuren zu verwischen, hatten die US-Geheimdienste Juristen vor allem in Europa eingeschaltet. Deutsche oder schwedische Notare haben Waffen, die für den Iran bestimmt waren und mit Zwischenstopp in Europa ausgeliefert wurden, mit neuen Papieren versehen. Offiziell gingen die Waffen nach Saudi-Arabien oder Israel, zum Beispiel. In Wirklichkeit aber in den Iran. Die gefälschten, aber offiziell beglaubigten Papiere zum Endverbleib konnte die CIA oder wer auch immer dann dem Kongress vorlegen. Juristisch war alles sauber. Ist doch genial, oder?»

«Lund ist auch Notar.»

«In der Tat. Hast ja gehört, was er im Museum von sich gegeben hat. Der ist Strohmann.»

«Sicher nicht der einzige.»

«Natürlich nicht. Da wird es noch ganz andere Zwischenhändler und Winkeladvokaten geben. Aber zwei Fragen stellen sich.»

«Warum macht er das? Und wie sind die Amerikaner auf ihn gekommen?»

«Du wirst nie einen Mann finden, Sophie. Bist einfach zu klug ...»

Sie scrollten weiter durch die kopierten Seiten. Blieben

beide hängen bei den Papieren, die offenbar die Waffenlieferungen selbst betrafen. Haydarpaşa Limanı HL. Die Bezeichnung fand sich auf mehreren von Lund signierten Seiten. Dorthin wurden Rüstungsgüter angeblich aus Italien für den NATO-Partner Türkei geliefert. So stand es auf den Papieren, gegengezeichnet von Helge Lund, Notar einer internationalen Kanzlei mit Niederlassungen in Oslo, London, Rom, Hongkong und New York. Doch die eigentliche Lieferadresse war auf einem separaten Deckblatt zu lesen. Eine Firma in Täbris, Iran. Sophie gefielen die kalligraphisch anmutenden arabischen Buchstaben, die sie leider nicht lesen konnte, im Gegensatz zu Harald.

HL stand für den Istanbuler Hafen auf der asiatischen Seite, in Kadiköy. Heute Nachmittag hatte der unter liberianischer Flagge registrierte Frachter Argo Lonestar in Haydarpaşa Limanı angedockt. Vermutlich wurde er gerade entladen. Gegen Mitternacht jedenfalls sollten mehrere LKW vom Hafen aus die Reise nach Täbris antreten.

Obwohl es längst dunkel war, suchten sie die Büyük Selimiye Moschee auf, ein architektonisches Meisterwerk aus Marmor und kunstvoller Holzverarbeitung, über 200 Jahre alt und auch zu später Stunde noch gut besucht von Gläubigen. Die Lage auf einer Anhöhe erlaubte Sophie und Harald einen wunderbaren Blick über den Bosporus und den Hafen. Abwechselnd reichten sie einander das Opernglas und suchten den liberianischen Frachter. Ohne Erfolg, zu viele Pinien standen im Weg. Doch wussten sie jetzt, dass es nur eine Hafenausfahrt gab. Außerdem entdeckten sie einen Pier, wo mehrere uniformierte Männer bereitstehende Kisten und Container bewachten, die nacheinander auf vorfahrende Sattelzüge verteilt wurden.

«Was meinst du? Sind das Soldaten?», fragte Sophie.

«Keine Ahnung. Sieht so aus.»

«Dann sind die hiesigen Sicherheitskräfte also informiert über das, was da vor sich geht. Wenn das, was wir sehen, tatsächlich das ist, wofür wir es halten.»

«Ich denke schon. Alles andere wäre auch unklug. Stell dir mal vor, die Amerikaner würden das hier machen ohne Wissen der Türken. Und dann fliegt alles auf, und sei es durch einen dummen Zufall. In dem Fall hätte Washington ein Problem. Ein ziemlich großes sogar.»

«Ich frage mich, was Ankara im Gegenzug erhält.»

«Einen Freibrief, um die Kurden zu bekämpfen. Zum Beispiel.»

Wenig später parkten sie ihren Mietwagen unweit der Hafenausfahrt. Hier standen zahlreiche Fahrzeuge, sie fielen also nicht weiter auf. Sie schalteten den Motor aus und beschlossen, sich nicht die Füße zu vertreten, obwohl es empfindlich kalt war. Sie wollten nicht riskieren, die Aufmerksamkeit anderer auf sich zu ziehen. Sofern sie sich nicht täuschten, würden hier bald mehrere LKW Richtung Iran aufbrechen. Es war Haralds Idee, ihnen zu folgen, obwohl Sophie das für sinnlos hielt. Welche Beweiskraft hätten Laster, die nachts durch die Türkei fuhren?

Harald rieb die Innenflächen der Hände aneinander, machte anschließend Bewegungen als wasche er sie. «Willst du eigentlich in Norwegen bleiben?», fragte er.

«Wie kommst du denn jetzt darauf?»

«Weiß nicht. Mir ist kalt und langweilig.»

«Ich denke schon.»

«Was ist mit deinen Freunden und Verwandten in Deutschland? Wissen die, wo du steckst?»

«Zwei oder drei von ihnen. Es ist besser, wenn ich mich mit Kontakten zurückhalte. Ich möchte sie nicht gefährden.»

«Glaubst du, dass die NSA noch immer hinter dir her ist?»

«Woher soll ich das wissen. Aber wie soll ich sonst die Leiche Ingstads in Berits Garten verstehen? Berit hat mir quasi eine neue Identität gegeben. Und wer weiß, vielleicht nehmen ihr das bestimmte Leute da drüben übel.»

Harald fuhr sich über seinen Dreitagebart. «Ich weiß nicht, ob ich so leben könnte. Auf Abruf. So wie du. Wer gibt dir denn Rückhalt?»

Die ehrliche Antwort wäre gewesen: niemand. Doch warum sollte sie sich diese Blöße geben?

«Hast du Geschwister? Leben deine Eltern noch?», fragte er.

«Sind schon tot. Einen Bruder habe ich. Ist übrigens auch Polizist.»

Harald warf ihr einen Blick zu, der zwischen Belustigung und Mitleid schwankte.

«Du hast eine Schwester, oder?», erkundigte sich Sophie.

«Veena, ja. Ist Ärztin von Beruf.»

«Verheiratet?»

«Nein. Sie ist zwei Jahre jünger als ich, also bei uns schon viel zu alt zum Heiraten.»

«In Norwegen ist sie mit Anfang dreißig noch gut vermittelbar, glaubst du nicht?»

«Schon, ja. Aber sie weiß nicht, was sie will. Einen Pakistaner mit Sicherheit nicht. Und einen Norweger auch nicht ohne weiteres. Das ist eben nicht einfach, so zwischen den Welten.»

Sie schwiegen und starrten in die Dunkelheit. Harald an ihrer Seite, das wirkte auf Sophie beruhigend. In seiner Gegenwart fühlte sie sich wohl. Manchmal, wie auch in diesem Moment, streifte sie die eine oder andere Phantasie, konnte sie sich vorstellen, ihn zu berühren, sich ihm hemmungslos und leidenschaftlich hinzugeben. Und seinen mitunter recht eindeutigen Blicken nach zu urteilen ging es ihm umgekehrt ähnlich. Er gefiel ihr jedenfalls. Hatte Format und einen guten Charakter. Außerdem sah er verdammt gut aus. Doch holte sie ihr Verstand regelmäßig wieder ein. Sie könnte das einfach nicht. Mit ihm ins Bett gehen. Weniger, weil das unter Kollegen keine gute Idee wäre. Vielmehr, weil die Erinnerung an den getöteten marokkanischen Freund noch immer zwischen ihnen stand. Eine Nacht mit Harald, es käme ihr vor wie – Betrug, ein schmählicher Verrat.

Doch plötzlich war kein Raum mehr für Phantasien. Da vorne, keine hundert Meter entfernt, bogen drei Schwertransporter hintereinander vom Hafen auf die Küstenstraße ein. Harald wartete einen Moment, dann startete er den Wagen. Die Uhr zeigte 30 Minuten nach Mitternacht. Immerhin ein Indiz, dass sie nicht versehentlich der falschen Fährte folgten. Soweit ersichtlich, hatte der Konvoi keinen Begleitschutz. Trotz der Nachtzeit brauchte es mehr als eine Stunde, bis sie die letzten Trabantenstädte, die letzten Vororte Istanbuls auf der asiatischen Seite, hinter sich gelassen hatten. Der Verkehr floss zäh, und Sophie fragte sich, wie die Menschen in diesen Wohnsilos leben mochten, inmitten von vier-, sechs- oder achtspurigen Ausfallstraßen. Ganz abgesehen davon, was so viele Menschen wohl um diese Uhrzeit noch hinaus in die Dunkelheit trieb. Sie fuhren auf der Autobahn Richtung Ankara, erst östlich des Marmarameers beruhigte sich der Verkehr. Die Landschaft wurde zunehmend hügelig, und Harald fing an zu erzählen.

«Wusstest du, dass Staatsgründer Atatürk in dieser Gegend entscheidende Schlachten gegen Briten und Franzosen geführt hat, nach dem Untergang des Osmanischen Reiches? Hätte er die verloren, würde es die heutige Türkei nicht geben.» Er schaltete einen Gang höher. «Die meisten Europäer haben überhaupt keine Ahnung von dem Terror und der Gewalt, die sich in den Ländern Asiens abgespielt haben, vor und nach der Unabhängigkeit von den Kolonialmächten. Die Briten haben sich 1947 aus Indien verabschiedet, ohne für eine geordnete Machtübergabe zu sorgen. Das Ergebnis war eines der blutigsten Massaker der Menschheitsgeschichte, Hindus gegen Muslime, jeder gegen jeden, bis dann zwei bis heute verfeindete Staaten aus dem Kolonialreich hervorgingen, Indien und Pakistan.»

Sophie kam zu dem Schluss, dass die Welt heute keine bessere war als damals. Die Methoden mochten sich verfeinert haben, aber wo immer Geld und Macht zusammentrafen, wurde es für Menschen gefährlich, vor allem für die Ärmeren. Wie herausfinden aus dieser Sackgasse? Die Frage beschäftigte sie ebenso wie Harald, doch eine Antwort fanden sie nicht. Sie hatten die LKW überholt und fuhren ihnen nun voran, um nicht als Verfolger aufzufallen. Abbiegen konnten die Schwertransporter mit türkischen Kennzeichen kaum, hier gab es nichts, nur gelegentlich eine Ausfahrt ins Nirgendwo, in Richtung einer Kleinstadt, die kaum als deren Zielort von Interesse sein konnte.

Die Straße führte einen langgezogenen Hügel hinauf, es folgte eine ausladende Rechtskurve, zu beiden Seiten begrenzt von Böschungen, die teils bewachsen waren, teils aus angehäuften und befestigten Steinen bestanden. Die plötzliche, ohne jede Vorankündigung erfolgende ohrenbetäubende Explosion war derart gewaltig, dass ihr Fahrzeug nach vorne schoss und Harald Mühe hatte, es wieder unter Kontrolle zu bekommen. Taghelle Blitze schossen durch die Nacht, «Vorsicht!», schrie Sophie, und Harald ließ den Motor aufheulen, die Augen abwechselnd auf die Straße und den Rückspiegel geheftet. Gut einen Kilometer weiter gab es einen Parkstreifen, der von der Straße durch eine Reihe von Birken abgetrennt war, dort hielten sie. Ihr Auto war hier das einzige. Sie liefen entlang der Böschung zurück in Richtung der Rechtskurve, stellten sich auf eine Anhöhe. Die beiden vorderen Schwerlaster waren bereits ihrem Blickfeld entschwunden, sie hörten nur noch Motorengeräusche. Das hinterste Fahrzeug brannte lichterloh. Auch die Fahrerkabine war ein glühendes Flammenmeer. Zischende und pfeifende Geräusche erfüllten die Luft, krachende Explosionen, Metallteile schossen in die Höhe. Vorsichtshalber duckten sie sich. Es war ein gigantisches Feuerwerk, aber die Feuerfontänen beschränkten sich auf den hinteren Teil der Ladefläche. Was immer weiter vorne geladen sein mochte, es widerstand dem Inferno. Sophie machte mehrere Fotos, schließlich mahnte sie zur Rückkehr. Sie könnten sowieso nichts machen, zu retten gab es da niemanden.

Gerade wollte Harald den Zündschlüssel umdrehen, als sie die Fahrzeugkolonne entdeckten, die auf der Gegenspur in Richtung Unfallort unterwegs war. Gleichzeitig näherte sich ihnen ein tieffliegender Hubschrauber, dessen Rotoren einen ohrenbetäubenden Lärm erzeugten. Er leuchtete die Landschaft mit grellen Suchkegeln ab, auch ihr Fahrzeug. Einen Moment blieb das Scheinwerferlicht verschwunden, dann erfasste es sie erneut.

«Scheiße … Die haben uns entdeckt», murmelte Sophie.

«Cool bleiben. Es wäre gut, wenn du das Reden übernimmst. Als Frau.»

Sophie steckte ihr Handy in die Socken. «Was ist mit deinem, Harald? Ist da irgendwas Verdächtiges drauf?»

«Nein, ich glaube nicht. Die Fotos mit Lunds Unterlagen habe ich auf den Laptop überspielt und auf dem Handy gelöscht.»

«Der ist hoffentlich nicht im Kofferraum?»

«Im Hotel.»

Von vorne kam ihnen ein Jeep der Jandarma entgegen, der türkischen Paramilitärs. Sophie schmiegte sich an Harald, umarmte ihn. «Okay. Showtime», sagte sie. «Wir haben nur gekuschelt und wissen von nichts.»

Der olivgrüne Jeep hielt an, das grelle Scheinwerferlicht auf sie gerichtet. Zwei Männer sprangen heraus, beide das Gewehr im Anschlag. Einer näherte sich ihnen von links, der andere von rechts. Sie rissen die Türen auf und brüllten Befehle. Auch ohne Sprachkenntnisse war klar, was sie verlangten. Sie stiegen aus, stellten sich vor der Motorhaube auf. Ein weiterer Jandarm schälte sich aus dem Beifahrersitz und ging die wenigen Schritte auf sie zu. Er musterte sie, zündete sich eine Zigarette an. Seinem selbstherrlichen Auftreten und dem Alter nach zu urteilen war er der Befehlshaber. Sophie erinnerte er an einen Bauern, der nunmehr eine blaue Uniform trug. Ihr Instinkt riet ihr zu äußerster Vorsicht. Der Mann nahm seine Mission und vor allem sich selbst sehr ernst. Er inhalierte, dann sagte er etwas auf Türkisch. Sein Tonfall hallte unangenehm nach.

«*I am sorry, Sir. We don't speak Turkish.*»

«Das habe ich mir schon gedacht», erwiderte er, ebenfalls auf Englisch. «Aus welchem Land kommst du, Mädchen.»

«Norwegen.»

«Norwegen, so so. Und dein Liebhaber? Wo kommt der her?»

«Auch aus Norwegen», erwiderte Harald.

Der Jandarm baute sich vor ihm auf, keine Handbreit passte zwischen sein und Haralds Gesicht. Er blies ihm den Rauch in die Augen. Harald verzog keine Miene und hielt seinem Blick stand. Sophie hielt das für keine gute Idee, und das war es auch nicht. Der Mann packte Harald ans Gemächt und drückte zu, bis der schrie.

«Ich hatte deine Freundin gefragt. Nicht dich. Merk dir das.»

Er ließ los, trat zurück und sezierte Sophie mit Blicken. «Was habt ihr hier getrieben», fragte er.

«Nun, Sir, wir sind auf dem Weg nach Ankara. Aber dann wurden wir auf einmal so müde, dass wir uns gesagt haben: Wir machen besser eine kleine Pause.»

«Wolltet ihr einfach nur schlafen oder euch miteinander vergnügen?»

«Wir waren schichtweg müde, Sir. Wir wollten eine halbe Stunde die Augen schließen und dann weiterfahren.»

Erneut musterte er sie und grinste hämisch. «Eure Pässe, wenn ich bitten darf.»

Flüchtig verglich er die Passfotos mit den beiden Gesichtern vor ihm, winkte seinen Fahrer heran und reichte ihm die Dokumente. Zurück im Fahrzeug glich der vermutlich die Daten elektronisch ab.

«Hast du nichts gehört?», fragte der Befehlshaber.

«Doch, Sir. Eine gewaltige Explosion.»

«Die hast du also gehört. Und was habt ihr danach gemacht.»

«Uns gefragt, was wir tun können, Sir. Wir wollten erst nachsehen, was passiert ist. Aber dann hat hier ein Auto gehalten. Da war ein Mann drin, der die Explosion wohl sehr nah mitbekommen hat. Der musste sich erst mal wieder beruhigen. Er hat uns gesagt, wir könnten nichts mehr tun. Nur weiterfahren.»

«Aber ihr seid geblieben.»

«Wir wollten gerade losfahren, als Sie gekommen sind, Sir.»

«Wie viel Zeit lag zwischen der Abfahrt des Mannes und unserer Ankunft hier?»

«Schwer zu sagen, Sir. Ich habe nicht drauf geachtet. Fünf Minuten vielleicht.»

«Was habt ihr in diesen fünf Minuten gemacht?»

«Versucht, das Auto wieder zum Starten zu bringen, Sir.»

Erneut grinste er. «Du lügst, Mädchen. Das sehe ich dir doch an.»

«Bei allem Respekt, Sir, ich sage die Wahrheit.»

«Ach was! Ihr habt gefickt! Ihr habt euch gesagt: Ist uns doch egal, was hier passiert. Wir machen, was wir wollen.»

«Bei allem Respekt, Sir ...»

«Hör auf mit dem Gelaber», fiel der Jandarm ihr ins Wort. «Sonst sehe ich nach, ob du unten rum feucht bist. Los, dreh dich um, Hände hoch ans Dach.»

Die beiden anderen Jandarmen hielten das Gewehr die ganze Zeit im Anschlag. Mit Tritten trieb der Anführer ihre Füße auseinander, er stand unmittelbar hinter ihr.

«Leider haben wir keine Frau dabei, Mädchen. Also muss ich die Drecksarbeit machen.» Er griff ihr zwischen die Beine, simulierte eine Leibesvisitation. Dabei ließ er sich Zeit, massierte ihr Gesäß, ihre Schenkel, packte ihr wiederholt in den Schritt und arbeitete sich allmählich vor, in Richtung ihrer Oberweite, die er ausgiebig abtastete. Dabei konnte sie etwas Hartes spüren, er lehnte sich geradezu an sie. Der Mann stank nach Nikotin und vergorenen Magensäften. Am liebsten hätte sie um sich geschlagen, tat es aus guten Gründen aber nicht. Gottseidank genügte es ihm, sie überall zu befingern und sich an ihr zu reiben. Endlich ließ er von ihr ab, nahm wieder Platz auf dem Beifahrersitz. Die beiden Männer mit dem Gewehr folgten ihm. Mit aufheulendem Motor rumpelte der Jeep an ihnen vorbei, die Pässe warf ihnen der Jandarm vor die Füße.

Einige Tage später, längst wieder zurück in Oslo, lasen sie in Aftenposten, auf einer hinteren Seite, dass der Chefredakteur einer türkischen Zeitung verhaftet und wegen staatsfeindlicher Propaganda unter Anklage gestellt worden war. Er hatte über Waffenlieferungen unter falscher Flagge an den Iran geschrieben, via Türkei. Ihm zufolge war es bei einem der Transporte zu einem schweren Unfall gekommen, als die Fracht eines Schwerlasters aus unbekannten Gründen explodierte.

***

Berit hatte sich schwergetan, Helge Lunds Kanzlei aufzusuchen. Bisher wusste ihre Einheit im Hintergrund zu wirken, war sie niemandem auf die Füße getreten. Nunmehr hielt sie etwas in Händen: Beweismaterial. Und Berit war nicht so naiv anzunehmen, dass ihr Vorstoß keine Folgen haben würde. Sie stand im Begriff, die Büchse der Pandora zu öffnen.

Lund entschuldigte sich überschwänglich, dass er sie habe warten lassen. Sie betonte, dass ihr das nichts ausmache, ganz im Gegenteil. Mit großer Bewunderung habe sie die Inneneinrichtung studiert, vor allem die persischen Teppiche und der ausladende Kristalllüster im Empfangsbereich hätten es ihr angetan. Der Stil des Hauses und der Esprit der Mitarbeiter, denen sie begegnen durfte – das alles erfülle sie mit Respekt und Bewunderung.

Während Lund ausgiebig der Philosophie flacher Hierarchien huldigte, vom Mandanten als Partner sprach und die Einheit beschwor zwischen Stil und Performance, fragte sich Berit, was diesen Mittvierziger mit seiner in jeder Hinsicht gewinnenden Ausstrahlung, gutaussehend und charmant, ein blonder Charakterkopf mit Dressman-Figur, sportlich, zweifelsohne intelligent, das schalkhafte Lächeln gewinnend – sie fragte sich, was einen Menschen mit solchen Qualitäten und Möglichkeiten dazu verleiten mochte, sich für das Böse zu entscheiden.

Aber vielleicht dachte sie viel zu altmodisch, zu engstirnig. Was war schon gut, was böse? Sie ließ ihn parlieren, nickte verständnisvoll, als er von den zahlreichen beruflichen Herausforderungen sprach, die leider auch dazu geführt hätten, dass er sie nicht sofort habe empfangen können. Hinzu kämen die vielen gesellschaftlichen Verpflichtungen, nicht zuletzt die eine oder andere Auslandsreise, die Mandantschaft werde immer anspruchsvoller.

Womit sie schon mitten im Thema waren. Ob er öfter nach Istanbul fliege?

«Wie kommst du denn darauf?» Natürlich duzten sie sich, was Berit in diesem Fall erheblich störte.

Freunde hätten ihr das zugetragen, die zufällig auch im Hilton Bosphorus unterwegs waren.

Lunds Mimik ließ erkennen, dass er einen inneren Datenabgleich vornahm, seine Synapsen einen Sprint hinlegten, den Regungen der Gesichtsmuskeln nach zu urteilen.

«Ja, die Welt ist ein Dorf», sagte er schließlich.

«Und nichts bleibt in diesem Dorf verborgen», ergänzte Berit.

«Ich hatte dich so verstanden, dass du eine Freundin von Roar Thuland bist.»

«Freundin wäre zu viel gesagt. Eher eine Anhängerin des norwegischen Staatsfonds.»

«Was genau kann ich für dich tun?» Mit beiden Händen stützte er sich auf die Tischkante. Ein Tiger, der nicht sicher war, ob er springen sollte.

«Ich wüsste gern, auf welchen Gebieten du mit dem CEO von Nordic Invest zusammenarbeitest.»

Er nickte, lehnte sich wieder zurück. «Ich bin nicht befugt, darüber Auskunft zu geben. Anwaltsgeheimnis.»

«Ich will keine Geheimnisse ergründen», betonte Berit und bemühte sich um ein charmantes Lächeln. «Mir geht es um Sachaufklärung.»

«Du bist Polizistin?»

«Im weitesten Sinn. Ich bin die Leiterin einer Spezialeinheit zur Verbrechensbekämpfung. Du hast sicher mitbekommen, dass Hauke Ingstad, Roars Stellvertreter, ermordet worden ist?»

«Ich bitte dich! Die Zeitungen waren voll davon.»

«Kanntest du ihn?»

«Natürlich. Ich bin mit Roar beruflich und privat eng verbunden. Auch zu Hauke hatte ich ein gutes Arbeitsverhältnis.»

«Dann bitte ich um deine Mithilfe, damit wir den Fall aufklären und zu den Akten legen können.»

Er stieß die Fingerkuppen aneinander als würde er verhalten klatschen. «Gut. Das ist was anderes. Natürlich kooperiere ich bei einer Mordermittlung.»

«Mich interessiert vor allem die berufliche Ebene zwischen dir und Roar.»

«Um die Dinge klarzustellen: Es handelt sich nicht um eine Sache zwischen ihm und mir, sondern um die vertraglich geregelte Zusammenarbeit zwischen Nordic Invest einerseits und der Kanzlei Lund, Stoltenberg, Tonsgaard und Partner andererseits.»

«Natürlich, ich verstehe. Und worin genau besteht die besagte Zusammenarbeit?»

«Nordic Invest unterstützt zahlreiche Entwicklungsprojekte und karitative Einrichtungen weltweit. Dieses Engagement will natürlich finanziert sein. Konkret kümmern wir uns um die Verwaltung von Treuhandkonten, sorgen für die transparente Zuordnung der uns anvertrauten Gelder an die vorgesehenen Empfänger, legen steuerrechtlich einwandfreie Jahresbilanzen für jeden einzelnen Geschäftsbereich vor, aufgeschlüsselt nach den jeweiligen Zuwendungsempfängern.»

«Von welcher finanziellen Größenordnung reden wir hier?»

«Das hängt ab von den Vorgaben aus dem Finanzministerium. Im vorigen Jahr waren es etwa 800 Millionen Kronen.»

«Danke für deine Kooperation. Ich will dich auch gar nicht länger aufhalten. Eine abschließende Frage hätte ich allerdings noch. Die Treuhandkonten, die du erwähnt hast – sind die bei norwegischen Banken angelegt?»

«Zum Teil. Die meisten befinden sich im Ausland.»

«Darunter auch Panama?»

«Nicht zu vergessen die USA, Deutschland, Hongkong, Mauritius, um nur einige zu nennen.»

«Warum sind darunter auch Steuerparadiese?»

«Aus Gründen der Kostenersparnis. Was meinst du, was für Gebühren eine hiesige Bank nimmt, wenn du beispielsweise 50 Millionen nach Afrika überweist. Da kommen ordentliche Beträge zusammen, das kann ich dir versichern.»

Berit erhob sich und dankte Lund für seine Zeit. Sie lobte das soziale Engagement des Staatsfonds und bekundete, sie habe keinen Zweifel, dass die Kanzlei einen wichtigen öffentlichen Auftrag erfülle. Fast hatte sie die Tür erreicht, da hielt sie noch einmal inne.

«Ach, da wäre noch was.» Ihrer Handtasche entnahm sie zwei Fotokopien, die sie Lund mit einem zugewandten Lächeln auf den Schreibtisch legte. Die eine zeigte ihn, wie er das Hotelzimmer der Iraner in Fatih betrat. Die andere eine Zahlenkombination, darüber der Vermerk «Pan City», in Lunds Handschrift. Ergänzt um die handschriftliche Frage Sophies: Panama City?

«Ich denke, darüber sollten wir uns beim nächsten Mal unterhalten», sagte sie, noch immer lächelnd. Lund gab keinen Laut von sich.

Berit hatte ihren Vorgesetzten schriftlich über die Recherchen in Istanbul informiert. Zwei Tage später rief er sie an, der Minister für Justiz, Öffentliche Ordnung und Migration, und lud sie eher vor als in den Storting ein, das Parlament. Als sie Jonas Brendes Büro betrat, ging ihr endgültig auf, was die Stunde geschlagen hatte. Anwesend war nicht allein ihr Jugendfreund, hinzugezogen hatte er zwei weitere Personen, auf deren Anwesenheit sie gern verzichtet hätte. Einmal Sven Rasmussen, den ihr verhassten Polizeichef, dessen albernen Medienauftritt nach dem Leichenfund Erling Opdals in Odda sie noch gut in Erinnerung hatte. Zu allem Überfluss war auch Steinar Kristiansen zugegen, seit kurzem stellvertretender Leiter des regulären Geheimdienstes PST, der ihr ähnlich sympathisch war wie Sophie jener Jandarm an der Autobahn nach Ankara.

Nachdem sie sich die Hände zur Begrüßung gereicht und um den kleinen Konferenztisch herum Platz genommen hatten, kam Brende ohne Umschweife zur Sache: Warum sie Helge Lund aufgesucht habe?

Berit zeigte sich freundlich und aufgeräumt. Hätte sie das nicht tun sollen?

«Erkläre uns, was das für Fotokopien sind, die du ihm vorgelegt hast», forderte Brende sie auf.

«Aber natürlich, Jonas. Wir ich dir bereits geschrieben habe, verfügen wir über handfeste Beweise, dass Lund in

Aktivitäten verwickelt ist, die nach norwegischem Gesetz strafbar sind.»

«Zum Beispiel?», fragte Rasmussen in einem Tonfall als rede er mit einer Minderbemittelten.

«Zum Beispiel Waffenhandel.»

Alle drei Männer zeigten einen verkniffenen Gesichtsausdruck.

«Welche Beweise hast du dafür, Berit?» Wieder Rasmussen.

«Mitschriften, von ihm unterzeichnete Papiere und Gesprächsaufzeichnungen.»

«Legal erworben? Mit richterlicher Genehmigung?», erkundigte sich Rasmussen. Er würde sich ganz sicher nicht die Rolle des Chefermittlers anmaßen ohne Rückendeckung des Ministers, dachte Berit.

«Ich bin mir nicht sicher, ob es gegenwärtig realistisch oder angeraten ist, auf die Kooperation türkischer Staatsorgane zu setzen», antwortete sie.

«Du bist dir darüber im klaren, dass du schwerwiegende Vorwürfe erhebst?», mahnte Brende.

«Was nicht leichtfertig geschieht.» Sie betrachtete ihre rot lackierten Fingernägel. Die braunen Altersflecken auf beiden Handrücken fielen ihr unangenehm auf. «Aber sag, Jonas: Wie kann es sein, dass mein Besuch bei Lund solche Kreise zieht? Hat er sich beschwert? Ein Treffen in so illustrer Runde – mit dieser Ehre hätte ich nicht gerechnet.»

«Es geht nicht allein um den Vorfall bei Lund», versicherte Rasmussen, dessen talgige Gesichtshaut wächsern leuchtete und ihm den Charme eines Untoten verlieh.

«Es geht auch um die Frage: Was machst du da eigentlich mit dem Vertrauen, das wir dir entgegengebracht haben? Mit deiner Einheit E 39?»

«Du hast mir Vertrauen entgegengebracht, Sven? Warum weiß ich davon nichts?»

«Hört zu, Freunde, so kommen wir nicht weiter», warf der Minister ein. «Ich darf daran erinnern, dass wir mehrere schwere Straftaten aufzuklären haben, die seitens der Regierung nach wie vor als politisch brisant eingestuft werden. Das betrifft insbesondere die Vorfälle in Odda und den Tod des Nordic Invest-Vize. Vor diesem Hintergrund ist mir beim besten Willen nicht klar, warum du deine Mitarbeiter in die Türkei schickst, Berit.»

«Um allen Spuren nachzugehen, Jonas.»

«Gut, einverstanden. Wir sollten aber nicht das große Ganze aus den Augen verlieren. In erster Linie geht es um Odda und Hauke Ingstad.»

Berit signalisierte Zustimmung. «Wenn wir schon mal dabei sind: Was habt ihr zu diesem Thema beizutragen? Sven? Steinar?»

Beide fixierten sie mit Blicken. Kristiansen hielt die Arme verschränkt und saß da wie eine Sphinx.

«Danke für eure weiterführenden Anregungen. Ich halte fest: Lund ist in illegale Waffengeschäfte verwickelt. Gleichzeitig ist er ein enger Vertrauter von Roar Thuland, dem CEO von Nordic Invest. Lund hat Zugriff auf Konten des Staatsfonds. Keine gute Idee, finde ich, angesichts seiner Aktivitäten. Thuland ist mit Lund eng befreundet. Was weiß er von dessen Machenschaften?» Berit hielt es für angeraten, an der Stelle innezuhalten.

Brende seufzte. «Was soll das mit diesen Waffengeschäften, Berit? Das ist doch ein Nebengleis.»

«Das habe ich jetzt nicht gehört, Herr Minister. Darf ich daran erinnern, dass Nordic Invest grundsätzlich nicht in den Rüstungssektor investiert? Auf Veranlassung der Regierung?»

«Natürlich, Berit. Ich war in Gedanken – bei Hauke Ingstad und seiner Frau. Was also hast du zu berichten. Über die … illegalen Aktivitäten.»

Mit ruhiger Stimme trug sie die Faktenlage vor, soweit bislang bekannt. Die Amerikaner lieferten Waffen in den Iran, unter anderem über Istanbul. Um die Herkunft zu verschleiern, wurden die Lieferpapiere umgeschrieben und gefälscht, anschließend gegengezeichnet, wahrscheinlich von mehreren europäischen Notaren, von Lund aber mit Gewissheit.

«Hört sich nach einer Räuberpistole an», kommentierte Rasmussen.

Brende machte eine beschwichtigende Handbewegung. «Die Beweise haben deine Mitarbeiter aus Istanbul beigebracht?», fragte er.

«So ist es.»

«Das ändert nichts daran», fuhr Rasmussen fort, «dass sie juristisch ohne Bedeutung sind, da illegal beschafft.»

«Ich fürchte, dass der Polizeichef richtig liegt, Berit. Sie hätten vor Gericht möglicherweise keinen Bestand.»

«Was tun wir also», fragte Berit. «Nichts?»

«Ich schlage vor, dass du uns alle Beweise zugänglich machst, die dir vorliegen», schlug Brende vor. «Danach sehen wir weiter.»

Berit verkniff sich den Hinweis, dass er dafür nur die Akte auf seinem Schreibtisch einsehen müsse. Da alles gesagt war, verabschiedete sie sich. Suchte die Toilette auf und stellte sich vor den Spiegel. Berit wusste nicht recht, was sie von diesem Gesicht halten sollte. Siegesgewissheit sah anders aus. Den Stein aber hatte sie ins Rollen gebracht. Hoffentlich wurde sie nicht von ihm überrollt.

Am Eingang zum Storting wartete Kristiansen auf sie. Er ging auf sie zu und sagte: «Gute Arbeit, Berit. Lass mich wissen, wenn ich was für dich tun kann.»

Im Krankenhaus war Emma eine Art Maskottchen. Jeder kannte sie, und soweit Sophie das beurteilen konnte, mochten die Ärzte und Krankenpfleger sie. Jedenfalls redeten sie über Emma mit einem Lächeln auf den Lippen, am Empfang bereits. Die New Yorkerin begrüßte sie mit großem Hallo. «Ist ein bisschen wie Babysitten, was ich hier mache», sagte sie. «Die meiste Zeit verbringe ich am Krankenbett und lese. Oft halte ich dabei Toms Hand und lese ihm laut vor. Komme mir selbst schon fast vor wie eine Schauspielerin, ehrlich gesagt. Manchmal fehlen mir allerdings doch die geistigen Anregungen und der Austausch, deswegen quatsche ich dich jetzt auch voll. Aber sein Zustand verbessert sich, er folgt mir mit Blicken und gibt gelegentlich Geräusche von sich, die ich als Sprechversuche deute.» Gelegentlich nenne sie ihn «mein süßes kleines Handicap», und sie meine dann ein Schmunzeln in seinem Gesicht wahrzunehmen. «Trotzdem, unterm Strich ist das alles bitter und traurig, ich erlebe Tom nur noch als Schatten seiner selbst. Deswegen ist es auch völlig in Ordnung, dass derjenige, der dafür die Verantwortung trägt, als Fischfutter Verwendung findet.»

Alle Weißkittel und sonstigen Mitarbeiter grüßten Emma, die in Stoßzeiten regelmäßig mithalf, etwa bei der Essensausgabe. Sogar ein paar Sätze Norwegisch hatte sie gelernt. Sophie kam das alles sehr vertraut vor, diese aus der Not geborene Bereitschaft, sich auf neue Lebenswelten einzulassen. Emma fühlte sich im Krankenhaus wie zu Hause, kannte alle Wege und Abkürzungen. Gewiss kein Nachteil, sollte einmal Gefahr im Verzug sein. Die Polizisten, die vor Toms Krankenzimmer abwechselnd Wache hielten, wirkten viel zu unbedarft, um sich auf sie verlassen zu können.

Schließlich stellte ihr Emma ihre «Lieblingsneurologin» vor, deren Ärztezimmer sie fast übersehen hätte, so unscheinbar fügte sich die Tür in die Wand. Emma klopfte, ein freundliches «Herein!» ertönte.

«Ah! Emma hat dich bereits angekündigt. Sophie Schelling, wenn ich mich nicht irre?», fragte die Frau, deren intensive Ausstrahlung Sophie als Erstes beeindruckte, neben dem bronzefarbenen Teint. Das Lächeln der Frau strahlte, sie verströmte Herzenswärme und Offenheit. Manchmal gab es Menschen, deren bloße Gegenwart einen Raum mit Leben erfüllte.

«Oh … ich wusste nicht, dass Emma bereits … von mir erzählt hat.»

«Nicht nur Emma! Auch mein Bruder hält große Stücke auf dich.»

«Dann … dann sind Sie, dann bist du Veena? Veena Nansen?»

«Nicht ganz. Veena Khan. Ich habe meinen Namen behalten.» Sie erhob sich und reichte ihr die Hand. «Freut mich, dich kennenzulernen.»

«Mich auch, danke. Harald hat mir gar nicht gesagt, dass du hier arbeitest. Ich wusste nur, dass du Ärztin bist.»

«Er vergisst vieles. Gerne auch die Geburtstage unserer Eltern, wenn ich ihn nicht daran erinnere.»

Veena gehörte zu den Ärzten, die regelmäßig Toms Zustand begutachteten. Die kleinen Fortschritte, darunter seine Sprachversuche, wertete sie als ungemein positiv. Wie die Larve im Kokon arbeite sich Tom unaufhaltsam vor zum Schmetterling. Medizinisch gesehen befinde er sich in einem Zwischenstadium, nicht mehr Koma-, noch nicht Wachpatient. Doch gebe es Grund für verhaltenen Optimismus, wozu auch Emmas Engagement beitrage. Die Wissenschaft wisse noch zu wenig über das Verhältnis von Körper und Seele bei teilweisem oder vollständigem Verlust des Bewusstseins. Doch Emmas Gegenwart, ihre Ansprache und körperliche Zuwendung seien wichtige Bausteine seiner Genesung.

Was für eine angenehme Stimme sie hat, dachte Sophie. Doch das Telefon klingelte, und Veena musste sich zu einer Patientenvisite verabschieden. Auf dem Weg zurück zu Tom erkundigte sich Emma, was sie von ihr halte.

«Sie ist sehr warmherzig», sagte Sophie. «Sehr verbindlich.»

«Findest du nicht, dass sie unglaublich anziehend ist?»

Sophie nickte.

«Also, als Mann würde ich mich sofort in sie verlieben,

glaube ich.» Emma öffnete die breite Tür, die zu dem Patiententrakt mit Toms Krankenzimmer führte. Der Polizist, der daneben mehr hockte als saß, war eingeschlafen und schnarchte. Sophie klatschte in die Hände, auf der Höhe seines Ohres. Er fuhr hoch, blickte irritiert um sich.

«Hol uns mal 'n Kaffee, Sheriff», verlangte Emma. Schuldbewusst zog er los, in Richtung Cafeteria.

Die Frauen setzten sich zu beiden Seiten von Toms Krankenlager, Sophie berichtete von ihren Erlebnissen in der Türkei. Emma hörte aufmerksam zu, die Geschichte mit den Waffenlieferungen in den Iran elektrisierte sie.

«Ehrlich gesagt wundert mich das nicht», kommentierte sie.

«Mich schon», erwiderte Sophie.

«Weil du das Wesen unserer – ich sag mal: unserer Marktwirtschaft noch immer nicht verstanden hast. Die oberen zehntausend Kasino-Ökonomen kennen keine Regeln und keine Moral. Diese Croupiers machen aus allem Geld, und Rüstungsgeschäfte gehören zu ihren Lieblingsdeals. Warum? Weil die Gewinnspannen riesig sind.»

«Ja, das leuchtet mir ein. Aber der Iran ist doch der Feind.»

«Der Feind von wem? Von irgendwelchen Hardlinern in Washington vielleicht. Für BlackHawk und Konsorten gilt das ganz sicher nicht. Die sind ihrer Zeit voraus.» Emma zog ihren Laptop unter Toms Bett hervor, schaltete ihn ein und rief einige Tabellen auf.

«Sieh mal, hier. Wer sind die größten Erdgasproduzenten weltweit?»

Sophie studierte die aufgerufenen Seiten. «Die USA, Russland und der Iran.»

«Genau. In der Reihenfolge. Und welche Ressource wird mittel- und langfristig von größerer Bedeutung auf dem Weltmarkt sein – Erdöl oder Erdgas?»

«Wenn du schon so fragst, wird es wohl Erdgas sein, oder?»

«Natürlich. Und jetzt wird es spannend. Washington ist politisch und wirtschaftlich eng mit Saudi-Arabien verbunden. Der Wüstenstaat verfügt aber nur über vergleichsweise wenig Erdgas, dafür über sehr viel Erdöl. Allerdings wird die Bedeutung von Erdöl in den nächsten Jahren und Jahrzehnten rapide abnehmen. Auch deswegen, weil Autos ohne Benzinmotoren die Märkte erobern werden. Im Augenblick setzt die Wirtschaft auf Stromer. Das muss aber nicht so bleiben, denn die Herstellung der Batteriezellen ist teuer und rohstoffintensiv. Der Phantasie sind da keine Grenzen gesetzt. Vor allem die Chinesen experimentieren mit gasbetriebenen Motoren. Ob sie damit Erfolg haben werden – keine Ahnung. Aber einflussreiche Investoren in den USA wollen nicht riskieren, dass die Chinesen am Ende möglicherweise das große Los ziehen. Entsprechend machen sie Druck auf Washington, das iranische Gas nicht Peking zu überlassen. Die *regime change*-Ideologen in Washington haben das allerdings noch nicht begriffen. Sie hofieren weiterhin die Ölmacht Saudi-Arabien, anstatt sich dem Erdgaslieferanten Iran zuzuwenden. Aus ihrer Sicht löst sich das Problem von selbst, sobald wieder eine pro-amerikanische Regierung in Teheran das Sagen hat. Aber wer weiß das schon? Nach dem Sturz Saddam Husseins 2003 hatten diese Schreibtischtäter geglaubt, amerikanische Firmen bekämen nun die lukrativen Verträge zur Förderung von Erdöl und Erdgas im Irak. Stattdessen aber sind vor allem die Chinesen zum Zug gekommen.»

Emma legte Toms rechten Arm zurück aufs Bett, von dem er seitwärts hinuntergeglitten war. «Helge Lund», fuhr sie fort, «ist wenig mehr als ein Strohmann für die, die nach vorne denken. Die Waffenlieferungen Richtung Iran sind nur ein erster Schritt. Die Absender im Hintergrund strecken ihre Fühler in Richtung Teheran aus. Vorerst noch diskret, über den Umweg Europa. Diesen Leuten ist es vollkommen egal, wer im Iran regiert. Die sind nicht fixiert auf einen Regimewechsel. Denen geht es nur ums Geschäft, mittel- und langfristig vor allem um den Zugriff auf die Bodenschätze. Ganz egal, wer gerade an der Macht ist.»

***

Sie hatten sich angewöhnt, wichtige Unterredungen nur noch im Badezimmer zu führen, im Bürogebäude ihrer Einheit E 39, bei laufenden Wasserhähnen und rauschender Toilettenspülung. Die Tür war geschlossen, alle elektronischen Geräte in weite Ferne gerückt. Normalerweise rauchte Berit nicht, aber weder Harald noch Sophie hielten es für ratsam, sie jetzt daran zu hindern. Die Anspannung stand ihr ins Gesicht geschrieben.

«Ich glaube, der erste Aufschlag hat gesessen. Brende

hat begriffen, dass er die Geschichte nicht ignorieren kann. Lund und seine Waffenschiebereien», hielt Berit fest.

«Mich beschäftigt die Frage, warum er Rasmussen und Kristiansen einbezogen hat», sagte Sophie.

«Ist doch klar, warum. Um sich abzusichern», erwiderte Harald.

«Na ja, so wie Berit es beschreibt, sieht Brende den Vorgang als heißes Eisen an, mit dem er nach Möglichkeit nichts zu tun haben möchte.»

«Das ist auch so», bestätigte Berit. «Natürlich hat er insoweit Recht, als ihr eure Beweise nicht rechtmäßig erworben habt. Gerichtsverwertbar sind sie in der Tat nur sehr eingeschränkt, wenn überhaupt.»

«Rechtmäßig sind auch nicht Lunds Falschbeurkundungen. Wenn der nicht sauber arbeitet, warum sollten wir es dann tun?»

«Leider ist die Logik eines rechtsstaatlichen Verfahrens eine andere, Harald. Lund braucht doch nur zu behaupten, es handle sich um ordnungsgemäße Papiere ordnungsgemäßer Waffenlieferungen innerhalb von NATO-Staaten. Wer will ihm denn das Gegenteil beweisen? Und schon ist er aus dem Schneider. Schlimmstenfalls beendet Nordic Invest die Zusammenarbeit mit ihm.»

Sophie betätigte erneute die Toilettenspülung. «Was ist denn mit seinem Konto in Panama City? Ist das nichts?»

«Wir könnten die Steuerprüfung auf ihn ansetzen. Dann muss er seine Einkommensverhältnisse und Kontoverbindungen offenlegen. Tut er das nicht, macht er sich strafbar.»

Harald wusch sich die Hände. Sophie stellte sich vor: in Unschuld. «Gut», sagte sie. «Dann halten wir doch mal fest, was wir haben. Ein Geflecht aus verschiedenen Interessensgruppen, darunter BlackHawk, Elendilmir, Nordic Invest und amerikanische Waffenlieferungen an den Iran mit Wissen und aktiver Unterstützung der US-Geheimdienste. Ganz nebenbei gibt es noch ein paar Tote. Was können wir erreichen, was wollen wir erreichen? Lund ist für mich ein Mittel zum Zweck. Die Waffengeschäfte können wir nicht aushebeln. Doch über diesen Umweg erfahren wir hoffentlich, warum Hauke Ingstad sterben musste. Was es mit Odda auf sich hat. Oder was wir von Roar Thuland zu halten haben.»

«Ich sehe das auch so», sagte Berit, nahm einen tiefen Zug und blies den Rauch gegen den Spiegel. «Am großen Rad können wir nicht drehen. Aber wir können Sand ins Getriebe streuen.» Erneut inhalierte sie. «Wer mich beunruhigt, ist Brende. Der ist nicht wirklich interessiert an Aufklärung. Und glaubt mir, der weiß, was er tut. Der ist durch und durch Karrierist. Wenn der für sich einen Vorteil wittern würde bei der Geschichte, würde er sofort handeln. Den sieht er offenbar nicht. Deswegen tritt er auf die Bremse.»

«Scheiß auf Brende,» entfuhr es Harald. «Ich wollte sagen, dass ich mir bei allem gebotenen Respekt festzustellen erlaube, dass mich die Ansichten des Herrn Ministers eher in Gesäßhöhe streifen. Im Zweifel müssen wir den eben vor uns hertreiben.»

«Ja, das sehe ich auch so», bestätigte Sophie. «Versetzen wir uns doch mal in Lunds Lage. Dem müssen doch die

Knochen zittern. Der weiß, dass wir ihn am Arsch haben. Sorry: dass er seit Istanbul mit dem Rücken zur Wand steht. Was macht einer wie er? Wahrscheinlich versucht er, sich abzusichern, oder? Er braucht Verbündete. Leute, die zu ihm halten.»

«Auf seine amerikanischen Freunde kann er sich dabei nicht verlassen. Die haben kein Interesse, sich an ihm die Finger zu verbrennen», kommentierte Harald.

«In der Tat», pflichtete ihm Berit bei. «Und selbst wenn es in Lunds Kanzlei Juristen geben sollte, die in seine Geschäfte eingeweiht sind, kann er auf seine Kollegen auch nicht rechnen. Die würden ihn im Zweifel schneller fallen lassen, als der Auf Wiedersehen sagen kann.»

«Bleibt Thuland», warf Sophie in die Runde.

Harald nickte. «Thuland ist sein Geschäftspartner. Sein Vertrauter. Vielleicht sogar sein Freund.»

«Bekommen wir eine Abhörgenehmigung für Thuland und Lund?»

«Ich kann es versuchen, Sophie. Nur, auf wen können wir uns verlassen? Nehmen wir an, wir bekommen die. Und gleichzeitig geht ein entsprechender Hinweis an die beiden. In dem Fall treffen die sich auch nur noch auf der Toilette.»

«Wir sollten die zwei trotzdem observieren. Vielleicht reicht es für einen entlarvenden Schnappschuss. Wir brauchen mehr Futter. Dann können wir auch Brende unter Zugzwang setzen. Irgendwann muss der ja mal in die Gänge kommen.» Das war Harald.

«Gibt es die Möglichkeit, Brende zu umgehen?», fragte Sophie. «Der hat doch bestimmt Gegner, Widersacher,

Feinde. Können wir da nicht ansetzen, um ihn unter Druck zu setzen?»

«Du denkst schon genau wie die andere Seite, Sophie. Die Idee ist natürlich nicht schlecht. Im Gegenteil, sie ist sogar sehr gut. Nur – wollen wir nach deren Regeln spielen?», entgegnete Berit.

«Na klar wollen wir das!», rief Harald mit Nachdruck. «Den Gegner mit dessen Waffen schlagen, das ist doch die Kunst. Unter den Paschtunen im Grenzgebiet von Pakistan und Afghanistan ist es Sitte, sich nach Kriegen oder blutigen Streitigkeiten zu einem Versöhnungsmahl zu treffen. Normalerweise funktioniert das auch. Manchmal aber gibt es Profis, die – na ja, die nutzen die Gelegenheit, um ihre Widersacher bei der Gelegenheit endgültig niederzumetzeln. Das ist natürlich nicht in Ordnung, aber sehr effizient.»

Es war gar nicht einfach, in Oslo ein öffentliches Telefon zu finden. Noch schwieriger eines, das tatsächlich funktionierte und Münzen annahm. Denn Spuren hinterlassen, das wollte Harald keinesfalls. Immer wieder hatte er sich den Mitschnitt des Gesprächs von Helge Lund mit Brad Schultz angehört, dem Geheimdienst-Mann in Istanbul. Er bemühte sich, dessen Stimme so weit nachzuahmen, dass der Schwindel nicht aufflog. So lange hatte er geübt, bis Sophie nüchtern feststellte: «Du hast das Zeug zum Gangster.»

Trotzdem war es ihm nur recht, dass die unscheinbare Telefonzelle unweit des Hauptbahnhofs von Verkehrsgeräuschen, Lautsprecheransagen und Stimmengewirr umtost war. Dieser Sound half, seine eigene Stimme ein wenig zu tarnen. Er wählte Lunds Mobilnummer, zunächst ohne Erfolg. Unschlüssig, ob er warten solle oder nicht, entschied sich Harald, in der nahegelegenen Kaffebrenneriet, einem angesagten Café, einen Espresso zu bestellen. Wiederholt rief er Lunds Nummer an, erst nach einer knappen Stunde hatte er ihn tatsächlich am Telefon.

«*This is Brad*», sagte er mit verhaltener Stimme. «*We have a problem.*»

Lund gab sich erwartungsgemäß irritiert. «Brad aus …?», fragte er nach.

«Genau der. Aus dem Museum.» Anschließend erzählte er, dass die Zollfahndung in den USA die von ihm unterschriebenen Papiere geprüft habe. Dabei seien Unstimmigkeiten aufgetreten, Sender und Empfänger betreffend. Es stehe zu befürchten, dass die Kanzlei in das Visier amerikanischer Ermittler gerate.

Haralds Gesprächspartner zeigte die zu erwartenden Reaktionen. Warum, weshalb, wie konnte das passieren, was nun?

«Machen Sie reinen Tisch.»

Womit … womit müsse er als Nächstes rechnen?

«Schwer zu sagen. Unter Umständen ein Strafverfahren in den USA mit Auslieferungsantrag. Möglicherweise wird auch die Botschaft in Oslo an Sie herantreten. Schlimmstenfalls die Medien. Guten Tag.»

«Moment! Moment, Sie können mich doch nicht …»

«Wir kennen Sie nicht. Wir haben nichts mit Ihnen zu tun.» Harald legte auf. Wandte sich zum Gehen und sah das Kind vor sich, vielleicht fünf oder sechs Jahre alt, das ihn mit großen Augen anstarrte. Ebenso die Mutter an seiner Hand. Im Weggehen hörte er den Jungen fragen: «War das ein böser Mann?»

Nicht immer, Kleiner, nicht immer, dachte er. Aber immer öfter.

Am selben Tag erhielt Roar Thuland einen Anruf von einer aufgebrachten Exiliranerin, die sich vorstellte als Schirin Pahlevi. Sie rufe aus Paris an, Amt für Außenbeziehungen, Nationaler Widerstandsrat des Iran. In gebrochenem Englisch fragte sie ihn, für welche Werte Norwegen stehe, wie es möglich sei, dass Nordic Invest Waffengeschäfte mit dem Terrorregime der Mullahs mache!

Sophie gab sich so empört wie nur möglich. Thuland legte nur aus einem einzigen Grund nicht auf, war sie überzeugt: um zu erfahren, wer genau was wissen mochte. Worum es hier eigentlich ging.

Terror! Mullahs!

«Nun beruhigen Sie sich doch, Frau … Ich weiß wirklich nicht, wie Sie auf diese Idee kommen.»

«Heiße ich Pahlevi, mein Herr. Bin ich empört, weil Sie einfach Waffen liefern an Mörderregime, das unschuldige Menschen tötet. Haben Sie keine Kinder? Was sind Sie für ein … wie sage ich: Mann!»

Sophie war ganz erstaunt über ihr schauspielerisches Talent. Anders als Harald hatte sie nicht geprobt, sie sprach einfach drauf los.

«Ich darf Ihnen versichern, dass Sie sich irren, gnädige

Frau. Wir machen grundsätzlich keine Waffengeschäfte. Das ist absurd.»

«Haben wir Dokumente gefunden mit Waffen, die nach Iran gehen. Über Türkei. Hat unterschrieben einer Ihrer Leute, heißt er Lund, glaube ich. Schreibt nicht gut leserlich seinen Namen, Ihr Mann. Aber sind wir nicht dumm. Wir sind Volksmudschaheddin. Das Volk liebt uns. Wir erfahren alles.»

«Ich fürchte, ich kann Ihnen da nicht helfen. Ich kenne niemanden, der so heißt. Für unsere Firma arbeitet der Mann jedenfalls nicht.»

Mit tränenerstickter Stimme warf Sophie ihm vor, er würde die Unwahrheit sagen, auf Kosten des iranischen Volkes und so weiter. Sie habe gehofft, er sei ein Ehrenmann, aber so – «müssen wir reden über eine finanzielle Entschädigung. Sonst wir gehen an die Presse, Monsieur.»

Am selben Tag, zu vorgerückter Stunde, stand Berit an der Wohnzimmertür, die zum Garten führte. Es schneite, im Haus war nur das Ticken der Standuhr zu hören. Sie sah auf die fallenden Flocken und seufzte. Nur ein paar Schritte von hier hatte die gefrorene Leiche von Hauke Ingstad gelegen. Was für ein furchtbarer Gedanke. Und was für Kreise hatte dieser Mord seither gezogen! Wohin das alles noch führen würde, war nicht einmal in Umrissen abzusehen.

Sie hatte keine Wahl. Sie musste nach vorn denken. Auch wenn ihr Vorhaben riskant war – ein Termin bei der Ministerpräsidentin, in dieser Angelegenheit. Doch besser Berit klärte sie auf, als dass andere ihre Version präsentierten, auf ihre und auf Kosten der Einheit E 39.

«Komm ins Bett!» rief Sverre, ihr Mann, wie aus sehr weiter Ferne. «Du erkältest dich noch.»

«Ja», sagte sie. «Ja.»

***

Helge Lund besaß eine Zweitwohnung unweit der Kunsthochschule, wohin er sich häufig und gern zurückzog, entnervt von seiner anstrengenden Frau und den nicht minder aufreibenden Zwillingen. Mehr und mehr spielte er mit dem Gedanken, sich von ihnen zu trennen und gänzlich umzuziehen. Von seiner Dachgeschosswohnung aus konnte er beinahe die gesamte Skyline der Innenstadt überblicken. Vorzugsweise schlief er bei offenem Fenster, er liebte das Rauschen des Akerselva, des schmalen Flusses, der seinen Weg aus den Bergen quer durch Oslo nahm. Früher standen entlang des Wassers zahlreiche Sägewerke und Mühlen, Spinnereien, die ersten Industriebetriebe. Heute war die Gegend vorwiegend Flaniermeile und Ausflugsziel. Er fieberte dem Treffen mit Roar Thuland entgegen, der unglücklicherweise eine Auslandsreise nicht hatte verschieben können. Er selbst, Lund, war seit Berglunds Besuch ein einziges Nervenbündel. Umso mehr, nachdem er erfahren hatte, dass die nicht irgendeine Kommissarin war, sondern Chefin einer Geheimdiensteinheit. Gewiss hatte ihm Thuland versichert, dass diese Einheit am Besten mit einem Rentier zu vergleichen sei, das versehentlich in die Großstadt geraten war und dort herumirre, doch änderte das nichts an seiner Nervosität. Er war in Istanbul observiert worden. Wer auch immer ihn fotografiert hatte, als er in Fatih das Hotelzimmer der Iraner betrat, wusste mit Sicherheit weitaus mehr als nur das, hatte ihn möglicherweise in der Hand. Dunkel konnte er sich an die Frau im Fahrstuhl erinnern. Steckte sie hinter der Geschichte? In wessen Auftrag? Dieser Anruf aus Istanbul – was wussten die, konkret: NSA und CIA? Wieso unternahm der Hohlkopf Schultz nichts, ihn zu schützen? Sein, Lunds, Engagement war doch auch in deren Interesse!

Ja, aber sie haben dich fallenlassen, weil du dich hast erwischen lassen, sagte seine innere Stimme. Unterwegs zur lange ersehnten Verabredung mit Thuland lenkte er seine Schritte zügig die leichte Anhöhe hinauf, begegnete Liebespaaren und Spaziergängern, die den Fußweg am Wasser entlang schlenderten. Überall glaubte er die Gesichter von Angestellten auszumachen, die ihren Job in Gleitzeit versahen, mit dreizehntem Monatsgehalt und Lohnfortzahlung im Krankheitsfall, mit Abonnements bei Netflix und Spotify. Seit er denken konnte, war er umgeben von Leuten, die in erster Linie das taten, was andere ihnen vorgaben. Worauf es tatsächlich ankam im Leben, das begriffen die doch erst, wenn es zu spät war. Die meisten nicht einmal dann. So hatte er nie sein wollen. Leicht zu steuern und berechenbar.

Im Augenblick allerdings beneidete er die vielen Arglosen und Gutgläubigen um sich herum. Das Paar da auf der Bank, das sich in den Armen lag, trotz der Kälte. Er überlegte, dem Typen Geld zu bieten, damit er ihn für einen Augenblick ablösen konnte. Appetitlich sah die Kleine ja aus. In der Kanzlei jedenfalls ließ sich niemand was anmerken. Die wussten von nichts. Rasmussen hatte ihm versichert, es liege nichts gegen ihn vor. Berglund habe nichts in der Hand, sie bluffe nur.

Manchmal halfen Zufälle. Er war Rasmussen bei einem Neujahrsempfang der Regierungspartei begegnet. Schon eine Weile her, aber er hatte ihm damals einen guten Familienanwalt empfohlen. Mit Erfolg: Der hatte Rasmussens Unterhaltszahlungen an dessen geschiedene Frau mehr als halbiert. Solche Erfahrungen verbinden. Schaffen Vertrauen. Im besten Fall findest du dich wieder in einer Bruderschaft, wo eine Hand die andere wäscht.

Zu seiner Verwunderung wollte ihn Thuland in der Markthalle Mathallen treffen, die auf einem ehemaligen Fabrikgelände entstanden war. Als Kind hatte er öfter davor gestanden, dabei das Rauchen der Schlote ebenso bestaunt wie das Hämmern von Schmiedeeisen, bei den sonntäglichen Ausflügen mit seinen Eltern, die liebend gern dieselben Wege einschlugen. Heute reihte sich in der früheren Hauptfertigungshalle ein Restaurant an das nächste, Thuland zufolge ein idealer Treffpunkt wegen der konstant lauten Geräuschkulisse. Die mache jedes Abhören schwierig bis unmöglich.

Sie aßen Fischsuppe, auf Drehstühlen sitzend, neben ihnen, an einem meterlangen Tisch, lärmte eine Familie mit kleinen Kindern.

«Wir müssen vorsichtig sein», insistierte Thuland.

«Wenn sie dir in Istanbul dermaßen nahegekommen sind, ist nichts mehr unmöglich. Auch nicht, dass wir abgehört werden.»

Lund nickte und wischte sich den Mund ab. «Ist mir ein völliges Rätsel, was da geschehen ist.»

«In erster Linie warst du unvorsichtig. Wie konntest du wichtige Dokumente einfach so im Hotelzimmer liegen lassen?»

Das hatte sich Lund auch schon gefragt.

«Jedenfalls sind sie dir auf der Spur.»

«Wer?»

«Diese alberne Einheit E 39.»

«Und was wollen die von uns?»

«Von dir, Helge, von dir. Kann ich dir nicht sagen. In erster Linie ist E 39 wohl ein Frühverrentungsprogramm für untaugliche Hobbyschnüffler. Sagte Brende.»

«Der Minister?»

«Genau der.»

Ein schwacher Trost, dachte Lund. Immerhin hatten ihn diese Schnüffler vorgeführt. Andererseits, was hatte er denn erwartet? Nicht auffliegen zu können? Nur weil er über gute Kontakte verfügte? Wie sagte doch das Sprichwort: Hochmut kommt vor dem Fall.

«Ich will offen zu dir sein, Helge. Du stehst nicht allein im Regen. Ich habe neulich einen Anruf aus Paris erhalten. Von einer iranischen Oppositionellen. Jedenfalls hat sie sich so vorgestellt. Die wusste von der Waffengeschichte.»

«Und was wollte sie?»

«Na, was wohl. Geld.» Thuland schenkte ihnen beiden

Wasser ein. «Sie meinte, sie sei von den Volksmudschaheddin.»

«Kenne ich. Üble Burschen. Die Amerikaner pampern die, das sind aber Psychopathen, wenn du mich fragst.»

«Mag sein. Doch kann uns das egal sein. Entscheidend ist, dass die Anruferin, die sich vorgestellt hatte als Schirin Pahlevi, dem Nationalen Widerstandsrat Irans in Paris vollkommen unbekannt ist. Ich habe das prüfen lassen.»

«Ja und? Was heißt das schon, wenn die Burschen alles leugnen. Warum sollten die ihre Karten auf den Tisch legen? Vor allem, wenn es um Geld geht.»

«Glaubst du ernsthaft, ich ließe es bei einem Telefonat bewenden? Brende hat seine Kontakte spielen lassen. Laut unserer Botschaft in Paris wissen diese Leute nicht mal, dass es uns gibt. Einen Staatsfonds in Norwegen. Nein, ich sage dir: Da will uns jemand reinlegen.»

Das allerdings verblüffte Lund, mit der Wendung hatte er nicht gerechnet.

«Du hast gesagt, der Amerikaner aus Istanbul hätte dich angerufen», sagte Thuland. «Wenn ich reingelegt worden bin – könnte es nicht sein, dass dich da jemand ebenfalls für dumm verkaufen will?»

Lund versenkte den Löffel, den er gerade zum Mund führen wollte, in der Schüssel. Das wäre natürlich das Beste überhaupt. In dem Fall wäre er aus dem Schneider – erst einmal.

«Aber wer?», fragte er.

«Ich habe diese Phantomeinheit im Verdacht. E 39.»

«Dann sollten wir die fertigmachen.»

«Ganz deiner Meinung. Aber eins nach dem anderen.»

Lund wartete, dass Thuland seinen Gedanken ausführte, was er aber nicht tat. Instinktiv begriff Lund, dass er am Zug war.

«Was kann ich für dich tun, Roar.»

«Mir reinen Wein einschenken. Ich will alles wissen über deine Kontakte zu Elendilmir und zu Robert Adams. Und ich meine: alles.»

Der Flur war übersät mit Papieren und Ausdrucken, die Sophie zu ordnen versuchte. Harald hockte neben ihr auf dem Boden und starrte auf seinen Laptop. Soweit sie das überblickten, verwaltete Lunds Kanzlei im Auftrag von Nordic Invest 15 Konten außerhalb Norwegens, die soziale und karitative Aktivitäten vor allem in Ländern der Dritten Welt finanzierten. Dabei ging es um Mikrokredite oder Ausbildungsprogramme, Slumsanierung fand sich hier ebenso wie etwa Klimaschutz. Der Staatsfonds hatte sich auf ihre Anfrage hin durchweg kooperativ gezeigt und detailliert Auskunft erteilt über die jeweiligen Konten und deren Verwendungszweck. Nicht einmal Polizeichef Rasmussen hatte Anlass gesehen, die Anfrage zu torpedieren.

Die Frage, die ihre kleine Einheit umtrieb: Wurden Lunds Waffengeschäfte auch über die von seiner Kanzlei verwalteten Treuhandkonten abgewickelt?

«Was ist eigentlich mit Lunds Konto in Panama?», fragte Sophie.

«Wir wissen nicht, ob er da tatsächlich ein Nummernkonto unterhält. Das ist nur ein Verdacht.»

«Versetze dich in Lunds Lage. Wenn du Geld auf illegale Weise verdienst, wie würdest du das so anlegen, dass dir niemand auf die Schliche kommt?»

«Keine Ahnung. Wahrscheinlich würde ich die Kohle hin und her schieben, auf mehrere Konten weltweit verteilen, Spuren verwischen, meinetwegen dubiose Kanzleien in irgendwelchen Steuerparadiesen einschalten. Bis am Ende keiner mehr durchblickt, schon gar nicht irgendwelche Ermittlungsbehörden.»

«Bin gespannt, wie die hiesige Staatsanwaltschaft mit Lund umgeht.»

«Wann steigt die Hausdurchsuchung bei ihm?»

«Morgen früh, sagt Berit.» Sophie klemmte den Kugelschreiber zwischen Oberlippe und Nase, was ihr nur gelang, indem sie ihren Mund nach vorne stülpte.

«Sieht gut aus, Sophie! Echt sexy.»

Sie mussten beide lachen. Im ersten Augenblick wunderte sie sich, was ihr da über den Rücken fuhr. Es war Haralds Hand. Die andere lag kurz darauf auf ihrer Wange. Als er sie küsste, ließ sie ihn kurz gewähren. Löste sich von ihm und sagte: «Lund ist kein Waffenhändler, wie ich ihn mir vorstellen würde. Abgebrüht, gerissen, skrupellos, eine Villa hier, eine Luxusjacht da. Auf mich wirkt er wie jemand, dem der Erfolg zu Kopf gestiegen ist, der sich mit den falschen Leuten eingelassen hat.»

Harald räusperte sich. «Ja, das … Ich weiß, was du meinst.»

«Ich kann mir nicht vorstellen, dass Lund allein aus Gier gehandelt hat.»

«Sondern?» Harald stützte sich mit beiden Händen auf den Boden.

«Vielleicht ist er getrieben von dem Bedürfnis, wichtig und bedeutend zu sein. Anstatt in einer langweiligen Kanzlei zu sitzen und Paragrafen zu reiten.»

«Gut möglich. Das ist aber Kaffeesatzleserei.»

«Ich versuche nur, Lund zu verstehen.» Sophie näherte sich Haralds Mund und stieß mit der Zunge vor auf seine Lippen. Harald reagierte leidenschaftlich auf das Angebot, änderte seine Sitzhaltung aber nicht.

«Ich habe das Gefühl», sagte Sophie und löste sich von ihm, «dass wir Zahnräder beobachten, wie sie ineinandergreifen.»

«Auf den Fall bezogen, oder auf uns?», fragte Harald.

Sie berichtete von Emmas Überlegungen, ihrer Einordnung der Waffengeschäfte mit dem Iran. «Dieser Typ vom Geheimdienst, mit dem sich Lund in Istanbul getroffen hat …»

«… Brad Schultz», fiel ihr Harald ins Wort. «Arbeitet für die NSA.»

«Ja, genau. Der Verein hat ein Jahresbudget von mindestens 11 oder 12 Milliarden Dollar, und wenn das nicht reichen sollte, bekommen diese Leute unter der Hand, was immer sie brauchen. Was also macht die NSA mit dem Geld, das sie mit dem Waffenexport in den Iran verdient? Was geschieht mit den, ich schätze mal, dreistelligen Millionenbeträgen, wenn nicht mehr?»

«Gute Frage. Im Augenblick interessiere ich mich aber mehr für deinen Mund, Sophie.»

«Du hast mir nicht erzählt, dass deine Schwester im Krankenhaus arbeitet. Und dann auch noch in dem, wo Tom Phillips liegt.»

«Veena, ja! Ist sie nicht süß?»

«Scheint mir auch sehr intelligent zu sein.»

«Das genau ist das Problem. Zu viel des Guten ist auch nicht gut.»

«Wo hast du diese Weisheit denn her, Harald? Aus dem Fluss des Lebens bei Niedrigwasser?»

Ihr Kollege erhob sich. «Möglicherweise setzen die Amerikaner das Schwarzgeld für Schattengeschäfte an ganz anderer Stelle ein. Wie damals, in den Achtzigern, bei der Iran-Contra-Geschichte. Da haben sie das Geld aus den Waffenverkäufen an den Iran eingesetzt, um die regierungsfeindlichen Contra-Rebellen in Nicaragua zu finanzieren und zu bewaffnen.»

Er reichte Sophie die Hand und zog sie vom Boden hoch. «Dieses Fass sollten wir jetzt aber nicht auch noch aufmachen. Das ist nicht unser Gebiet.»

Sophie stand vor ihm, sie konnte seinen Atem spüren. Heiße und kalte Schauer liefen ihr über den Rücken. Sie wusste einfach nicht, was sie machen sollte.

«Gute Nacht, Sophie. Ich geh jetzt nach Hause. Wir sehen uns morgen.»

Helge Lund träumte, dass er das Brennholz im Ofen seiner Zweitwohnung anzuzünden versuchte. Doch mit jedem Streichholz, das über die Zündfläche strich, begann gleichzeitig die Küche zu brennen. Im Schlaf mühte er sich, die vielen Brandherde zu löschen, während ihm gleichzeitig bitterkalt war. Während die ersten wiederkehrend schrillen, kreischenden Töne in sein Unterbewusstsein drangen, irrte er als lebende Fackel durch die Wohnung, die alles in Brand setzte, nur nicht das Brennholz. Verzweifelt über dieses Unvermögen, griff er, im Halbschlaf noch, zum Hörer des Telefons. Seine Frau informierte ihn, dass die Polizei soeben eine Hausdurchsuchung durchführe und sie jeden Moment auch bei ihm vor der Tür stehen werde.

Halb Feuersäule, halb Menschengestalt schoss er aus seinem Bettlaken empor, vor den Augen ein flimmernder Schleier, der sich erst nach einigem Blinzeln verflüchtigte und den Blick freigab auf seine Wohnung, die ihm viel zu unaufgeräumt erschien, um sie in diesem Zustand argwöhnischen Polizisten zu überlassen.

«Hallo? Hallo!», hörte er seine Frau durch die Leitung rufen, doch er legte auf. Der Holzofen war in der Tat nicht in Betrieb, wohl aber die Heizung, und mit großer Erleichterung stellte Lund fest, dass um ihn herum kein Feuer wütete. Er eilte ins Bad, sammelte kaltes Wasser in den zusammengelegten Handflächen, schleuderte es sich ins Gesicht. Die Wirkung kam einer Ohrfeige gleich, sofort war er hellwach. Zog sich an, überlegte, ob sich irgendwo in der Wohnung belastendes Material fände, und kam zu dem Schluss, dass dem nicht so sei. Er mühte sich, das gröbste Durcheinander zu beseitigen, Essensreste und gebrauchtes Geschirr in der Spüle zu versenken, als es bereits an der Haustür schepperte. Fünf Beamte, Männer wie Frauen, drangen ein, versehen mit einem Untersuchungsbefehl, dessen richterliche Unterschrift noch nicht ganz getrocknet zu sein schien. Er fragte, was er tun könne – am besten, er stehe nicht im Weg, erhielt er zur Antwort, während das Team die Schubladen durchsuchte, seine Bücherwand in Augenschein nahm, einzelne Bücher aus den Regalen zog und prüfte, ob sie lose Zettel oder Mitteilungen enthielten. Sein Laptop wurde ebenso beschlagnahmt wie sein Mobiltelefon, man forderte ihn auf, sämtliche Bankverbindungen offenzulegen und die entsprechenden Zahlungsbelege zu präsentieren. Alle Kontoauszüge wurden konfisziert.

Wenig später, gefrühstückt hatte er kaum, wiederholte sich das Schauspiel in seiner Kanzlei, wo ihn Kollegen und Mitarbeiter mit argwöhnischen Blicken in Empfang nahmen. Die Polizei durchsuchte derweil sein Büro und nahm zahlreiche Schriftstücke sowie den Computer an sich, ohne sich von Lunds Anwesenheit im Geringsten irritieren zu lassen.

Er ging auf die Toilette, um sich abzureagieren. «Scheiße!», fluchte er, vor dem Pissoir stehend. Das war eine Verschwörung, so wie Lund es sah, und fieberhaft suchte er in Gedanken nach einer angemessenen Antwort auf diese Provokation. Nach quälend langen Momenten gab der Notar auf, ohne auch nur einen einzigen Tropfen abgeschlagen zu haben. Stumm starrte ihn der Plastik-Torwart vor dem Plastik-Tor in der Porzellanschüssel an, der zu besseren Zeiten unter der Wucht seines Strahles hin und her zu springen gewohnt war, gefühlt minutenlang.

***

Sophie war sich mit Berit und Harald einig, dass der gut vernetzte Lund kaum mit dem Rücken zur Wand stünde, hätten Minister Brende und seine Zuträger den Vorgang nicht zuvor gebilligt. Mehr noch, es drängte sich der Eindruck auf, sie hätten ihn zum Abschuss freigegeben.

«Vielleicht ist er so etwas wie ein Königsopfer», flüsterte Sophie dem neben ihr ausharrenden Harald zu. Beide waren sie in Thermoanzüge gekleidet und lagen bäuchlings im Schnee des Gartengrundstücks von Roar Thuland, im rückwärtigen Teil seiner Villa in Skøyen direkt am Vigelandspark, verdeckt unter zwei ausladenden Tannen. Benannt war der Park nach dem wohl bedeutendsten Bildhauer Norwegens, Gustav Vigeland (1869–1943), dessen säulenhafte Figuren und Arrangements, dem menschlichen Lebenszyklus nachempfunden, die weitläufige Grünanlage prägten und Besucher aus aller Welt anzogen. Am meisten gefiel Sophie «der kleine Trotzkopf», ein wütend mit dem Fuß aufstampfendes Kind, das als Bronzefigur auf einem Brückengeländer thronte.

Harald sah durch das Fernglas in das hell erleuchtete Wohnzimmer. Helge Lund, hochgradig erregt, redete unentwegt auf Thuland ein, dessen Armbewegungen Abwehr verrieten. Offenbar versuchte er den Redeschwall zu bremsen.

«Ja, vielleicht. Aber hör lieber zu», erwiderte Harald. Sie hatten keine Abhörgenehmigung für Thuland, wohl aber für Lund. Sie wussten auch, dass der den CEO von Nordic Invest aufsuchen würde. Alles weitere erledigte das Richtmikrofon. Juristisch war ihr Vorgehen nicht zu beanstanden – offiziell waren sie Lund auf der Spur. Thuland würden sie als Beifang ihrer Aufzeichnungen ausgeben, falls erforderlich.

«… kannst du dir wohl nicht vorstellen, was? Du bist ja auch nicht betroffen.»

«Nun beruhige dich doch erst mal, Helge! So kommen wir doch nicht weiter.»

«Wie soll ich mich denn beruhigen? Wovon redest du? Du solltest mal erleben, wie man in der Kanzlei mit mir umspringt! Als wäre ich ein Aussätziger. Der einzige Grund, warum mich diese Brut noch nicht suspendiert hat, sind die Besitzverhältnisse. Ich bin Miteigentümer, genau wie Stoltenberg und Tonsgaard! Mich können sie nicht einfach vor die Tür setzen. Aber ich sage dir, das ist nur eine Frage der Zeit, bis denen was Niederträchtiges einfällt.»

«Was genau wollte denn die Polizei von dir?»

«Tu doch nicht so scheinheilig! Die suchen nach Geld, nach Konten.»

Thuland fuhr sich mit beiden Händen durchs Haar. Er sagte: «Ich sehe beim besten Willen keinen Grund, warum du die Nerven verlieren solltest. Du stehst im Moment unter Druck, natürlich. Aber wo wärest du denn angreifbar? Du bist der perfekte Buchhalter, das weiß jeder. Also wirst du dafür gesorgt haben, dass alle Konten sauber geführt werden. Oder gibt es da etwas, das du mir zu sagen hättest?»

Lund baute sich vor seinem Gegenüber auf, gestikulierte heftig mit dem Zeigefinger, der hoch und nieder fuhr. «Du bist sehr geschickt darin, jede Verantwortung von dir zu weisen. Du sorgst schon dafür, dass der Dreck nicht bei dir landet. Das hast du bei deinem Stellvertreter so gemacht, und jetzt versuchst du es auch bei mir.»

«Lass Hauke aus dem Spiel. Er ist tot, schon vergessen?»

«Willst du mir drohen?»

«Helge! Nun komm aber mal wieder runter. Wir sind Partner, Kollegen und Freunde. Damit spielt man nicht.»

«Das hat Hauke auch gedacht.»

«Komm, wir trinken erst mal einen Aquavit. Das hilft, einen kühlen Kopf zu bewahren.»

Die Männer führten ihre Unterredung im Stehen, offenbar verspürten beide nicht das Bedürfnis, sich zu setzen. Schweigend tranken sie zwei oder drei Klare, einander dabei musternd wie Duellanten.

«Könnte ich jetzt auch gut gebrauchen. Was zum Wärmen», sagte Harald. «Läuft die Aufnahme?»

«Klar! Wird alles festgehalten.»

«Wegen neulich, Sophie … Also, ich wollte wirklich nicht …»

«Alles gut, Harald. Ist halt keine so gute Idee, wenn wir …»

«Nein, ist nicht gut … War aber trotzdem schön …»

«Ja …» Sophie mochte selbst kaum glauben, wie schwer sie sich tat mit ein paar harmlosen Küssen. Die allerdings waren nur der Anfang. Natürlich zog Harald sie an. Er war männlich, er hatte Esprit. Er roch gut. Unter anderen Bedingungen wäre sie zu allem bereit gewesen. Aber sie konnte nicht. Eine Stimme der Vernunft tief in ihrem Innern hielt sie wieder und wieder zurück, so sehr sie auch versucht war, sie zum Schweigen zu bringen. Allein hier neben ihm zu liegen, in der Kälte, wirkte auf sie, nun ja, erotisierend. Doch stets wurden solche Phantasien überflügelt von der Erinnerung an ihren Seelenverwandten und Partner Hassan Maliki. Ohne dessen Tod in Marokko wäre sie jetzt nicht hier. Diese Absurdität lag wie ein Schatten über ihr.

Immerhin liegst du schon flach, dachte sie selbstironisch und überhörte zunächst das Knurren hinter ihnen. Harald drehte sich als Erster um: «Hau ab!», zischte er, doch das beeindruckte den Schäferhund wenig, der sich ihnen halb schwanzwedelnd, halb die Zähne fletschend, vorsichtig näherte und dabei den Boden hinter ihren Füßen intensiv beschnüffelte. Sophie erinnerte sich an den Salamisnack, den sie im Anorak bei sich trug, falls sie Hunger bekäme. Vorsichtig holte sie ihn hervor, den Hund nicht aus den Augen lassend, entfernte die Plastikumhüllung und hielt ihm die Wurst hin. Der Hund knurrte wohlwollend, schnappte zu und verschlang sie mit einem Biss. Offenbar unschlüssig, was er tun sollte, leckte der Schäferhund Sophie übers Gesicht, was sich anfühlte wie ein kleines Reibeisen. Hatte er beschlossen, sich seinen neuen Freunden anzuschließen? Jedenfalls geruhte er, sich gähnend an Sophies Seite niederzulassen.

«Jetzt fehlt eigentlich nur noch ein ordentlicher Schwarm Fliegen oder Mücken, was meinst du, Sophie? Irgendwie sind wir ja wohl die erste Anlaufstelle für alle, die allein nicht klarkommen, oder?»

«Ja, aber wir drängen uns nicht auf. Die beiden Herren da vorne ahnen doch nicht mal, was wir hier treiben.»

«Ist auch besser. Hör mal, es geht wieder los ...»

Polternde Geräusche, Wortfetzen, ein mit aufgestellten

Ohren lauschender Schäferhund, der erstaunt das Aufnahmegerät im Blick hatte.

«… Ich habe dir gesagt, dass wir unsere Aktivitäten zurückfahren sollten. Du warst aber der Meinung, dass man nicht mitten im Rennen vom Pferd absteigen könne. Deine Poesie hat mich da schon sehr beeindruckt.»

«Nun, Helge, worüber reden wir hier? Alles, was Nordic Invest und die Kanzlei Lund, Stoltenberg und Tonsgaard gemeinsam unternehmen, ist legal und hält jeder Überprüfung stand.»

«Sofern die oberflächlich bleibt. Du weißt doch genau, was auf den Treuhandkonten geschieht. Und du bist informiert über das, was ich tue – immer mit deinem Einverständnis, wohlgemerkt.»

Jetzt erst setzte sich Thuland. «Was willst du damit sagen?» Sein Tonfall hörte sich bestürzt an, ratlos.

«Der ist ein verdammt guter Schauspieler», kommentierte Harald.

«Er sagt nichts, was ihn belasten könnte», ergänzte Sophie.

Der Hund hechelte leise.

Lund warf sein Aquavit-Glas an die Wand. «Hör auf, mich zu verarschen! Wenn du glauben solltest, dass ich mich ans Kreuz nageln lasse, während du hier den Ahnungslosen spielst, dann täuschst du dich. Gehe ich unter, gehst du auch unter. Darauf kannst du dich verlassen, mein Freund.»

«Helge, ich gebe ja zu, dass deine gegenwärtige Lage unerfreulich ist. Die Polizei hat dich, warum auch immer, gründlich durchleuchtet. Das ist unangenehm, da bin ich ganz bei dir.»

«Nicht nur die! Auch die Steuerfahndung.»

«Das ist sicher kein Zufall. Aber, mal ganz unter uns: Was haben die denn gegen dich in der Hand?»

«Nichts!»

«Na bitte. Dann hast du doch gar keinen Grund, dich so … aufgewühlt zu zeigen.»

«Roar, halte mich nicht für einen Vollidioten. Wer sucht, der wird fündig. Die haben ihre Untersuchungen längst nicht abgeschlossen.»

Der Angesprochene schenkte sich einen weiteren Klaren ein. «Willst du auch, Helge?» Der schüttelte den Kopf.

«Nun, was könnten die denn bei dir finden, mein Guter?» Thuland warf den Kopf nach hinten und leerte dabei sein Glas.

«Die Nummernkonten sind nicht das Problem», betonte Lund. «Oder sagen wir besser, solange sie nicht einzelne Transaktionen zurückverfolgen. Vor allem die Überweisungen aus Panama auf die jeweiligen Treuhandkonten könnten sich als schwierig erweisen.»

Thuland schwieg, Harald und Sophie sahen sich erwartungsvoll an. Das war ein wichtiger Hinweis.

«Und was gedenkst du in dem Zusammenhang zu tun?», fragte Thuland.

«Keine Überweisungen mehr. Keine Sonderaktionen.»

«Sehr vernünftig. Ich würde das genauso machen.»

«Natürlich würdest du das. Weil du andernfalls genauso in den Abgrund rauschen würdest.»

Lund warf sich Thuland gegenüber auf die Couch. «Du

bist nicht schwer zu durchschauen, Roar. Du denkst, du kannst dich aus allem heraushalten, hast mit alledem nichts zu tun.» Er schlug mit der Faust auf die hölzerne Seitenlehne. «Hast du aber. Du bist über alles informiert, warst mit allem einverstanden. Komm nicht mal auf die Idee, mich allein im Regen stehen zu lassen. Sollte ich merken, dass nichts mehr geht, packe ich aus, mein Freund. Darauf kannst du dich verlassen.»

Das Seufzen kam nicht von dem Hund, stellte Sophie fest, sondern von Thuland, der beschwichtigende Worte fand und es irgendwie schaffte, das Thema zu wechseln.

«Ich hoffe, Lund wird seinen Auftritt nicht bereuen», sagte Harald.

«Weil er Thuland gedroht hat?»

«An seiner Stelle wäre ich vorsichtiger gewesen. Hauke Ingstad lässt grüßen ...»

«Ein Killer ist Thuland nicht. Das halte ich für ausgeschlossen.»

«Der hat mit Sicherheit nicht selbst Hand angelegt. Das machen solche Leute nie.»

Sophie fröstelte. «Willst du noch lange hier liegenbleiben?», fragte sie.

In dem Moment schickte sich Helge Lund an, die Villa zu verlassen. Einige Zeit sahen sie nichts, nur das Licht im Wohnzimmer. Da er zur Vordertür hinausging, bestand im Garten kaum Gefahr, entdeckt zu werden. Doch vorsichtshalber warteten sie ab. Nichts wäre ungünstiger, als ihm zufällig über den Weg zu laufen. Erst recht in ihrem Outfit.

Minuten später wollten sie endlich aufbrechen, als im

Wohnzimmer wieder Bewegung entstand. Thuland betrat als Erster den Raum, gefolgt von einem großgewachsenen, athletisch gebauten Mann. Leider hatte Sophie das Richtmikrofon schon wieder eingepackt. Noch während sie es wieder anschloss, versetzte der Mann Thuland einen Schlag ins Gesicht. Der ging zu Boden, wehrte sich aber nicht. Setzte sich stattdessen auf einen Stuhl. Wieder schlug der Mann zu. Als der Ton wieder lief, hörten sie den Schläger fragen: «Willst du wirklich, dass ich das tue? Das wird verdammt schmerzhaft für dich.»

«Ich habe dich bezahlt, also tust du, was ich dir sage.»

«Wie du willst, Thuland.»

Der Mann schlug seinem Auftraggeber wiederholt ins Gesicht, bis der erneut zu Boden sackte. Dann trat er ihm mehrfach in die Rippen. Den Geräuschen nach zu urteilen musste dabei die eine oder andere gebrochen worden sein. Der Schäferhund, der mittlerweile die Gegend weiträumig erschnüffelt hatte und stets zu ihnen zurückgekehrt war, fing plötzlich an zu bellen, in Richtung des Wohnzimmers. Mehr noch, er schoss nach vorne, sprang die Glaswand hoch und kläffte ununterbrochen.

«Gott, ist der sensibel», bemerkte Harald. Der Schläger näherte sich der Fensterscheibe und blickte hinaus ins Dunkel. Sehen konnte er sie nicht.

«Leck mich, das gibt's doch gar nicht!», raunte Harald Sophie ins Ohr. «Den kenn ich, den Wichser! Das is'n Bulle, kein Scheiß! Ich weiß sogar, wo er wohnt und wie er heißt.»

Der Mann zog die Vorhänge zu.

«Und? Wie heißt er?»

«Sven Hansen. Aus Gamlebyen. Das ist einer der beiden Bullen, die Winston Wolfe geholfen haben, aus Ostøya zu entwischen. Nachdem der Tom niedergeschossen hatte.»

«Wow! Dann hab ich den auch schon mal gesehen?»

«Vermute ich mal, jedenfalls kurz aus dem Hubschrauber. Der Kerl ist echt kriminell, wenn du mich fragst.»

«Da ist er nicht der einzige. Komm, lass uns abhauen. Mir reicht's.»

Sie hatten sich im Nordisk Showcase verabredet, einem ehemaligen Fabrikgebäude in der Innenstadt, im Sommer Veranstaltungsort des Oslo Jazz Festivals. Am heutigen Abend spielte eine Bluesband aus Trondheim, die sich «Herr Hansen» nannte, was ja nun passte wie die Faust aufs Auge. An der Bar saßen Emma und Veena, beide waren in ein Gespräch vertieft und lachten.

«Hallo, ihr beiden!» Harald nahm erst seine Schwester in die Arme, dann Emma. Sophie umarmte Emma, und während sie noch überlegte, ob sie das bei Veena wiederholen sollte, fiel die ihr schon um den Hals.

«Schön, dass wir uns endlich mal kennenlernen», sagte sie. «Neulich, das war ja nur ein kurzer Besuch bei mir. Seit du mit Harald zusammenarbeitest, erkenne ich ihn kaum wieder. Auf einmal ist er so höflich und zuvorkommend! Unsere Mutter ist derart ergriffen, dass sie fünfmal am Tag betet. Das hat sie früher nie getan!»

«Veena, bitte.»

«Nein, im Ernst, Sophie. Du hast einen guten Einfluss auf meinen Bruder.»

«Er ist ja auch … sehr nett», versicherte Sophie und konnte selbst nicht glauben, dass ihr das allen Ernstes über die Lippen gekommen war. Harald wandte sich kopfschüttelnd ab und bestellte ein Bier. «Willst du auch eins, Sophie? Nicht, dass es nachher heißt, ich sei nicht zuvorkommend.»

Sophie nickte, wollte etwas sagen, doch Emma war schneller.

«Ihr werdet es kaum glauben! Tom hat heute zum ersten Mal meine Hand ergriffen. Und mich angesprochen! Emma hat er mich genannt!»

Sophie und Harald beglückwünschten sie beide überschwänglich. Veena ließ sie gewähren, hielt aber Vorsicht für angebracht: «Tom ist auf einem guten Weg, klar. Aber noch längst nicht über den Berg. Tut mir leid, Emma, aber ich möchte vermeiden, dass du dir möglicherweise zu viele Hoffnungen machst. Es läuft gerade sehr gut, nur will das nicht unbedingt heißen, dass er am Ende derselbe sein wird, der er früher mal war.»

«Hey, das weiß ich auch! Aber das ist mir im Augenblick scheißegal. Ich freue mich für ihn! Und für mich.»

So wogte die Unterhaltung hin und her, kreiste um Fragen der Genesung und darum, was alles Emma vorhatte, mit Tom zu unternehmen, sobald der wieder «durchblickte». Veena legte wiederholt den Arm um Emmas Schulter und signalisierte Zustimmung. Sie standen am Tresen, die drei Frauen nebeneinander, an Sophies Seite Harald. Der sparte nicht mit aufmunternden Kommentaren, erweckte aber doch den Eindruck, innerlich ganz woanders zu sein. Sophie empfand beide, Veena wie

Harald, als überaus gutaussehend, Emma und sich selbst dagegen eher als Bleichgesichter. Veena redete auch mit den Händen und ihren Augen, sie wirkte ungemein authentisch. Nicht nur das, sie fühlte auch mit anderen. Mit Emma ohnehin, doch nach zwei Bieren gestand sie Sophie, dass sie, Veena, sich das kaum vorstellen könne. Was ihr, Sophie, alles widerfahren sei, und wie sie es trotzdem geschafft habe, ihr Leben weiterzuführen. Nicht zu verzweifeln und nicht – «zu zerbrechen». Sie sagte das mit so viel Warmherzigkeit, dass es Sophie fast die Tränen in die Augen trieb.

Emma schlängelte sich an Sophie vorbei und gesellte sich zu Harald. «Was ist los mit dir? Du bist doch sonst nicht so schweigsam.»

«Ich höre zu. Außerdem geht mir nicht aus dem Kopf, was wir gerade erlebt haben.» Er erzählte von der Aktion in Thulands Wohnzimmer. Der Bulle, der den CEO grün und blau geschlagen hatte und dafür offenbar noch bezahlt worden war. «Echt jetzt? Oder verarschst du mich?», fragte Emma. Nachdem auch Sophie versichert hatte, dass es genauso gewesen sei, fing sie an, laut nachzudenken. «Dann will er das wohl jemand anderem in die Schuhe schieben. Dass er verprügelt worden ist.»

«Das denke ich auch», bestätigte Harald.

«Und dieser andere dürfte wohl Helge Lund sein», sagte Sophie.

«Emma hat mir ein paar Anekdoten erzählt, was ihr so alles erlebt», warf Veena in die Runde. «Harald hält sich lieber bedeckt, was ich auch verstehen kann. Ich habe mich viel mit Virologie befasst. Und ich kann euch sagen:

In diesem Bereich gibt es nichts, was es nicht gibt. Zellteilungen, Mutationen, Resistenzen – jede Kombination, jede noch so unwahrscheinliche Wendung ist vorstellbar. Das bedeutet für Ärzte und Patienten, dass sie gerade bei Wundheilungen gut beraten sind, alle erforderlichen Vorsichtsmaßnahmen zu ergreifen, Mikroorganismen nicht zu unterschätzen und Fragen der Hygiene sehr ernst zu nehmen. Und wenn das schon für den Umgang mit Bakterien und Mikroben gilt, dann doch erst recht für Menschen.»

Ihre letzten Worte waren weitgehend untergegangen im Crescendo des Bassisten und Drummers von «Herrn Hansen», doch hatte Sophie auch so verstanden. Veena war vertraut mit den Abgründen, den *terms of life*.

Letztendlich, so Sophies Überzeugung, trafen gute Menschen immer wieder auf ihresgleichen. Leider galt das aber auch für die Gegenseite.

***

Als sich Sophie und Harald erneut mit Berit auf der Toilette einfanden, am Sitz ihrer Einheit E 39, bei rauschendem Wasser in Toilette und Waschbecken, die Tür geschlossen, alle elektronischen Geräte in weiter Ferne, da resümierte Sophie: «Ich wundere mich, dass Lund dermaßen leichtsinnig ist. Ich meine, er hat sich doch selbst belastet mit dem, was er bei Thuland so alles von sich gegeben hat. Der wiederum hat nichts gesagt, was gegen ihn ausgelegt werden könnte. Im Zweifel könnte

Thuland ohne weiteres behaupten: Ich war selbst bestürzt über das, was mir Lund da gebeichtet hat.»

«Ja, ist schon erstaunlich», bestätigte Harald, «dass er so sorglos ist. Überhaupt nicht damit zu rechnen scheint, dass er abgehört wird. Obwohl die Polizei und die Steuerfahndung hinter ihm her sind.»

«Vielleicht glaubt er, keine andere Wahl zu haben», überlegte Berit. «Er steht im Visier, nicht seine Geschäftspartner. Also muss er auch größere Risiken eingehen.»

«Wie hast du eigentlich die Abhörgenehmigung für Lund bekommen?», erkundigte sich Sophie. «Brende war da doch sicher keine große Hilfe.»

«Habe ich das nicht erzählt?», fragte Berit. «Ich war doch bei der Premierministerin, habe ihr vorgetragen, was sie wissen sollte – ohne allzu sehr in die Einzelheiten zu gehen. Jedenfalls hat sie mir klar zu verstehen gegeben, dass sie alles unterstützt, was für Nordic Invest von Nutzen ist.»

«Und was sagt Brende dazu?», fragte Harald.

«Er hat von ihr eine entsprechende Anweisung erhalten.»

«Sehr gut», meinte Sophie. «Die war auch überfällig.»

«Die Nummer mit dem Bullen Hansen macht mich immer noch unruhig. Da läuft irgendeine Schweinerei, die wir noch nicht durchschauen», empörte sich Harald.

«Hören wir uns noch mal den Mitschnitt an», schlug Sophie vor.

«Den aus Thulands Villa?», erkundigte sich Berit.

«Nein, den anderen. Das Telefonat zwischen Lund und Robert Adams, dem Chef von Elendilmir.»

Lund hatte es von der Kanzlei aus geführt, allerdings vom Anschluss eines Kompagnons. Adams war schwer zu verstehen, er nuschelte stark. Entweder hatte er was eingenommen oder schlichtweg keine Lust, mit seinem Geschäftspartner zu telefonieren. Lund versuchte ihm zu erklären, dass es Schwierigkeiten gebe. Die er im Weiteren grob umriss, ohne jedoch auf Einzelheiten einzugehen. Adams grunzte von Zeit zu Zeit vernehmlich, enthielt sich aber jeden Kommentars. Als er sagte, er müsse jetzt auflegen, wurde Lund ärgerlich. Erinnerte an ihre Zusammenarbeit, «an den einen oder anderen gemeinsamen Deal, von dem die Öffentlichkeit besser nichts erfährt».

Von dem Moment an bemühte sich Adams offenbar um Konzentration, seine Aussprache wurde deutlicher. Sophie, Berit und Harald zuckten simultan zusammen – die unterschwellige Drohung war deutlich. Lund verwies auf die Ermordung von Erling Opdal in Odda. Nannte Winston Wolfe beim Namen. Der seinen Mietwagen und ein paar Nutten mit einer Kreditkarte bezahlt habe, die zu einem Konto führe, das Elendilmir und die NSA gemeinsam nutzten. Und da stelle sich doch wohl die Frage, ob Wolfe verantwortlich sei für den Tod von Opdal? Denn soweit Lund wisse, habe sich Adams' Landsmann dort aufgehalten. Im Rechenzentrum.

Wie er denn darauf komme, erkundigte sich Adams.

Er habe da seine Quellen. Und es wäre doch sicher nicht gut, wenn diese Quellen auf die Idee kämen, Elendilmirs Konten einmal gründlich unter die Lupe zu nehmen, wenigstens in Europa, im Rahmen der laufenden Mordermittlungen?

Sie sahen sich nur an, Sophie, Berit und Harald. Lund spielte mit dem Feuer, das lag auf der Hand.

Adams sagte, dass er jetzt keine Zeit mehr habe. Er melde sich in den nächsten Tagen bei Lund.

Bis spätestens übermorgen, insistierte der. Am besten sie träfen sich persönlich.

Ende.

«Lund muss der Arsch auf Grundeis gehen, wenn ihr mich fragt», sagte Harald.

«Ich bin auch überrascht, dass er so viel Wind macht», so Berit. «Es ist doch noch gar nichts passiert, wir haben nichts in der Hand gegen ihn.»

«Noch nicht», erwiderte Sophie. «Aus seiner Sicht ist das wohl nur noch eine Frage der Zeit. Immerhin waren wir ihm in Istanbul dicht auf den Fersen. Ich kann schon nachvollziehen, dass er nervös ist.»

«Erst recht bei den gemeinsamen Leichen im Keller. Die sind auf Dauer nicht zu übersehen», sekundierte Harald.

Wieder betätigte Sophie die Toilettenspülung. «Lund hat Thuland gegen sich. Und jetzt auch Adams. Wir wissen, dass die US-Geheimdienste eng mit Elendilmir zusammenarbeiten, der größten Menschensuchmaschine. Wenn Wolfe ein Konto benutzt hat, das auch der NSA zuzurechnen ist, dann wird es spannend», stellte sie fest.

«Übrigens: Woher weiß Lund, dass sich Wolfe im Rechenzentrum aufgehalten hat, wie er sagt?», fragte Berit.

«Das kann ihm nur die Bullerei gesteckt haben. Oder Brende persönlich», glaubte Harald.

«Brende nicht, nein», entgegnete Berit. «Eher Rasmussen.»

«Sag ich ja. Der Leitbulle.»

«Harald, bitte. Ich mag es nicht, wenn du vulgär wirst», sagte Berit.

«Sorry, Berit.»

«Auf jeden Fall spitzen sich die Dinge zu», resümierte Sophie. «Anstatt cool zu bleiben, zündelt Lund. Das ist nicht gut. Ich an seiner Stelle würde auf die Ermittlungsbehörden zugehen. Ich gebe euch was, ihr gebt mir was im Gegenzug. Sicherheit, zum Beispiel.»

«Er macht sich angreifbar, soviel steht fest», stimmte ihr Harald zu.

«Das macht er allerdings. Sollten wir ihn unter Personenschutz stellen?», warf Berit in die Runde.

«Vielleicht reden wir erst mal mit ihm. Und bieten ihm unsererseits einen Deal an.»

«Gute Idee, Sophie. Jetzt aber raus mit euch. Ich brauche die Toilette mal für mich allein.»

Zwei Tage später zeigte das Titelbild der Verdens Gang, der größten Boulevardzeitung, das zerschundene Gesicht des CEO von Nordic Invest. Die Schlagzeile lautete kurz und bündig: «Warum?» Der frei erfundene Artikel zeichnete ein Heldenporträt von Roar Thuland. Obwohl der den Schock über die Ermordung seines Stellvertreters Hauke Ingstad längst nicht verwunden habe, stellte sich der Hausherr furchtlos einem Angreifer in der eigenen Wohnung entgegen. «Ich habe mich so gut wie möglich verteidigt, doch der Kerl ließ einfach nicht ab von mir.

Wieder und wieder schlug er zu – er hörte einfach nicht auf!»

Der Reporter wusste seine eigene Fassungslosigkeit kaum in Worte zu kleiden. Umso mehr, als es sich bei dem Eindringling um einen alten Freund und Kollegen «des Geschundenen» handele – um keinen Geringeren als den umstrittenen Juristen Helge Lund, bekannt für seine extravagante Lebensweise (eine Villa hier, ein Penthouse da), berüchtigt für seine exorbitanten Honorare, wohl die höchsten, die je ein Anwalt in Skandinavien sich erfrecht habe zu verlangen. Leider gebe es immer wieder Menschen, «die den Hals nicht voll genug kriegen können». Wie auch dieser Wolf im Schafspelz, der nun beinahe Roar Thuland umgebracht hätte. Steckte Lund auch hinter dem Mord an Hauke Ingstad? Hat die Polizei bei ihren Ermittlungen versagt?

Selbstverständlich erwirkte Helge Lund eine Unterlassungserklärung gegen das Blatt, doch änderte das nichts an seiner öffentlich erfolgten Hinrichtung. Fast empfand Sophie Mitleid mit ihm, weil sie, die frühere Journalistin, sehr genau wusste, dass es für ihn keine Return-Taste gab. Sein Ruf war und blieb beschädigt, und die Gazette war gerissen genug gewesen, ihre Geschichte als «Meinungsartikel» zu verkaufen. Das setzte Lunds Möglichkeiten, juristisch gegen die Urheber vorzugehen, enge Grenzen. Auch deswegen, weil er darauf verzichtet hatte, gegen Roar Thuland Strafanzeige wegen Falschbeschuldigung zu erstatten. Diesen Schritt scheute Lund – aus gutem Grund. Was immer Thuland im Schilde führen mochte, es war riskant, die Konfrontation zu verschärfen.

Vielleicht brauchte Lund ihn noch, um die eine oder andere Leiche im Keller zu entsorgen.

Die Polizei verhörte beide. Thuland erklärte, dass er den Rechtsweg gegen Lund nicht beschreiten werde, da er ihm seinen Übergriff nachsehe. Die Zeitung habe ihn falsch wiedergegeben. Gewiss habe der langjährige Weggefährte «überventiliert», aber nichts läge ihm, Thuland, ferner, als einen «Rachefeldzug» gegen dessen Kanzlei zu führen. Da er keine Strafanzeige gegen den vermeintlichen Angreifer stellte, sah sich das Boulevardblatt zu einem weiteren Titelbild mit Thuland veranlasst. Überschrift: «Ist er zu weich?»

Sophie und Harald suchten Lund in dessen Büro auf. Die Atmosphäre in der Kanzlei war frostig, eine Zukunft hatte er hier sicher nicht mehr. Entsprechend günstig erschien die Gelegenheit, mit ihm ins Geschäft zu kommen. Lund saß nicht am Schreibtisch, sondern auf einem Sessel und bot seinen Besuchern an, auf dem Sofa Platz zu nehmen. Getränke lehnten sie dankend ab.

«Ich kenne eure Chefin Berit Berglund», sagte er. «Die war schon hier. Und seither habe ich Probleme. Wollt ihr mir auch Scherereien machen?»

«Wir waren es, die Ihnen in Istanbul gefolgt sind.» Sophie schaffte es nicht, ihn zu duzen.

Verblüfft starrte er beide an, um dann zu sagen, in einem beinahe stoisch zu nennenden Tonfall: «Darauf kommt es jetzt auch nicht mehr an.»

«Wir wissen, dass Sie mit den Iranern krumme Geschäfte machen», betonte Harald, der sich Sophies Sprachregelung anschloss. «Und wir kennen Ihren Kontaktmann zur NSA in Istanbul, Brad Schultz.»

«Was wollen Sie.»

«Informationen», erwiderte Sophie. «Ihre Waffendeals interessieren uns nur am Rande. Damit können wir leben, wenn Sie uns bei Thuland entgegenkommen.»

«Ich habe Ihrer Chefin bereits erzählt, wie Nordic Invest und unsere Kanzlei zusammenarbeiten. Wir ...»

«Ihre offiziellen Verlautbarungen sind uns egal, Herr Lund. Wir interessieren uns ausschließlich für Fakten», stellte Harald klar.

«Das sind die Fakten.»

«Sie stehen mit dem Rücken zur Wand. In Ihrer Lage ist es nicht die beste Wahl, die Wirklichkeit auszublenden oder andere für dumm zu halten.» Sophie gewann den Eindruck, dass Lund zwischen Größenwahn und Resignation schwankte. Mal blickte er sie nassforsch an, einen Augenblick später irrlichterte sein Blick und suchte Halt.

«Ich weiß nicht, wer Hauke Ingstad ermordet hat», sagte er. «Falls es das ist, was Sie umtreibt.»

«Was meinten Sie», erkundigte sich Harald, «als Sie bei Ihrem Besuch Roar Thuland empfahlen, die gemeinsamen Aktivitäten zurückzufahren? Zwischen Ihrer Kanzlei und Nordic Invest?»

Da Helge Lund in jüngster Zeit eine Überraschung, einen Schlag nach dem anderen hatte hinnehmen müssen, reagierte er nicht sofort. Dachte möglicherweise nach, versonnen die Deckenausstattung musternd. Eine hölzerne Kassettendecke, darin eingelassen zahlreiche Motive eines wohl holländischen Malers aus dem 19. Jahrhundert, wenn nicht noch früher. So hatte er Windmühlen verewigt, blaue Kornblumen, generell zahlreiche Motive aus Flora und Fauna, flaches Land, Sturmlandschaften am Meer, Schlittschuhläufer auf gefrorenen Grachten und dergleichen mehr.

«Werde ich tatsächlich abgehört?», fragte er.

«Was haben Sie erwartet?», entgegnete Sophie. «Sie stehen unter Verdacht.»

«In dem Fall», gab Lund zu Protokoll, «ist unser Gespräch beendet. Es steht Ihnen frei, mich vorzuladen, im Beisein meines Anwalts.»

«Ihre Entscheidung», versicherte Sophie. «Allerdings hätten Sie in dem Fall nichts zu gewinnen. Noch haben Sie die Gelegenheit, mit uns zu kooperieren. Tun Sie das nicht, geht alles Material, das wir über Sie zusammengestellt haben, an die Staatsanwaltschaft. Und dann wird es für Sie sehr eng, Herr Lund.»

Ihr Gegenüber taxierte sie mit Blicken, legte den rechten Unterschenkel auf das linke Knie. Er kratzte sich am Sockenansatz und überlegte erneut, wobei er sich unverschämt viel Zeit ließ. War das Show, wartete er auf die rechte Eingebung, suchte er eine Strategie? Fast war Sophie geneigt, ihm gegen den Schuh zu treten, sein hochgelegtes Bein wieder auf den Boden der Tatsachen zu befördern.

«Okay», sagte er. «Machen Sie mir ein Angebot.»

***

Noch tat sich Tom Phillips schwer zu sprechen. Emma verstand ihn einigermaßen, doch seine bevorzugte Art der Mitteilung war der Schreibstift. An einem gänzlich unspektakulären Vormittag, draußen grau verhangene Wolken, drinnen das wenig verheißungsvolle Krankenhausfrühstück, notierte Tom auf einem abgerissenem Stück Notizpapier, wo er die maßgeblichen Dateien abgespeichert hatte, und mit welchen Passwörtern sie abzurufen waren. Vor allem jene Dateien, die seine Zusammenarbeit mit Hauke Ingstad dokumentierten – und aus denen vermutlich hervorging, warum der stellvertretende CEO von Nordic Invest sterben musste. Emma nahm die Straßenbahn, um vom Krankenhaus zum Sitz der Einheit E 39 in Aker Brygge zu gelangen. Das Herz habe ihr dabei bis zum Hals geschlagen, erzählte sie. Erst nachdem Tom sie ausdrücklich ermutigt habe, sei sie tatsächlich losgezogen – nicht ohne vorher nochmals gründlich nachzudenken.

«Ich kann dich sehr gut verstehen», versicherte Sophie. Es war eng auf der Toilette, bei vier Personen, doch allein hier, umgeben von Wasserrauschen, konnte sie garantiert niemand abhören. Vielleicht waren sie ja paranoid, in erster Linie aber vorsichtig. Berit erkundigte sich nach Toms Zustand.

«Der ist nach wie vor wechselhaft», sagte Emma. «Mal erweckt er den Eindruck, bei klarem Verstand zu sein. Dann registriert er aufmerksam, was um ihn herum geschieht, was ich ihm erzähle. Doch sein Zustand kann von einem Moment auf den anderen kippen. Er ist dann wie abwesend, reagiert auch nicht auf Ansprache. Na ja, in den nächsten Tagen beginnt seine Physiotherapie. Erste Fahrversuche im Rollstuhl hat er schon hinter sich.»

«Wollt ihr hier bleiben, in Oslo?», fragte Harald. «Oder willst du mit ihm so schnell wie möglich zurück nach New York?»

«Erst mal nicht, nein. Erstens gibt es hier noch einiges zu erledigen. Und zweitens – mein Bauchgefühl sagt mir, dass wir in Norwegen besser aufgehoben sind. Erst recht, wenn wir Toms Dateien auswerten.» Genau darin bestünde ja das Problem, so Emma. «Wenn wir anfangen, die runterzuladen, haben wir sofort die Geheimdienste am Arsch. Tom hat seine Informationen auf verschiedene Datenträger verteilt, logisch. Aber ganz gleich, was wir aufrufen – sobald ein bestimmtes Schlüsselwort, ein Link, was auch immer die vorher als Marker festgelegt haben, aufpoppt, schrillen bei denen die Alarmglocken. Und sie werden der entsprechenden Person oder Gruppe nachstellen, die den Alarm ausgelöst hat. Weil sie nicht daran interessiert sind, dass die Öffentlichkeit mehr erfährt als unbedingt nötig. Weil BlackHawk die Kontrolle behalten will. Über alles, was mit Nordic Invest zusammenhängt, was deren Geschäftsinteressen berührt. In dem Moment, wo wir Toms Archiv aufrufen, provozieren wir deren Gegenreaktion.»

«Ja und?», erkundigte sich Harald.

«Na, du hast Nerven!», gab Emma zurück. «Willst du auch niedergeschossen werden, so wie Tom?»

«Hier wird uns niemand niederschießen», versicherte Berit.

«Hoffentlich. Aber auch wir haben unsere Gegner. Und

denen sollten wir keine Steilvorlagen liefern, die sie anschließend gegen uns verwenden», gab Sophie zu bedenken. «So wie ich das sehe, sind wir in erster Linie auf uns selbst angewiesen. Allein deswegen sollten wir der Gegenseite immer einen Schritt voraus sein.»

«Was schlägst du also vor?», fragte Harald.

«Tja … Braucht man besondere Internet-Kenntnisse, um Toms Dateien aufzurufen?»

Emma verneinte. Das könne mehr oder weniger jeder. Dabei allerdings keine Spuren zu hinterlassen – so gut wie unmöglich.

Sophie überlegte. «Ich habe eine Idee», sagte sie nach einer weiteren Toilettenspülung. «Wenn ich dich richtig verstehe, Emma, machst du dir Sorgen, weil NSA oder CIA denen nachstellen könnten, die zu viel oder das aus deren Sicht Falsche erfahren. Schauen wir doch mal, ob du Recht hast.»

Und sie erläuterte ihren Plan, den Berit, Harald und Emma nach einiger Diskussion und kleineren Änderungen für durchaus gelungen hielten. «Läuft hinaus auf eine Partie Poker», fasste Harald die Beschlusslage zusammen. «Aber eins nach dem anderen. Jetzt kümmern wir uns erst mal um Helge Lund und Robert Adams.»

I've seen the future, brother:
it is murder.

Leonard Cohen

III.

Ruhig verlief der Flug nach Genf auf dieser Reise, doch war Helge Lund so sehr in Gedanken versunken, dass er kaum einen Absturz bemerkt hätte. Seit Tagen quälte ihn der Gedanke, was er nur falsch gemacht hatte. An welcher Stelle ihm der entscheidende Fehler unterlaufen war. Es schmerzte ihn, Thuland in jeder Hinsicht unterschätzt zu haben. Seine Naivität bestürzte ihn geradezu. Ihm hätte doch klar sein müssen, dass auf dieser Ebene Loyalität keine Rolle spielte. Wo gäbe es einen CEO, auf dessen Wort Verlass wäre, der nicht hinterrücks das Messer zog?

Offen gestanden hatte er sich, Lund, für unangreifbar gehalten. Eine weitere, gravierende Fehleinschätzung. Obwohl er sehr viel wusste – sobald er auspackte, würden Köpfe rollen! Und doch war Roar Thuland ihm zuvorgekommen. Die Nummer mit der Zeitung, seine zerschundene Visage – das war ebenso perfide wie intelligent. Die Ratte verließ das sinkende Schiff, auf seine Kosten. Dabei hatte er, Lund, ihn mehrfach gewarnt, bedrängt geradezu, ihre gemeinsamen Aktivitäten zurückzufahren. Doch Thuland hatte unverändert Kurs gehalten, bis der Kahn tatsächlich auf Grund gelaufen war.

Sein erster Impuls war Rache gewesen. Thuland angreifen und vernichten. Sich selbst wieder ins rechte Licht rücken. Das wollte er noch immer, aber es brauchte einen Plan, eine Strategie. Nicht zuletzt Verbündete. Spät, glücklicherweise nicht zu spät, hatte er begriffen, dass er vorsichtig sein musste. Nichts Vertrauliches über Telefon oder elektronische Medien. Erst in Stockholm hatte er vorsichtig Kontakt aufgenommen mit Brad Schultz in Istanbul, ihn würde er als Nächsten treffen, nach Robert Adams in Genf. Glücklicher Zufall, dass der wieder in der Schweiz zu tun hatte. Rob! Ein wahrhaft albernes Kürzel. Er wusste schon, warum er ihn stets Robert nannte, jetzt erst recht.

Lund stand vor einem Neuanfang, darauf lief es hinaus. Als Notar hatte er keine Zukunft mehr. In der Kanzlei wollten sie ihn loswerden. Nun gut, er hatte nicht vor, gegen den Strom zu schwimmen. Dann mussten sie ihn eben auszahlen, und zwar fürstlich. Das aber wollten sie nicht, diese Pharisäer. Sie verlangten, dass er einfach ging. Andernfalls würden sie seine Arbeit akribisch unter die Lupe nehmen, über die letzten Jahre hinweg, und jeden Fehler, jeden Missgriff, jede noch so kleine Kleinigkeit ans Licht zerren und ihn juristisch zur Rechenschaft ziehen, bis er sich wünschte, nie geboren worden zu sein. Seine Partner schwangen sich auf zu Richtern! Sie drohten ihm, sie erpressten ihn! In was für einer Welt lebten sie eigentlich?

Doch er sah auch die Chancen, die sich ihm boten. Ihm gefiel ja der Gedanke, sich ein neues Leben aufzubauen. Ein zweites Mal durchzustarten. Als Schüler war er zum ersten Mal in Kanada gewesen. In Halifax. Später hatte er die gesamte Ostküste bereist. Herrliche Landschaft, Skandinavien sehr ähnlich. Das Lebensgefühl aber, das war ein ganz anderes. Offener, freier, nicht so kleingeistig. Da kannte nicht jeder jeden, da war einfach mehr Luft zum Atmen.

Nova Scotia, dorthin zog es ihn. In den schönsten Teil des Ostens. Eine Farm könnte ihm gefallen. Weg von dem ganzen Dreck, den verlogenen Mistkerlen. Die Idee trieb ihn schon seit längerem um. Eine Farm in Kanada. Warum denn nicht? Was sprach dagegen? Nichts, abgesehen vom Geld. Das brauchte er, und zwar reichlich. Eine Schafzucht, die würde ihn reizen. Er hatte Ersparnisse, den Iranern sei Dank, auch sein Kanzleisitz war einiges wert. Kampflos würde er den nicht räumen, da konnten sie ihm drohen, soviel sie wollten. Doch reichte das noch bei weitem nicht. Er musste investieren, Risiken eingehen. Außerdem war er relativ jung, mit etwas Glück lag die Hälfte seines Lebens noch vor ihm. Hinzu kamen die Unterhaltskosten für Frau und Töchter. Zusätzliche acht bis neun Millionen, darauf schätzte er seinen Bedarf, um sorgenfrei in die Zukunft blicken zu können. US-Dollar oder Euro, da war er offen. Das hatte er Robert Adams klargemacht und Brad Schultz gegenüber angedeutet. Sie kannten sich lange genug, beide wussten, dass sie sich auf ihn verlassen konnten. Er würde schweigen, sein Wissen für sich behalten, selbstverständlich. Für die Umstände war nicht er verantwortlich, sollten sie sich doch Thuland vorknöpfen, von ihm das Geld zurückverlangen. Lund war stets loyal gewesen, jetzt verlangte er seinerseits Loyalität. Mit seinem Wissen könnte er Regierungen erschüttern, wenn nicht stürzen. Selbstverständlich lag ihm nichts ferner als das. Sie waren ein Team, zogen an einem Strang. Einer für alle, alle für einen. Gemeinsam waren sie stark. Nur machte der Lauf der Dinge einen Deal erforderlich. Sein Schweigen gegen ihre Bezahlung. Ein diskretes Abkommen unter Geschäftspartnern, geeint in ihren gemeinsamen Interessen. Was spräche dagegen?

Lund kam die alberne Polizeitruppe E 39 in den Sinn, die er mit Nichtigkeiten abspeisen würde. Er betätigte den Leuchtknopf unterhalb der Gepäckablage. Bestellte lächelnd einen Drink bei der Stewardess. Auch sie lächelte, teilte ihm aber mit, dass es dafür zu spät sei. Sie befänden sich bereits im Landeanflug.

***

Eine halbe Stunde bereits warteten Sophie und Harald in den ledernen Lobbysesseln des Hotels Beau-Rivage in Genf auf Helge Lund. Mehrfach schon hatten sie ihn angerufen, doch sie erreichten nur den Anrufbeantworter seines Mobiltelefons. Vielleicht war er eine Runde joggen?

«Komm, wir sehen mal nach», sagte Sophie und stand auf.

«Wollen wir wieder in sein Zimmer einbrechen?», erkundigte sich Harald.

Sophie rechter Mundwinkel deutete ein Lächeln an, sie reichte Harald die Hand und zog ihn aus dem Sessel empor. Sie nahmen den Weg übers Treppenhaus.

«Ich bin gespannt, was er uns über seine Begegnung mit Robert Adams erzählt», bemerkte Sophie.

«Nichts, vermute ich mal. Nichts von Bedeutung. Warum sollte er?», erwiderte Harald.

Sie erreichten seine Zimmertür, Nummer 317. Zu ihrem Erstaunen war die Tür angelehnt. Sie klopften, riefen mehrfach: «Herr Lund?»

Keine Reaktion. Sie traten ein. Die Vorhänge waren halb zugezogen. Auf der nicht aufgeschlagenen Tagesdecke lag ein akkurat gefalteter Schlafanzug. Eine kleine, halbleere Flasche Jack-Daniels-Whiskey, wohl aus der Minibar, fand sich neben dem Fernseher. Der Rollkoffer lag geöffnet auf der entsprechenden Ablage. Ein Jackett hing über dem Schreibtischstuhl. Das Zimmer erweckte den Anschein, nicht weiter genutzt worden zu sein. Hatte Lund hier nicht übernachtet?

«Irgendwas stimmt nicht», bemerkte Sophie.

«Ja, hat was Ungutes, dieser Ort. Übernachten wollte ich hier nicht.»

«Weißt du, woran ich gerade denken muss?»

«Sag schon.»

«Diese Prügelszene. Der Polizist Hansen, der Thuland vermöbelt.»

«Ist ein gerissener Hund, der CEO.»

«Damit hat er sich aus der Schusslinie genommen.»

«Hat er», bestätigte Harald. «Und Lunds Existenz fast ruiniert. Fast könnte man Mitleid mit ihm bekommen. Lass uns gehen. Hier ist nichts.»

«Wir hätten Lund entlasten können. Wir haben ja alles aufgenommen.»

«Dann wären wir allerdings nicht hier. Dann hätten wir nichts, womit wir ihn ködern könnten.»

Jetzt erst entdeckten sie das weiße Handtuch auf dem Boden, neben dem Badezimmer. Es war nass und lag da wie an die Wand gedrückt. Sophie fand einen abgerissenen Hemdknopf vor der Badezimmertür. Sie stieß sie mit dem Fuß auf. Erst auf den zweiten Blick nahm sie ihn wahr. «Oh mein Gott ...», entfuhr es ihr.

Helge Lund lag in der mit Wasser gefüllten Badewanne. Er war bekleidet, trug Anzughose, Hemd und Krawatte. Sein linker Unterarm lag im rechten Winkel auf seinem Bauch. Um die rechte Hand war ein Handtuch gewickelt, darauf ruhte sein Kopf. Man konnte glauben, er schliefe. Der zweite Hemdknopf von oben war abgerissen.

Harald sprach etwas, das sich anhörte wie ein kurzes Gebet, in einer orientalischen Sprache. Sophie steckte die Hand ins Wasser. Es war kalt. Die Haut auf Lunds Händen war verrunzelt, er musste folglich schon länger hier liegen. Seine Augen waren geschlossen, auf der linken Stirnseite zeigte sich, in Höhe einer gedachten Hutkrempe, ein rundes Hämatom. Sein Haar war feucht und nach hinten gekämmt. Pro forma prüfte Sophie seinen Puls, aber es war beim besten Willen nicht zu übersehen, dass Lund tot war.

«Scheiße ... Was machen wir jetzt?» Harald zeigte ein sehr unglückliches Gesicht.

«Tja. Erst mal fotografieren wir alles. Im Bad und im Zimmer», beschloss Sophie.

Anschließend suchten sie Lunds Mobiltelefon, fanden es aber nicht. Sie untersuchten den Rollkoffer, in dem sich lediglich Kleidungsstücke und eine Waschtasche befanden. Nirgendwo Unterlagen oder Papiere.

«Wie habe ich mir das vorzustellen. Ich will mich umbringen, warte, bis ich tot bin – und dann gehe ich noch mal zur Zimmertür und mache die auf, damit wir ihn leichter finden?», überlegte Harald.

«Oder du hast die Tür nicht richtig zugemacht. Ein Zufall eben. Warum denkst du an Selbstmord?»

«Tue ich nicht. Warum hätte der sich umbringen sollen?»

«Und vor allem womit. Kommen ja eigentlich nur Tabletten in Frage. Oder er hatte einen Herzinfarkt.»

«Nachdem er sich vollbekleidet in die Badewanne gelegt hat? Wie plausibel ist das denn.»

«Lass uns sehen, ob wir Tablettenröhrchen oder so was finden.»

Sie fanden eine Spritze. Unter dem Bett. Vorsichtig holte Harald sie hervor – sorgfältig achteten beide darauf, keine Fingerabdrücke zu hinterlassen. Sie benutzten Kleenex-Tücher bei allem, was sie anfassten. Harald machte ein Foto von der Spritze, in der sich noch ein Rest Flüssigkeit befand. Sie überlegten, leerten eine Flasche mit Hochprozentigem aus der Minibar. Spülten sie aus mit Wasser. Trockneten sie. Füllten einen Teil der Restflüssigkeit in die Flasche um. Ähnlich verfuhren sie mit dem Whiskey aus der Jack-Daniels-Flasche. Anschließend riefen sie Berit an. Sie hatten sich angewöhnt, nur mit Hilfe von Codewörtern oder unter Verwendung einigermaßen abwegiger Umschreibungen miteinander zu telefonieren. Es dauerte eine Weile, bis Berit erfasst hatte, worum es ging. Ihre Order lautete: Raus aus dem Zimmer, an der Rezeption Bescheid geben. Ein Hotelmitarbeiter solle doch freundlicherweise klären, ob sich Herr Lund dort aufhalte.

Drei Tage später empfing Polizeioffizier Jacques Hervet die ausländischen Kollegen Sophie Schelling und Harald Nansen in seinem Genfer Büro. Ein jovialer, aufgeräumter Mittfünfziger und passionierter Fliegenfischer, der wiederholt im Norden Lachse geangelt hatte, unweit von Bergen, der Name der Gegend sei ihm leider entfallen, aber ganz *formidable*, ein phantastisches Land, wären da nur nicht die Preise, *oh là là*! Dagegen sei ja selbst Genf noch *modeste*. Eigentlich sprach er Englisch mit ihnen, fiel ihm aber ein Wort nicht ein oder zeigte er Überschwang, wechselte er ins Französische. Sophie war sich zunächst nicht sicher, ob er eine übertriebene Frohnatur war oder eine Fassade aufbaute. Wahrscheinlich beides, überlegte sie, und wenn sie Haralds Gesichtsausdruck richtig deutete, dachte er ähnlich. Dass sie in der Causa Lund die norwegische Polizei vor Ort vertraten, geschah mit Billigung des Polizeichefs Rasmussen. Der hatte, darin mit Norwegens Medien weitgehend einer Meinung, keinen Zweifel, dass Lund Selbstmord begangen hatte. Aus Scham, aus Schuldgefühl? Gewiss würden sich Spekulationen verbieten, doch nehme er dieses Geheimnis wohl auf ewig mit ins Grab, hatte Rasmussens Medienreferent in der Hauptnachrichtensendung des öffentlich-rechtlichen Fernsehens NRK entgegen des selbst auferlegten Spekulationsverbots gemutmaßt. Berit hatte Rasmussen daraufhin zur Rede gestellt, wie er ohne jedes Faktenwissen solche Behauptungen aufstellen könne. Er teile ihr

Unbehagen, versicherte der. Doch hätte ihm die sensationslüsterne Medienmeute wieder einmal – leider! – so sehr zugesetzt, dass er ihr im Interesse der nachfolgenden, hoffentlich ungetrübten Ermittlungen einen Knochen hingeworfen habe. In der Hoffnung, sie würde Ruhe geben.

Der Toupet-Träger Hervet war ein kleiner, plumper Mann mit einem Vollmondgesicht, kurzer, dicker Nase und glattrasierten roten Wangen, mit molligen Händen und darin eingelassenen Grübchen. Unablässig schwärmte er von Skandinavien, wobei er in eine unbestimmte Ferne gerichtet sprach, ohne sein Gegenüber anzuschauen. Sophie kannte dieses Verhalten, aus ihrem vorigen Leben als Journalistin. Politiker, die es vorzogen, nicht konkret zu werden, hielten es ähnlich. Sie führten Selbstgespräche, beschworen Nebensächlichkeiten, erschufen ihre eigene Wirklichkeit. Meist in der Absicht, für sie unerfreuliche Wahrheiten zu überspielen. Oder lästige Fakten zu ignorieren. Eine mäßig intelligente Form der Machtausübung aus ihrer Sicht.

«Gehe ich recht in der Annahme», fragte Sophie, «dass die Akte auf Ihrem Schreibtisch das Ergebnis der Obduktion von Helge Lunds Leichnam enthält?»

Hervet lächelte. «Ja, reden wir über Ihren verstorbenen Landsmann, Sie haben vollkommen Recht. Ich muss Ihnen ja nicht die Schönheiten Ihrer Heimat aufzählen, die dürfen Sie jeden Tag aufs Neue erleben. Andererseits freue ich mich immer, wenn ich von Ausländern höre, wie sehr sie Genf und die Schweiz zu schätzen wissen. Ich glaube, wir sollten uns des Glücks und des Privilegs bewusst sein, in diesem Teil der Erde zu leben und nicht dort, wo ganz andere, teilweise dramatische Umstände herrschen.»

«Wobei es auch hierzulande durchaus ruppig zugehen kann, etwa im Zimmer 317 des Hotels Beau-Rivage», gab Harald zu bedenken.

«In der Tat, Sie haben vollkommen Recht. Das ist tragisch.»

«Wir hatten Sie gebeten zu prüfen, ob der US-Staatsbürger Robert Adams in den vorigen Tagen in die Schweiz eingereist ist», erinnerte ihn Sophie.

«Das haben wir getan, Madame. Das ist er nicht. Jedenfalls nicht über einen Verkehrsflughafen in diesem Land. Er könnte natürlich mit dem Zug oder Auto eingereist sein, aus Deutschland, Frankreich, Italien oder Österreich. In dem Fall wäre er bei der Einreise nicht kontrolliert worden. Wir haben uns aber sachkundig gemacht, ob er über die Flughäfen in Frankfurt, Mailand, Paris und so weiter eingereist sein könnte. Die Antwort ist negativ.»

«Danke für Ihre Bemühungen», sagte Sophie. «Im Beau-Rivage hatte er ein Zimmer reserviert, aber nicht eingecheckt.»

«Sie haben vollkommen Recht, Madame. Deswegen sind wir ja auch dieser Spur gefolgt. Um sicherzustellen, dass er mit dem Tod von Herrn Lund nichts zu tun hat. Nicht, dass wir ernsthaft davon ausgegangen wären, aber ein Unternehmer seiner Prominenz sieht sich natürlich leicht fragwürdigen Anwürfen ausgesetzt. Das Hotel hat ihm sogar eine E-Mail geschickt und sich erkundigt, ob er mit den Leistungen des Hauses möglicherweise unzufrieden sei und deswegen umdisponiert habe.»

«Adams hat sicher freundlich geantwortet?», erkundigte sich Harald.

«Ein Gentleman durch und durch. Seine Sekretärin bat um Entschuldigung, er hatte kurzfristig in Singapur zu tun.»

«Ein ausgeprägtes Überwachungsparadies. Genau das Richtige für Elendilmir», kommentierte Sophie.

«Wie meinen?», retournierte Hervet und kratzte sich am Kopf, wobei ihm das Toupet leicht verrutschte.

«Schon gut. Was hat Lunds Obduktion ergeben?», fragte Sophie.

«Die Obduktion, natürlich. Ich habe Ihnen zwei Kopien des Untersuchungsberichts auf Englisch anfertigen lassen. *Voilà.*»

Schon während der Lektüre sahen sich Sophie und Harald wiederholt in die Augen und wussten auch ohne Worte, was sie davon zu halten hatten. Sie verstanden sich fast schon wie ein altes Ehepaar, ging ihr durch den Kopf. Offenbar war die hiesige Polizei nicht willens oder in der Lage, Spuren zu finden oder zu sichern. Vom Tatort war nur eine Skizze beigefügt, kein einziges Foto. Bei kriminalistisch untersuchten Todesfällen wurden üblicherweise Fotos mit zwei verschiedenen Kameras aufgenommen. Die Qualität der Aufnahme sofort zu prüfen und sie nötigenfalls zu wiederholen gehörte zum Standardprogramm. Nach Fingerabdrücken oder sonstigen Spuren hatte die Polizei nur oberflächlich gesucht. Weder die Wassertemperatur in der Badewanne noch die Körpertemperatur des Toten war erfasst worden. Abgesehen von einigen Hotelangestellten hatte es keine Zeugenbefragungen gegeben. Auf das Hämatom auf Lunds Stirn ging der Bericht nicht weiter ein. Ebenso wenig gab er detailliert Auskunft über den Mageninhalt. Den Toxikologen zufolge war Lund an einer Überdosis Cyclobarbital gestorben, einem Beruhigungs- und Betäubungsmittel. In seiner Speiseröhre allerdings hatten die Gerichtsmediziner keine Spuren des Medikaments nachgewiesen. Der Bericht erwähnte die Spritze unter dem Bett nicht, ebenso wenig das Handtuch im Flur, die angebrochene Whiskeyflasche aus der Minibar oder den abgerissenen Hemdknopf. Auch nicht die offenstehende Zimmertür. Die Polizei hatte sich nicht einmal zu klären bemüht, wo Lund die letzten Stunden vor seinem Tod verbracht haben mochte. Die Untersuchung der Todesumstände war dermaßen dilettantisch und amateurhaft durchgeführt worden, dass eigentlich nur zwei Schlussfolgerungen plausibel erschienen. Entweder waren die zuständigen Beamten einschließlich Monsieur Hervet sämtlich Vollidioten, oder aber sie handelten, ganz im Gegenteil, mit Vorsatz.

«Ausgezeichnete Arbeit», resümierte Sophie nach ihrer Lektüre.

«Brillant», ergänzte Harald. «Ganz klar Selbstmord, würde ich sagen.»

«Nicht wahr? Der Eindruck drängt sich auf.»

«Hatten Sie schon Gelegenheit, den Bericht nach Oslo weiterzuleiten?», erkundigte sich Sophie.

«Sie haben vollkommen Recht, danach zu fragen, Madame. Mein Versäumnis.»

Noch ein einziges Mal ‹Sie haben vollkommen Recht›, und ich ramm dir dein Toupet in den Arsch, beschloss Sophie.

«Selbstverständlich haben wir uns in den vorigen Tagen intensiv mit Ihrem Vorgesetzten Rasmussen ausgetauscht. Ein hervorragender Mann, und voll des Lobes über Sie. Selbstverständlich hat er den Bericht bereits vorliegen und betrachtet die Ermittlungen als abgeschlossen.»

«Das glauben wir sofort, Monsieur. Wieso haben die Gerichtsmediziner keine Spur des Medikaments in Lunds Speiseröhre gefunden? Er wird es ja kaum anal eingeführt haben?», fragte Sophie im Tonfall vollkommener Unschuld.

«Da bin ich überfragt. Vielleicht hat er gründlich nachgespült, mit Wasser?»

«Das wüssten wir, wenn die Toxikologen den Mageninhalt näher untersucht hätten, meinen Sie nicht?», hakte Harald nach, ebenfalls mit kaum zu steigernder Harmlosigkeit in der Stimme.

«Das kann ich nicht beurteilen. Die machen ihren Job, wir machen unseren. Und jetzt wollen Sie mich bitte entschuldigen, der nächste Termin wartet bereits.»

Auf der Konferenz-Toilette ihrer Einheit E 39 rauschte das Wasser ohne Unterlass. Berit hatte sich eine Zigarette angezündet, die in ihrer kleinen Runde kreiste. Wie verfahren die Lage war, zeigte sich auch daran, dass sie erstmals alle drei ein Glas Masala Chai in Händen hielten. Sophie trank diesen Tee mittlerweile genauso gern wie Harald, Berit eher nicht.

«Wenn wir schon mal dabei sind, fangen wir doch an mit dem Flüssigen», sagte sie. «Glücklicherweise bin ich seit langem mit einer Toxikologin gut bekannt, früher waren wir öfter in derselben Gruppe Skilaufen. Ich darf also mit ihrer Diskretion rechnen. Sie hat sich das mal angesehen, was ihr aus Genf mitgebracht habt. Ich war gestern Abend noch bei ihr, sie hat sich sofort an die Arbeit gemacht. Ach herrje!»

Berit war das Glas mit dem Tee ins Becken geglitten, glücklicherweise aus geringer Höhe, während sie die Zigarette von Harald entgegennahm.

«Ich hol dir gerne ein neues Glas», versicherte Harald.

«Nein, lass mal», schlug Sophie vor. «Das können wir nachher machen. Jetzt erst mal die Toxikologin.»

«Gute Idee, Sophie, danke. Also …» Berit nahm einen Zug. «Sie hat die Whiskeyprobe untersucht. Und die enthielt einen ganzen Medikamentencocktail aus narkotisierenden Substanzen, insbesondere Ketamin. Dieses Zeug ist Grundlage der meisten K.-o.-Tropfen. Wir reden also von einer Party- und Vergewaltigungsdroge. Je nach Dosierung wirkt Ketamin euphorisierend oder aber als sofort wirksames Schlafmittel, das häufig einhergeht mit Gedächtnisverlust. Das Opfer weiß in dem Fall nicht mehr, mit wem es vorher zu tun hatte. Wer ihm was angetan hat, oder was genau vorgefallen sein könnte.»

«Wahrscheinlich haben der oder die Täter Lund erst mal die Tropfen eingeflößt. Mit Hilfe des Whiskeys», überlegte Sophie. «Ich nehme an, dass das gar nicht nötig war. Macht sich aber optisch besser. Für den Fall einer etwas seriöseren polizeilichen Untersuchung.»

«Danach konnten sie mit ihm machen, was sie wollten. Nachdem er weggetreten war», ergänzte Harald.

«In der Tat», bestätigte Berit. «Und ich vermute, dass es zwei, wenn nicht mehr Täter waren. Mindestens einer hat Lund festgehalten, ein anderer ihm die K.-o.-Tropfen verabreicht.»

«Was sagt deine Bekannte zu der Spritze? Was haben sie Lund anschließend verpasst?», fragte Sophie.

«Besagtes Cyclobarbital, das auch im Autopsie-Bericht erwähnt wird. Das ist allerdings in zweierlei Hinsicht bemerkenswert. Normalerweise wird es in Tablettenform eingenommen. Flüssig gibt es das im Handel gar nicht. Apropos Handel: Normale Apotheken führen Cyclobarbital längst nicht mehr. Das liegt an den gravierenden Nebenwirkungen des Beruhigungsmittels. Nur noch wenige Krankenhäuser und Spezialkliniken setzen es ein, vor allem bei schweren epileptischen Anfällen. Meine Bekannte meinte, mit dieser Chemie-Keule ließen sich zur Not auch Pferde einschläfern.»

«Der perfekte Selbstmord», entfuhr es Harald. «Erst werde ich ohnmächtig, dann setze ich mir eine Spritze, die mir mehr oder weniger den Rest gibt. Dann mache ich die paar Schritte zur Badewanne, lasse genügend Wasser einlaufen, und lege mich da rein, sobald die Wanne voll und die richtige Wohlfühltemperatur erreicht ist. Selbstverständlich in Klamotten und nicht ohne vorher die Zimmertür anzulehnen. Und, logisch, für diese Aktion fliege ich nach Genf, in Oslo gibt's ja keine Badewannen.»

Berit betätigte die Toilettenspülung und versenkte die

Kippe im Wasser. «Die Frage bleibt, wie ist Lund zu Tode gekommen? Die K.-o.-Tropfen und Cyclobarbital allein bewirken nicht notwendigerweise einen Herzstillstand. Vor allem letzteres Mittel kann dazu führen, dass der Patient, das Opfer Lund in diesem Fall, sich erbricht und am Ende mit einem gewaltigen Kater erwacht, aber am Leben bleibt. Meine Bekannte glaubt, dass Lund noch weitere, aufeinander abgestimmte Substanzen intravenös verabreicht worden sind. Um sicherzustellen, dass die Wirkung verlässlich eintritt: Exitus.»

«Also sollten wir in Oslo eine weitere Leichenschau durchführen lassen. Um zu sehen, was sich sonst noch in seinem Magen oder in seinem Blut findet», empfahl Sophie.

«Wenn das denn ginge. Ich hatte Lunds Witwe auf dem Weg hierher angerufen und sie darauf hingewiesen, dass sich die Beerdigung möglicherweise noch ein wenig hinziehen könne. Sie war sehr gelöst und wirkte nicht gerade wie in Trauer versunken. Jedenfalls sagte sie, dass sie davon nicht ausgehe. Und jetzt haltet euch fest: Rasmussen hatte ihr empfohlen, die Leiche in Genf bereits einäschern zu lassen. Der Urnentransport sei deutlich günstiger als der im Sarg. Das habe ihr spontan eingeleuchtet, meinte sie.»

Harald fluchte. «Das grenzt ja an Verschwörung. Was für ein Spiel spielt denn Rasmussen?»

«Nicht nur der», entgegnete Sophie. «Rasmussen ist Teil eines Netzwerks. Da hängen noch ganz andere drin. In Norwegen und anderswo. Lund wollte sich im Beau-Rivage mit Robert Adams von Elendilmir treffen. Ich nehme an, dass er Lund vorgegaukelt hat, ebenfalls nach Genf zu kommen – aber nie die Absicht hatte, das tatsächlich zu tun.»

«Stattdessen haben ihn dann andere dort aufgesucht und umgebracht», kommentierte Harald.

«Und warum leuchten vor meinem inneren Auge dauernd dieselben drei Buchstaben auf? N, S und A?», fragte Sophie.

«Du bist eben ein gebranntes Kind», bemerkte Berit. «Im Übrigen habt ihr etwas Entscheidendes übersehen, wenn ihr mich fragt.»

Beide sahen die Chefin erwartungsvoll an. «Ihr wart in Genf. Genau zu dem Zeitpunkt, als Lund starb. Ihr habt euch in seinem Zimmer gründlich umgesehen. Seht ihr nicht das Schwert, das da über uns schwebt? Was, wenn das genauso geplant war? Dieses perfekte Timing und mehr noch die offene Zimmertür machen mir große Sorgen.»

***

Mittlerweile schaffte Tom Phillips den Weg von seinem Krankenhausbett zur Toilette allein, ohne fremde Hilfe. Sobald er wach wurde, setzte er sich in den Rollstuhl. Mehrere Stunden am Tag wurde er von Physiotherapeuten umsorgt, die seinen Körper ins Leben zurückführten. Die übrige Zeit verbrachte er mit Emma, manchmal auch mit Veena. Den «Gesundheitsraum» der Reha-Abteilung verließ er selten. Die bereitstehenden ergonomischen

Hilfsmittel nutzte er nach Kräften, darunter Sprossenleitern, medizinische Bälle, Matten oder Hanteln. Sein Lieblingsgerät aber war eine Art gefederter Zange, die es mit einer Hand zusammenzudrücken galt. Auch in das kleine Schwimmbecken mit Whirlpool tauchte er gerne ein. Das alles war erfreulich, doch machte sich Emma noch immer große Sorgen um ihn, wie sie Sophie anvertraute. Zum einen litt er unter Anfällen von Gedächtnisverlust. Es konnte passieren, dass er etwa an der Sprossenwand seine Übungen machte und plötzlich damit aufhörte. Dann blickte er ratlos um sich und wusste offenbar nicht mehr, was er da verloren hatte. Manchmal sah er Emma in die Augen und fragte sie, wer sie sei. Selbst wenn er kurz zuvor noch ihre Hand gehalten hatte. Seine gelegentlichen Fragen, wie er heiße und wo er sich befinde, beantwortete sie mittlerweile mit derselben Gelassenheit, als hätte er sich nach der Uhrzeit erkundigt.

Zum anderen fiel ihm das Sprechen noch immer schwer. Er höre sich an wie ein Vier- oder Fünfjähriger, in Emmas Worten. Es mochte sein, dass ihm das selbst nicht entgangen war. Gelegentlich schloss er sich auf der Toilette ein und murmelte da vor sich hin, was sie als Sprechübungen deutete. Seine bevorzugte Art der Kommunikation blieben daher der Kugelschreiber und Papier – wobei es vorkam, dass er während des Schreibens vergaß, was er eigentlich mitteilen wollte.

«Also, wirklich glücklich bin ich darüber nicht», bekannte Emma in der Cafeteria des Ullevål-Universitätsklinikums.

«Was sagen die Ärzte? Wird das wieder oder ...» Sophie wusste nicht recht, wie sie den Gedanken fortführen sollte.

«... oder bleibt er ein Idiot, fragst du dich? Das wird sich zeigen, meint Veena. Mein Bauchgefühl sagt mir: Das hat der große Steuermann ...», sie zeigte mit dem Finger nach oben, «... noch nicht entschieden.»

«Dann müssen eben wir – eine Entscheidung treffen, Emma. Eine ganz andere allerdings.»

«Ich weiß. Ihr wollt Toms Dateien aufrufen. Und danach holen die *bad guys* zum Gegenschlag aus. Weil sie nicht wollen, dass ihre Machenschaften öffentlich werden. Lass mich raten: Diesen Schlag wollt ihr nicht hier einstecken. Nicht in Oslo.»

«So ist es. Wir sind besser aufgehoben in Røros. Ist einfach übersichtlicher da. Der Meinung ist auch Berit.»

«Kommt sie mit?»

«Nein, sie hält die Stellung. Aber wir hätten dich gern dabei. Und Tom.»

Emma überlegte. «Ist sicher besser, wenn er mitkommt. Seine Dateien auf dem Bildschirm – vielleicht löst das bei ihm ja einen positiven Schub aus, kommen Erinnerungen hoch. Einen Versuch jedenfalls ist es wert. Außerdem, sollte es wirklich zum Showdown kommen, sollte der nächste Winston Wolfe Tom umbringen wollen, ist der eine Bulle vor seinem Krankenzimmer ganz sicher keine große Hilfe.»

«Gut. Dann sind wir uns einig. Das bedeutet für dich aber noch mehr Verantwortung.»

«Scheiß drauf. Bringen wir's hinter uns.»

Die Restaurant-Küche in Røros war geräumig und altertümlich. Sie stammte aus dem frühen 19. Jahrhundert und sah, abgesehen von den beiden Spülmaschinen, dem breiten Gasherd mit mehreren Flammen und der Dunstabzugshaube, vermutlich nicht viel anders aus als schon vor 200 Jahren. Doch auch die modernen Küchenteile passten in den historischen Rahmen: hellblau-weiße Wandkacheln und viel Kupfer, von der Außenverkleidung der Gerätschaften bis zu den Kochtöpfen und Pfannen. Hier wirkte der Maître de Cuisine Torvald mit drei bis vier Kollegen, darunter stets ein wechselnder Koch in Ausbildung. In dieser verschworenen Gemeinschaft, deren Arbeitsabläufe meist so aufeinander abgestimmt waren, dass der Eindruck einer Choreographie entstand, hatte Sophie monatelang ausgeholfen. Und hier hatte Tom sein Erweckungserlebnis. Zunächst stand er einfach nur da, im Türrahmen, und folgte den Abläufen der Essenszubereitung mit den Augen. Für Stunden verharrte er mehr oder weniger reglos in dieser Haltung, ließ sich auch nicht davon beirren, dass er zwangsläufig im Weg stand. Torvald ließ ihn gewähren: «Der brütet was aus», sagte er nur. Den Rollstuhl benötigte Tom kaum noch, glücklicherweise, denn der Schnee draußen war ein natürlicher Feind schmaler Reifen. Und in der Küche wäre er viel zu sperrig.

Nachdem Tom offenbar genug gesehen und die einzelnen Arbeitsschritte verinnerlicht hatte, reihte er sich ein in den Rhythmus der Küche. Ohne ein Wort ging er immer dort zur Hand, wo es eng wurde. Es fehlte Gemüse, Zwiebeln mussten geschnitten, das Rentier-Fleisch zerteilt, Fisch filetiert werden? Entweder besorgte er das selbst, und zwar mit bemerkenswert professionellen Handgriffen – «Wahnsinn … So kenne ich ihn gar nicht», kommentierte Emma –, oder aber er sorgte dafür, dass die entsprechenden Zutaten rechtzeitig dort bereitlagen, wo sie benötigt wurden. Toms Augen schien nichts zu entgehen, und mit schlafwandlerischer Sicherheit fand er etwa die Standorte selten genutzter Gewürze, mochten sie auch im hintersten Teil vollgestellter Kammern Zuflucht gefunden haben. Es war, als hätte er in seinem Leben nie etwas anderes getan, als diese Küche zu managen. Dabei bewegte er sich mit der Leichtigkeit eines Schmetterlings, wie Emma fand.

«Normal ist das trotzdem nicht», sagte sie. «Er redet ja auch nie.»

«Worauf bereiten wir uns eigentlich vor?», fragte Harald.

«Auf den Ernstfall. Auf die Zeit danach. Nachdem wir Toms Dateien aufgerufen haben», erwiderte Sophie.

«Glaubst du ernsthaft, die schicken noch mal einen Killer hierher?»

«Keine Ahnung, Harald. Waren wir uns nicht einig, dass wir hier oben erst mal besser aufgehoben sind als in Oslo? Ich weiß nicht, was uns noch erwartet. Aber wir sollten auch auf den schlimmsten Fall vorbereitet sein, meinst du nicht?»

«Natürlich … Es ist nur – ach, ich weiß auch nicht. Irgendwie bin ich nervös.»

«Frag mich mal.»

Sophie parkte den Wagen. Sie befanden sich auf einer

schmalen Zufahrtstraße, einer Piste eher, die von der Nationalstraße 28 südlich von Røros abzweigte. In großen Abständen fanden sich hier mehrere Holzhütten. Fast alle Norweger besaßen irgendwo eine *hytte* auf dem Land, fernab der wenigen Großstädte. Oft standen sie wochen- oder monatelang leer, vor allem im Winter. Das Grundstück, das sie aufsuchten, befand sich direkt am See Narsjøen, gegenüber dem Weiler Narbuvoll. Keine zwei Kilometer Luftlinie entfernt befand sich die Kirche des ermordeten Pastors Andreas Olsen, nicht weit dahinter ruhte Winston Wolfe unter brüchigem Eis.

Torvald hatte ihnen die Schlüssel zu dem Haus überlassen. Es gehörte dem Bruder des jetzigen Hilfskoches, der keine Einwände hatte, sie dessen Freunden zur Verfügung zu stellen. Das Gebäude war ein ehemaliger Bauernhof mit dem charakteristischen grasbewachsenen Dach und zwei kleineren Nebengebäuden, von denen eines früher eine Kapelle gewesen war. Das Ambiente erinnerte Sophie an ein Schwarzwaldhaus. Alte Bücher und einige Biedermeier-Möbel bezeugten die lange Geschichte des Hofes. Der offene Kamin war so groß, dass er Platz bot für einen eingehängten Kessel. Ein gemütlicher Alkoven neben dem Herd lud ein zum Lesen oder Mittagsschlaf, eine Standuhr tickte.

Hier, an diesem Ort, wollten sie mit dem Laptop ins Netz gehen und Toms Archiv öffnen. Um dann abzuwarten, was als Nächstes geschehen würde. Vielleicht nichts, vielleicht aber auch mehr, als ihnen lieb war.

Die Fenster waren vergleichsweise klein. Das half, im Winter die Wärme besser zu halten. Doch waren sie auch so immer noch groß genug, um sie nötigenfalls als Fluchtweg zu nutzen. Der einzige Zugang hierher führte über die Piste – oder aber über den zugefrorenen See. Hinter ihnen lag eine mäßig bewaldete Anhöhe. Sich tagsüber unbemerkt dem Anwesen zu nähern war schwierig. Nach Einbruch der Dunkelheit hatten sie nicht die Absicht, sich hier aufzuhalten. Sophie wie auch Harald trugen Dienstpistolen unter ihren Pullovern.

«Was meinst du», sagte Harald. «Haben wir irgendwas übersehen?»

«Ich glaube nicht. Alles gut so weit. Außerdem kommt es sowieso immer anders, als man denkt.»

Es geschah im Windfang, als sie ihre Schuhe wieder anzogen. Sie erhoben sich gleichzeitig, ihre Blicke trafen sich, ihre Schultern berührten sich, eine durchgehende, fließende Bewegung. Dann lagen sie sich in den Armen.

Der Überraschungsgast fehlte noch, aber Sophie und Harald, Emma und Tom saßen in Torvalds gemütlicher Wohnküche, das Kaminfeuer prasselte, und Berits Bruder begoss den Elchbraten im Ofen ein letztes Mal mit einem Sud aus Kräutern und verschiedenen Ölen. Ausführlich erzählte er, wie er das Fleisch zwei Tage in Essig, Olivenöl, Rotwein, Thymian und Oregano eingelegt hatte, ergänzt um einen Schuss Sherry. «Bei Elch muss man sehr aufpassen», betonte er. «Das Fleisch wird leicht zäh, wisst ihr.» Lange hatte Tom das vor ihm stehende Glas mit sizilianischem Primitivo angestarrt, als wäre es ein Orakel. Nun trank er einen Schluck und sagte: «Das ist übrigens auch bei Truthahn so. Ich habe selten an Thanksgiving vernünftigen Truthahn gegessen. Meine Mutter konnte einfach nicht kochen. Sie mochte es aber auch nicht, als ich dann damit anfing. Vielleicht, weil sie mich als Konkurrenten gesehen hat.»

Alle starrten ihn an. Emma gab ihm einen Kuss. «Was ist denn mit dir los? So viel redest du sonst nicht an zwei Tagen! Und die Tonlage ist auch okay, finde ich …»

Erstaunlich, dachte auch Sophie. Seine Stimme hörte sich noch beschlagen an, etwas belegt, wie nach einer durchzechten Nacht, doch hatte er einen beachtlichen Sprung nach vorn gemacht.

«Geflügel ist eine Kunst für sich», bestätigte Torvald. «Da kann man auch viel falsch machen. Danke übrigens für deinen Einsatz, Tom. Ich würde dich jederzeit einstellen.»

«Ja», erwidere Tom. «Danke auch. Aber wir müssen erst die Dateien herunterladen.» Er hielt inne und verlangte einen Stift. Notierte «Zwei Computer! Zeitgleich herunterladen, unbedingt verschiedene IP-Adressen und Router be …»

Anschließend verfiel er wieder in seinen Meditations-Modus, den er schon bei der Betrachtung des Weinglases eingenommen hatte. Er lächelte und schaute in sich hinein.

«Schon okay», befand Emma. «Er hat seine Aussetzer. Ist halt so.»

«Also zwei Computer sollen es sein?», fragte Torvald.

«Doppelt hält besser. Er denkt wahrscheinlich an eine Sicherungskopie. Um nicht beim Herunterladen entdeckt oder gehackt zu werden.»

«Das kann beim zweiten Computer doch auch passieren», warf Harald ein.

«Allerdings. Ich kenne mich mit diesen Dingen bei weitem nicht so gut aus wie Tom», sagte Emma. «Aber ich schlage vor, dass wir diesen zweiten Download um den Globus jagen, vorsichtshalber. Damit wir zumindest genügend Zeit haben, die Dateien ungestört auszudrucken.»

«Gute Idee», entgegnete Sophie. «Das können wir dann in Oslo veranlassen. In Berits Büro. Sie hat ihren Computer eigens vor Cyberangriffen sichern lassen.»

Das Essen war vorzüglich, auch Tom unterbrach dafür seine Meditation. Torvald interessierte sich für Sophies und Haralds Reise in die Türkei und kommentierte ihre Erlebnisse mit den Worten: «Auf diese Art Globalisierung kann ich gerne verzichten.»

Sie unterhielten sich über die Frage, ob ein Leben ohne Gewalterfahrung möglich oder ein seltener Glücksfall sei, als die Tür aufsprang und Veena sich zu ihnen gesellte: «Sorry, so ein Mist! Der Zug aus Oslo hatte ewig Verspätung!» Sie legte ab, wandte sich jedem einzelnen am Tisch zu und umarmte ihn, mit beidseitigen Küssen auf die Wange. Torvald traf sie zum ersten Mal, dennoch begegnete sie ihm mit gewohnter Herzlichkeit. Mochte die Welt auch untergehen, in Veenas Gegenwart gediehen Hoffnung und Zuversicht, sagte sich Sophie. Harald wirkte dagegen ein wenig gequält und hörte sicher gerne, was seine Schwester sagte: «Ich kann leider nur bis morgen Mittag bleiben. Aber ich wollte mir das Treffen mit euch trotzdem nicht entgehen lassen. Für mich seid ihr richtige Helden! Ich bin wirklich stolz auf euch! Und ein ganz klein wenig gehöre ich ja auch dazu, oder?»

Sie lächelte in Toms Richtung, und der sagte: «Ich nehme ...» Es folgte eine Pause, vielleicht 15, 20 Sekunden, was sehr lang sein konnte, auf der Suche nach Worten, «ich nehme dich ...» Aufmunternde Blicke flogen ihm zu. «Nehme dich gern ...»

«Nehme dich gern ...», wiederholte Emma.

«... Als Zweit ... als Zweitfrau.»

Tom lachte schallend, und die Runde stimmte ein.

«Es ist sehr nett von dir, dass ich bei dir übernachten darf», sagte Veena.

«Kein Thema. Harald schläft ja bei Torvald auf der Couch, und für Emma und Tom haben wir gerade noch ein Hotelzimmer bekommen», erklärte Sophie. Allerdings wusste sie nicht recht, wo sie Veena in der kleinen Wohnung unterbringen sollte. Zu zweit war es eng in ihrem Bett, das Sofa ein Zweisitzer.

Offenbar hatte Veena die Frage für sich bereits beantwortet. Sie setzte sich aufs Bett und zog eine Tüte aus ihrer Tasche. Drehte etwas, das auf ersten Blick aussah wie Tabak. Es war aber Gras, das sie in Blattpapier einrollte.

«Komm, lass uns eine rauchen», schlug sie vor.

«Ich weiß nicht ...» Sophie hatte seit Ewigkeiten nicht mehr gekifft.

«Ihr habt noch was vor, schon klar. Aber heute ist heute, und morgen ist morgen.»

Sophie setzte sich neben sie und nahm vorsichtig einige Züge. Anfangs spürte sie nichts. Irgendwann später traten ihr Farben vor Augen, die sich wie Schiebetüren öffneten und wieder schlossen, beinahe mit jedem Wimpernschlag. Sie hörte sich lachen, sie hörte Veena lachen, bis sie nicht mehr wusste, wer von ihnen gerade lachte. Veena erzählte viel, Geschichten mal mit, mal ohne Harald, aber Sophie konnte ihnen kaum folgen, saß auf einem fliegenden Teppich, spazierte mit Veena durch den Schnee, lief mit ihr ins Krankenhaus, trieb Schabernack mit Harald. Das Lachen hörte gar nicht mehr auf, zwischendurch trank sie immer wieder aus der Wasserflasche, die auf dem Nachttisch stand.

Längst lagen sie nebeneinander im Bett. Sophie hörte Stimmen und hörte sie nicht. Alles kam ihr unwirklich vor, auch die Hände, die sie berührten, die Wange, die sie an ihrer spürte, die plötzliche Wärme auf ihrer Haut, Veenas Lippen auf ihren.

***

Robert Adams, Herr über das Zauberreich Elendilmir, fühlte seinen Mund nicht mehr, er hörte sein Herz klopfen und den Puls rasen. Im Hotelzimmer herrschte Halbdunkel, draußen aber dämmerte es, wie ein flüchtiger Blick durch die geöffneten Vorhänge verriet. Elend war ihm zumute, müde war er und erschöpft. Fiel zurück in einen Halbschlaf. Sah wieder dieses eine Bild, das ihn verfolgte, seit damals. Seine Mutter, wie sie ihn ohrfeigte, ins Kinderzimmer sperrte. Es abschloss. Ihn allein zurückließ. Für eine Nacht, einen Tag, wie es ihr gefiel.

Beim ersten Mal war er acht gewesen. Und dann das Bild, das unweigerlich folgte, noch schmerzlicher, so sehr er es auch zu verdrängen suchte. Wie er sich einnässte. Dieser Ekel vor sich selbst. Sein Weinen und Wimmern. Bis die Mutter wieder aufschloss und ihn schlug, weil er nass war. Manchmal mehr als das. «Du kleiner Nichtsnutz!» Noch immer klang ihr Verrat in ihm nach, sah er sich stinkend und heulend in einer Ecke hocken.

Bis er irgendwann zurückschlug, voller Hass und Wut. Da war er elf. Danach wagte sie nicht mehr, ihn einzusperren. Hätte er sich doch schon viel früher gewehrt! Der blasse, verschwiegene Onkel, ihr Bruder, wollte keinen Skandal. Er suchte den Schaden zu begrenzen, besorgt um den Ruf des inhabergeführten Großunternehmens mit dem einprägsamen Markenlogo, für Kinderspielzeug jeden Alters. Roberts Mutter, das schwarze Schaf. Angeblich hatte die Familie nichts mitbekommen von ihrem Verhalten. Blödsinn! Für die war er wenig mehr als ein Bastard, den seine Mutter besser weggemacht hätte – sie kannte ja nicht mal den Namen des Vaters! Dieser verdammte Aristokraten-Clan, der nichts anfangen konnte mit dieser Hippie-Braut und ihrem Wechselbalg, dieser Brut von Versagern!

Der Onkel brachte ihn aufs Internat in Colorado. Deine letzte Chance, sagte er zum Abschied. Sprösslinge aus reichem Haus, unerwünscht, aus der Art geschlagen, ausgelagert in die Berge. Wo er zum ersten Mal Freunde fand. Einer für alle, alle für einen. Das Motto ihrer späteren Loge, *Wolf's Head.* Seine neue Heimat. Bis nach Yale schaffte er es. Studierte Wirtschaft und war keine dreißig, als ihm mit Hilfe eines Hedgefonds die feindliche Übernahme des Familienunternehmens gelang. Jetzt war es börsennotiert. Er sorgte persönlich dafür, dass seine verfluchten Verwandten ausnahmslos gefeuert wurden.

Adams spürte, wie ihm schwindelig wurde. Das Flugzeug, in dem er sich wähnte, drohte abzustürzen, ging über in einen freien Fall. Kurz vor dem Aufschlag schreckte er auf, schweißgebadet. Griff neben sich, aber das Bett war leer. Er sah auf den Wecker. Kurz vor acht. Er hatte sie bezahlt bis neun Uhr, wie konnte sie da einfach gehen? Er überlegte, noch eine Runde zu koksen, entschied sich dann anders. Nach der Euphorie des Rausches kamen unweigerlich die Depressionen, und die bekam er am besten in den Griff, indem er besinnungslos hämmerte, in irgendeinen Schoß, dafür hatte er das kleine Luder fürstlich entlohnt. Er befriedigte sich selbst, erstaunt über seine Ausdauer, sie hatten die halbe Nacht gevögelt.

Er ging duschen. Minutenlang stand er unter dem heißen Wasser, reinigte sich mit einer Inbrunst, als suche er sich zu häuten. Schließlich trocknete er sich ab und verließ das Bad. Die Reinemachefrau stand mitten im Hotelzimmer, hielt einen Staubsauger in Händen. Er war nackt, bedeckte seine Scham mit dem Handtuch. Er entschuldigte sich. Sie sagte, sie müsse sich entschuldigen. Sie habe geglaubt, es sei niemand da. Das Englisch der Mulattin war schlecht, aber ihr Akzent kein lateinamerikanischer. Wahrscheinlich kam sie aus Haiti, überlegte er. Sie war jung, ihre Oberweite beachtlich. Es schien sie nicht zu stören, dass er das Handtuch aufs Bett warf und sein Glied erigierte. Ohne Umschweife bot er ihr 100 Dollar. Sie lächelte, setzte sich aufs Bett und lehnte sich zurück. Er packte sie unterhalb der Oberschenkel und warf sie so aufs Laken, dass sie unter ihm zu liegen kam. Dann zog er ihr die Kleider vom Leib, sie lächelte noch immer und tat, als würde sie sich wehren. Das machte ihn scharf. Den Slip zerriss er ihr ebenso wie das Hemd. Er packte ihre Ballonbrüste und jagte sein Gemächt so tief in sie hinein, dass er einen Moment ihre rosaweiße Zunge für seine Eichel hielt. Der Gedanke gefiel ihm, und sie spielte wunderbar mit, zerwühlte ihre Haare, grub ihre Fingernägel so tief in seinen Rücken, dass es schmerzte.

Als er zum Höhepunkt kam, schrien sie beide. Gott, was für eine gute Schauspielerin! Er zog sich zurück, wollte ihr spontan noch einmal 100 Dollar geben. Doch sie rannte aus dem Zimmer, nur halb bekleidet, und schrie noch immer. In dem Augenblick begriff er, dass da möglicherweise irgendetwas ganz furchtbar aus dem Ruder gelaufen sein mochte. Über dem Potomac River erhob sich rotgolden die Morgensonne und schien Robert Adams anzugrinsen, der, noch immer nackt, mit wachsender Panik auf Georgetown blickte, auf Washington D.C.

***

Vera Cochrane eilte in den abhörsicheren Besprechungsraum, der bei der NSA ebenso *Situation Room* hieß wie im Weißen Haus. Sie war die Letzte in der Runde, und ihrem

Assistenten Marc Pfeiffer entging nicht der wütende Blick, den sie ihm zuwarf – sicher, weil er nicht auf sie gewartet hatte. Das konnte er aber nicht, nachdem er dem Direktor zufällig auf dem Gang begegnet war und der ihn in ein Gespräch verwickelt hatte, auf dem Weg in den Besprechungsraum. Andrew S. Maiden gab sich meist offenherzig, ja, hemdsärmelig, und war ein beliebter Chef, hausintern gerne *General* genannt. Maidens Sohn und er, Pfeiffer, hatten dasselbe College besucht und waren ein unschlagbares Duo beim Basketball gewesen. Über diesen Weg war er schließlich zur NSA gekommen. Seit Cochrane verstanden hatte, dass sie ihn nicht als dummen Jungen behandeln konnte, tarnte sie ihre Spitzen ihm gegenüber: «Ich bitte um Entschuldigung, ich hatte noch ein dringendes Telefonat mit Istanbul. Wo stehen Sie mit Ihrem Briefing, Marc?»

«Nun, wir sind selber gerade erst eingetroffen, Vera», kam ihm der *General* zu Hilfe. «Alles gut.»

Anwesend waren mehrere Abteilungsleiter verschiedener Europa-Sektionen sowie der Verantwortliche für die Golfregion, für den Iran und den Mittleren Osten. Insgesamt sechs Männer und drei Frauen im Alter von Mitte dreißig bis Ende fünfzig. Der *General* war mit 63 Jahren der Senior und stand kurz vor dem Ende seiner vierjährigen Amtsperiode. Das mochte seine joviale Art beflügeln – in Gedanken verbrachte der verdiente Vier-Sterne-General, Kriegsheld in Afghanistan wie auch im Irak, die meiste Zeit vermutlich längst bei seinem liebsten Vergnügen, dem Hochseeangeln.

«Prima», echote Cochrane, Hauptabteilungsleiterin für

Europa. «Alle Dienste sind informiert. Die Waffenlieferungen in Richtung Iran werden mit sofortiger Wirkung eingestellt. Unser Büro in Istanbul wird dafür sorgen, dass die Direktive ausnahmslos umgesetzt wird.»

«Sehr vernünftig», lobte der *General*. «Wir können nicht den Regimewechsel vorantreiben und den Burschen gleichzeitig Waffen verkaufen. Das ergibt keinen Sinn.»

«Ich gebe zu bedenken, Sir, dass wir damit gutes Geld verdienen. Außerdem …» Brad Morrison, Beauftragter für den Golf. Ein Zögling des vormaligen Vizepräsidenten, des Intimfeindes von Andrew S. Maiden. Wahrscheinlich wusste er, dass seine Karriere jetzt schon beendet war, mit gerade einmal 46 Jahren. Auf den Nachfolger des *Generals* zu hoffen, nutzte ihm wenig – der würde vor seinem Abgang noch einige Köpfe rollen lassen, darunter den von Morrison. Ob der seine Gesichtsmuskeln deswegen so wenig unter Kontrolle hatte? Sie zuckten beinahe ohne Unterlass. Seine Lippen waren kaum wahrnehmbare Striche inmitten pergamentener Haut, darin eingelassen zwei graue Augen und eine schmale Nase, die erkennbar die Mitte nicht fand, sich mehr nach rechts als nach links neigte. Der Kerl hatte nicht mal gedient. Sprach fließend Arabisch und Persisch, aber wen interessierte das. Hier spielte die Musik, und zwar auf Englisch.

Der *General* verzog keine Miene, als er Morrison ins Wort fiel. Zu Pfeiffers Überraschung ließ der sich nicht beirren, legte vielmehr nach: «Die CIA hat uns ausdrücklich ermutigt, Sir. Ich gebe auch zu bedenken, dass wir Schwergewichte wie Lockheed Martin oder Raytheon nicht ohne Grund verärgern sollten.»

«Nun, wir wollen niemanden verärgern, schon gar nicht ohne Grund. Nein, ich denke, wir haben ziemlich gute Gründe für unsere Entscheidung, glauben Sie nicht?» Maiden zeigte ein maliziöses Lächeln. Die Krater auf seinem Gesicht, Spätfolgen einer aggressiven Akne, schienen sich rot zu verfärben. «Ich weiß nicht, wer diesen Unsinn wann angeordnet hat. Im Zweifel die CIA, auf unsere Kosten. Die wussten schon, warum sie sich damit nicht selbst die Hände schmutzig machen. Wenn das nämlich schief geht, die Medien davon Wind bekommen, haben wir den Ärger, nicht die. Doch damit ist jetzt Schluss. Von nun an werden wir uns auf das eigentliche Thema konzentrieren. Auf Norwegen, auf den Zusammenschluss von BlackHawk mit Nordic Invest. Es ist schlimm genug, dass die Dinge dermaßen außer Kontrolle geraten sind. Das hätte niemals geschehen dürfen, dass dieser Notar Lund in die Waffengeschichte einbezogen wird. Derselbe Notar, der auch mit Nordic Invest gedealt hat. Offenbar kannten da einige ihre Grenzen nicht», resümierte der Chef.

«Nun, Sir, in dem Zusammenhang hat es sich gefügt, dass wir das Notwendige mit dem Nützlichen verbinden konnten», meldete sich Cochrane zu Wort.

«Schadensbegrenzung nenne ich das. Ausgerechnet in einer – Badewanne …» Er ließ ein kurzes, kindlich anmutendes Kichern vernehmen, in das einige verhalten einstimmten.

«Mehr noch beziehe ich mich auf den Fall von Robert Adams, Sir.»

«Ein gut gewähltes Wort, Vera. Tiefer hätte er kaum fallen können.»

«Jedenfalls steht die Anklage und ist wasserfest, Sir.»

«Wo befindet sich Adams gerade?»

«In Untersuchungshaft in Washington.»

«Was erwartet ihn?»

«Wenn es gut läuft, lebenslänglich, Sir. Schwere Vergewaltigung, einhergehend mit inneren Verletzungen des Opfers. Das Zimmermädchen hat umfassend ausgesagt, die entsprechenden ärztlichen Atteste liegen vor.»

«Das arme Ding. Haitianerin, ja? Womit habt ihr sie geködert? Green Card?»

«Exakt, Sir. Morgen wird sie abgeschoben.»

«Nationale Sicherheit, verstehe. Die Staatsanwaltschaft hat zugestimmt?»

«Unverzüglich.»

Der *General* zeigte ein zufriedenes Grinsen. Jeder wusste, dass er Adams hasste. Der hatte zwei entscheidende Fehler begangen, für die er jetzt bezahlte. Zum einen verstand er sich besser mit dem CIA-Direktor als mit Andrew S. Maiden. Regelmäßig traf er sich mit dessen Rivalen, während er wiederholt Termine mit dem *General* absagte oder verschob. Und zum anderen waren seine finanziellen Forderungen schlichtweg unverschämt. Natürlich kooperierten alle US-Geheimdienste mit seiner Firma Elendilmir, und nicht nur die. Letztendlich spielte Geld keine Rolle, doch die Rechnungen für die NSA fielen regelmäßig deutlich höher aus als die für die CIA, teilweise um mehr als die Hälfte. Das ging zu weit, eindeutig zu weit, hier galt es, die Reißleine zu ziehen, auch zur Warnung für andere.

«Wer übernimmt die Führung bei Elendilmir?», erkundigte sich Pfeiffer.

«Gute Frage, Marc. Die Entscheidung liegt natürlich nicht bei uns. Aber wir sind uns mit der CIA ausnahmsweise einig, dass wir die Entscheidungsfindung konstruktiv begleiten werden. Aus unserer Sicht sollte jemand die Leitung übernehmen, der in Politik und Wirtschaft gleichermaßen gut vernetzt ist und die Interessen unserer belagerten Nation höher bewertet als den eigenen Vorteil.»

Er hielt inne und musterte die Anwesenden, einen nach dem anderen, prüfte, wer seinem Blick standhielt und wer nicht. Niemand tat das, wie Pfeiffer feststellte, und er war sich des Privilegs bewusst, dass er ihn als Einzigen nicht dieser Prüfung unterzog.

«Wir denken an Rebecca Shelby», sagte der *General* schließlich. «Die Tochter von Steve Shelby, dem CEO von BlackHawk. Noch ist sie Staatssekretärin im Finanzministerium.»

Alle nickten, einige signalisierten Zustimmung, indem sie mit den mittleren Fingergelenken einer geballten Faust auf den Tisch klopften.

«Großartig, Sir», bestätigte Cochrane. «Wir müssen allerdings noch ein anderes Problem lösen.»

«Darüber bin ich mir im Klaren, Vera. Diese verfluchten Downloads. Hätte es keine Möglichkeit gegeben, den … den … wie heißt er? Tom Phillips rechtzeitig zur Verantwortung zu ziehen?»

«Schwierig», warf Pfeiffer ein. «Im Krankenhaus in Oslo stand er unter Polizeibewachung.»

«Die wussten schon, warum. Aber jetzt ist er nicht mehr im Krankenhaus?»

«Das ist richtig, Sir», ergriff Cochrane erneut das Wort und warf Pfeiffer einen scharfen Blick zu, der ihn schweigen hieß. «Ich denke, wir haben da mehrere Möglichkeiten.»

«Wobei wir alles vermeiden sollten, was uns bei den Norwegern oder allgemein den Europäern unnötig in Misskredit bringt. Die Stimmung in Brüssel ist kritisch genug uns gegenüber.»

«*Fuck the EU*», kommentierte Cochrane und zeigte ihr Pokerface, als der *General* sie belehrte, dass Norwegen nicht zur Europäischen Union gehöre. Er zöge es vor, hinter den Kulissen die entscheidenden Strippen zu ziehen, der Diplomatie ihre Chance zu geben. «Und wo es die Faust braucht, setzen wir auf Professionalität», fügte er hinzu und fixierte Cochrane mit den Augen. «In dieser Angelegenheit wird es keine Alleingänge mehr geben und keine Auftragserteilung ohne meine Zustimmung. Von nun an werden nur noch Leute mit Stallgeruch zum Einsatz kommen. Nicht einmal die Lederhosen in Oslo wissen, wo dieser Freigeist Winston Wolfe abgeblieben ist. Verdammte Anfänger!»

Sophie schlug das Herz bis zum Hals, und Harald an ihrer Seite wirkte nicht minder angespannt. Alles geschah wie verabredet. Sie beide saßen vor ihren Laptops mit angeschlossenen Druckern im Sommerhaus des Bekannten von Torvald. Ausgerechnet hier den entscheidenden Schritt zu wagen, kam ihr regelrecht absurd vor – in dieser *hytte* mit dem Charme eines Schwarzwaldhauses. Vom Fenster aus schweifte der Blick über den zugefrorenen See Narsjøen, den von Zeit zu Zeit einige Skilangläufer querten. Die Kirche und das Pfarrhaus auf der anderen Seite des Sees, dort, wo Pastor Andreas Olsen den Tod gefunden hatte, thronten leuchtend auf der Anhöhe, angestrahlt von einer durch keine Wolke getrübten Sonne. Ein wunderbarer Spätwintertag, erfüllt von Ruhe und Frieden, der Himmel ein leuchtendes Blau. Am liebsten wäre Sophie hinausgeeilt, den Augenblick mit Händen zu greifen. Ein letztes Mal die Schönheit der Natur innig aufzunehmen, bevor der Frühling Einzug hielt.

Zeitgleich beugten sich Berit und Emma in Oslo über die Monitore der Einheit E 39, die an das Intranet der Regierung angeschlossen und vor Hackerangriffen besonders geschützt waren, so jedenfalls die allgemeine Annahme. Tom hatte seine Unterlagen doppelt gesichert. Indem er sie in den Tiefen des Darknet verbarg und sie über den Umweg einer Software hervorholte, die alle Datenverbindungen kappte und gleichzeitig die hochzuladenden Informationen in einem POD, einem Persönlichen Online-Datenspeicher, hinterlegte. Nicht, dass die Geheimdienste im Zweifel keinen Zugriff darauf hätten. Den herzustellen brauchte allerdings Zeit, und darin lag der Clou dieser Methode, Inrupt genannt: der Datenspeicher änderte automatisch seine Zugangsdaten, falls erforderlich im Millisekundentakt.

Per Whatsapp schickten sich Sophie und Harald hier sowie Berit und Emma dort Zahlencodes, um den Countdown einzuleiten. Emma und teilweise auch Tom hatten allen Beteiligten genau erklärt, wie sie vorzugehen hatten. Körperlich schien Tom wiederhergestellt zu sein. Doch bewegte er sich langsamer als andere und benötigte zusätzliche Kraft wie Zeit, um seine Bewegungen zu koordinieren. Reden konnte er klar und gut verständlich, als wäre er frei von neurologischen Aussetzern. Durchaus minutenlang. Sein bisheriger Rekord lag bei einer knappen halben Stunde. Doch dann, ohne Vorankündigung, von einem Moment auf den nächsten, verfiel er in ein schweigendes Grübeln und schien nachzudenken, wer er eigentlich sei. Halt fand er, indem er in Torvalds Küche herumfuhrwerkte. Teilweise wirkten diese abrupten Wechsel derart krass, dass Außenstehende sie für eine Art Comedy oder Slapstick halten mochten.

Und noch etwas war sehr merkwürdig – und wie Emma fand, beunruhigend. Sein Erinnerungsvermögen hatte teilweise ausgesetzt. Er wusste nicht mehr, was ihn nach Norwegen geführt hatte. Hauke Ingstad? Der Name kam ihm bekannt vor, aber er wusste ihn nicht ohne weiteres einzuordnen. Mit Engelsgeduld hatte Emma auf ihn eingeredet, ihm seinen Alltag in New York immer wieder in Erinnerung gerufen. Er war sehr interessiert an ihren Geschichten, schien aber nicht ohne weiteres zu verstehen, dass sie sein Leben beschrieb. Sophie empfand großes Mitleid mit beiden.

Warum musste sie daran denken, während gleichzeitig ihre Hände glühten, beim Laden der Dateien? Das allein verlangte Konzentration genug, jedenfalls für Nichteingeweihte. Sie sah Harald in die Augen, der sie wiederholt anlächelte, Schweiß auf der Stirn, sie einmal sogar in den

Arm nahm, ihr einen flüchtigen Kuss auf die Wange drückte, dann wieder auf den Monitor starrte.

Gleichzeitig konnte Sophie Veena nicht vergessen, spürte noch immer die Wärme ihrer Haut und wunderte sich, dass es ihnen tatsächlich gelang, Toms Dateien ungestört herunterzuladen und auszudrucken, ohne dass ihnen der Himmel auf den Kopf fiel oder jemand das Feuer auf sie eröffnete.

War das ein gutes Zeichen? Ein schlechtes? Sie wusste kaum noch, was sie glauben sollte und was nicht.

Zu viert war es mehr als eng im Badezimmer der Einheit E 39 in Oslo, wohin sie dieses Mal ausgewichen waren. Wieder rauschte das Wasser ohne Unterlass, in der Badewanne allerdings lagen gestapelt die wichtigsten Unterlagen. Berit sprach von «einem Abgrund an Landesverrat». Sophie hatte sie noch nie so ernst erlebt, so ernüchtert und desillusioniert. «Ich bin dir sehr dankbar, Emma, für alles, was du für uns getan hast. Einschließlich des Herunterladens der Dateien. Das hätte ich alleine kaum hinbekommen. Dennoch kannst du bei dieser Dienstbesprechung nicht dabei sein. Damit würden wir uns angreifbar machen. Ich habe nichts dagegen, wenn dich Sophie oder Harald anschließend über die wichtigsten Punkte informieren – mit Ausnahme von Regierungsinterna. Aber du müsstest jetzt bitte gehen und draußen warten.»

«Kein Problem, Berit, ich verstehe das. Wenn das alles hier vorbei ist, können wir uns ja mal über berufliche Perspektiven unterhalten. Ich meine, was Sophie geleistet hat – ich könnte mir vorstellen, das auch hinzubekommen. Und Norwegisch zu lernen traue ich mir auch zu.» Sie warf der Runde einen verschmitzten Blick zu und kündigte an, Kaffee und Tee bereitzuhalten. Die Besprechung werde ja vermutlich länger dauern.

Ein kurzes Schweigen trat ein, nachdem Emma die Tür geschlossen hatte. «Es ist so unglaublich viel geschehen in den letzten Monaten. Mir kommt es vor, als hätten wir eine Reise hinter uns, die uns nach vielen Umwegen und Sackgassen wieder an den Ausgangspunkt zurückgeführt hat», sagte Sophie.

«Mit dem Unterschied allerdings», erwiderte Harald, «dass wir nichts mehr für unmöglich halten. Kein Abgrund ist uns zu tief, keine Lüge zu vermessen. Uns macht niemand mehr was vor.»

«Ich frage mich, ob unsere Gattung sich jemals ändern wird, ob sie dazu überhaupt fähig ist. Oder ob es nicht immer wieder darauf hinausläuft, dass die einen ihren Vorteil auf Kosten der anderen suchen, ohne Rücksicht auf Verluste», kommentierte Sophie.

«Wo ich herkomme, werden politische Machenschaften grundsätzlich vertuscht und geleugnet, es ändert sich so gut wie nie etwas», befand Harald. «Hier haben wir ganz andere Möglichkeiten. Und die sollten wir auch nutzen. Die Hände in den Schoß legen ist auch keine Lösung.»

Alle drei richteten ihre Blicke auf die in der Badewanne ruhenden Papiere, die nichts weniger waren als eine Zeitbombe. Sophie musste an Helge Lund denken, und ihr schwante nichts Gutes.

«Für das da sind Menschen gestorben», stellte Berit fest.

«Ja. Irgendwie ist das alles so – banal. Menschen sterben, ganze Staaten werden benutzt, möglicherweise ins Unglück gestürzt, und wozu? Für noch mehr Macht, noch mehr Geld? Ich weigere mich, das zu glauben. Das kann doch nicht alles sein», sagte Sophie.

«Für einige schon», bemerkte Berit. «Vor allem für die an der Spitze der Nahrungskette.» Sie betätigte erneut die Toilettenspülung. «Gut. Wie wollen wir vorgehen. Wenn das hier publik wird, haben wir eine Staatskrise. Ich sehe zwei verschiedene Ebenen. Die sind zwar miteinander verbunden, aber juristisch und politisch doch voneinander zu trennen. Und wir müssen diese beiden Ebenen auseinanderhalten, sonst verheben wir uns. Wir können uns nicht mit den USA anlegen. Dabei würden wir den Kürzeren ziehen, wobei ich mit ‹wir› die Regierung meine. Nicht uns drei. Oder fünf, mit Emma und Tom. So gut dieses Team auch ist, es kostet die politisch Verantwortlichen nur eine Unterschrift, und das war's dann mit uns. Wir sollten nicht einmal auf die Idee kommen, die Welt retten oder mit dem Kopf durch die Wand gehen zu wollen.»

«Das würden wir niemals tun, Berit. Du kennst uns doch. Was meinst du, Harald?»

«Nein, im Grunde sind wir harmlos. Nur bei Ungerechtigkeit und Verlogenheit werde ich böse. Oder wenn jemand versucht, mich für dumm zu verkaufen. Wie sieht das bei dir aus, Sophie?»

«Ganz ähnlich. Ich bekomme dann Hautausschlag.»

Berit wirkte etwas irritiert, ließ sich aber nicht beirren. «Ihr tut nichts ohne meine ausdrückliche Genehmigung, ihr zwei. Ist das klar?»

Beide nickten mechanisch.

«Das ist kein Spiel. Wir werden uns sehr genau überlegen müssen, was geht und was nicht. Umso mehr, als ich nicht weiß, wem in der Regierung wir vertrauen können und wem nicht.»

«Was ist mit der Premierministerin?», fragte Sophie. «Ist sie keine Verbündete?»

«Im Zweifel ja. Aber sie ist in einer schwierigen Lage. Sie kann nicht die halbe Ministerriege feuern und gleichzeitig in der Zentralbank Köpfe rollen lassen.»

«Die Stammeskrieger der Paschtunen würden in dem Fall ihren Verbündeten großartige Versprechungen machen, anschließend die Feinde umzingeln und in die Kapitulation zwingen. Oder sie gleich umbringen, das geht schneller. Wichtig ist, dass es am Ende Beute zu verteilen gibt», erklärte Harald.

«Ist das hier so viel anders?», erkundigte sich Sophie.

«Kinder! Jetzt ist es aber gut. Norwegen liegt doch nicht am Hindukusch.»

«Natürlich nicht.» Sophie dachte nach. «Aber im Grunde sagt Harald ja nichts Anderes als du. Die Kräfte bündeln und an der richtigen Stelle zuschlagen. Halten wir fest: Helge Lund war federführend verantwortlich für jene Konten von Nordic Invest, die im Ausland angelegt waren, angeblich für philanthropische Zwecke. In Wirklichkeit aber dienten sie in erster Linie der Geldwäsche. Ein Durchlaufposten sozusagen, um schmutziges Geld in den legalen Bankenverkehr einzuspeisen. Mit Hilfe entsprechender Geldinstitute. Lange Zeit war dabei eine Bank in Hamburg federführend, die M.A. Neugebauer

Bank. Die dann wiederum abgelöst wurde von der Tessiner Privatbank BIS. Von denen hatten wir bereits in Istanbul gehört, als wir Lunds Gespräch mit dem amerikanischen Geheimdienstmann Brad Schultz belauschten. Beide Banken waren oder sind Deckadressen für CIA und NSA. Und nun wissen wir, dass über die Auslandskonten von Nordic Invest auch jenes Geld gewaschen wurde, das die Amerikaner mit den Waffenverkäufen an den Iran verdient haben. Ist doch irre, oder?»

«Mir wird ganz schwindelig von dem, was mir so durch den Kopf geht», sagte Berit. «Roar Thuland hat von alledem nachweislich gewusst und nichts dagegen unternommen? Was hat sich der CEO von Nordic Invest dabei gedacht?»

«Vor allem ist Thuland ein gerissener Hund», gab Harald zu bedenken. «Als dem klar wurde, das geht nicht mehr lange gut, hat er absolut skrupellos seine Show abgezogen, auf Kosten seines alten Kumpels Lund. Der hat dann kalte Füße gekriegt, hat sich irgendwas ausgedacht, um seine Haut zu retten – und das ist dann katastrophal schief gelaufen. Mit dem Ergebnis, dass wir ihn tot in der Badewanne aufgefunden haben.»

Es klopfte an der Tür. Emma trat ein und schloss sie wieder. «Bin gleich wieder weg. Nur zu eurer Information: Robert Adams ist in Washington verhaftet worden. Der Chef von Elendilmir. Er soll eine Hotelangestellte vergewaltigt haben. Kam gerade online, die Meldung.»

Berit bedankte sich für die Mitteilung und öffnete ihr die Tür. Das war übertrieben, dachte Sophie, aber andererseits auch verständlich.

«Hört sich an nach Flurbereinigung», überlegte Harald. «Erst Lund, dann Adams. Vielleicht werden da Leute aus dem Verkehr gezogen, die anderen gefährlich werden könnten.»

«Dafür spricht, dass sich Lund und Adams nicht nur kannten, sondern auch wiederholt getroffen haben, wie wir durch Toms Recherchen erfahren haben», bestätigte Berit.

«Diese Geschichte zeigt ein regelrechtes Krebsgeschwür. Die US-Geheimdienste führen Regie bei den Waffenverkäufen an Teheran. Das Geld, das sie damit verdienen, leiten sie zum Teil weiter an dubiose iranische Exilorganisationen wie den Nationalen Widerstandsrat. Und der NSA-Chef, Andrew S. Maiden, entblödet sich allen Ernstes nicht, einen weiteren Teil der Einnahmen für Influencer und Lobbyverbände auszugeben, um dem CIA-Chef nachhaltig am Zeug zu flicken – damit der ja nicht Außenminister wird», hielt Sophie fest.

«Ohne Erfolg allerdings. Der ist es trotzdem geworden und würde lieber heute als morgen den Iran angreifen. Das alles hat doch mit Sinn und Verstand nichts mehr zu tun. Mit Demokratie schon gar nicht. Ich halte das schlicht und ergreifend für Psychopathologie», sagte Harald.

«Womit wir wieder bei der Frage wären, was die Welt in ihrem Innersten zusammenhält», warf Berit ein, nicht ohne Bitterkeit. «Jedenfalls …» Nachdenklich betätigte sie ein weiteres Mal die Toilettenspülung. Die Wasserhähne liefen ohnehin auf Hochtouren. «Jedenfalls muss uns dieser Irrsinn nicht weiter betrüben. Für das, was die Amerikaner treiben, sind wir nicht verantwortlich.»

«Immerhin sind sie unsere Verbündeten. Und wir haben viel mit ihnen zu tun, auch und gerade in wirtschaftlicher Hinsicht. Ich sage nur BlackHawk», wandte Sophie ein.

«Ja, das ist die andere der beiden Ebenen, von denen ich vorhin gesprochen habe. Alles, was inneramerikanische Angelegenheiten betrifft, NSA gegen CIA, Waffenlieferungen an den Iran: ja oder nein – davon lassen wir schön die Finger. Das geht uns nichts an», hielt Berit fest. «Stattdessen sollten wir uns auf Nordic Invest konzentrieren.»

«Was spricht dagegen, für Thuland einen Haftbefehl zu erwirken? Der hat von Lunds Schweinereien doch gewusst», erkundigte sich Harald.

«Alles zu seiner Zeit. Wir dürfen nichts überstürzen. Der Kern des Problems, das allein uns hier interessieren sollte, ist die Mesalliance zwischen BlackHawk und Nordic Invest. Die Amerikaner wollen das Rechenzentrum unseres Staatsfonds in Odda mitbenutzen. Das können wir, erst recht nach allem, was geschehen ist, beim besten Willen nicht gutheißen. Aber offenbar gibt es innerhalb der Regierung wie auch innerhalb des Fonds selbst keine klare Meinung zu dem Thema. Einige sind dafür, andere dagegen, den meisten ist es egal», gab Berit zu bedenken.

«Ingstad war ganz klar gegen die Zusammenarbeit mit BlackHawk. Nachdem er Wind davon bekommen hatte, dass über die Auslandskonten von Nordic Invest auch illegale Geschäfte abgewickelt werden, hat er mit Tom Kontakt aufgenommen. Ingstad war also Whistleblower. In der Hoffnung, dass Toms geplante Veröffentlichung über diese Machenschaften wie eine Bombe zündet», sagte Sophie.

«Ingstad hat völlig unterschätzt, mit wem er sich da anlegt», ergänzte Harald. «Er war ziemlich naiv, meiner Ansicht nach. Selbst wenn Toms Artikel erschienen wäre, irgendwo im Internet – ja und? Sophie hat die Erfahrung schon gemacht, mit ihren Erlebnissen in Marokko. Was ist daraufhin geschehen? Sind die Hintermänner zur Rechenschaft gezogen worden? Dumme Frage, würde ich sagen. Das einzig Gute daran ist doch, dass Sophie jetzt mit uns hier in dieser wunderbaren Nasszelle meditiert.»

Um ihr Lachen zu überspielen, betätigte Sophie die Toilettenspülung. Dieser trockene Humor wirkte ansteckend und irgendwie – befreiend. «Ich stimme dir zu, Harald», betonte sie. «Ingstad hat vermutlich geglaubt, er könne Thuland rechts überholen. Die Enthüllungen sollten wohl zu dessen Rücktritt führen. Vielleicht hat Ingstad gehofft, er würde anschließend zum CEO aufrücken. In dem Fall hätte es mit Sicherheit keine Zusammenarbeit mehr zwischen BlackHawk und Nordic Invest gegeben, auch keine gemeinsame Nutzung des Rechenzentrums in Odda. Vor allem aber wäre Schluss gewesen mit den Schwarzgeld-Konten.»

«Leider hat er sich mit den Falschen angelegt», führte Harald den Gedanken fort. «Aus den Unterlagen geht nicht hervor, ob Thuland wusste, dass Ingstad umgebracht werden sollte. Tom glaubt das nicht. Ich, ehrlich gesagt, auch nicht. Die Auftraggeber des Mordes sitzen höchstwahrscheinlich in den USA. Das ist eine sachliche

Feststellung, ohne jeden Unterton. Vieles spricht für die NSA. Vor allem Ingstads Leiche bei euch im Garten, Berit. Wer aber hat sie dort abgelegt? Die beiden korrupten Bullen, Sven Hansen und dessen Kumpel Blomquist? Wenn ja, in wessen Auftrag? Dass die NSA an die herangetreten wäre, halte ich für abwegig. Haben die Amerikaner also einen Mittelsmann, hier in Norwegen? Wer könnte das sein? Winston Wolfe? Mein Instinkt sagt mir: der nicht. So oder so, du hast Sophie eine neue Identität gegeben, Berit. Der Tote vor eurem Haus war die Retourkutsche, verbunden mit einem Ausrufezeichen.»

«Ich widerspreche dir nicht, Harald», sagte Berit. «Und doch können wir uns nicht mit amerikanischen Geheimdiensten anlegen. Das geht nicht. Punkt.»

«Ist ja richtig», bestätigte Sophie. «Ich glaube nur, dass diese Linie, die du zwischen der Weltpolitik und Norwegen ziehen möchtest, so klar nicht zu ziehen sein wird. Alles hängt mit allem zusammen. Am Ende wird es keinen klaren Cut geben: Hier die Guten, da die Bösen. Wir können aber den Einsatz für alle Beteiligten so erhöhen, dass der Preis schlichtweg zu hoch wird für künftige Schweinereien dieser Art.»

«Okay», sagte Berit. «Was schlägst du vor?»

«Wir knöpfen uns Thuland vor und sorgen für genügend Sicherheitsabstand zwischen BlackHawk und Nordic Invest. Wir halten die Amerikaner aus dem Rechenzentrum in Odda fern. Wir sorgen dafür, dass Thuland durch einen CEO ersetzt wird, der sich der hiesigen Bevölkerung verpflichtet weiß», führte Sophie aus.

«Ich sehe das genauso», ergänzte Harald. «Thuland raus, Odda vor unbefugtem Zugriff schützen. Ist doch klar, dass BlackHawk nur darauf wartet, sich bei diesem Wirtstier einzunisten. Als Erstes werden die Daten abgreifen, so viel wie nur möglich. Und am Ende steht dann was: die feindliche Übernahme? Ich habe mich immer gefragt, warum die Amerikaner so heiß sind auf Norwegen. Sowohl für ihre Waffengeschäfte wie auch in Sachen Nordic Invest. Einer der Gründe ist sicher, dass wir hier nun mal sehr gutgläubig sind. Wir glauben an die heile Welt oder wollen an sie glauben und können uns nicht wirklich vorstellen, dass andere das nicht tun. Und dieses Gütesiegel: Norwegen, Land der putzigen Trolle, das ist die perfekte Fassade. Kommt doch keiner drauf, was hier abgeht. Was da vor uns in der Badewanne liegt.»

«Noch eins, Berit», kam Sophie in den Sinn. «Wir müssen auf der Hut sein. Auch wenn wir uns auf Thuland und Odda fokussieren, ist keineswegs auszuschließen, dass die NSA oder wer auch immer glaubt, mit uns noch die eine oder andere Rechnung begleichen zu müssen. Vielleicht gelingt es uns ja tatsächlich, die beiden Ebenen zu trennen, wie dir das vorschwebt. Das bedeutet aber noch lange nicht, dass unsere Widersacher das ebenso tun. Rechnen wir also mit dem Schlimmsten – und hoffen das Beste.»

Berit nickte. «Bleibt die Frage, wie wir Verbündete auf politischer Ebene finden. Minister Brende und Polizeichef Rasmussen haben ihre eigene Agenda. Was die im Schilde führen, werden wir hoffentlich nicht erst erfahren, wenn es zu spät ist.»

Erneut suchte Berit das Parlament auf, wo sie mit Jonas Brende verabredet war, Minister für Justiz, Öffentliche Ordnung und Migration. Anders als bei ihrer letzten Begegnung empfing er sie allein in seinem Büro.

«Ich bin dir sehr dankbar, dass du den kurzen Dienstweg gewählt und mich sofort angerufen hast», sagte er.

«Aber mit dem größten Vergnügen. Wie ich dir bereits bei unserem vorigen Treffen erklärt habe, war Lund tatsächlich an illegalen Waffengeschäften beteiligt. Das wissen wir, seit wir ihn in Istanbul beschattet haben. Die Recherchen von Tom Phillips bestätigen unsere Erkenntnisse.»

Berit entgingen nicht die funkelnden Schweinsäuglein, die auf ihr ruhten.

«Lund ist nicht mehr am Leben, und wir sollten die Toten ruhen lassen», empfahl Brende, der sie nicht gebeten hatte, am Konferenztisch Platz zu nehmen. Vielmehr wies er auf den Freischwinger ihm gegenüber, auf der anderen Seite seines imposanten Schreibtisches aus Eichenholz.

«Nach allem, was wir wissen, scheint der Waffenhandel, an dem Lund beteiligt war, ausgesetzt worden zu sein.»

«Das ist doch mal eine gute Nachricht, Berit. Insoweit war sein Tod offenbar nicht vergebens.» Brende fragte, ob er ihr Tee oder Kaffee anbieten dürfe. Einen Whiskey vielleicht? Cognac?

«Nein, danke. Die Sache ist nur: Thuland wusste, dass die Auslandskonten von Nordic Invest auch bei kriminellen Machenschaften zum Einsatz kamen.»

«Nämlich?»

«Geldwäsche.»

«Im Zusammenhang mit den angeblichen amerikanischen Waffenlieferungen an den Iran?» Brende suchte etwas auf seinem Tisch, fand es aber nicht. «Wahrscheinlich liegt der entsprechende Vorgang im Safe. Die Akte von deinem Besuch neulich», beantwortete er ihren fragenden Blick.

«Da liegt sie gut.»

«Na ja, du bist nicht gerade filigran mit deinen Anschuldigungen. Im falschen Hals können die durchaus Schaden anrichten.»

«Ein interessanter Ansatz, Jonas. Nicht die Faktenlage zählt, sondern das, was du Anschuldigungen nennst?»

«Jetzt komm mir nicht mit Haarspaltereien. Was die Amerikaner treiben oder nicht, geht uns nichts an. Darauf haben wir keinen Einfluss.»

«Ganz deiner Meinung. Ich bin mir allerdings nicht sicher, ob unsere amerikanischen Freunde zwingend Rücksicht nehmen auf norwegische Belange.»

«Mir ist bislang nichts Gegenteiliges zu Ohren gekommen.»

«Bei allem Respekt, Herr Minister. Wenn amerikanische Geheimdienste Auslandskonten von Nordic Invest zur Geldwäsche heranziehen, verdient das nur eingeschränkt die Bezeichnung gesetzeskonform.»

Brende verschränkte die Hände hinter seinem Kopf und legte die Füße seitlich versetzt auf den Tisch. Immerhin hält er sie mir nicht unter die Nase, dachte Berit.

«Ausgangspunkt eurer Untersuchungen waren der Tod von Hauke Ingstad und Erling Opdal. Deine Mitarbeiter waren in der Türkei, der Iran treibt dich um, die USA. Wo zieht es dich als Nächstes hin, Berit?»

«In das Büro von Roar Thuland, versehen mit einem Haftbefehl.»

Brende betrachtete seine beiden Hände, deren Finger er seitlich spreizte. «An gesundem Selbstbewusstsein fehlt es dir nicht. Es bleibt aber die Frage nach dem Tod von Ingstad und Opdal. Solange die nicht beantwortet ist, machen wir keine weiteren Fässer auf.»

«Ich bin nicht zuständig für Mordermittlungen, Jonas. Das fällt in den Beritt deines Freundes Rasmussen, der als Polizeichef bislang nichts dazu beigetragen hat, Licht ins Dunkel zu bringen.»

«Du bist seit Monaten an dem Thema dran und kannst mir nichts sagen zu den Hintergründen dieser beiden Todesfälle?»

«Wie du schon sagtest: Was die Amerikaner treiben, geht uns nichts an.»

«Was soll das denn heißen?»

«Wir gehen davon aus, dass die NSA für ihren Tod mittelbar verantwortlich ist.»

«Hast du Beweise für diese schwerwiegende Anschuldigung?»

«Geheimdienste verdienten ihren Namen nicht, wenn sie nicht in der Lage wären, Spuren zu verwischen oder Beweise verschwinden zu lassen.»

«Und welchem Anflug von Erkenntnis verdankt sich dein Verdacht?»

«Die Indizien, die uns vorliegen, sind recht eindeutig.»

«Damit kann ich nichts anfangen! Das weißt du doch genau, Berit.»

«Du lässt mir und meiner kleinen Truppe genügend Auslauf, damit wir Dinge herausfinden, mit denen sich weder die Polizei noch der reguläre Geheimdienst befassen mögen. Und wenn ich dir dann die Ergebnisse unserer Arbeit präsentiere, willst du nichts davon wissen. Was soll ich davon halten, Jonas?»

Brende seufzte lang anhaltend. «Berit, ich muss dir gewiss nicht unser Metier erklären. Handeln kann ich nur auf der Grundlage unzweideutiger Beweise. Ich hatte eigentlich gehofft, dass du mir genau die lieferst. Aber das war offenbar zu viel verlangt.»

«Diese Belege hast du doch. Thuland hat gewusst, dass Auslandskonten von Nordic Invest für kriminelle Machenschaften missbraucht werden. Die entsprechenden Nachweise liegen dir nicht erst seit gestern vor. Zum Jagen tragen werde ich dich nicht.»

Berit und die Premierministerin Siv Sandberg kannten sich nur flüchtig, schätzten einander jedoch durchaus. Vielleicht auch deswegen, weil Sandberg rein äußerlich Berits Tochter hätte sein können. Beide trugen Kurzhaarfrisuren, wenngleich bei Berit die Grautöne das ursprüngliche Blond längst verdrängt hatten, anders als bei Sandberg. Beiden gemein war auch das gewinnende, ebenso freundliche wie entschlossene Auftreten und verblüffend ähnliche, eher kantige als runde Gesichtszüge. Die allerdings nicht darüber hinwegtäuschten, dass Berit unübersehbar die Ältere war, wie ihr schmerzhaft aufging. Sie hielt es für ratsam, die Premierministerin nicht telefonisch um einen Termin zu bitten. Stattdessen sprach Berit sie am Rande eines Messetermins an, brachte sich und die Sondereinheit E 39 kurz in Erinnerung und gab zu verstehen, dass ihr Anliegen ein längeres, idealerweise ein Vieraugen-Gespräch verlange, Gefahr sei im Verzug. Zu Berits Überraschung lud Sandberg sie für den frühen Abend in ihre Villa unweit der Skisprungschanze Holmenkollen ein, dort würden sie ungestört sein.

Vor dem Panorama-Blick über die Hauptstadt erklärte ihr Berit die Lage. Sie ging dabei sehr diplomatisch und abwägend vor. Zunächst wollte sie ausloten, wie die Reaktionen der Premierministerin ausfallen mochten. Erst nachdem Berit den Eindruck gewonnen hatte, ihr vertrauen zu können, zeichnete sie, zumindest in groben Umrissen, das gesamte Bild, einschließlich der über die Konten von Nordic Invest erfolgenden Geldwäsche. Die Premierministerin hörte aufmerksam zu, fiel ihr nicht ins Wort, stellte aber präzise Nachfragen. Anders als Brende wiegelte sie nicht ab oder formulierte Bedenken, was Berit wohlwollend zur Kenntnis nahm. Und wie vermutet hatte der Minister sie mit keinem Wort über die Verstrickungen Lunds und Thulands informiert. Wie jeder vernünftige Mensch setzte auch Berit ungern alles auf eine Karte. Aber was sollte sie tun? Sie hatte keine verlässlichen Verbündeten innerhalb der Regierung, war gerade noch gelitten als Leiterin einer Phantomeinheit. Mit diesem Auftritt in Sandbergs Arbeitszimmer hatte sie ihre Möglichkeiten der Einflussnahme ausgeschöpft. Weitere Optionen sah Berit nicht.

Nachdem sie geendet hatte, erhob sich die Premierministerin wortlos von der Kante ihres Besprechungstisches, an die gelehnt sie mehr stand als saß, und lief einige Male im Zimmer auf und ab. Schließlich holte sie eine Flasche Rotwein aus der Küche und entkorkte sie. Ohne Berit zu fragen, schenkte Sandberg auch ihr ein Glas ein. Sie schlug ihr vor, auf einem der beiden mit grauem Velours bespannten Stühle Platz zu nehmen, ihr gegenüber.

«Die Regierung ist gespalten in der Frage, wie wir mit den amerikanischen Avancen in Odda umgehen sollten. Ein Teil sieht die Chancen einer verstärkten Zusammenarbeit mit den USA und drängt mich, den von Washington eingeforderten Vertrag zur Nutzung des Rechenzentrums auch für BlackHawk aufzusetzen. Ein anderer Teil hat erhebliche Bedenken – aus genau den Gründen, die du ausgeführt hast. Das ist schon heikel genug. Aber was du da erzählst von der Verstrickung Thulands in die Geldwäsche, das ist, von allem anderem ganz abgesehen, hochgradig kriminell. Ich brauche von dir alle Akten und Unterlagen, die Thulands Machenschaften belegen. Andernfalls kann ich nicht dafür sorgen, dass er abgelöst wird. Und erst danach können wir den Amerikanern absagen. Im Augenblick wäre das politisch kaum durchzusetzen.»

Hoch zufrieden fuhr Berit zurück in die Innenstadt. Der Besuch hatte ihre Erwartungen bei weitem übertroffen. Sie schaltete das Autoradio ein und traute ihren Ohren nicht:

«... zeigt das Video zwei Norweger, offenbar aus dem Umfeld der Sicherheitsdienste, im Genfer Hotelzimmer des dort zu Tode gekommenen Notars Helge Lund aus Oslo. Man fragt sich: Was hatten die beiden, Sophie S. und Harald N., dort verloren? Deutlich ist zu sehen, wie sie wohl nach etwas suchen – Geld? Dokumenten? Die Frau bemüht sich nicht etwa, Lund aus der Badewanne zu helfen, in der er hilflos zu liegen scheint. Stattdessen prüft sie erkennbar seinen Puls. Wollte sie sichergehen, dass er tot ist? Bisher ist die Polizei im Fall Lund von Selbstmord ausgegangen. Ist sie da möglicherweise der falschen Spur gefolgt? Wurde Lund ermordet? Wie es heißt, soll einer der beiden Verdächtigen pakistanischer Herkunft sein.»

Bekkestua war ein Vorort im Westen Oslos, eine eigene Kleinstadt nahezu. Landesweit bekannt durch das dortige Nadderud-Stadion, dem Heimspielplatz von Stabæk Fotball, abonniert auf einen vorderen Platz der *Eliteserien*, der norwegischen Bundesliga. Wiederholt hatte die Mannschaft am UEFA-Cup teilgenommen, scheiterte aber stets in der Vorrunde. 2005 etwa gegen Haka Valkeaskoski aus der südfinnischen Stadt Valkeaskoski – eine Schmach, die noch immer nachwirkte. Anders als die Niederlagen gegen belgische oder französische Mannschaften in den nachfolgenden Jahren, die als vollwertiger galten. Die Immobilienpreise der mittelständischen Randgemeinde hatten sich in kürzester Zeit nahezu verdoppelt, auch infolge der mustergültigen Anbindung an die Innenstadt durch die Metro-Linie Kolsåsbanen. Wenigen Hochhaussiedlungen aufstrebender Architekten stand clusterartiges Wohndesign aus landestypischen

Holzhäusern gegenüber, vorzugsweise in den Farben schwarz, rot, beige und grau. Die Vorgärten waren gepflegt, im Winter jedoch stürzten regelmäßig vor allem ältere Mitbürger auf den nicht immer vorschriftsmäßig gestreuten Seiten- und Nebenstraßen: Die Hügel in dieser Gegend waren nicht zu unterschätzen.

Vor allem aber war Bekkestua die Heimat des allgemein wertgeschätzten Sven Rasmussen, Mitglied im Aufsichtsrat von Stabaekk Fotball, dessen Aufstieg in die *Eliteserien* ohne den unermüdlichen Einsatz des Polizeichefs «mit Sicherheit länger gedauert hätte, wenn überhaupt», so das beinahe die Metaphysik streifende Diktum der ebenso bild- wie werbegewaltigen Lokalzeitung Budstikka. Regelmäßig suchte Rasmussen ein weiteres Highlight der Gemeinde auf, tätigte vorzugsweise mittwochs die Großeinkäufe der Familie im Bekkestua Senter, wie Haralds Recherchen ergeben hatten, im verkehrsgünstig gelegenen Einkaufszentrum.

«Warum mittwochs?», erkundigte sich Sophie.

«Mitten in der Woche ist es weniger voll», antwortete Harald.

In gebotener Entfernung folgten sie Rasmussen auf seinen Wegen durch das Konsumparadies. Er grüßte nahezu ohne Unterlass, sofern er nicht Grüße erwiderte. Fast gehörte er zum Inventar, so schien es. Die meiste Zeit verbrachte er beim Lebensmittel-Discounter, schwer bepackt begab er sich schließlich in die Tiefgarage. Er verstaute die Einkaufstüten im Kofferraum und summte ein Lied. Er schloss die Haube und setzte sich ans Steuer. Kaum hatte er Platz genommen, gesellten sich Harald und Sophie zu ihm in den Wagen. Sie stieg auf der Beifahrerseite ein, Harald rechts hinten. In einer einzigen fließenden Bewegung, zügig und elegant, die Rasmussen in jeder Hinsicht überrumpelte.

«Hast du nicht vergessen, deiner Frau einen Blumenstrauß zu kaufen? Keine roten Rosen, nein?», fragte Sophie.

«Raus hier!», schrie Rasmussen. «Raus aus meinem Wagen!»

«Oder was?», hakte Harald nach. «Sonst rufst du die Polizei?»

«Raus!»

«Jetzt beruhig dich mal, Sportsfreund. Das Erste, was du wissen solltest, ist dieses: Die Familie meines Vaters kommt ursprünglich aus Afghanistan. Die meiner Mutter aus Indien. Politische Großereignisse, nämlich Krieg und Vertreibung, haben sie nach Pakistan geführt. Strenggenommen bin ich also nicht pakistanischer, sondern indo-afghanischer Herkunft. Ich wäre dir sehr verbunden, wenn du das deinen Meinungssöldnern in den Medien klarmachen wolltest. Sonst werde ich noch richtig böse, du Däne.»

«Was soll das denn jetzt? Seid ihr vollkommen übergeschnappt?!»

«Wir wissen alles über dich», flötete Sophie. «Deine Eltern sind beide zum Studium nach Oslo gekommen und einfach hiergeblieben. Mama stammt aus Århus, der Papa aus Kopenhagen. Eigentlich schade, dass nicht Dänemark, sondern Norwegen von deinen Fähigkeiten profitiert.»

Rasmussen nestelte an seinem Hosenbund, sein schwerer Atem war übergegangen in ein Keuchen.

«Sei nicht albern, Sven», fuhr Sophie fort. «Natürlich hast du deine Pistole nicht dabei. Du bist ja nicht im Dienst, anders als wir.» Sie zeigte kurz auf ihren Halfter unter dem Pullover.

«Woher hattest du das Video aus Genf?» fragte Harald.

«Was hab ich denn zu tun mit euren Machenschaften!»

«Das sagt der Richtige», kommentierte Sophie. «Wir gehen nicht davon aus, dass du selbst die Kameras in Lunds Hotelzimmer hast anbringen lassen. Du bist zwar niederträchtig, aber dafür fehlt dir dann doch die Kaltblütigkeit, bei allem Respekt. Was, wenn das am Ende rauskäme? Das wäre schlecht für dich und deine Karriere. Da hast du dich dann doch lieber auf deine amerikanischen Freunde verlassen.»

Rasmussen lachte auf. «Mach dich nicht lächerlich, Mädchen.»

«Du warst etwas zu voreilig, Hamlet», fuhr Sophie fort. «Hättest du nicht Lunds Leichnam einäschern lassen, könntest du damit jetzt noch ein bisschen Autopsie spielen. Uns dieses unterstellen oder jenes. Es gibt ihn aber nicht mehr. Aus und vorbei. Wir haben den Todesfall Lund ordnungsgemäß untersucht, auf deine Order hin. Und sind zu dem Ergebnis gelangt, dass es sich um Selbstmord handelt – ganz in deinem Sinn.»

Sie fasste ihm an die Schulter. «Folglich gibt es in deiner Behörde einen Maulwurf, der die Arbeit der Sicherheitsbehörden zu untergraben sucht. Den Medien *fake news* unterbreitet hat. Die Polizei arbeitet mit Hochdruck daran, diesen Maulwurf ausfindig zu machen. Das wirst du noch heute in einer Presseerklärung kundtun.»

Der Polizeichef gab sich noch immer amüsiert. «Aber natürlich werde ich das! Wer könnte dir denn widerstehen, Mäuschen?»

«Ich fürchte, Sven, dass du den Ernst der Lage nicht wirklich verstanden hast. Du wirst genau das tun, was wir von dir verlangen. Ansonsten ist dein tadelloser Ruf ruckzuck ruiniert, mein Guter.»

Harald zog einige Fotos aus der Innentasche seines Mantels. Sie zeigten den nackten Polizeichef umgeben von ebenfalls nackten und sehr jungen Frauen in tropischem Ambiente, vermutlich Thailand, wo Rasmussen und seine Frau im Jahr zuvor tatsächlich ihren Urlaub verbracht hatten. Die verschiedenen Posen waren alles andere als jugendfrei. Norwegen war in jeder Hinsicht ein tolerantes Land. Selbst Rassismus galt in einigen Kreisen immer noch als Verteidigung des Abendlandes. Altherren-Sex mit Minderjährigen – da jedoch hörte der Spaß entschieden auf. Sofern die Öffentlichkeit davon erfuhr.

«Aber … aber … das bin ich nicht!», rief Rasmussen.

«Doch, das bist du», beharrte Harald. «Das bist ganz eindeutig du. Sieh nur, hier. Deine wunderbar wächserne Haut. Dass die jungen Damen ganz wild sind nach deinem süßen Erdbeermund – wer wollte es ihnen verdenken? Was meinst du, Sophie: Ist das unser Sven oder nicht?»

«Ganz eindeutig, würde ich sagen», bestätigte sie.

«Ich hatte … keinen Sex in Thailand! Nicht mit diesen Frauen!»

«Na, das nenn ich ein Dementi. Nicht mit diesen Frauen. Mit wem dann?»

«Ich bin das nicht! Die Fotos sind gefälscht!»

«Mal ehrlich, Sven – wen interessiert das?», fragte Sophie. «Stell dir mal vor, diese Bilder kursieren in Bekkestua. Was würde deine Frau dazu sagen?»

«Wenn du ihr wenigstens ab und zu mal einen Blumenstrauß mitbringen würdest. Aber so …», sorgte sich Harald.

Rasmussens Gesichtsausdruck schwankte zwischen Fassungslosigkeit und blankem Hass. «Was fällt euch ein, ihr verdammten ….»

«Sachte, Freundchen, sachte», warf Sophie ein. «Vergreif dich nur nicht im Ton, sonst drehen wir richtig auf. Sieh es doch mal so: Warum sollten wir mit anderen Methoden arbeiten als du?»

«Sven, du warst mir lange Zeit nicht nur ein guter Chef, sondern in erster Linie ein unerreichbares Vorbild. Ja, ein Vorbild zur Nachahmung! Von dir lernen, heißt siegen lernen. Das habe ich immer gesagt. Sophie kann das schon nicht mehr hören.»

«Allerdings …»

«Kurzum, von dir lernen, heißt siegen lernen.»

«Harald!»

«Tschuldigung! Ich will sagen: Du hast die Wahl, Sven. Du gibst die Presseerklärung heraus, wie besprochen. Oder aber du erlebst eine wundersame Blitzkarriere hier in Bekkestua. *From hero to zero*. Würde dir das gefallen? Willst du das deiner Gattin wirklich antun? Diese endlos dummen Fragen der Nachbarn? Ihre stummen, vorwurfsvollen Blicke?»

«Wenn ihr glaubt, dass ihr damit durchkommt …»

«Schon gut, Sven. Wir fürchten durchaus deinen gerechten Zorn», sagte Sophie. «Aber das ist für uns im Augenblick das geringere Übel. Viel mehr sorgt uns dein guter Ruf.»

«Raus mit euch!», brüllte der Polizeichef.

«Danke für dein Verständnis, Sven. Wir wollen dich wirklich nicht länger aufhalten als unbedingt nötig», versicherte Harald und stieg aus.

«Ach, eins noch», ergänzte Sophie, bevor sie ihrerseits die Tür zuwarf. «Bei unserem nächsten Treffen würden wir uns sehr gern mit dir über die Zusammenarbeit deiner Polizeibehörde mit dem Auftragskiller Winston Wolfe unterhalten. Daraus ergeben sich ja hochinteressante Synergie-Effekte. Sagen wir nächste Woche? Selber Ort, selbe Zeit?»

***

Mit Vorliebe traf sich Minister Jonas Brende zu vertraulichen Gesprächen im Kon-Tiki-Museum in Bygdøy. Er wohnte in der Nähe, der halbstündige Spaziergang tat ihm gut. Eigentlich müsste er sich noch sehr viel mehr bewegen, denn er aß zu viel und seine Cholesterin-Werte waren eindeutig zu hoch. Meist schaffte er es aber zeitlich nicht, seine guten Vorsätze auch tatsächlich umzusetzen. Brende liebte dieses Museum. Meist konnte man sich dort ungestört unterhalten, vor allem Schulgruppen sorgten für einen Lärmpegel, der jedes Mithören Unbefugter deutlich erschwerte. Mehr noch zog es ihn allerdings wegen des Mannes dorthin, dem das Museum gewidmet war. Thor Heyerdahl war der Held nicht allein seiner Jugend. Er bewunderte den Abenteurer und Ethnologen, der anfangs verlacht worden war und doch unbeirrt an seinem Lebensziel festgehalten hatte. In einem Floß aus Balsaholz über den Pazifik zu segeln und quasi im Alleingang die Wissenschaft eines Besseren zu belehren, dass nämlich Polynesien nicht etwa von Asien, sondern von Südamerika aus besiedelt worden war, in der Zeit vor den Inka – diesen Mut, diese Beharrlichkeit, diese Entschlossenheit bewunderte Brende zutiefst. Wie oft hatte er sich vorgestellt, selbst zu sein wie sein Idol!

Da kam Rasmussen. Er sah ihn neben dem Heck hervortreten, diesen Volltrottel. Jetzt hatte der ihn auch gesehen, nickte in seine Richtung und hielt geradewegs auf ihn zu.

«Tag, Jonas», sagte der Polizeichef, reichte ihm aber nicht die Hand. Das war so verabredet. Keine Vertraulichkeiten in der Öffentlichkeit.

«Tag», erwiderte Brende. «Mich erreichen zahlreiche Nachfragen wegen deiner Presseerklärung. Was sollte das?»

«Ich hatte keine andere Wahl. Sie wollten mich mit gefälschten Fotos erpressen.»

«Wer.»

«Die beiden Ausländer. Der Pakistaner und die Deutsche.»

«Du redest von unserer Sondereinheit? E 39?»

«Von wem sonst.»

«Die brauchen wir noch. Lass sie in Ruhe.»

Es war ihm vollkommen egal, wer Rasmussen womit erpresste oder auch nicht. Der Polizeichef hatte den Bogen überspannt. Führte sich auf, als wäre er Generalsekretär der NATO. Die Kungeleien mit den Amerikanern gingen sogar Brende eindeutig zu weit. Die Geschichte in Genf, die verdammte Geldwäsche. Nordic Invest war in ernsthaften Schwierigkeiten, und Thuland unternahm nichts, um BlackHawk auf Distanz zu halten. Die Sache mit dem Schwarzgeld war am gefährlichsten. Wenn die Medien davon Wind bekamen, waren es nur noch wenige Schritte bis zur Staatskrise. Er wäre dann die längste Zeit Minister gewesen. Das alles fiel in seinen Bereich.

«Die Dinge geraten außer Kontrolle», sagte Rasmussen.

«Woran du erheblichen Anteil hast.»

«Wir können uns den Amerikanern nicht verweigern, wenn sie uns um unsere Kooperation ersuchen. Sie sind unsere wichtigsten militärischen und politischen Verbündeten. Auf wen sollten wir uns sonst verlassen, falls die Russen kommen?»

«Ab sofort sprichst du jede Zusammenarbeit mit unseren Freunden mit mir ab. Ich will über jeden deiner Schritte informiert sein. Von nun an gibt es keine Alleingänge mehr. Die Sache mit Lund geht mir noch immer nach. Das ist eine Zeitbombe, wie du selber gerade erfahren durftest.»

«Wir wollen doch beide dasselbe. Den besten Deal. Die Amerikaner lassen sich nicht aufhalten. Ganz egal, wie wir nun deren Aktionen beurteilen. Schwimmen wir mit dem Strom oder nicht, darauf läuft es hinaus.»

«Heyerdahl hat Kurs gehalten. Gegen den Strom.»

«Ganz im Gegenteil, Jonas. Als Erstes hat er die Strömungsverläufe im Pazifik studiert. Denen ist er dann gefolgt, bei seinen Expeditionen. Andernfalls wäre er grandios gescheitert. Wenn einer nicht gegen den Strom geschwommen ist, dann Heyerdahl.»

Es ärgerte Brende, dass der Polizeichef ihn zu belehren versuchte. Was bildete sich der Kerl ein? Rasmussen war sein Untergebener, nicht umgekehrt. Erst recht widerstrebte dem Minister, dass der seinen persönlichen Helden zum bloßen Mitläufer erklärte. Das war Heyerdahl mitnichten, niemals! Der nicht!

«Ich empfehle dir dringend, deinen Laden in Ordnung zu bringen. Noch mehr Fehler werde ich nicht dulden, Sven.»

«Ich habe mir nichts vorzuwerfen. Alles, was ich mache, geschieht zum Wohl dieses Landes. Es sind die Mühen der Ebene, die unsere Arbeit auszeichnen, Jonas. Das hier ...», er deutete auf Heyerdahls Floß Kon-Tiki, «... ist Vergangenheit. Eine schöne Geschichte für Träumer, für junge Leute. Mehr nicht.»

Rebecca Shelby, Staatssekretärin im US-Finanzministerium, landete am späten Vormittag auf dem Flughafen Oslo-Gardermoen. Der Botschafter persönlich nahm sie in Empfang. Nach einem gemeinsamen Lunch in dessen Residenz begab sie sich ins Grand Hotel an der Karl Johans gate, die vornehmste Adresse der Stadt, wo auch die Laureaten des Friedensnobelpreises nächtigten. Führende Wirtschaftsvertreter, mehrere Minister und einige

Abgeordnete, darunter Jonas Brende, erwarteten Shelby bereits im kleinen, geschichtsträchtigen Bankettsaal, innen farbenprächtig gestaltet mit stuckverzierten Dekors aus landestypischen und biblischen Motiven, wie sie im späten 19. Jahrhundert zum guten Ton gehörten. Sophie trug ein elegantes Businesskostüm in beige, um den Hals eine emaillierte, scheibenförmige Brosche aus Gold, links mit einem grünen, rechts mit einem roten Edelstein besetzt, eine Leihgabe von Berit. Harald hatte sich für einen graublauen Anzug mit schmaler Krawatte in schwarz entschieden.

Shelby begrüßte jeden einzelnen der etwa 30 Anwesenden mit Handschlag. Sophie schenkte ihr ein Lächeln, das Dankbarkeit signalisierte – für die Gunst dieser Begegnung. Eine bemerkenswert gutaussehende Frau, dachte sie. Wallendes, auf die Schultern fallendes brünettes Haar, das kaum geschminkte Gesicht wie aus hellem Marmor, auch ihre übrigen Proportionen ließen keinen Makel erkennen. Eine zusätzliche Note setzte das gut gewählte, an Weihrauch erinnernde Parfum, das die von ihr ausgehende Sinnlichkeit mit einem Hauch Exotik unterlegte. Ihre braungelben Augen leuchteten wie Feuer und gaben einen ersten Hinweis auf ihre Charakterzüge: dominant, selbstbewusst, entschlossen. Unter anderen Umständen hätte die Mittdreißigerin das Zeug zur Diva gehabt. Wie sie mit dieser Ausstrahlung in die Politik gehen konnte, war Sophie ein Rätsel. Förderlich für eine Parteikarriere war ihr Aussehen ganz sicher nicht. Für jede Frau, Sophie eingeschlossen, war Rebecca Shelby die pure Provokation.

Allerdings erwies sie sich als wenig inspirierende Rednerin. Sie sprach monoton und wie von einem Band, an keiner Stelle packte sie ihre Zuhörer mit Esprit, Humor oder klugen Gedanken. Sophie entging nicht, wie die Zuhörer mit sich rangen: fasziniert von ihrem Äußeren, doch unsicher, wie sie dieses ganz andere Ich der Besucherin einzuordnen hatten. Verkaufte sie sich unter Wert? Nahm sie das Publikum nicht ernst? War es der Jetlag?

Und doch vermittelte sie ihr Anliegen unmissverständlich. Die Welt werde ein zunehmend unsicherer und gefährlicherer Ort, der Terror sei eine Bedrohung auch für Europa. Hinzu kämen die Extremisten von links und rechts. Kurzum, Fragen der nationalen Sicherheit blieben ein bestimmendes Thema, auf allen Ebenen und in jeder Hinsicht.

«Die Zukunft gehört den Daten», sagte sie. «Die Sicherheitsbehörden sind angewiesen auf Daten, sonst können sie nicht das leisten, was ihre Aufgabe ist: unsere Ordnung zu schützen. Aber auch die Wirtschaft benötigt Daten. Je mehr sie weiß, umso mehr Angebote finden passgenau ihren Weg zu den Märkten und damit zu den Kunden. Wir alle benötigen Stabilität, sie ist die Voraussetzung für Wachstum und Erfolg. Ohne Sicherheit keine Freiheit. Ohne Freiheit kein Wettbewerb. Die Fähigkeit, auch umfangreiche Datenmengen zu erheben und vor allem intelligent auszuwerten, ist dabei die alles entscheidende Herausforderung. Für die Wirtschaft ebenso wie für die Politik, die beide einmal mehr natürliche Verbündete sind. Danke für Ihre Aufmerksamkeit, meine Damen und Herren.»

Sophie warf Harald einen kurzen Blick zu und hatte wenig Zweifel, dass sie dasselbe dachten. Während einige Hände höflich klatschten und Harald die Melodie von *Bette Davis' Eyes* summte, eilte Jonas Brende ans Mikrofon. Er dankte der in die Datenbranche wechselnden Staatssekretärin für das Privileg, das Norwegen zuteil werde: Oslo, die erste Station ihrer Europareise. «Auch in Ihrer neuen Position bei Elendilmir werden Sie ohne jeden Zweifel Bella Figura machen», schloss er seine Huldigung.

Harald beugte sich zu Sophie hinüber und flüsterte: «Soll ich einfach mal ‹Allahu Akbar!› rufen?»

Am späten Nachmittag empfingen Rebecca Shelby und der amerikanische Botschafter Minister Brende und Sophie, die er als seine «rechte Hand» vorstellte, zu einem «Hintergrundgespräch» in Shelbys Suite. Wie verabredet, sprach er Sophies Namen so aus, dass er kaum zu verstehen war. Zwischenzeitlich hatte sich Sophie umgezogen, trug einen mausgrauen Hosenanzug und eine übergroße Brille – «Disruption». Shelby bat die Runde, um den gläsernen Couchtisch herum Platz zu nehmen, und schlug vor, sich bei den bereitstehenden Getränken selbst zu bedienen, ebenso beim Gebäck.

«Es gibt da ein Problem», kam Botschafter Montgomery Grendell ohne Umschweife zur Sache, «das wir idealerweise hier und heute lösen sollten.»

Sein Tonfall war ein leicht schnarrender, der Brendes nasalen Einschlag, Folgewirkung einer verwachsenen Nasenscheidenwand, kongenial ergänzte. Sophie entging nicht, wie der Minister augenblicklich errötete, als fühle er sich karikiert. Unbeirrt fuhr der Botschafter fort: «Aus Gründen, die näher auszuführen nicht nötig ist, befinden sich amerikanische Gelder in dreistelliger Millionenhöhe auf verschiedenen norwegischen Auslandskonten. Wir erwarten, dass diese Gelder unverzüglich freigegeben werden.»

Brende bemühte sich um eine Antwort, doch ging sie unter in einem Krächzen. Er räusperte sich, hustete, rang nach Luft und Worten. «Ich bin ...», sagte er und griff nach einem Glas Wasser.

Shelby ignorierte die Peinlichkeit, indem sie ihre Armbanduhr studierte. Grendell bot an, Brende auf den Rücken zu klopfen, was der mit einer heftigen Handbewegung abwehrte. Dem Minister hatte es die Stimme verschlagen, und die einzige Erklärung, die Sophie dafür fand, war Grendells Sprechweise, die Brende offenbar ins Mark traf. Dem Botschafter selbst waren derartige Anfechtungen erkennbar fremd. Weiterhin dröhnte seine Cockpit-Stimme, leicht verzerrt durch überforderte Stimmbänder. Seine Ansage aber war unmissverständlich: «Bitte verwenden Sie ausschließlich die Bankverbindung, die wir für Sie vorbereitet haben.»

Er entnahm seinem Etui mit Visitenkarten eine der Tessiner Privatbank BIS, die gleichzeitig eine Kontonummer aufführte. Nach kurzem Zögern überreichte er sie Sophie, vermutlich hielt er sie ohnehin für Brendes Sekretärin.

«Eine gute Wahl», bemerkte Sophie. «Soweit ich weiß, akzeptiert die BIS nur Kunden mit untadeliger Bonität.»

«So ist es, Ma'am», bestätigte Grendell und warf ihr einen prüfenden Blick zu.

«Die zu erstattende Gesamtsumme beläuft sich auf 270 Millionen US-Dollar», ergänzte Shelby.

Erneut rang Brende nach Luft und Worten, dann fing er sich und sagte: «Da muss ein Irrtum vorliegen.» Er hörte sich leicht eunuchal an, ein wahrer Countertenor, doch hatte ihn die genannte Summe wohl aller seelischen Abgründe entledigt, wurde er hart in die Wirklichkeit zurückgeworfen.

«270 Millionen», wiederholte der Botschafter.

«Wie kommen Sie auf diesen Betrag? Wir haben die relevanten Auslandskonten geprüft. Insgesamt reden wir über eine Summe von etwa 50 Millionen Dollar, wobei es sich sowohl um norwegische wie auch amerikanische Gelder handelt. Die im Einzelnen voneinander zu trennen, braucht Zeit.»

Grendell beugte sich leicht nach vorne, die Ellenbogen auf die Knie gestützt. Seine beiden Zeigefinger deuteten auf Brendes Brust. Es schien, als suche er nach einer Antwort, die ins Grundsätzliche verwies und diesem Minister die Spielregeln möglichst eingängig vermittelte. «Offen gestanden interessieren wir uns nicht für Ihre Buchhaltung. Wir erwarten, dass die hiesige Regierung das uns zustehende Geld innerhalb der nächsten zehn Tage überweist.»

Brende räusperte sich. «Darf ich Sie daran erinnern, Herr Botschafter, dass amerikanische Behörden, namentlich die NSA, widerrechtlich norwegische Konten zur Geldwäsche eingesetzt haben? Unabhängig davon entbehren Ihre Zahlen jeder sachlichen Grundlage. Oder haben Sie die entsprechenden Belege dabei?»

Der Angesprochene lehnte sich zurück und schenkte sich ein Glas Wasser ein. «Herr Minister, wir treffen uns mit Ihnen, obwohl Sie für Wirtschaftsfragen gar nicht zuständig sind. Wir halten es daher nicht für angemessen, Ihre wie auch unsere Zeit für unnütze Diskussionen zu verschwenden.»

«Es steht Ihnen frei, sich um andere Gesprächspartner auf Seiten der Regierung zu bemühen. In dieser Angelegenheit allerdings bin ich federführend zuständig», entgegnete Brende.

Da hatte er Recht. Die Premierministerin war entschlossen aufzuräumen. Und hatte Brende die Pistole auf die Brust gesetzt. Entweder sei er bereit, den «Saustall» auszumisten, oder er müsse nach dem Verlust seines Ministeramtes mit Strafverfolgung rechnen. Zum Verhängnis geworden war ihm sein allzu inniges Verhältnis zu Polizeichef Rasmussen und CEO Thuland, die ihres Amtes zu entheben für Siv Sandberg nur noch eine Frage des richtigen Zeitpunktes war. Doch musste sie dabei umsichtig vorgehen, um nicht deren Netzwerke gegen sich aufzubringen. Brende erschien ihr als das schwächste Glied der Kette, eher williger Vollstrecker als Drahtzieher. Bei ihm setzte sie an. Konfrontiert mit dem Ultimatum, hatte er Sandberg seiner Loyalität versichert und widersprach nicht, als dann zusätzlich Sophie ins Spiel kam. Offiziell war sie in der Tat seine Assistentin, vor allem aber seine Aufpasserin. Kontakte zu Rasmussen und Thuland durfte

Brende ohne ihr oder Berits Wissen nicht länger unterhalten.

Erneut warf sich der Botschafter in Pose, reckte den Oberkörper nach vorne. Er trug sehr kurze, gescheitelte Haare auf ovalem Kopf, seine blässlichen Gesichtszüge waren straff und glattrasiert. Auch der dünne Mund und die spitze Nase erinnerten an ausgeblichenes Pappmaché. Nicht weniger markant waren seine fledermausartigen Spitzohren, die unablässig das Umfeld zu sondieren schienen, Sensoren gleich. Sein Habitus ließ an einen Militär in Zivil denken. Oder auch an einen Gauleiter, überlegte Sophie, bevor sie sich das verbot. Abstoßend wirkten seine bis tief ins Nagelbett hinein abgekauten Fingernägel.

«Hören Sie gut zu, Herr Brende. Wir meinen, was wir sagen. 270 Millionen. Sind wir uns so weit einig?», tönte er, und seine Stimmbänder vibrierten. Offenbar stand auch er unter Stress. Das alles war ja auch gewiss nicht seine Idee allein gewesen. «Dieses Geld steht uns zu. Und seien Sie versichert, dass wir es gut einsetzen werden. Überall dort, wo es die Freiheit zu verteidigen gilt.»

Brende hub an, etwas zu sagen, doch Sophie legte ihm kurz die Hand auf den Arm. «Einmal angenommen, Sie erhalten diese Gelder aus den illegalen Waffenverkäufen von NSA und CIA an den Iran nicht. Was geschieht dann?», fragte sie.

Grendell und Shelby lächelten einander zu. Nun ergriff Shelby das Wort: «In dem Fall wird die Wall Street auf unsere Empfehlung so lange gegen die Norwegische

Krone spekulieren, bis sie nicht einmal mehr als Monopoly-Währung taugt. Darüber hinaus ...» Ihr Zeigefinger strich mehrfach über die linke Wange, als denke sie nach. «Darüber hinaus könnten wir geneigt sein, das Portfolio von Nordic Invest einer gründlichen Prüfung zu unterziehen. Mit dem Ziel, gegen die wichtigsten Einlagen ebenfalls zu wetten, so dass im Ergebnis der Fonds deutlich an Wert verliert.»

«Sie schießen also mit Kanonen auf Spatzen», kommentierte Sophie. «Und sich selbst ins Knie, denn betroffen wären davon ja auch amerikanische Aktien.»

«Bestenfalls vorübergehend», erwiderte Shelby, deren flackernde Augen Sophie fixierten wie Berits Nachbar Ole wahrscheinlich die von ihm aufgespießten Insekten.

«Es geht ums Grundsätzliche», erklärte Grendell. «Wir dulden es nicht, wenn andere nur ihren Vorteil suchen, auf unsere Kosten. Was wir verlangen, richtet sich gegen niemanden. Allerdings steht uns zu, was uns zusteht.»

«Wir wissen Ihre klaren Worte sehr zu schätzen, Herr Botschafter», sagte Sophie. Brende ließ sie gewähren. Vielleicht war er froh, dass sie das Reden übernahm. «Gerade unter Freunden sollte es möglich sein, Klartext zu reden.»

«Ich freue mich, dass wir einer Meinung sind», versicherte Grendell.

«Nutzen wir also die Gelegenheit, klar Schiff zu machen und Missverständnisse auszuräumen», fuhr sie fort. «Sagen Sie uns offen, in welchen Bereichen Oslo noch mehr leisten kann als bisher, um den Vorstellungen Washingtons zu genügen. Es liegt in unserem eigenen Interesse, unnötige Verwerfungen oder gar Spannungen im bilateralen Verhältnis zu vermeiden.»

Brende sah sie verblüfft an, sagte aber nichts.

«Darf ich fragen, welche Position Sie genau bekleiden?», erkundigte sich Shelby.

«Sie ist die nächste Staatssekretärin im Finanzministerium», behauptete Brende blitzschnell. «Ihre Kollegin, sozusagen.»

Erneut traf ein Feuerstrahl aus Shelbys Augen Sophie. «Nun, in dem Fall spricht in der Tat nichts gegen offene Worte. Wir können nicht nachvollziehen, dass sich die norwegische Regierung bis heute nicht entschließen konnte, BlackHawk die Nutzung des Rechenzentrums in Odda vorbehaltlos zu gestatten. Für uns hat Odda dieselbe strategische Bedeutung wie die Abhöranlage in Vardø, die alle russischen Schiffs- und Flottenbewegungen im Europäischen Nordmeer sowie im Arktischen Ozean überwacht. BlackHawk und Nordic Invest verfolgen dieselben strategischen Interessen: stimmentscheidende Anteile an privaten Unternehmen zu erwerben, im globalen Maßstab und frei von staatlicher Bevormundung. Es sollte also zusammenwachsen, was zusammengehört. Diese Marktmacht, verbunden mit einer intelligenten Nutzung aller verfügbaren Daten, ist das Geschäftsmodell der Zukunft. Und mit Daten meine ich jede Bewegung, jedes Gespräch, jeden Gesichtsausdruck, jedes Gefühl, jeden Text, jedes Bild, die mit Hilfe sozialer Medien überhaupt nur zu erfassen sind. Bis hin zur Unterhaltung eines Kindes mit seinem Teddybär, wenn Sie verstehen. Mit dem Ziel, menschliches Verhalten so zu steuern, dass es in jeder Hinsicht berechenbar wird, sich niederschlägt im Marktgeschehen. Bis wir in der Lage sind, Wetten auf das künftige Verhalten jedes einzelnen Internet-Nutzers abzuschließen. Die Zukunft heißt Überwachung, meint Kontrolle auf allen Ebenen, Frau Kollegin. Wir bieten Ihnen, wir bieten Norwegen an, Teil des Teams zu werden. Entscheiden Sie selbst, ob Sie für uns sind oder gegen uns. Odda ist hier das entscheidende Kriterium.»

Sophie nickte zustimmend mal in ihre, mal in Richtung des Botschafters. «Wir wissen Ihre visionäre Tatkraft zu schätzen. Die Welt wäre eine bessere, würden sich die Verantwortlichen regelmäßig klar und deutlich in der Sache austauschen.»

Brende warf ihr gleichermaßen verwunderte wie auch wohlwollende Blicke zu – er kannte ja ihre schauspielerischen Talente noch nicht.

«Da ist noch etwas», sagte Grendell. «Wir können nicht hinnehmen, dass Norwegen den Aufenthalt von Individuen duldet, die sich nach amerikanischem Gesetz schwerer Verbrechen schuldig gemacht haben, konkret des Landesverrates und der Veröffentlichung geheimer, illegal erworbener Dokumente.»

«Solche Individuen befinden sich hier im Land?», fragte Sophie erstaunt. «Wissen Sie darüber Näheres, Minister Brende?»

Der Angesprochene offenbarte Fassungslosigkeit. Vermutlich konnte er nicht mehr nachvollziehen, was hier gerade vor sich ging.

«Wir werden das prüfen, Herr Botschafter», versicherte der.

«Da gibt es nicht viel zu prüfen. Es handelt sich um den Journalisten Tom Phillips und seine Komplizin, eine gewisse Emma Davis. Wir werden in Kürze einen Auslieferungsantrag stellen und würden es begrüßen, wenn sich die hiesigen Behörden kooperativ zeigten.»

«Selbstverständlich werden sie das, nicht wahr, Minister Brende?»

Dessen Haupt neigte und hob sich langsam wieder. Sophie hoffte inbrünstig, dass er keinen Herzinfarkt erlitt. Für ihn war das alles sicher ein Albtraum. Er stand vor den Trümmern seiner Karriere, und dieses junge Ding nahm ihn in die Pflicht: *Adding insult to injury.*

«Welches Strafmaß haben die beiden zu erwarten?», fragte Sophie. «Hoffentlich nicht die Todesstrafe? In dem Fall könnten wir nicht zustimmen.»

«Nein, natürlich nicht», versicherte Grendell. «Wir gehen von 100 bis 200 Jahren Gefängnis aus, wie auch bei Julian Assange. Das sollte reichen.»

«Können Sie uns einen Hinweis geben, wo die beiden sich aufhalten?»

«Unseres Wissens bei einem einheimischen Komplizen in Rotary, Torvald Berglund. Er betreibt dort ein Restaurant.»

«Rotary?», fragte Sophie.

«Røros», verbesserte ihn Rebecca Shelby. «Bei der Gelegenheit: Was können Sie uns über die Einheit E 39 sagen? Handelt es sich dabei um eine Sondereinheit des Geheimdienstes?»

«Wir sind nicht befugt, darüber Auskunft zu geben», erwiderte Brende.

«Na schön, dann eben nicht. Wir sind auch so informiert.»

Sophie fasste sich ans Kinn. Sie legte Wert darauf, als spontan und spitzfindig wahrgenommen zu werden. «Lassen Sie uns einen Deal machen», sagte sie. «Sie haben Ihre Vorstellungen klar benannt. *Fair enough*. Sie werden verstehen, dass wir bei aller Kooperationsbereitschaft auch Entgegenkommen von Ihrer Seite erwarten.»

«Woran dachten Sie?», erkundigte sich Grendell.

«Das Geld, das Sie beanspruchen, diese 270 Millionen Dollar, das bleibt auf unseren Konten.»

Grendell und Shelby zeigten sich amüsiert. «Netter Versuch», urteilte der Botschafter. «Aber wir sind hier nicht auf dem Basar.»

«Da haben Sie natürlich Recht. Sie bekommen 30 Millionen. Nicht einen Cent mehr. Das ist der Preis.»

«Der Preis wofür?», fragte Shelby.

«Für unser Wohlwollen und Entgegenkommen.»

Die Staatssekretärin im US-Finanzministerium verfiel in einen kurzen, heftigen, und, wie es Sophie erschien, durchaus nicht geschauspielerten Lachanfall. Der Botschafter zeigte ein breites Grinsen.

«War nur ein kleiner Scherz», versicherte Sophie. «Wir wissen die gegebenen Verhältnisse durchaus realistisch einzuschätzen.»

«Dafür sind wir Ihnen sehr dankbar, Ma'am», entgegnete Grendell.

«Ich denke, es ist alles gesagt», resümierte die schöne Rebecca. «Jetzt ist es an Ihnen zu liefern.» Sie wandte sich dem Botschafter zu. «Du gestattest, Montgomery?»

«Natürlich. Wir sind ja unter uns.»

«Die Einwanderungspolitik der hiesigen Behörden unterscheidet sich grundlegend von der unseren, die der nationalen Sicherheit uneingeschränkt Rechnung trägt. Sie haben nicht nur fragwürdige Individuen aus New York bei sich aufgenommen, sondern auch eine Deutsche, die den Interessen Amerikas wiederholt auf impertinente Weise zuwidergehandelt hat.»

Brende hob den Kopf und blickte zur Decke. Das durfte doch alles nicht wahr sein, mochte er denken.

«Was genau werfen Sie ihr vor?», fragte Sophie, um ein unschuldiges Lächeln bemüht.

«Terrorismus, Verschwörung, Verbreitung von *fake news*. Die Richtung.»

«Wohin sollen wir ausliefern?» Sophie sah Shelby in die Augen, fixierte sie regelrecht. «In die USA? Nach Deutschland? Guantanamo?»

«Ihr Tonfall gefällt mir nicht», antwortete die Amerikanerin. «Sie scheinen zu glauben, das hier sei ein Spiel. Das ist es aber nicht. Wir meinen es todernst.»

«Wir auch, darauf können Sie sich verlassen. Wie heißt denn diese Deutsche, Frau Shelby?»

«Sie heißt Sophie Schelling, Frau …» Wie in Zeitlupe entglitten der künftigen Chefin von Elendilmir die Gesichtszüge, sprühten ihre Augen Lava. Leicht zeitversetzt wechselte auch Grendells Hautfarbe in Richtung aschfahl. Sophie hatte das Gefühl, zum ersten Mal überhaupt, dass sie ohne jede körperliche Berührung eine Art Höhepunkt erlebte.

***

Die Premierministerin empfing Berit nunmehr täglich, gemeinsam zogen sie die Fäden – unter Umgehung aller Dienstwege. Es war ein Balanceakt. Sie jonglierten mit mehreren Bällen und durften sich keinen Fehler erlauben. Berit wusste, dass sie und ihre Einheit die Verantwortung zu tragen hätten, falls das Kunststück misslang und die Öffentlichkeit davon erfuhr. Offiziell wusste Siv Sandberg von nichts. Berit nahm ihr das nicht übel, die Premierministerin hatte gar keine andere Wahl. Es ging um die Fundamente des Landes, allen voran Nordic Invest. Sobald die Medien oder missgünstige Abgeordnete von den bisherigen Machenschaften Wind bekämen, stünde das Land vor einer Zerreißprobe. Die Wahrheit war leider keine Münze, die sich parlamentarisch auszahlte. Mit dem Ergebnis, dass der kleinen Einheit E 39 unerwartet eine staatstragende Rolle zukam. Das Schicksal der Nation lag, vorübergehend jedenfalls, in den Händen von gerade einmal drei Personen, zwei von ihnen Einwanderer. Oder fünf, sofern man Tom und Emma hinzurechnete. Auch sie keine gebürtigen Norweger. Eine durchaus bemerkenswerte Fußnote der Globalisierung, fand Berit.

Wiederholt besuchte sie auch Jonas Brende, der das Bedürfnis hatte zu reden. Bis vor kurzem war sie ihm gegenüber wenig mehr als eine Bittstellerin gewesen. Jetzt nahm sie ihm gewissermaßen die Beichte ab. Das Spiel war aus, das wusste der Minister natürlich. Er konnte nur hoffen, nicht ins Visier der Medien oder seiner eigenen Justizabteilung zu geraten. Zum Verhängnis war ihm geworden, dass er die Premierministerin nicht über die Verstrickungen Lunds und Thulands informiert und beide hatte gewähren lassen. Da er sein Leben in den Dienst der Partei gestellt hatte, war er nervlich am Ende und durchlebte die tiefste Krise seiner Laufbahn, wie er sagte. Das Schlafen wie auch das Essen fielen ihm schwer, und da er weder Freunde noch ein Familienleben besaß, füllte Berit nun die Lücke. Immerhin machte ihn seine Redseligkeit zur wichtigen Informationsquelle. Meist unterhielten sie sich in seiner Wohnküche, wobei er deutlich zu viel trank.

An jenem Abend erfuhr Berit mehr, als ihr zunächst lieb war. «Die Idee hatte Rasmussen», erzählte Brende. «Ich meine, wir alle wissen doch, dass wir uns mit den Amerikanern nicht anlegen können. Wir sind nun mal ein kleines Land mit begrenzten Möglichkeiten. Diese Geschichte mit Odda hat uns überhaupt nicht gefallen. Warum sind die Amerikaner so versessen darauf, unserem Staatsfonds so nahe zu sein? Dann ist Rasmussen an mich herangetreten. Er hat ja verdammt gute Kontakte nach Washington und zur NATO in Brüssel. Und er meinte, wir sollten uns gut aufstellen. Da würden Dinge laufen, bis hin zu dieser Waffengeschichte mit Teheran, die könnten uns noch Schwierigkeiten bereiten. Wir sollten vorbereitet sein. Ein Blatt in der Hinterhand haben.

Schaffen wir doch eine Sondereinheit außerhalb des regulären Geheimdienstes. Wie damals, während des Jugoslawien-Krieges.»

Brende nahm einen tiefen Schluck Rotwein. «So ist sie entstanden, deine Einheit E 39», fuhr er fort. «Wir hatten noch gar keinen konkreten Verwendungszweck für euch. Wofür genau ihr eigentlich zuständig seid und so weiter. Aber grundsätzlich hat mir das eingeleuchtet. Du und deine Leute. Die Schattenkrieger.»

«Wir sind gerade mal zu dritt. Mach dich bitte nicht lächerlich, Jonas.»

«Ja, aber das wäre doch nur der Anfang gewesen. Bei Bedarf hätten wir euch aufgestockt. Ein Team, das frei agieren kann. Ohne Rücksicht auf Hierarchien.»

Berit hielt es für das Beste, ihn einfach reden zu lassen.

«Tja ... Rasmussen denkt gerne militärisch», sagte Brende. «Was ihm ursprünglich vorschwebte, war wohl so eine Art Undercover-Einheit. Die zupackt und Probleme löst. Mit den Amerikanern ohne Wenn und Aber kooperiert. Damit wir alles unter Kontrolle behalten. So hat er mir das verkauft.» Er zögerte. «Als mir klar wurde, was Rasmussen tatsächlich im Schilde führt und worauf er sich eingelassen hat, war es bereits zu spät.»

«Und was war das?»

«Willst du das wirklich wissen?»

«Worauf du dich verlassen kannst.»

Er wandte seinen Blick ab, in Richtung der Zimmerdecke. «Ich bin fest davon überzeugt, dass Rasmussen von der geplanten Ermordung Ingstads wusste. Doch er hat die Amerikaner gewähren lassen und deren Mann, Wolfe hieß er wohl, indirekt unterstützt. Hat ihnen sogar zwei Polizisten an die Hand gegeben. Die haben dann auch die Leiche bei euch im Garten abgelegt.»

«Was du da sagst, ist ungeheuerlich, Jonas.»

«Du kannst mir glauben, dass es mir schwer fällt, darüber zu reden und mich das alles … innerlich sehr belastet. Deine Einheit, die war für ihn eine Art Versicherungspolice. Läuft etwas schief, seid ihr eben Schuld. Wie bei der Geschichte mit Lund. Da hat sich Rasmussen vollkommen verrannt, hat er die Dinge falsch eingeschätzt. Dass der am Ende tot in der Badewanne liegt – wir waren beide schockiert, das kann ich dir versichern.»

«Du und Rasmussen, ihr habt frühzeitig von Lunds Aktivitäten gewusst, ohne einzuschreiten. Dafür gibt es hinlänglich Beweise. Ich kann nur hoffen, dass du dir über die juristischen Konsequenzen deiner Ausführungen im Klaren bist.»

Ihr Gegenüber seufzte. «Ich bin … sehr unglücklich über das, was geschehen ist. Ich bin bereit, dafür die Verantwortung zu übernehmen, Berit.»

«Ich kann ehrlich gesagt nicht glauben, was ich da höre. Da haben also zwei große Jungs, du und Rasmussen, im Sandkasten gespielt, und am Ende sind Lund und Ingstad tot, auch dessen Frau, Erling Opdal in Odda und der Pastor in Narbuvoll?»

«Du hast ja Recht», suchte Brende sie zu besänftigen. «Aber du kennst doch Rasmussen. Wenn der sich was in den Kopf gesetzt hat, dann zieht er das auch durch. Du hast ein neues Betätigungsfeld gesucht, euer Firmensitz in Aker Brygge war gerade frei – das alles hat wunderbar zusammengepasst. Der Rest würde sich schon fügen. Dachte ich.»

«Spätestens, allerspätestens nach der Ermordung Ingstads wäre es deine Pflicht gewesen, Alarm zu schlagen. Dann hätte es mit Sicherheit weniger Tote gegeben.»

«Also … Ingstad. Der war strikt gegen die Zusammenarbeit mit BlackHawk. Im Gegensatz zu Thuland, wie du weißt. Dummerweise hat sich Ingstad mit diesem Enthüllungsjournalisten in Verbindung gesetzt. Tom Phillips. Das war ein Problem. Denn Ingstad hat dem alle möglichen Informationen geliefert, auch über die Auslandskonten und das … Engagement von Helge Lund. Das haben die Amerikaner wohl mitbekommen. Und dann ist geschehen, was geschehen ist.»

Berit schüttelte den Kopf, was Brende mit einem Schnauben quittierte. «Uns waren doch die Hände gebunden! Oder hätten wir uns deiner Meinung nach mit der NSA oder wem auch immer anlegen sollen? Wäre das klug gewesen, aus deiner Sicht?»

«Die Entscheidung darüber liegt nicht bei dir oder mir, sondern bei den entsprechenden Regierungsstellen, allen voran der Premierministerin. Norwegen ist ein Rechtsstaat, hier gelten nicht die Gepflogenheiten des Saloons. Du bist als Minister deinem Amt nicht gerecht geworden, Jonas. Offenbar fehlt es dir an Rückgrat, bei allem Respekt. Du hast nicht einmal Thuland aus dem Verkehr gezogen. Dass der seit langem nicht mehr tragbar ist in seiner Position, hättest du erkennen müssen. Wenigstens das.»

«Natürlich! Natürlich. Das sehe ich mittlerweile auch

so. Hinterher ist man immer schlauer. Thuland fällt allerdings nicht in meinen Geschäftsbereich, für den sind das Finanzministerium und die Staatsbank zuständig. Unabhängig davon weiß er sehr viel. Das kann gefährlich werden. Rasmussen hielt es daher für ratsam, erst einmal abzuwarten. Bis der richtige Moment gekommen ist, ihn als CEO abzulösen.»

Berit war zunehmend fassungslos. Brende und Rasmussen hatten sich aufgeführt wie Paten der Mafia.

«In der Politik ist alles eine Frage der Abwägung», setzte Brende seine Überlegungen fort. «Das Richtige ist immer das, was in einem gegebenen Moment nützlich erscheint. Das muss ich dir nicht erklären.»

Berit blickte Brende stumm an, der sah an ihr vorbei und sagte: «Nimm es doch mal positiv. Im Grunde habe ich dich und dein Team vor dem Schlimmsten bewahrt. Rasmussen hätte euch den Amerikanern längst ans Messer geliefert. Damit die ihre Verärgerung nicht an uns auslassen. An der Regierung.»

Was hinderte Berit, die Wohnküche fluchtartig zu verlassen, hinaus an die frische Luft? Vor ihr hockte ein Zyniker, der reinen Tisch gemacht hatte. Und sei es, um sich reinzuwaschen. Gott, wie sie die Politik hasste, diese Verlogenheit, die fehlende Größe, die schier grenzenlose Dummheit. Gewiss wäre es ein Leichtes, Brende moralisch zu verurteilen. Doch wusste sie nur zu gut, dass es so einfach nicht war. Sie kannten sich seit einem halben Jahrhundert, sie teilten dieselben Erinnerungen und Erfahrungen. Wie könnte sie daher leugnen, dass sie beide aus ähnlichem Holz geschnitzt waren? Lange genug hatte auch sie sich auf der politischen Bühne betätigt. Mit deutlich mehr Skrupeln, möglicherweise war ihr deswegen die große Karriere nicht beschieden gewesen. Machte sie das aber zu einem besseren Menschen?

Erneut nahm Brende einen kräftigen Schluck und atmete schwer. «Ich wünschte, es wäre alles anders gekommen, Berit.»

«Da bin ich ganz deiner Meinung.» Einen Moment verlor sie sich in Gedanken. Sie stellte sich vor, noch einmal Kind zu sein, bis irgendwann der Morgen graute und die Welt eine andere wäre.

«Mach's gut, Jonas», sagte sie, stand unvermittelt auf und verließ seine Wohnung. Den Mantel zog sie sich auf der Straße an.

Gebannt starrten Roar Thuland und leitende Mitarbeiter von Nordic Invest auf die Monitore im Konferenzraum. Als Sophie und Berit eintraten, sahen sie sorgenvolle Gesichter, hörten sie Ausrufe des Erstaunens und Entsetzens. Niemand schien die beiden Frauen zunächst wahrzunehmen. Thuland war es, der als Erster seine Blicke vom Börsen- und Devisengeschehen löste.

«Liebe Kolleginnen und Kollegen, wir wollen Berit Berglund und Sophie Schelling in unserer Mitte begrüßen. Im Auftrag der Regierung sind sie unterwegs, unseren Wohlstand zu mehren. Herzlich Willkommen, meine Damen, zum ersten Flashcrash in der norwegischen Geschichte.» Er winkte Berit und Sophie zu sich heran, zeigte ihnen den Verlauf des Devisengeschehens anhand der auf den Bildschirmen eingeblendeten Kurven. «Hier, kurz nach der Eröffnung der Devisenmärkte heute Morgen. In London, Frankfurt, Paris und Oslo ist der Wert der Norwegischen Krone fast zeitgleich um rund fünfzehn Prozent eingebrochen, innerhalb weniger Minuten, vor allem gegenüber US-Dollar und Euro. Dann hat der Kurs wieder angezogen, steht aber aktuell zwei Prozent im Minus. Zwischenzeitlich gibt es aber noch immer Ausschläge tief in den Keller.»

Thuland krempelte die Hemdsärmel hoch. «Einen solchen Flashcrash hat es bisher nur einmal gegeben, ihr Lieben. Am 7. Oktober 2016, als es an den asiatischen Devisenmärkten plötzlich einen Großangriff auf das Britische Pfund gab, das ebenso schnell abgestürzt ist. Die Hintergründe sind nie geklärt worden. Vermutlich Dealer, die hinter den Kulissen unrechtmäßig Verkaufsoptionen im Millisekunden-Takt rausgehauen und anschließend im großen Umfang wieder eingekauft haben, mit immensem Profit.»

Der CEO von Nordic Invest warf einen erneuten Blick auf die Monitore. «Was wir hier gerade erleben, ist selbstverständlich kein Zufall», sagte er. «Das ist eine regelrechte Kriegserklärung. Sollte sich herausstellen, dass Russland dahintersteckt, wäre fast schon der Verteidigungsfall gegeben. Allerdings gibt es einen entscheidenden Unterschied zu den Geschehnissen in Asien. Das Britische Pfund gehört zu den globalen Leitwährungen. Wer gegen das Pfund spekuliert, setzt auf gewaltige Gewinne – ob illegal oder ganz legal, wie der Großinvestor George Soros 1992. Der hat mit seinen Wetten gegen das Pfund damals ein Vermögen verdient.»

Er trank einen Schluck Wasser. «Die Norwegische Krone ist eine unbedeutende Binnenwährung, global gesehen. Selbst ein Spekulant würde davon wohl die Finger lassen – die Gewinne, vermutlich nicht einmal im dreistelligen Millionenbereich, stünden in keinem Verhältnis zum Aufwand. Nicht in dieser Liga. Nein, hier geht es nicht um Profit. Hier schickt uns jemand eine Botschaft. Wer könnte das wohl sein, meine Damen? Die Russen?»

Thuland lachte schallend, einige in der Runde stimmten in das Gelächter ein. Sophie war erstaunt über dieses gesunde Selbstbewusstsein. Immerhin stand er mit einem Bein im Gefängnis. Theoretisch jedenfalls.

«Wir sollten uns in deinem Büro weiter unterhalten», beschied Berit. Thuland ging unbeschwert voraus, hielt ihnen die Tür auf, freundlich, verbindlich, ganz Gentleman. Doch forderte er seine Besucherinnen nicht auf, sich zu setzen. Im Stehen ließ er sie wissen, «dass wir die heutige Warnung sehr ernst nehmen sollten».

«Wer ist denn der Urheber, deiner Ansicht nach?», fragte Berit.

«Ich bitte dich! Mich beschäftigt etwas ganz anderes. Was hat die Amerikaner dermaßen verärgert, dass sie diesen Flammenwerfer auf uns richten?»

«Sag du es uns. Du hast doch einen guten Draht ins halbseidene Milieu», erwiderte Berit.

«Ich verbitte mir solche Unterstellungen.»

«Darf ich dich an den Missbrauch der Auslandskonten von Nordic Invest erinnern?»

«Dafür ist allein Helge Lund verantwortlich.»

«Wie praktisch, dass er nicht mehr lebt.»

Thuland verschränkte die Arme. «Was willst du, Berit. Du hast nichts gegen mich in der Hand. Juristisch kann mir niemand was, das weißt du genau. Schlimmstenfalls würde es auf eine politische und mediale Schlammschlacht hinauslaufen, bei der es keine Gewinner gibt, nur Verlierer. Vom Schaden für Nordic Invest ganz abgesehen.»

«Wie kommst du denn darauf, dass wir dir am Zeug flicken wollen?», erkundigte sich Berit.

«Eure moralingesättigte Ausstrahlung legt diesen Eindruck nahe.»

Da Berits Gesicht rot anlief und sie offenbar kurz davor stand, aus der Haut zu fahren, bemühte Sophie erneut ihre Talente in darstellender Kunst.

«Im Grunde sind wir gekommen, um uns bei dir zu entschuldigen», sagte sie.

«Ich bin ganz Ohr.»

«Viele haben dir vorgeworfen, du seiest zu nachgiebig gegenüber BlackHawk gewesen, gerade auch mit Blick auf deren Avancen in Sachen Rechenzentrum. Odda, du weißt schon.»

«Warum entschuldigst ausgerechnet du dich dafür, dass ich den richtigen Instinkt hatte? Das wäre doch wohl Sache der Regierung, nicht wahr. Ein Anruf von Sandberg erscheint mir da das mindeste.»

«Vielleicht kommt der ja noch», tröstete ihn Sophie. «Du weißt doch, wie sensibel solche Angelegenheiten gehandhabt werden. Dennoch, die Ministerpräsidentin glaubt an dich. Soviel dürfen wir dir verraten. Und deswegen brauchen wir deine Unterstützung.»

Thuland stutzte, betrachtete beide mit Misstrauen. Wie angewurzelt stand er da, ungläubig, aber geschmeichelt.

«Die Regierung hat beschlossen, den von BlackHawk gewünschten Vertrag in Sachen Odda zu unterschreiben», ergänzte Berit, wieder ganz sie selbst. «Da niemand bessere Beziehungen zum Chef von BlackHawk unterhält als du, möchten wir dich bitten, Mister Shelby entsprechend zu informieren.»

«Die Unterzeichnung findet in Oslo statt, nehme ich an?»

«So ist es.»

Thuland drehte sich auf Zehenspitzen einmal um sich selbst, warf die Arme in die Höhe. «Viel Ärger um nichts! Das hätten wir doch längst schon haben können!» Er machte einen Schritt auf sie beide zu, richtete seinen Zeigefinger abwechselnd auf Berit und Sophie: «Machen wir uns doch nichts vor, meine Teuersten. Niemand kann sich auf Dauer einer Weltmacht widersetzen, Norwegen am allerwenigsten. Wir schließen uns entweder den Siegern an oder aber wir werden zu Verlierern. Dabei geht es nicht um Moral, sondern allein um unsere wohlverstandenen Eigeninteressen. Wir fahren am besten, indem wir vorausschauend mitdenken. Das hat Hauke leider nicht verstanden.» Er hielt eine bis zwei Sekunden inne. «Damit wir uns nicht falsch verstehen, ich missbillige zutiefst, was ihm zugestoßen ist. Diese ganzen Schweinereien, diese merkwürdigen Todesfälle. Das können und werden wir nicht zulassen, selbstverständlich nicht. Hier braucht es die ganze Härte des Gesetzes, das habe ich auch Steve, Steve Shelby, immer wieder klar vermittelt.»

«Und hat dir der CEO von BlackHawk darin zugestimmt?», fragte Sophie mit leichtem Tremolo in der Stimme, ganz gerührt von seiner Offenheit.

«Selbstverständlich hat er das!»

«Ich habe keine andere Antwort erwartet, Roar.» Für Ironie war er nicht empfänglich, so viel stand fest. «Aber noch einmal zurück zu Odda. Warum ist BlackHawk so versessen darauf, ausgerechnet dasselbe Rechenzentrum zu nutzen wie der norwegische Staatsfonds? Worin genau besteht da der Synergieeffekt?»

Thuland holte tief Luft. «Da sind der Phantasie keine Grenzen gesetzt, offen gestanden. Grundsätzlich ist der Gewinn innerhalb einer Branche immer dann am größten, wenn der Drang jedes einzelnen Unternehmens, den anderen Unternehmen in derselben Branche Konkurrenz zu machen, wirksam ausgeschaltet wird.»

«Wenn BlackHawk Nordic Invest übernimmt, willst du sagen?»

«Eine vollständige Übernahme ist selbstverständlich ausgeschlossen. Doch dürfte der Druck auf Regierung und Zentralbank zunehmen, sich den Vorgaben aus New York anzupassen.»

«Oder sich ihnen, ganz im Gegenteil, entschlossen zu widersetzen.»

Thuland klatschte kräftig in die Hände. «Aufwachen, meine Damen! Wir können uns nicht mit den Amerikanern anlegen. Entweder spielen wir nach deren Regeln, oder es passiert, was gerade geschieht. Ein Flashcrash.

Eine von vielen, von sehr vielen Möglichkeiten, Norwegen in die Knie zu zwingen. Ist das gut, ist das schlecht? Die Frage stellt sich mir nicht. Die Dinge sind, wie sie sind. Entweder erkenne ich die Realitäten an und verhalte mich entsprechend oder ich trage die Konsequenzen. Das ist der Rahmen, der unser Handeln bestimmt. Bestimmen sollte.»

«Wenn das einzige vorhandene Werkzeug der Hammer ist», fasste Sophie in ihren Worten zusammen, «erscheint in der Tat jedes Problem als Nagel. Alles eine Frage der eigenen Perspektive.» Sie legte ihren rechten Zeigefinger an den Mund und zeigte ein nachdenkliches Gesicht. Dann schnellte ihre Hand in die Höhe, als wäre sie eine Schülerin, die sich meldet. «Eine Bitte hätten wir noch, Roar. Sag Steve und seinen Freunden, dass wir verstanden haben. Noch so einen Flash braucht es nicht.»

Er nickte und signalisierte Zuversicht. «Mal sehen, was sich machen lässt», sagte er.

Woraufhin Sophie einen Schritt auf ihn zuging und ihm liebevoll die Hand auf die Schulter legte. Viel hätte nicht gefehlt, und sie hätte ihm einen Kuss auf die Wange gehaucht. Das Gefühl gab sie ihm. Wie entrückt verließ sie sein Büro, ohne ein weiteres Wort, ihm einen letzten, freundlichen Blick zuwerfend.

«Manchmal bist du mir geradezu unheimlich, Sophie», flüsterte Berit, unterwegs zum Fahrstuhl.

***

Harald betrat das Eishotel am Rande von Kirkenes, unweit der russischen Grenze, gleichzeitig mit einer Gruppe Touristen. Sie hielten auf die Eisbar zu, wo ihnen ein kleines Glas Moltebeerensaft zur Begrüßung gereicht wurde. Er schlich an ihnen vorbei und begab sich in Richtung der Zimmer. Das Hotel in Form eines überdimensionalen Iglus bestand aus mehreren Tonnen gefrorenen Wassers. Die Wände waren gut einen Meter dick und verziert mit schön anzusehenden Eisschnitzereien international anerkannter Künstler, die erkennbar mythologische Motive der samischen Urbevölkerung aufgegriffen hatten. Gefräste Linien im Eis zeigten stilisierte Jagdszenen ebenso wie Peer-Gynt-ähnliche Figuren oder Sonnen-Symbole. Die Innentemperatur des Hotels lag bei konstant minus fünf Grad, wie Harald den nicht zu überhörenden Ausführungen eines Reiseleiters entnahm, und es war alljährlich von Anfang Oktober bis Ende April im Betrieb, wonach es dahinschmolz. Diese Form der Vergänglichkeit, ein Werden und Vergehen bei jeweils herbstlichem Neubeginn, sagte Harald sehr zu, und er überlegte, ob nicht auch das eigene Leben idealerweise ganz ähnlich zu führen wäre. Die Paschtunen waren Muslime, aber viele hatten sich den Glauben an eine Wiedergeburt noch aus vorislamischer Zeit bewahrt. Erstaunlich, wie sehr sich die Menschen doch ähnelten, egal, wo auf der Welt.

Die Zimmer waren nur durch Vorhänge vom Hotelgang getrennt. Aus Neugierde betrat er einen der Eiswürfel, ein kleines Karree, an der Wand mit einem gefrorenem Wasserblock versehen, auf dem ein Holzquader lag, darauf Matratze und Bettwäsche. Allein die separate Trockentoilette bestand nicht aus Wasser, eine Dusche gab es nicht. Die meisten Gäste blieben ohnehin nur eine Nacht. Harald musste an den Ältesten in seinem Heimatdorf denken, der ihm bei seinem letzten Besuch gesagt hatte: «Nichts ist beständig außer dem Wandel.» In diesem Moment wurde der Vorhang zurückgeworfen, und Harald sah in zwei vermutlich japanische Gesichter. Begleitet von einem Hotelmitarbeiter, der auf Englisch und durchaus unwirsch fragte, was er hier treibe.

«Studien», entgegnete Harald.

«Dafür ist das hier der falsche Ort», sagte der Angestellte, dessen Gesicht unter der kunstpelzbewehrten Kapuze eines blauen Parkas nahezu verschwunden war. Der Eindruck entstand, innerhalb der Kapuze befinde sich wenig mehr als ein sprechendes schwarzes Loch. Die milchigen Gesichter des mittelalten fernöstlichen Paares bildeten dazu einen farblich ansprechenden Kontrast. Beide lächelten verlegen – vielleicht glaubten sie, ungewollt einen Eingeborenen zu vertreiben.

«Wahrscheinlich haben Sie Recht», erwiderte Harald. «Eigentlich bin ich auf der Suche nach einem Freund, Stig Haga. Er soll hier arbeiten. Können Sie mir sagen, wo ich ihn finde?»

«Haga? Das ist auch so einer, der sich nicht an Regeln hält.»

«Ja, das ist wohl so.»

«Der arbeitet draußen, kümmert sich um die Schlittenhunde und Rentiere.»

Harald dankte für die Auskunft und zwängte sich durch

die Tür. Der Hotelmitarbeiter kam gar nicht erst auf die Idee, einen Schritt zur Seite zu machen.

«Sie können hier nicht einfach so durchs Hotel laufen!», rief er dem Fremden hinterher. «Unser Haus hat Regeln, die für alle gelten!»

Harald fühlte sich bemüßigt, angemessen zu antworten: «Ich halte mich an alle Regeln, sprach der Pinguin – bis die Sommerhitze ihn fällte.»

Unweit des Hotels lag der «Gabba Park für Rentiere und Schlittenhunde», ein naturwüchsiges Urlauberparadies, das unter anderem dazu einlud, eingezäunte Rentiere zu streicheln und zu füttern, ein Vergnügen vor allem für die Kleinen. Gabba bedeutet auf Samisch «weißes Rentier», und zwei Albinos ästen tatsächlich auf der Weide, inmitten des Schnees erst auf den zweiten Blick zu erkennen. Weiße Rentiere waren den Samen heilig, über sie als Medium blieben sie in Kontakt mit den Ahnen. Nicht wenige ländliche Paschtunen verehrten aus demselben Grund weiße Gazellen, was sie allerdings für sich behielten. Andernfalls würden die Islamisten sie der Vielgötterei bezichtigen und um einen Kopf kürzer machen. Hier nun machte man den Ahnenkult zu Geld. So zeigte sich der Westen zivilisatorisch wieder einmal deutlich überlegen, ging es Harald durch den Kopf.

Ein ohrenbetäubendes Gebell lag in der Luft. 40 oder 50 Schlittenhunde sprangen und kläfften angeleint an ihren Pflöcken um die Wette, während mehrere Hundeflüsterer die Touristen darin unterrichteten, jeweils sechs Hunde pro Schlitten zusammenzuführen und einzuschirren. Einer von ihnen war Stig, der sichtlich genervt einer

Gruppe Jugendlicher klarzumachen versuchte, dass Huskys intelligente Tiere seien. Und wenn er, Stig, noch einmal mitbekommen sollte, dass jemand einen Hund trete, in der irrigen Annahme, der ließe sich danach besser anleinen, werde er, Stig, seinerseits kräftig Tritte austeilen, und das nicht zu knapp.

Harald musste lachen. Das war Stig, wie er leibte und lebte. Ein Besessener, beseelt von seiner Sache. Ob vor dem Computer oder vor der Hundehütte.

Stig fuhr herum, starrte ihn an. «Scheiße! Scheiße, Scheiße, Scheiße! Was machst du hier, Bulle?»

«Wollte mal sehen, wie's dir geht.»

«Na, siehst du doch. Ich unterrichte Hochbegabte aus allen Ländern.»

«Hätte nicht gedacht, dass du arbeitest.»

«Scheiße, ich auch nicht. Aber nach zwei Monaten Eisfischen hatte ich 'ne Blasenentzündung und musste mir was Neues einfallen lassen.»

Harald reichte ihm die Hand und zog ihn aus der Hocke hoch.

«Woher wusstest du, wo ich bin?», fragte Stig.

«Wir versorgen dich mit Bargeld, schon vergessen?»

«Ach so, das Trostpflaster.»

«Ich könnte mir vorstellen, dass du deine Talente mal wieder unter Beweis stellen möchtest.»

«Welche genau? Ich hab viele, oder etwa nicht.»

«Wie wär's mit Konto-Leerräumen?»

Stig klatschte sich auf die Schenkel, imitierte ein wieherndes Pferd. «Der war gut, Bulle.» Er sah sich um, ließ seine Blicke schweifen über die zahlreichen, stetig neu eintreffenden Besucher. Die meisten kamen von Bord des täglich am Vormittag eintreffenden Hurtigruten-Postschiffes aus Bergen. «Sieh es mal so. Bei all diesen Pennern, die hier aufkreuzen, frage ich mich immer: Wer von denen könnte mich kennen? Wer von denen kommt von der NSA? Und das jeden Tag aufs Neue. Die Blasenentzündung war schon übel genug. Ich brauch nicht auch noch ein Loch im Kopf. Verstehst du, was ich meine?»

«Vielleicht ist es einfach mal Zeit für eine Luftveränderung. Damit du auf andere Gedanken kommst.»

Stig grinste ihn an. «Du hast immer so gute Ideen, Bulle. Aber was hast du eigentlich drauf, abgesehen von großen Worten? Schnapp dir die sechs Huskys da vorne und leine sie vor den Schlitten da. Zeig mal, ob du besser bist als ich.»

Harald gefiel die Idee nicht übermäßig, aber was sollte er tun? Die Hunde waren sehr aufgeregt, als er sie vom Pflock losleinte. Einer, den er nicht richtig am Halsband zu fassen bekam, riss sich los und drehte ein paar Ehrenrunden über den Platz, sehr zur Freude einiger Kinder, die ihm hinterherliefen. Stig schüttelte den Kopf, pfiff zwei-, dreimal, und der Husky kam schuldbewusst wieder herbeigelaufen, machte eine Demutsgeste: den Schwanz in die Höhe gereckt, den Körper flach auf dem Boden.

«Schon gut», sagte Stig und streichelte ihm über den Kopf. Danach zeigte er Harald, wie er die Hunde richtig anpackte, nicht zu weich, nicht zu hart, aber entschlossen, und wie er sie in die richtige Lauffolge setzte. Huskys waren ausgeprägte Rudeltiere und folgten dem Leithund.

Fehlte der oder wurde er an der falschen Stelle eingespannt, fiel das Rudel übereinander her.

Es dauerte eine gute Viertelstunde, bis beide Hundeschlitten, Stigs und Haralds, einsatzbereit waren. Anschließend zogen sie sich Thermoanzüge an. Hoch im Norden war es deutlich kälter als in Røros, wo der Frühling bereits Einzug gehalten hatte und der Schnee sich langsam in Matsch verwandelte. Beide standen auf ihren Schlitten, die normalerweise noch Platz ließen für eine darauf sitzende Person. Als Bremse diente ein Bügel, der sich auf den Boden drücken ließ

«Los geht's!», rief Stig und ging sofort in Führung. Souverän hielt er Spur, anders als Harald. Erstaunlich, dass dieser Grottenolm tatsächlich in der Natur bestehen konnte, dachte er. Das hätte er Stig niemals zugetraut.

Schließlich rasten sie über einen zugefrorenen See. In der Mitte etwa lehnte sich Stig scharf nach rechts, seine Huskys bogen entsprechend ab, nicht ohne sich vorher durch Blickkontakt zu versichern, dass sie keinen Fehler machten. Harald war überrascht über deren Auffassungsgabe und vergaß darüber, sich ebenfalls nach rechts in die Kurve zu beugen. Seine Hunde folgten einfach, etwas rüpelhaft, dem vorausfahrenden Schlitten und machten sich nicht die Mühe, kurz einen Blick nach hinten zu werfen. Folglich bog das Holzgefährt ab, Harald aber blieb gewissermaßen auf Kurs, geradeaus, und flog im hohen Bogen der eigenen Nase nach, während der Schlitten wie in Zeitlupe in der Kurve umkippte. Abrupt wurden die Huskys ausgebremst und brachen in eine vorwurfsvolle Bellorgie aus, die sich eindeutig gegen den Stümper im

Schnee richtete. Stig dagegen fuhr einen eleganten Bogen und kam schließlich vor Harald zu stehen.

«Na, Bulle, etwas ungelenk im Steiß, was?», fragte er mit breitem Lächeln.

«Du bist ein Idiot, Stig. Das hättest du mir auch vorher sagen können.»

«Richtig die Kurve nehmen, meinst du? Immer schön die Hüfte schwingen. Jetzt weißt du, wie's geht.»

Er stieg vom Schlitten ab und reichte Harald die Hand. Beide standen sie inmitten weißer Tundra, allein auf weiter Flur, zwölf ungestüme Hunde zu Füßen.

«Okay, Arschloch, damit eins klar ist: Ich verkaufe mich nicht länger unter Wert. Was also willst du?», fragte Stig.

Und Harald erzählte, in Kurzform. Dass sie, die Einheit E 39, ein paar Millionen US-Dollar auf eine Schweizer Bank überwiesen hätten. 30 Millionen, um genau zu sein. Gewisse Kreise in den USA, aus dem Umfeld der NSA, seien jedoch der Meinung, das sei bei weitem nicht genug. Wegen der Kursverluste der Norwegischen Krone neulich, «klar, davon hast du nichts mitgekriegt, hast auch nichts versäumt», seien die Verantwortlichen in Oslo zu dem Schluss gelangt, den aus amerikanischer Sicht fehlenden Betrag doch noch zu überweisen. Die erwähnten 30 Millionen seien von der Schweizer Bank anschließend auf ein Konto der Bank of America in New York transferiert worden, «das haben wir verfolgt. Wir gehen mal davon aus, dass auch der Restbetrag auf dieses Konto geht. Ist eigentlich auch egal. Jedenfalls wollen wir, dass du die Bank hackst und das Geld, das wir jetzt noch in die Schweiz überweisen, zurückholst.»

«Wie viel genau?»

«Reichlich.»

«Wem gehört das Konto? Der NSA?»

«Vermutlich.»

«Weiß die Regierung, was ihr da vorhabt?»

«Indirekt. Sagen wir so: Geht die Sache gut, haben wir ein Stein im Brett. Wenn nicht, haben wir ein Problem. Ein sehr ernstes Problem.»

Stig beugte sich zu seinem Leithund hinunter und streichelte ihn. «Und du glaubst, die Amerikaner lassen das mit sich machen?»

«Wir wissen, dass du der Beste bist. Du wirst eine Spur legen, die ins Ausland führt. In irgendeinen Golfstaat zum Beispiel. Sollen die sich doch mit der NSA prügeln.»

Der Hundeflüsterer seufzte. «Was springt dabei für mich raus?»

«Du kannst wählen. Du wirst vollkommen rehabilitiert, deine Personalakte gesäubert. Du machst weiter als Bulle, wenn du willst. Oder du bekommst eine neue Identität und ziehst mit den entsprechenden Papieren an einen Ort deiner Wahl. In Norwegen oder im Ausland.»

Langsam senkte Stig seinen Kopf, und Harald deutete die Bewegung als Nicken.

«Von welchem Betrag reden wir genau?»

«Kann ich dir nicht sagen. Soweit ich weiß, um die 100 Millionen.»

«Davon will ich fünf Prozent. Als Bonus.»

Damit hatte Harald gerechnet. «Ein Prozent.»

Stig zeigte ihm den gestreckten Mittelfinger. Besser gesagt, hielt er seinem Gegenüber den Fäustling der linken Hand vors Gesicht.

«Zwei Prozent», verbesserte Harald sein Angebot.

«Fünf Prozent.»

«Zwei Komma fünf Prozent. Sind immerhin Steuergelder.»

«Vier Prozent.»

«Zwei Komma sieben fünf Prozent», sagte Harald.

«Drei Prozent! Mein letztes Wort!» fauchte Stig.

«Du bist ganz schön schamlos. Das sind drei Millionen. Viel Holz für ein bisschen Hacken.»

«Drei Millionen. Keinen Cent weniger. Hab ich das Wort deiner Firma?»

Harald nickte. «Drei Millionen. Keinen Cent weniger. Aber auch keinen mehr. Nicht einen.»

«Wehe, du bescheißt mich.»

«Das würde ich niemals tun, Stig.»

«Das will ich auch hoffen. Sonst ziehst du die Nummer am Ende noch selbst durch, Bulle.»

«Ach, lass mal. Ich kenne meine Grenzen. Im Gegensatz zu dir.»

***

Das Fischerdorf Henningsvær mit seinen wenig mehr als 500 Einwohnern lag auf zwei kleinen, einer größeren Insel auf den Lofoten vorgelagerten Eilanden. Spektakulär war vor allem die Anfahrt über die Küstenstraße 816, die abwechselnd weite Blicke über das schäumende und wogende Europäische Nordmeer erlaubte, dann erneut das Augenmerk auf die wie von einem Zyklopen im Meer verteilten Felsen lenkte, deren Größe mal unbedeutend erschien, dann wieder anwuchs zu schneebedeckten Gebirgsrücken: aus der Perspektive von Autofahrern, die auf dem mäandrierenden Asphaltband von einer spektakulären Aussicht in die nächste katapultiert wurden, fast im Sekundentakt. Anhalten war verboten, von wenigen Haltebuchten abgesehen – die schmale Straße eignete sich nicht für Ausweichmanöver.

Doch nicht die spektakuläre Landschaft interessierte Sophie, Harald und ihren Begleiter Stig Haga, sondern eine alte, längst zugewachsene und für den Verkehr gesperrte Straße, die noch auf der Hauptinsel, kurz hinter dem Abzweig nach Henningsvær, eine Anhöhe hinaufführte, in Richtung Svolvær, der Hauptstadt der Lofoten. Die Idee, diese stillgelegte Straße anzusteuern, stammte von Harald. Er kannte sie von einem früheren Urlaub. Nach ihrem Cyberangriff, der den US-Geheimdiensten einen Verlust in dreistelliger Dollar-Millionenhöhe bescherte, würde das Imperium ohne jeden Zweifel zurückschlagen. Sofern sie es nicht gründlich in die Irre führten. Haralds Idee, die Spuren in Richtung der Golfstaaten zu lenken, sei grundsätzlich gut, befand Stig. Das reiche aber nicht.

Während Harald am Steuer saß und sich auf den Weg vor ihm konzentrierte, erklärte Stig Sophie zum zweiten Mal die Wahl einer solch abgeschiedenen Örtlichkeit, von der sie noch nicht restlos überzeugt war.

«Einmal angenommen, die Geheimdienstleute lokalisieren den Cyberangriff richtigerweise in Norwegen. Mehr finden sie aber zunächst nicht heraus. Was machen sie in dem Fall?», fragte Stig. «Wenn gar nichts mehr hilft, bemühen sie die Satellitenaufklärung, um uns festzunageln. In einem arabischen Land würden sie Leuten wie uns anschließend eine Drohne oder Rakete hinterherschicken, im Zweifel auch auf bloßen Verdacht hin. Hier wären die Geheimdienstler bemüht, die Örtlichkeit, das Haus zu lokalisieren, von dem aus der Hackerangriff erfolgt ist. Anschließend überprüfen sie dort jeden, der ihnen verdächtig vorkommt. Und dann schlagen sie zu: hier ein Herzinfarkt, da ein Verkehrsunfall. Schön verteilt über einen längeren Zeitraum, damit das nicht so auffällt. Deswegen sind wir gut beraten, keine Anschrift zu hinterlassen. Sondern unser Werk in freier Natur zu verrichten.»

Sophie nickte. Niemand musste sie davon überzeugen, die NSA sehr ernst zu nehmen. Gleichzeitig war sie unentschlossen, was sie von Haralds Ex-Kollegen halten sollte. Er war ihr zu laut, zu großspurig, zu oberflächlich.

«Ich denke», fuhr Stig fort, «wir wollen alle wieder heil aus der Sache rauskommen. Ich kann nur hoffen, dass eure Informationen korrekt sind.»

«Sind sie», entgegnete Harald. «Wir dürfen dir keine Einzelheiten nennen, wissen aber aus zuverlässiger Quelle, dass die Lofoten im Graubereich der amerikanischen Satellitenaufklärung liegen. Normalerweise fliegen deren Spionage-Satelliten nicht über diesen Teil Norwegens. Weiter nördlich ja, weiter südlich auch, auf ihrer Erdumrundung. Warum sie diese Gegend auslassen, konnte uns niemand überzeugend erklären. Hat wohl zu tun mit strategischer Relevanz oder so ähnlich. Sollte uns die NSA wider Erwarten in dieser Gegend lokalisieren, braucht sie mindestens eine halbe Stunde, um die Laufbahn ihres nächstgelegenen Aufklärungssatelliten über die verschiedenen Kontrollebenen hinweg so umzuprogrammieren, dass er bei seiner nächsten Erdumrundung über die Lofoten fliegt – was noch einmal mehrere Stunden in Anspruch nehmen dürfte. Bis dahin sind wir über alle Berge.»

«Sehr gut. Wir können nicht vorsichtig genug sein», erwiderte Stig.

Nachdem Harald die für den Verkehr gesperrte Straße wiedergefunden hatte, räumte er mit Stig die Zufahrt frei von großen Steinen, die den Weg versperrten. Anschließend manövrierte Harald das Auto vorsichtig um Schlaglöcher, Gesteinsbrocken und kleinere Bäume herum, die aus dem rissigen Asphalt emporsprießten. Der Weg führte sie durch eine verwunschene Landschaft mit wuchernden Farnen und ausladenden Kletterpflanzen, die sich an die Felsen zur Linken klammerten, während die bemooste und an vielen Stellen zerborstene Leitplanke zur Rechten einst die Autofahrer vor dem Sturz einige Meter in die Tiefe bewahrte, über die Böschung einen Abhang aus Geröll hinunter.

Nach etwa zwei Kilometern öffnete sich die Felswand und führte auf eine Wiese, wo Harald vorsichtig wendete. Schließlich machten sie Halt unter einem Felsüberhang, von dem unentwegt Wasser tropfte.

«Ausgezeichnet», kommentierte Stig. «Du hast nicht zu viel versprochen, Bulle. Das ist der perfekte Ort. Ich habe alles so weit vorbereitet. Am Ende landen unsere Verfolger bei mehreren IP-Adressen am Golf, verteilt auf drei Länder. Sollten wir trotzdem auffliegen, werden sie dieses Naturparadies hier finden, und irgendwo in den Kies gerammt den zerschmetterten Laptop. Aber nicht uns.»

«Mit dem kleinen Ding willst du eine Schweizer Bank knacken?», fragte Sophie ungläubig.

«Müsste klappen», erwiderte Stig. «Ein Angriff aus dem Darknet, hinterhältig und gut präpariert. Selbstverständlich gehe ich über fremde Rechner. Das hat mich mehrere Tage Recherche und Vorbereitung gekostet. Die vorgesehenen Rechner befinden sich gewissermaßen im Stand-by-Modus. Wie die Griechen vor Troja. Jetzt müssen wir nur noch die Trojaner einschleusen, sozusagen. Uhrenvergleich?»

«17 Uhr 10», sagte Harald, Sophies Armbanduhr zeigte dieselbe Uhrzeit an. In 20 Minuten würde die Norwegische Staatsbank 240 Millionen Dollar auf das von Botschafter Grendell bezeichnete Konto der Tessiner Privatbank BIS überweisen, offiziell deklariert als Darlehen für USAID, die amerikanische Behörde für Entwicklungshilfe. Ein kleiner Scherz, der sich Sophie verdankte. Kurz darauf würde Stig das Konto hacken und das Geld über diverse Offshore-Nummernkonten solange durchs Nirwana des internationalen Zahlungsverkehrs leiten, bis es am Ende wieder auf verschiedenen Konten der Norwegischen Staatsbank landete.

Stig öffnete den Seitenschlag, lief ein paar Meter, pinkelte über die Böschung.

«Ob das gut geht?», fragte Sophie.

«Tja. Warum nicht», antwortete Harald.

Stig nahm wieder Platz. «So, jetzt aber.» Er spuckte in die Hände, schaltete den Laptop ein. Kein Netzempfang, wie nicht anders zu erwarten. Harald reichte ihm ein Satellitenhandy aus norwegischen Militärbeständen. Codiert und vor Nachverfolgung geschützt. Der digitale Fingerabdruck, die IP-Adresse, war manipuliert.

«Das verstehe ich nicht», meldete sich Sophie zu Wort. «Wir umgehen amerikanische Satelliten, wählen uns aber per Satellitentelefon dort ein?»

«Das eine sind Spionage-Satelliten, die wir besser weiträumig meiden», erklärte Stig. «Das andere sind Kommunikationssatelliten für die digitale Datenübertragung, für Radio und Fernsehen etwa oder auch Telefonie. Die heißen auch geostationäre Satelliten. Und ich wähle mich jetzt bei einem europäischen Betreiber ein, idealerweise Eutelsat oder Intelsat. Daran sind Amerikaner und Briten nicht beteiligt. Ist auch besser so. Die machen im Zweifel alles, was die Geheimdienste von ihnen verlangen. Eutelsat und Intelsat sind französisch dominiert, da kommt die NSA nicht ohne weiteres ran, an deren Verbindungsdaten. Dadurch gewinnen wir zusätzlich Zeit, wenn es hart auf hart kommt.»

Nachdem die Satellitenleitung stand, glitten Stigs Fingerkuppen wie besessen über die Tastatur. Er wolle sich «so nah wie möglich» an die Tessiner BIG «heranpirschen», ohne dass deren Sicherungssysteme Alarm schlugen.

Kurz nach halb sechs vollzog Stig den elektronischen Bankeinbruch. Dabei wirkte er merkwürdig unaufgeregt, professionell wie ein Spieler. Auch wenn Sophie ihn nicht für übermäßig sympathisch hielt, empfand sie doch Respekt vor seiner Leistung und mehr noch vor seiner Kaltblütigkeit.

«Okay ... Hier haben wir das Geld. Da liegt es. 240 Millionen Dollar. Meine Fresse ...» Stig kratzte sich am Kopf. «Ansonsten befinden sich auf dem Konto keine weiteren Zahlungseingänge. Es ist wohl eigens für diese eine Überweisung eingerichtet worden.»

«Sehe ich auch so», kommentierte Sophie.

«Wieso aber 240 Millionen? Du hattest doch gesagt 100, Harald?»

«Hab ich das? Ist das wichtig?»

«Na klar ist das wichtig! Ich kriege drei Prozent, Bulle. Schon vergessen? Und drei Prozent von 240 sind mehr als drei Prozent von 100, oder sehe ich das falsch?»

«Nein, das siehst du richtig, Stig», ergriff Sophie das Wort. «Du bekommst dein Geld. Keine Sorge.»

«Sechs Millionen», sagte Stig. «Ihr bekommt also noch einen kleinen Preisnachlass. Ich berechne auf der Grundlage von 200, nicht 240. Wollen ja nicht kleinlich sein, was?» Er lachte.

Sophie entging nicht Haralds Mimik. Die verhieß nichts Gutes.

«Du bist unverschämt, Stig», sagte er.

«Jeder muss sehen, wo er bleibt.»

«Über deine Maßlosigkeit wirst du am Ende stolpern.»

«Hör auf, mich zu belehren, Bulle.»

Harald packte ihn an der Schulter, wutentbrannt.

«Hey, hey, hey, Jungs!» Sophie ging dazwischen. «Ist

alles gut, kommt runter! Du bekommst dein Geld, wie ich schon sagte. Ich gebe dir mein Wort.»

«Sechs Millionen?» Stig wandte seinen Kopf nach hinten, zu ihr auf der Rückbank.

«Sechs Millionen.»

Harald nickte. «Entschuldige, Stig.»

«Was ist das?!», rief Sophie.

Stig sah wieder auf den Bildschirm. «Verdammt!» Hektisch begann er die Tastatur zu bearbeiten. Die Bank hatte den Cyberangriff offenbar bemerkt. Lange Reihen von Datenketten liefen über das Display, ein Salat aus Buchstaben und Zahlen. Offenbar startete Stig einen zweiten Angriff, den Flüssigkristall-Monitor fest im Blick. Wortlos stellte er den Laptop auf Haralds Schoß, zog einen zweiten aus dem College-Rucksack vor seinen Füßen. Mit der linken Hand bediente er wenig später den einen, mit der rechten den anderen Kleincomputer. Dabei wurde er immer nervöser, auf seiner Stirn bildete sich Schweiß. Sophie hielt es für besser, ihn nicht mit Nachfragen zu behelligen. Harald dachte offenbar ganz ähnlich. Sie hatte den Eindruck, Stig experimentiere, ohne selbst zu wissen, was als Nächstes geschah. Quälend langsam verging die Zeit, die Luft im Auto wurde immer schlechter, die Temperaturen sanken. Schließlich schaltete Harald den Motor wieder ein, er zitterte bereits vor Kälte.

«Verfluchte Scheiße …», murmelte Stig. Mittlerweile war eine halbe Stunde vergangen, eine Ewigkeit unter diesen Bedingungen. «Die gute Nachricht ist: Ich hab die Kohle. Die schlechte: Ich bin aufgeflogen. Ich glaub jedenfalls nicht, dass die jetzt Golfstaaten bombardieren werden.»

«Okay, der Reihe nach, Stig», ermutigte ihn Sophie. «Was ist geschehen?»

«Die Schweizer Bank hat die Schotten dichtgemacht. Deren Computerspezialisten, oder wer auch immer, verfolgen mich jetzt, immer den zwischengeschalteten Hostadressen hinterher. Das können sie gerne tun, aber sie laufen ins Leere. Irgendwann geben die auf, hoffe ich. Ist ja nichts passiert.»

«Du sagtest doch, du hast das Geld», warf Harald ein.

«Ja. Ich hab's mir von der Bank of America geholt, unmittelbar nach der Überweisung aus der Schweiz. Auf die war ich genauso vorbereitet wie auf die Bank im Tessin. Hab mir eine Filiale in New York rausgesucht, deren Sicherheitsvorkehrungen Löcher haben wie ein Schweizer Käse. Wundert mich, dass die nicht am laufenden Band gehackt werden. Ich war bei denen drin, noch bevor die 240 Millionen dort eingegangen sind. Ein paar Sekunden später war das Geld dann schon wieder weg. Die werden sich in den Arsch beißen, die Penner. Nur: Die finden ungefähr heraus, wo die Quelle sitzt. Die Schwachstelle war das Satellitentelefon, meiner Meinung nach. Stellt euch das vor wie bei einem Banküberfall. Der muss schnell gehen, sonst kommt die Polizei. Leider war ich zu lange online.»

«Ich dachte, das Satellitentelefon sei nicht zu orten?», fragte Sophie.

«Nein, nicht ohne weiteres. Aber die NSA wird herausfinden, dass es sich um ein militärisch genutztes Gerät handelt, wegen der faktisch ausgeschalteten Codierung. Wenn sich die Agenten daraufhin richtig Mühe geben, kommen sie auf Norwegen und finden mit etwas Glück anschließend die IP-Adressen der beiden Laptops heraus.»

«Und dann?» Sophie fröstelte.

«Weiß auch nicht. Das gibt Ärger, denk ich mal. Deswegen hab ich die beiden Dinger vorsichtshalber im Schneehotel geklaut. Amerikanischen Touristen, in beiden Fällen.»

«Wie reizend», entfuhr es Sophie.

«Na ja, denen wird schon nichts passieren. Ich denke, wir sollten abhauen, was meint ihr?», fragte Harald.

«Das sollten wir», meinte auch Stig. «Sicher ist sicher.»

Er stieg aus, mit beiden Laptops. Suchte sich einen Stein und schlug damit auf die aufgeklappten Seiten ein, gründlich und ausdauernd. Anschließend trat er mit Füßen auf die Displays und sprang auf ihnen herum. Suchte und fand eine feuchte Stelle in der Felswand, wo er den Elektroschrott entsorgte. Nicht sehr umweltfreundlich, aber verfolgungsresistent. Die Feuchtigkeit würde den Geräten endgültig den Rest geben.

Einen Tag nach dem Cyberangriff auf ein Konto der NSA in New York und dem Verlust von 240 Millionen Dollar traf Vera Cochrane in Kopenhagen ein, in der konspirativen, von CIA und NSA gemeinsam genutzten Wohnung in Østerbro. Gehobenes Wohnviertel, familienfreundlich, trendige Restaurants, ein Designergeschäft neben dem anderen. Niemand würde hier Aufklärung vermuten. Die

Antennen und Satellitenschüsseln auf dem Dach fielen kaum auf, in der Nähe des Nationalstadions Parken, der Heimspielstätte des Fußballclubs FC Kopenhagen. Zahlreiche Fernseh- und Radiostationen sendeten live an Spieltagen, mit mobilen Übertragungswagen gleich vor der Tür. Modernste Elektronik gehörte einfach dazu.

Cochrane hatte nicht den geringsten Zweifel, wer für den Diebstahl verantwortlich war. Doch fehlten die Beweise, ohne die zunächst nur verdeckte Operationen gegen die möglichen Urheber infrage kamen. Sie war sich mit ihren Vorgesetzen einig, nichts zu überstürzen. Der Gegenschlag würde erfolgen, aber in Absprache mit Washington. Jetzt galt es erst einmal die Vertragsunterzeichnung abzuwarten – zwischen BlackHawk und Nordic Invest, über die gemeinsame Nutzung der Datenbanken in Odda.

Sie spazierte durch den noch leeren «Operationssaal» mit seinen vier überdimensionalen Monitoren an der Stirnwand und insgesamt zwölf Computerplätzen. Die Schaltzentrale für Einsätze in ganz Skandinavien, mit Ausnahme Islands. Wahrscheinlich war es in der Tat ein Fehler gewesen, den Eigenbrötler Winston Wolfe in Norwegen sich selbst überlassen zu haben, anstatt ihn von hier aus zu lenken. Andererseits konnte sie damals nicht wissen, dass er ein solches Chaos anrichten würde und anschließend spurlos verschwand. Außerdem war die Zeit noch nicht reif gewesen für einen Großeinsatz. Allerdings durfte sie sich von nun an keine Fehler mehr erlauben, wollte sie ihre Karriere nicht gefährden.

Cochrane strich mit den Fingern über die Arbeitstische. Sie waren angestaubt. Langley und Fort Meade hatten schon überlegt, die Wohnung in Kopenhagen aufzulösen. Skandinavien war eine sichere Bank, kaum jemand stellte die bestehende Ordnung infrage.

Bis gestern. Die Umlaufbahnen der Aufklärungssatelliten waren so umprogrammiert worden, dass es keine blinden Flecken mehr im Norden gab. Verstärkung war unterwegs, und sie hatte das Kommando. Als Erstes galt es Sophie Schelling auszuschalten, Tom Phillips sowie Emma Davis nach Amerika zu holen und sie dort zur Rechenschaft zu ziehen.

Blitzschnell fing sie eine träge vor ihrem Gesicht summende Fliege und zerrieb sie zwischen beiden Handflächen. Dachte dabei an Schelling. «Du hast uns lange genug auf der Nase herumgetanzt», murmelte sie und ging Richtung Toilette, Hände waschen.

Emma schwankte zwischen Erstaunen und Ratlosigkeit über Toms Veränderungen. Gesundheitlich ging es ihm wieder bestens, seine Schussverletzung war ausgeheilt. Doch hatte sie ihn offenbar verändert, einen Schalter in ihm umgelegt. Seine frühere Leidenschaft, die Schattenwege der Mächtigen auszuleuchten, schien ihm weitgehend abhanden gekommen zu sein. Wann immer sie ihn auf seine bisherige Arbeit als Enthüllungsjournalist ansprach, zeigte er sich erstaunt – als berichte sie ihm aus einer anderen Welt, dem Leben eines Unbekannten. Viel mehr beschäftigte ihn Torvalds Küche. Die Örtlichkeit selbst, die er als «magisch» beschrieb, wie auch Torvalds Fähigkeit, «aus der Natur Essbares zu formen», wie Tom sagte. Sobald der Schnee geschmolzen sei, wolle er in der Hügellandschaft um Røros Beeren und Kräuter sammeln, sehr zur Freude von Torvald.

Manchmal fragte sich Emma, ob sie ihn noch immer liebe. Den Tom vor dem Schuss, aus der Zeit in New York, den gab es nicht mehr. Manchmal kam sie sich vor wie sein Coach, nicht wie seine Lebensgefährtin. Tom selbst war offenbar frei von Anfechtungen. Alles, was er dachte, fühlte oder empfand, teilte er ihr begeisterungsfähig und ohne Hintergedanken mit. Doch fragte er sie selten, wie es ihr gehe, was ihr eigentlich wichtig sei. Aus seiner Sicht war sie wohl ein naturgegebener Widerpart, und alles, was ihm guttat, musste auch für sie das Richtige sein. Ja, Tom zeigte sich liebevoll, zärtlich und zugewandt. Nur sah er die Welt ausschließlich aus jener verengten Perspektive, die Winston Wolfes Kugel bei ihm hinterlassen hatte.

War es möglich, auf Dauer an Toms Seite zu bleiben? Emma war ratlos. Noch wäre er ohne sie in vielen Belangen hilflos, jedenfalls erweckte er diesen Eindruck. Sie wollte ihn weiterhin begleiten, bis er seinen Weg auch ohne sie fand. Alles andere würde sich fügen, so hoffte sie. Ganz unabhängig davon, dass sie beide nicht mehr in die USA zurückkehren konnten, wie Sophie ihr eindringlich vermittelt hatte.

Mochte Tom auch eine Art Schmetterling sein, auf seine Weise war er in Røros längst angekommen. Emma hielt es nicht für ausgeschlossen, dass er hier den Rest seines Lebens verbringen würde. Mittlerweile sprach er sogar recht flüssig Norwegisch, in dem ihm eigenen

Sprachduktus – langsam, bedächtig, wobei sich immer wieder ein wundersames Erstaunen Bahn brach. Über die Welt, den Alltag, alles, was abwich von dem Normalen, Selbstverständlichen. Sogar über ein verschüttetes Glas Milch konnte er endlos nachdenken. Am Ende stand meist eine wundersame Erkenntnis. «Ich bin nicht aus Schnee» etwa. Oder «alles ist Zufall, ein Spiel».

Tom liebte es, durch Røros zu spazieren. Die Innenstadt aus Holz faszinierte ihn. Holz war ein vergängliches Medium, aber die Häuser waren teilweise 300 Jahre alt. Wie war das möglich?, fragte er. Die Geschichte der Bergbaustadt ließ ihn nicht los. Das harte Leben, dafür hatte er ein Gespür. Auf dem alten Friedhof rund um die protestantische Kirche studierte er ausgiebig die Grabtafeln. Das Kirchengebäude war aus Stein, das Interieur aber aus Eichenholz, überwiegend türkisfarben. Die gewaltigen Ausmaße des Innenraums, der 1600 Besucher fasste, beeindruckten ihn zutiefst. Als der Organist ihm erzählte, dass die Honoratioren den Gottesdienst früher auf den teils mit Ornamenten verzierten Kirchenbänken verfolgt hatten, die Minenarbeiter aber auf die Empore verbannt worden waren, wo sie überwiegend stehen mussten, zeigte sich Tom empört. Als er weiterhin erfuhr, dass die Kupferminengesellschaft für den Bau der Kirche 1784 mehr Geld ausgegeben hatte, als alle Minenarbeiter der Stadt zusammengenommen im Verlauf ihres gesamten Berufslebens verdienten, gelangte er zu dem Schluss: «Es ist wirklich nichts, wie es nach außen hin zu sein scheint.» Einen kurzen Moment hatte Emma den Eindruck, sein alter Gerechtigkeitssinn erwache erneut. Dann aber verloren sich seine Blicke an «der schönsten Orgel, die ich je gesehen habe». Und prachtvoll war sie in der Tat, bonbonfarben, die Orgelpfeifen holzverkleidet, wie ein großes Spielzeug, einer übergroßen Puppenstube entnommen.

Völlig verwirrt ergriff Tom schließlich Emmas Hand. «Könnte es nicht sein», überlegte er, «dass die Welt mehr ist als das, was wir zu sehen glauben? Dass sie sich zusammensetzt aus unendlich vielen Ereignissen und Gegebenheiten, die nebeneinander bestehen, ohne notwendigerweise aufeinander bezogen zu sein? Dass das Unrecht der Empore die Schönheit der Orgel nicht aufhebt, und umgekehrt?» Tränen schossen ihm in die Augen, er nahm Emma in den Arm, als suche er Halt. «Ich fürchte, ich kann nur kleine Teile der Wirklichkeit erfassen und verstehen», sagte er und machte Emma noch ratloser als zuvor.

Sophie und Berit waren auf dem Weg zu Nordic Invest am Bankplassen, wo Steve Shelby und Roar Thuland im Begriff standen, das Abkommen zur gemeinsamen Nutzung des Rechenzentrums in Odda zu unterzeichnen, zwischen BlackHawk und Nordic Invest, im Beisein ausgewählter Vertreter aus Politik und Wirtschaft. Viel hätte nicht gefehlt, und Shelby wäre zuvor vom Königshaus empfangen worden, was die Premierministerin im letzten Moment zu verhindern wusste. Fast hatten sie das Gebäude betreten, als Berit den Anruf erhielt.

Minister Brende hatte sich in seiner Wohnküche erhängt. Erste Untersuchungen der Polizei deuteten auf Selbstmord. Dafür sprach nicht zuletzt der hinterlassene

Abschiedsbrief, gerichtet an Berit. Da er geöffnet auf dem Küchentisch lag, erlaubte sich die leitende Ermittlerin, den Inhalt telefonisch vorzutragen. Er sei ohnehin sehr kurz: «Es tut mir leid. Dein Jonas.»

Viel hätte nicht gefehlt, und Berit hätte einen Schwächeanfall erlitten. Sophie geleitete sie ins nächstgelegene Straßencafé und bestellte zwei schwarze Kaffee. Nach einiger Zeit sagte Berit: «Ich möchte allein sein, Sophie. Ich komme nicht mit zu Shelby. Das kann ich jetzt nicht.»

«Geht in Ordnung, Berit.»

«Ich nehme die Fähre nach Bygdøy. Ich werde versuchen, mich an die Wege zu erinnern, die ich dort mit Jonas gegangen bin. Und sie ein letztes Mal gehen. Wenigstens das.»

«Verstehe. Wenn was ist, ruf mich an.»

Sophie war bereits aufgestanden, als Berit ihr Handgelenk ergriff.

«Wozu machen wir das alles hier?», fragte sie.

«Weil es das Richtige ist, Berit. Wie Schneeräumen im Winter. Man tut es einfach. Zur Not auch jeden Tag. Weil es nicht hilft, einfach nur auf den Frühling zu warten.»

Emma und Tom liefen die Hauptstraße in Røros hinunter, nachdem sie das Bergbau-Museum oben in der Stadt, eingefasst von Bergen aus Schlacke, besichtigt hatten. Unweit des Bahnhofs sprach sie eine jüngere Frau auf Englisch an, zeigte auf den Stadtplan in ihren Händen, erkundigte sich nach dem Weg.

«Den Weg wohin?», erkundigte sich Emma.

Die Frau stellte sich zwischen Emma und Tom und

breitete den Stadtplan zwischen ihren Armen aus. Eine gewaltige Karte für diese kleine Stadt, dachte Emma noch. Sie nahm ihr, für einen kurzen Moment, die Sicht auf die Straße und auf Tom. Nun ging alles sehr schnell. Ein schwarzer Van fuhr rasant um die Ecke. Eine Schiebetür wurde geöffnet, zwei Hände griffen nach Tom, er schrie. Mit Fäusten schlug Emma auf die Frau ein, die sie ihrerseits in den Wagen zerrte. Sie sah einen Mann, der Tom im Fahrzeug zu Boden warf. Der Van fuhr los, Emma hämmerte wie besessen auf die Unbekannte ein. Teils lagen, teils saßen sie auf dem Boden des Fahrzeugs, wo die Frau sie in den Schwitzkasten zu nehmen versuchte. Fast wären sie beide wieder hinausgeschleudert worden. Im letzten Moment ließ die Unbekannte sie wieder los, Emma fiel hart auf den Asphalt. Um ein Haar hätte das Hinterrad sie noch erwischt. Sie stand auf, rief um Hilfe. Passanten eilten auf sie zu. Emma rief: «Eine Entführung! Mein Freund wurde entführt!» Sie blickte in ratlose Gesichter.

Auf der anderen Straßenseite parkte ein Mann sein Auto. Stieg aus, machte die wenigen Schritte hin zu einem Kiosk. Den Motor ließ er laufen. Emma zögerte nicht lange, rannte auf den grünen Volvo zu, sprang ans Steuer und gab Vollgas, mit quietschenden Reifen. Es gab nicht viele Ausfallstraßen, und Emma raste auf den ersten, dann den zweiten Kreisverkehr zu. Kurz zögerte sie, entdeckte aber einen letzten Schein schwarzen Autolacks am Horizont. In Richtung Trondheim. Sie schaltete in den fünften Gang, wobei sie nicht einen Gedanken auf die schwierigen, teils glatten Straßenverhältnisse verschwendete. Sie überlegte, Sophie oder Torvald anzurufen, aber das war unmöglich. Bei dieser Geschwindigkeit das Auto sicher zu steuern erforderte höchste Konzentration. Allmählich schloss sie zu dem Van auf, bis sie keine hundert Meter mehr hinter ihm lag. Glücklicherweise war das Verkehrsaufkommen gering. Die wenigen Fahrzeuge, die ihr entgegenkamen oder die sie überholte, hupten wie verrückt – wie ein Geschoss flog sie über den Schneematsch.

Es dauerte, bis sie den PKW im Rückspiegel wahrnahm, der seinerseits rasant aufholte. Schließlich zog er an ihr vorbei, ein wahrhaft halsbrecherisches Manöver. Der Fahrer winkte ihr zu, hob den Daumen. War der Kerl irre?

Offenbar hatte auch er es auf den schwarzen Van abgesehen. Er versuchte, abwechselnd links und rechts zu überholen, was ihm nicht gelang. Der Van wechselte jeweils die Spur und verhinderte jeden Sprint. Auf einer längeren geraden Strecke gelang es dem Verfolger endlich, links am Van vorbeizuziehen – als beide etwa in gleicher Höhe waren, rammte er den Kastenwagen. Der kam von der Straße ab, landete auf einem mit einer dünnen Schicht Schnee bedeckten Acker. Wie ein überdimensionales Kaninchen sprang und hoppelte der Wagen über gefrorene Furchen, verlor an Tempo. An einer Stelle machte er einen letzten Satz in die Luft, berührte den Boden nur noch mit den Rädern auf der rechten Seite, kippte um und kam so zum Stehen. Der Fahrer vor Emma war genauso auf die Bremse getreten wie sie selbst, nicht weit voneinander entfernt hielten sie beide an. Sie kannte den Mann nicht, der mit gezogener Pistole, ohne sie eines Blickes zu würdigen, in Richtung des Vans rannte. Sie war verwirrt, gelinde gesagt. Stieg aus, ließ aber den Motor laufen. Aus der Fahrerkabine des Vans fiel ein Schuss, der vermutlich den Unbekannten treffen sollte, es aber nicht tat. Der schoss zurück. Emma hörte ein Stöhnen, danach wurde es still. Keine dreißig Meter vor ihr spielte sich das Drama ab. Der Fremde rief Befehle, forderte die Insassen auf Englisch auf, die Seitentür langsam zu öffnen und mit erhobenen Händen herauszukommen. Tatsächlich wurde sie beiseitegeschoben, als Erster zeigte sich Tom. Gefolgt von der Frau und einem ebenfalls jungen Mann, der einen Overall trug.

Der Unbekannte sagte: «Tom, komm zu mir.»

Tom wirkte ruhig und gefasst, äußerlich war er nicht verletzt. Gerade wollte er der Aufforderung folgen, da machte der Mann im Overall blitzschnell einen Schritt zur Seite und setzte Tom beinahe im selben Moment ein Messer an den Hals.

«Okay», rief der Typ. «Die Spielregeln haben sich gerade geändert. Du legst jetzt deine Waffe auf den Boden und gehst zu deinem Auto», befahl er, ebenfalls auf Englisch. «Ansonsten geht es ihm hier schlecht.»

Emma spürte, wie ihre Knie weich wurden. Der Fremde tat wie geheißen, ging in die Hocke und beschwor den Mann mit dem Messer, nicht die Nerven zu verlieren.

Dann fiel ein Schuss, wie aus dem Nichts. Die Kugel traf den Mann im Kopf, er fiel zu Boden, fast hätte er Tom mit sich gerissen. Viel hätte nicht gefehlt, und Emma hätte sich vor Entsetzen eingenässt. Ein paar Zentimeter weiter nach rechts, und er hätte Tom getroffen. Die Frau stöhnte, der Schütze herrschte sie an: «Flach auf den Boden! Hände hinter den Kopf! Sofort!»

Die Pistole auf die Frau gerichtet, fragte er Tom: «Hast du was abbekommen?»

«Nein, ich glaube nicht.»

«Das glaube ich auch nicht. Ich bin ein guter Schütze, Tom, und ich weiß, was ich tue.»

Unterdessen war Emma auf Tom zugelaufen, nahm ihn in den Arm.

«Sie hätten ihn fast erschossen!», rief sie, außer Atem.

«Ich dachte, das hätte ich gerade geklärt.»

«Verdammt noch mal! Was ist hier eigentlich los?»

«Frag nicht so dämlich. Das siehst du doch.»

«Aber … Haben Sie uns verfolgt? Beobachtet?»

«Sagen wir so: Ich war zufällig in der Nähe. Und ich helfe gern. Das ist mein Job. Alles klar so weit, Junge?», wollte der Mann mit der Waffe wissen.

Tom tastete sich ab, zeigte keine Emotionen. «Ich scheine Menschen anzuziehen, die gerne um sich schießen», gab er zu Antwort.

«Das musst du nicht persönlich nehmen. Die Umstände sind nicht immer so, wie sie sein sollten.»

Tom blickte sich um. Fasste sich ein weiteres Mal an den Hals. Machte einen Schritt zur Seite, mit Emma, weg vom Toten zu ihren Füßen. «Sie haben mir wahrscheinlich das Leben gerettet. Dafür bin ich Ihnen dankbar. Sehr dankbar, wie Sie sich denken können. Dennoch kann ich moralisch nicht billigen, was Sie getan haben.»

Der Unbekannte mit den vollen, blondgelockten Haaren starrte ihn an, die Pistole zielte nach wie vor auf den Kopf der Frau am Boden. Er hüstelte. Erste Lacher waren zu vernehmen.

«Das kannst du moralisch nicht …»

Er musste an sich halten, um nicht einem Lachanfall zu erliegen. «Der war gut … Der war richtig gut …», sagte er schließlich und schlug vor, dass sie beide nach Røros zurückführen. «Ich halte die Stellung und kümmere mich um das hier, macht euch keine Sorgen.» Noch immer hatte er Mühe, die Erschütterungen seines Zwerchfells zu bändigen.

«Wer sind Sie eigentlich?», fragte Emma, und ihr entging nicht, dass sie sich trotzig anhörte.

«Grüßt Sophie von mir. Was sie kann, hat sie bei mir gelernt.»

***

Die meiste Zeit bohrte Steve Shelby, CEO von Black-Hawk, mit dem rechten Zeigefinger im rechten Ohr, was Sophie um ein Haar zu einem Kommentar verleitet hätte. Es war nicht einfach gewesen, zu dieser späten Stunde einen Termin in seiner Suite im Grand Hotel zu erhalten – derselben, in der zuvor schon seine Tochter übernachtet hatte. Wieder saßen sie um den Couchtisch herum, und Sophie führte das Wort. Nicht, um Harald an den Rand zu drängen. Doch hatte er ihr recht gegeben: Diese Offenbarungen, aus ihrem schönen Mund, hatten ein ganz anderes Gewicht als die Worte eines Mannes mit erkennbarer Herkunft aus irgendeinem *shithole country*.

«Bitte entschuldigen Sie unseren Besuch zu so später Stunde. Wir glauben aber, dass wir damit auch Ihren eigenen, wohlverstandenen Interessen Rechnung tragen», erklärte Sophie. «Wir möchten ausdrücklich betonen, dass wir Ihre Arbeit in jeder Hinsicht bewundern und respektieren. Umso mehr bedauern wir, dass es in der Vergangenheit einige – Schwierigkeiten und Missverständnisse gegeben hat, die Ihr eigenes Portfolio betreffen, gleichzeitig aber weit darüber hinaus weisen. Da nun bekanntlich alles mit allem zusammenhängt und Sie Teil einer Wertegemeinschaft sind, die Ihnen eines nicht fernen Tages das Amt des US-Präsidenten antragen könnte, wollen wir Ihnen unser Ansinnen offen vortragen.»

Sie streifte eine Locke hinter ihr rechtes Ohr.

«Zunächst einmal haben wir die Freude mitzuteilen, dass die beiden US-Staatsbürger Tom Phillips und Emma Davis norwegische Staatsbürger geworden sind. Das bedeutet, dass hiesige Behörden mögliche Bemühungen von amerikanischer Seite, gegen Davis und Phillips juristisch vorzugehen und ihre Auslieferung in die USA oder ein anderes Land zu erwirken, als gegenstandslos betrachten. Oslo liefert seine Staatsangehörigen grundsätzlich nicht an Staaten aus, deren Rechtsverständnis sich von dem hiesigen grundlegend unterscheidet. Nötigenfalls müsste die amerikanische Seite ein Rechtshilfeersuchen stellen, auf dessen Grundlage dann Anklage und Verurteilung in Norwegen erfolgen. Außergerichtliche Maßnahmen gegen die beiden Genannten würden wir als unfreundlichen Akt auffassen, der entsprechende Gegenreaktionen nach sich zöge.»

Sophie lächelte. «Nun werden Sie sich zu Recht fragen: Was interessieren mich diese beiden Ex-Amerikaner? Bitte seien Sie doch so freundlich und setzen sich in dieser Angelegenheit mit Ihrer Tochter ins Benehmen. Sie kennt Davis und Phillips vom Hörensagen und neigt den beiden gegenüber zu überaus engagierten Positionen.»

«Oh ja, nach allem, was mir meine Kollegin erzählt hat, weiß Rebecca sehr genau, was sie will», bestätigte Harald.

Hoffentlich bricht Shelby der Zeigefinger in seinem Ohr nicht ab, dachte Sophie und fuhr fort: «Offenbar ist dem Heimatschutz Ihres Landes eine gewisse Summe Geldes verlustig gegangen. Soweit wir informiert sind, handelt es sich um 240 Millionen Dollar.» Sophie schlug die Beine übereinander. «Sie werden mir zustimmen, dass dieser Betrag in Ihrem Umfeld wenig mehr bedeutet als die sprichwörtlichen *peanuts*, nicht wahr? Aus diesem Grund möchten wir besagtes Umfeld auch ersuchen, von unfreundlichen Maßnahmen gegenüber Norwegen abzusehen, die ohne jeden Zweifel unfreundliche Maßnahmen auch von unserer Seite zur Folge hätten. Wir haben Grund zu der Annahme, dass der eine oder andere Nachrichtendienst Ihrer unersetzlichen Nation die Urheber der Malaise in Skandinavien vermutet. Bitte richten Sie den entsprechenden Kreisen aus: Das ist nicht der Fall.»

Shelby sah offenbar nach wie vor keine Veranlassung, seinen Finger anderweitig einzusetzen als in Höhe des Ohres.

«Wir sind so gut wie durch mit unserer Ansage», versicherte Harald. «Tut uns leid, Sie damit zu behelligen. Ist aber ja für einen guten Zweck.»

«Sie sind Geschäftsmann, Herr Shelby», sagte Sophie. «Ein *dealmaker*, sozusagen. Das sind wir auch. Sie haben Ihre Interessen, wir haben unsere. Wir respektieren Sie, Sie respektieren uns. Auf dieser Grundlage können wir die besten Freunde bleiben.»

«Ich weiß nicht einmal genau, wer Sie eigentlich sind», meldete sich Shelby endlich zu Wort.

«Betrachten Sie uns einfach als aufgeklärte Europäer», erwiderte Harald.

«Alles, was wir tun, ist mit der Regierung abgesprochen», ergänzte Sophie. «Vor diesem Hintergrund erlauben wir uns auch, die Sicherheitsorgane Ihres Landes unmissverständlich aufzufordern, alle möglicherweise gegen mich gerichteten Maßnahmen unwiderruflich einzustellen. Schelling ist mein Name, Sophie Schelling.»

«Schelling, ja?», ließ Shelby verlauten. «Das sagt mir was.»

«Vielleicht hat Ihre Tochter mich bei Gelegenheit erwähnt. Sie ist ein großer Fan von mir.»

Shelby griff nach einer Flasche Mineralwasser auf dem Tisch und öffnete den Schraubverschluss. «Sie haben Nerven», sagte er. «Kommen hierher, machen große Worte und haben nichts in der Hand.»

«Da irren Sie, Herr Shelby», entgegnete Sophie. «Wir handeln frei nach dem Motto: Leben und leben lassen. Sie stören unsere Kreise nicht, wir stören Ihre Kreise nicht. Und wo sie sich überschneiden, machen wir gemeinsam die besten Geschäfte.»

Sie griff in ihre Handtasche und überreichte Shelby einen USB-Stick. «Ich hatte bereits vor einiger Zeit das Privileg, hier am Tisch ein ausführliches Gespräch mit Ihrer Tochter und dem Botschafter Ihres Landes führen zu dürfen. Ein ausgezeichneter Mann, der Herr Grendell, Ihrer Regierung in jeder Hinsicht ein Ebenbild. Ich war so frei, die Unterredung aufzuzeichnen. Sobald Sie diese Aufzeichnung angehört haben, werden Sie mir zustimmen: Wir sind Partner. Wir in Oslo behalten für uns, was wir wissen, tragen nichts davon an die Öffentlichkeit – solange sich die amerikanische Seite ihrerseits an gewisse Spielregeln hält. Die zu benennen, war Anlass unseres Besuches. Danke für Ihre Aufmerksamkeit.»

Die beiden Besucher erhoben sich. «Bemühen Sie sich nicht, wir finden alleine hinaus», sagte Sophie. «Ach – nicht dass ich es vergesse: Wir wünschen Ihnen morgen natürlich einen guten Heimflug, Steve.»

Auf dem Hotelflur ergriff Harald ihre Hand. Sie ließ es geschehen. Nicht ohne Bewunderung sagte er, sie sei genauso abgebrüht wie das Gelumpe auf der anderen Seite. Wieso sie sich stattdessen für die richtige Seite entschieden habe?, fragte er, während er gleichzeitig die angelehnte Tür eines kleinen Lagerraums für Bettwäsche, Handtücher und andere Gebrauchsgegenstände des Hotellebens aufstieß, sie dort hineinzog und küsste.

Warum nicht, sagte sich Sophie.

Sie überlegte, ob es das heute noch geben mochte – Poesiealben. Diese handgeschriebenen Lebensweisheiten meist weiblicher Halbwüchsiger, die sich hineinträumten in starke Arme und große Gefühle. Sophie heftete die entsprechenden Zeitungsartikel nicht einfach ab, sondern schnitt sie aus, überwiegend aus Aftenposten. Und klebte sie auf Papier. Dachte dabei an ihr Poesiealbum aus der Schulzeit. An schwülstige Zeilen und Glitzerbildchen. An jene kleine Trophäen, die das Leben hoffnungsfroher gestalteten.

Sven Rasmussen, langjähriger Polizeichef, hatte sich auf eigenen Wunsch in den Vorruhestand verabschiedet. Schweren Herzens habe er sich zu diesem Schritt entschlossen, um sich ganz der Pflege seiner bettlägerigen Frau zu widmen. Ihre Gesundheit habe sich rapide verschlechtert, seit gefälschte, verleumderische Fotos in ihrem Wohnviertel die Runde gemacht hätten, die ganz offensichtlich darauf abzielten, seinen tadellosen Ruf in den Dreck zu ziehen.

Das war natürlich nur die halbe Wahrheit, wie Sophie wusste. Rasmussen hatte sich mit Händen und Füßen gegen seine Zwangspensionierung gewehrt. Um Schaden von der Regierung abzuwenden, hatten Harald und Sophie ein wenig nachgeholfen. Unter Androhung des Verlustes seiner Pensionsansprüche musste sich Rasmussen schriftlich verpflichten, über seine Arbeit als Polizeichef absolutes Stillschweigen zu bewahren.

Roar Thuland war, für die Öffentlichkeit überraschend, kurz nach Unterzeichnung des Kooperationsabkommens mit BlackHawk zurückgetreten. Seine Tätigkeit als CEO von Nordic Invest umspanne «die glücklichste Zeit meines Lebens». Jetzt aber sei es Zeit für einen «harten Schnitt», so schmerzhaft der auch sei. Nicht zuletzt die nie überwundene Trauer über die brutale Ermordung seines Freundes, Weggefährten und Stellvertreters Hauke Ingstad habe ihn zu diesem Schritt bewogen. Er hege keinerlei Zweifel, selbstverständlich nicht, dass auch seine Nachfolgerin den hohen moralischen Ansprüchen des Pensionsfonds in jeder Hinsicht entsprechen werde.

Das dazugehörige Foto zeigte Thuland, wie er dem neuen CEO einen roten Blumenstrauß überreichte. Gro Sanders, bislang Chief Investment Officer Asset Strategies, revanchierte sich mit einem strahlenden Lächeln, rechts neben ihr lächelte ihr künftiger Stellvertreter, der Amerikaner Walter B. Salinger, vor seiner langjährigen Tätigkeit bei Nordic Invest Karrieresoldat bei der US-Luftwaffe, zuletzt im Rang eines Captains.

Auch das war die offizielle Version. In Wirklichkeit hatte Berit Thuland namens der Premierministerin mit seinem «Karriereende» gedroht, sollte er nicht freiwillig seinen Posten räumen. Schließlich willigte Thuland ein – unter der Bedingung, dass ihm seine Boni sowie das Gehalt bis zum Ende seiner Vertragszeit in zwei Jahren in voller Höhe ausgezahlt würden. Ersteres hatte Berit abgelehnt, Letzteres nicht. Harald und Sophie hatten daraufhin vorgeschlagen, Stig Haga erneut zu aktivieren, um Thulands Konten leerzuräumen. Berit war dagegen. Einzig und allein aus folgendem Grund: «Haga kommt uns teurer zu stehen als die reguläre Gehaltszahlung.»

Einem weiteren Artikel war zu entnehmen, dass Thuland ein Angebot des Vermögensverwalters BlackHawk angenommen und ein neues Betätigungsfeld in Argentinien gefunden hatte. Auch infolge der Finanzkrise 2008 hatte sich Buenos Aires hoch bei amerikanischen Banken verschuldet, konnte aber keine zehn Jahre später nicht einmal mehr die Zinsen bedienen. Argentinien war bankrott, soziale Unruhen erschütterten das Land. In dieser ausweglosen Lage hatte BlackHawk die Südamerikaner vor der Zahlungsunfähigkeit bewahrt. Nicht ganz uneigennützig – zuvor konnte Steve Shelby die Regierung von der Notwendigkeit überzeugen, das Dekret Nummer 29 zu unterzeichnen. Darin räumte sie BlackHawk das Recht ein, im Falle einer erneuten Zahlungsunfähigkeit die Bodenschätze des Landes zu pfänden. Diese Pfändung zu vollziehen, war nunmehr Aufgabe des Wirtschaftsweisen Roar Thuland.

Kaum im Amt, warteten große Herausforderungen auf Gro Sanders. «Infolge von Kapazitätsengpässen» teilte Nordic Invest mit, das Rechenzentrum in Odda aufzugeben, es vollständig dem rasant expandierenden Finanzdienstleister BlackHawk aus New York zu überlassen. In Kürze werde Nordic Invest ein eigenes, neues Rechenzentrum unweit von Trondheim beziehen, auf dem Gelände eines aufgegebenen NATO-Stützpunktes. Betreiber sei erneut Green Valley.

***

«Also, ich freue mich sehr, dass es endlich klappt und ihr euch alle gemeinsam hier eingefunden habt», sprach Torvald, über den Essenstisch gebeugt. Ein Schild an der Eingangstür des Restaurants «Fjellstua» in Røros verkündete «Geschlossene Gesellschaft». Er deutete auf die Vorspeisen vor ihnen. «Hier haben wir also einen Salat mit Räuchermakrele auf Roggenbrot. Einen Kartoffel-Grünkohl-Salat, daneben Rosenkohl mit Äpfeln und Walnussöl, da vorne Schwarzwurzeln mit roter Zwiebel und Petersilie. Nicht zu vergessen den fein gesalzenen Seelachs an Rote-Beete-Salat. Die Blumenkohlsuppe mit grünen Chilis und Garnelen. Und schließlich, bitte sehr, verschiedene Smørrebrød-Kompositionen.»

«Ah!»- und «Oh!»-Rufe erklangen. Torvald legte eine Hand auf Sophies Schulter, die andere auf die seiner Schwester Berit. Sie saßen an einem runden Eichenholztisch, der nicht viel jünger war als die Holzhäuser entlang der Hauptstraße. Schwarz eingeräuchert war er, eingekerbt und voller Risse, die Vermächtnisse gleich mehrerer Generationen. Links von Sophie hatte Veena Platz genommen, daneben Harald. Mit Tom, Emma, Torvald und Berit schloss sich der Kreis.

«Wir haben alle sehr viel erlebt in letzter Zeit», setzte Torvald seine Begrüßungsansprache fort. «Mehr, als uns lieb ist, nehme ich an. Und doch – ich sehe durchaus das Positive: Wenn die Gierigen und die Dummen dauerhaft das Falsche tun, den gesamten Globus als ihre Beute betrachten, dann erwächst ihnen auch Widerstand. Die Gegenwehr. Das geschieht bereits, am sichtbarsten bei den Protesten gegen die Klimaerwärmung, gegen untätige Politiker. Da gehen Schüler auf die Straße, für ihre, für unsere Zukunft, für die des Planeten. Das ist doch großartig! Wer hätte das denn vor wenigen Jahren gedacht. Letztendlich habt ihr bei E 39 sehr viel gemein mit diesen

Jugendlichen. Allerdings auf anderer Ebene und im Verborgenen.»

Er hob sein Wasserglas, die übrigen ihre Weingläser. «So schlimm das war, was uns widerfahren ist – es hat uns gleichzeitig zusammengeführt. Wir sind eine Familie. Jedenfalls seid ihr meine Familie. Seit ich euch kenne, bin ich trocken. Trinken wir also auf die Toten und die Lebenden. Zum Wohl!»

Alle am Tisch waren guter Stimmung, zwischendurch ergriff Veena Sophies Hand, sie Veenas. Reihum erzählte jeder die eine oder andere Anekdote, auch Albernheiten machten die Runde, sei es aus dem Fundus der eigenen Lebensgeschichte, sei es mit Blick auf ihre bestandenen Abenteuer. Wie gut es tat zu reden, das Innere nach außen zu kehren! Wann hatten sie das letzte Mal einen so schönen, entspannten Abend erlebt? Tom gab zu bedenken, an Torvald gerichtet, dass Proteste hier und da nicht genügten. Es bedürfe eines umfassenden Bewusstseinswandels, und der wiederum eines langen, eines sehr langen Atems. Begleitet von leichten Aussetzern fand er schließlich zur Mont Pèlerin Society, 1947 vom Ökonomen Friedrich Hayek am Genfer See begründet. Ein Zusammenschluss von Akademikern, Geschäftsleuten und Journalisten, die kommende Generationen von den Vorzügen wirtschaftsliberaler Ideen zu überzeugen suchten und damit eines der erfolgreichsten Netzwerke der Geschichte begründeten. «Seither haben die Hayek-Anhänger acht Nobelpreise für Wirtschaft abgeräumt und das Gift des Neoliberalismus über den gesamten Erdball verteilt», betonte Tom. Er wollte den Gedanken noch weiter ausführen, verlor sich aber in den Fallstricken seiner Innenwelt.

Unterdessen servierte Torvald die Hauptspeisen. Klippfisch, gesalzener und anschließend luftgetrockneter Kabeljau, in Südeuropa bekannt als Bacalao. Angerichtet in einem Sud aus Kartoffeln, Tomaten, Zitrone, Zwiebel, Knoblauch, Majoran und grünem Paprika. Der Duft war göttlich, fand nicht nur Sophie. Wohlgeruch verbreitete auch das Estragonhuhn mit Topinambur, Grünkohl und Karottensalat, «falls jemand keinen Fisch mag». Torvald betonte, dass er von modernen Küchenkreationen der Sorte «geschäumte Brunnenkresse an Hauch von Erdapfel» nichts halte. Er lege Wert auf das Unverfälschte, das Original.

Während sie piemontesischen Barolo oder pfälzischen Grauburgunder schlürften, sich gegenseitig Happen der Hauptspeisen mit der Gabel in den Mund führten – «Probier mal, unglaublich!» «Ja, Wahnsinn!» – ließ Torvald sie wissen, was ihn sonst noch umtrieb.

«Ich frage mich seit langem, was das eigentlich sein soll: eine norwegische oder eine skandinavische Küche. Ehrlich gesagt gibt es die nicht. Nicht so wie etwa eine französische oder italienische. Was wir essen, ist norwegisch nur insoweit, als die Zutaten von hier sind. Vor allem natürlich Fisch, Rentier oder Elch. Alles andere ist *fusion*, wie es so schön heißt. Was vor uns auf dem Tisch steht, könnte genauso gut auch in Deutschland oder in Portugal serviert werden. Wäre es angeraten, in dem Fall von einer deutschen oder portugiesischen Küche zu sprechen?»

«Torvald, dein Essen ist einfach göttlich. Wie das nun heißt, ist mir vollkommen egal», sagte Emma.

«Das wollte ich hören!», retournierte der Sterne-Koch. «Das große Ganze macht's, oder etwa nicht?»

«Was willst du denn damit sagen?», fragte Veena.

«Na, schau dich doch um hier! Wir sind alle Norweger. Aber nicht mehr als zwei von uns haben jeweils dieselben Wurzeln. Und was kommt dabei raus?»

«Na was?», neckte ihn Berit.

«Na was! *Fusion*, ihr Dussel!»

Alle lachten, prosteten sich zu. Irgendwann stand Harald auf und drückte Torvald einen Kuss auf die Wange.

Als Sophie zufällig Berit auf der Toilette begegnete, fragte sie: «Wie fühlst du dich?»

«Alles gut so weit, danke der Nachfrage», sagte Berit.

«Dein Bruder macht das klasse.»

«Das macht er wirklich. Ich habe ihn und Sverre, meinen Mann, viel zu lange vernachlässigt.»

«Na, dann! Worauf wartest du?»

«Ja! Ja, ja. Das kommt. Alles zu seiner Zeit.»

«Richtig glücklich wirkst du nicht.»

«Es hört nie auf, Sophie.»

«Neue Aufgaben?»

Berit nickte.

«Und wohin geht es diesmal?»

«In den Norden. In den sehr hohen Norden.»

Sophie seufzte. «Glücklicherweise mag ich die Kälte. Komm, jetzt aber wollen wir feiern!»

Auch der Nachtisch hatte Suchtpotential. Eis aus Kiefern und Preiselbeeren, das nach Wald schmeckte. Eine kalte Blaubeerensuppe mit gefrorenem Joghurt. Schließlich ein Espresso, gereicht mit einem Moltebeeren-Wodka.

Am Ende saßen sie da, selig, ermattet, kurz vor dem Platzen.

In einem stillen Moment schlichen sich Sophie und Veena fort. Sophie hatte ihre kleine Wohnung in Røros behalten. Sie saßen auf dem Bett, Veena lachte und scherzte, strich Sophie durch die Haare. Obwohl sie einander kaum kannten, waren sie doch Seelenverwandte, warfen sich Gedanken zu wie Bälle, kamen gleichsam spielerisch vom Hundertsten ins Tausendste. Wie früher, dachte Sophie. In der Schule, mit ihren besten Freundinnen. Veenas schöne Sprache, ihre Offenheit, ihre Neugierde erschufen ein Gesamtkunstwerk aus magischen Momenten. «Mein Bruder ist mehr der Kopfmensch, ich bin der Bauchmensch», sagte sie in gewissen Abständen, fast ein Mantra.

Arm in Arm lagen sie auf dem Bett, Veenas Hände strichen über Sophies Bluse. Sie hörten, wie es rumpelte, die Haustür aufging, dann wieder zufiel. Erschrocken richteten sich beide auf. Harald bog um die Ecke. Er lächelte, fast grinste er.

«Hallo, ihr beiden Hübschen», sagte er. Ganz nüchtern war er nicht mehr, aber auch nicht betrunken. «Wollte mal sehen, wie's euch so geht.»

«Wie bist du hier reingekommen?», fragte Sophie, leicht verwirrt.

«Na ja, darin haben wir Übung. Schon vergessen?», entgegnete Harald und warf sich zu ihnen aufs Bett.

«He! Du hast hier nichts verloren, Bruder!»

Das Bett war schmal, Sophie fand sich in der Mitte wieder. Zu ihrer Linken Veena, zu ihrer Rechten Harald. Beide beharkten sich in verschiedenen Sprachen, Sophie folgte fasziniert dem Klang ihrer Stimmen. Veena langte über sie hinüber, um Harald aus dem Bett zu werfen. Der ließ sich aber nicht beirren und fing an, sie in Hüfthöhe zu kitzeln, ergebnislos, ebenfalls über Sophie hinweg. Sie wusste nicht recht, was sie tun sollte und legte sich einfach der Länge nach hin. Harald tat es ihr sofort gleich, Veena folgte. Sie spürte Veenas heißen Atem und ihre Verärgerung. Harald dagegen war die Ruhe selbst, drehte sich seitwärts zu Sophie ein.

Das alles war absurd und verlangte nach Diplomatie. Sophie legte ihren rechten Arm unter Haralds Kopf, ihren linken unter Veenas. Allmählich beruhigte sich die Lage. Harald schlief als Erster. Veena gab ihr einen Kuss und murmelte: «Was für ein Idiot.» Dann fielen auch ihr die Augen zu.

Die leisen Atemgeräusche der beiden empfand Sophie als Wiegenlied. Erinnerungen und Bilder zogen an ihrem inneren Auge vorbei. Sie spürte die Müdigkeit, wie sie langsam von ihr Besitz ergriff. Ihre Gefühle und Gedanken verebbten. Einen bekam sie gerade noch zu fassen, warf ihn in die Luft und fing ihn wieder auf:

Das Leben ist schön.

Aus dem Verlagsprogramm

176 Seiten mit 1 Karte. Klappenbroschur
ISBN 978-3-406-75157-8

«Analytisch klarster und medial einflussreichster Nahost-Experte Deutschlands.»
Sebastian Kiefer, Falter

«Ein Schwarz-Buch der westlichen Politik im Orient, das sich wie ein Polit-Thriller liest.»
Neues Deutschland

VERLAG C.H.BECK

293 Seiten. Klappenbroschur
ISBN 978-3-406-76839-2

Die USA sind kein selbstloser Hegemon, sondern ein Imperium – auch wenn hiesige Meinungsmacher gerne das Gegenteil behaupten. Donald Trump aber war kein bloßer Betriebsunfall. Unter Joe Biden wird sich vieles ändern, doch es wird weiterhin gelten: «America First». Michael Lüders warnt vor transatlantischen Illusionen und zeigt, warum Europa aus dem Schatten Washingtons heraustreten muss.

VERLAG C.H.BECK